grafit

Chemnitzer Str. 31, D-44139 Dortmund
Internet: http://www.grafit.de
E-Mail: info@grafit.de

Umschlaggestaltung: Peter Bucker
Umschlagfoto: Nils Winkler, photocase
Druck und Bindearbeiten: CPI – Clausen & Bosse, Leck
ISBN 978-3-89425-338-7
4. 5. 6. / 2015 14 13

Michael Herzig

Saubere Wäsche

Kriminalroman

grafit

Der Autor

Michael Herzig, 1965 in Bern geboren, hat nach dem Abitur zunächst als Musikjournalist und Schallplattenverkäufer gearbeitet, sich als Rockmusiker versucht und lebt seit seinem Geschichts-, Staatsrechts- und Politologiestudium in Zürich. Seit 1998 arbeitet er im Sozialbereich und kennt dadurch auch die dunklen Seiten der Stadt bestens.

Mit *Saubere Wäsche* debütierte er als Kriminalromanschriftsteller. Es folgten weitere Fälle für Johanna di Napoli: *Die Stunde der Töchter* und *Töte deinen Nächsten.* Mit allen drei Büchern war Herzig für den ›Zürcher-Krimipreis‹ nominiert und für *Töte deinen Nächsten* erhielt er den mit 10.000 Franken dotierten Literaturförderpreis des Kantons Zürich für herausragende Neuerscheinungen.

www.michaelherzig.ch

Saubere Wäsche spielt nach der Jahrtausendwende in Zürich. Einige Schauplätze gibt es heute nicht mehr, andere immer noch, weitere hat es nie gegeben. Die Geschehnisse sind mit einer Ausnahme frei erfunden, die Figuren rein fiktiv. Ähnlichkeiten mit lebenden Personen wären zufällig und unbeabsichtigt.

Donnerstag

Here I am
it's me against you
Biggles, *Colossus*

1.

»Tritt die Freier in die Eier, Jo.«

Das hatte ihr Köbi Furrer zugeflüstert, bevor es losgegangen war. Nun rannte Johanna di Napoli die Treppe hoch. Ihr war der dritte Stock zugeteilt. Vor ihr stürzte Kay mit seiner Gruppe in den vierten hinauf. Köbi keuchte ihr in den Nacken. Auf dem obersten Treppenabsatz ließ sie ihn und die Einsatzgruppe vorbei. Ein Hauch von Köbis Fahne erwischte sie. Er hetzte mit einer uniformierten Beamtin durch den Gang und polterte an eine Tür. Zwei andere Polizisten begannen auf der gegenüberliegenden Seite des Flurs mit der Durchsuchung der Zimmer. Johanna sicherte mit einer jungen Kollegin den Treppenaufgang. Irgendwie rochen diese Absteigen alle gleich. ›Hühnerstall ausmisten‹ hieß eine Bordellrazzia im Jargon.

»Komm mal her, Jo«, rief Köbi und trat aus einem der Zimmer.

Di Napoli wies die Kollegin an, ihren Posten an der Treppe nicht zu verlassen, und ging zu ihm. Ein seltsamer Glanz lag in seinen Augen. Nicht lüstern, nicht aggressiv. Wässrig, erwartungsvoll.

Er deutete mit dem Kopf in das Zimmer. Dort lag ein Mädchen auf dem Bett. Noch fast ein Kind. Nackt. An Händen und Füßen mit gelben Bergsteigerseilen ans Bett gefesselt. Die Beine weit gespreizt. Die farbigen Fesseln in grellem Kontrast zur dunklen Haut.

Daneben stand ein Freier und knöpfte sich die Hosen zu. Er war groß und kräftig, Mitte fünfzig und hatte gefärbte, nach hinten gekämmte Haare. Schwarz mit einem leichten

Rotstich. Er schaute Johanna geradewegs in die Augen. Ein kalter, obszöner Blick.

»Raus!« Johannas Stimme zitterte. Der Freier ging betont lässig an ihr vorbei.

»Überprüf ihn«, sagte sie zu Köbi und schloss die Tür. Dann begann sie, die Fesseln des Mädchens zu entfernen. Sie hinterließen rote Male. Dabei sprach Johanna mit der Kleinen, zuerst auf Deutsch, dann auf Spanisch. Das Mädchen sagte nichts und schaute die Polizistin nur an. Ängstlich und beschämt. Johanna konnte keine Verletzungen feststellen. Äußerlich.

Als sie das Mädchen losgebunden hatte, gab Johanna ihm eine Decke. Dann zog sie sich Latexhandschuhe über und untersuchte die Kleidung der Kleinen. Sie fand etwas Geld, aber keinen Ausweis. Seufzend blickte sie auf das Bündel in ihren Händen. Wenig Stoff für einen Novemberabend.

Mittlerweile waren alle Zimmer durchsucht und sämtliche Anwesenden zusammengetrieben worden. Die Frauen in einem Raum, die Freier in einem anderen. Johanna brachte das Mädchen zu den übrigen Prostituierten. Es waren nur drei Frauen in ihrem Stockwerk. Für einen Donnerstagabend war nicht viel los.

Köbi stand in der Tür zu dem Zimmer mit den Freiern und schaute zu, wie ein Kollege die Papiere eines hageren Mannes kontrollierte. Vor Köbi hatte sich ein kleiner, elegant gekleideter Glatzkopf aufgestellt, der ihm auf Italienisch einen Vortrag über Freiheitsrechte und Polizeigewalt hielt. Einen ungeeigneteren Zuhörer hätte er sich nicht aussuchen können.

»Wo ist der Sadist?«

»Habe ihn gehen lassen.« Köbi blickte sich nicht einmal um.

»Bist du wahnsinnig geworden?« Johanna zwang sich, ruhig zu bleiben.

»Gegen ihn liegt nichts vor. Außerdem haben wir seine Daten.«

»Er hat das Mädchen misshandelt. Sie ist vielleicht noch im Schutzalter.«

»Die sind nie zu jung dafür«, brummte Köbi.

»Du blödes Arschloch!« Johannas Stimme überschlug sich. Der Redefluss des Italieners versiegte. »Du machst das hier zu Ende. Wenn ihr mit den Leuten fertig seid, holt ihr die Betäubungsmittelfahndung und die Hunde und sucht alles nach Stoff ab.«

Ihr wurde schlecht. Sie holte sich das Mädchen, winkte die Beamtin herbei, die noch immer am Treppenaufgang wartete, und ging mit den beiden nach unten. Vor dem Haus stand ein massives Aufgebot an Polizeiautos. In den Fenstern gegenüber spiegelten sich die Blaulichter der Streifenwagen und die Leuchtreklame der Bar im Erdgeschoss. *Caliente.*

Das Lokalfernsehen war bereits vor Ort. Der Kollege vom Informationsdienst lächelte eine Journalistin an. Daneben stand Charlie Brunner im Gewühl und dirigierte die Uniformierten herum. Im Büro war er der strenge, aber gerechte Vorgesetzte, im Einsatz der Feldherr, der den Abtransport der eroberten Schätze überwacht. Er blickte Johanna fragend an. Sie deutete auf das Mädchen und ging mit ihm und der Polizistin zu einem der Transporter. Johanna versuchte, die Kleine vor den Blicken der Gaffer abzuschirmen, während diese unbeholfen in den Wagen stieg.

»Du passt auf sie auf«, befahl sie der Polizistin. »Sie muss ärztlich untersucht werden. Ich will wissen, ob wir etwas gegen den Kerl in der Hand haben.«

Die junge Frau nickte nur. Johanna kannte sie nicht. Wahrscheinlich hatte eine neue Klasse ihren ersten Dienst bei der Uniformpolizei begonnen.

»Wie heißt du eigentlich?«

»Grazia.«

»Okay, Grazia, ich bin Johanna. Tut mir leid, dass ich etwas grob war. Wenn Köbi solche Dinge dreht, könnte ich ihn umbringen. Wahrscheinlich kennt er diesen Freier. Köbi kennt alle im Milieu.«

»Verstanden«, sagte Grazia etwas gestelzt.

2.

»Vierzehn Frauen, dreizehn Männer. Vier Brasilianerinnen, drei Thailänderinnen, drei aus Kamerun, eine Tschechin, eine aus der Ukraine, eine aus der Dominikanischen Republik und eine Schweizerin. Drei Türken, zwei Kroaten, ein Franzose, ein Marokkaner, sechs Schweizer. Zweihundert Gramm Kokain, zwei Faustfeuerwaffen.«

Hanspeter Trüb blickte in die Runde. Schweißflecken gediehen unter seinen Armen. Der Schlussrapport nach getaner Arbeit war seine Stunde. Die Stunde des Chefs. Das Einsatzkommando war in der Regionalwache Aussersihl versammelt. Johanna di Napoli saß neben Grazia. Zivil neben Uniform. Als Johanna bei der Polizei begonnen hatte, mussten sie noch abteilungsweise zum Rapport antreten. Heute setzten sich einfach alle irgendwo hin. Meistens abteilungsweise.

Johanna wandte sich Grazia zu. »Was ist mit dem Mädchen los?«

Grazia zuckte die Schultern. »Nichts. Keine Verletzungen, nicht mal Geschlechtsverkehr. Aber abgeschoben wird sie. Nach Brasilien.«

»Wie alt?«, flüsterte Johanna.

»Die jüngste Frau ist achtzehn Jahre, die älteste zweiundvierzig. Die Männer sind zwischen einundzwanzig und siebenundfünfzig Jahre alt.«

Trüb war am Ende seiner Rede angelangt. Er hatte eine monotone, schnarrende Stimme, in die er nun ein ganz kleines bisschen Euphorie legte. »Zwei der Männer sind ausgeschrieben und können der Staatsanwaltschaft zugeführt werden. Die Drogen lassen sich leider niemandem eindeutig zuordnen. Ihr wisst, wie schwierig das ist. Dafür werden zwölf Frauen dem Migrationsamt zur Ausschaffung übergeben. Verstoß gegen das Bundesgesetz über Aufenthalt und Niederlassung der Ausländer. Ausgenommen eine Dominikanerin mit Niederlassung.« Trüb stockte und blickte auf seine Unterlagen. »Und der Schweizerin natürlich.«

»Die könnt ihr meinetwegen mit ausschaffen«, murmelte einer in der Reihe hinter Johanna.

»Den Kolleginnen und Kollegen der anderen Wachen danke ich für die tatkräftige Unterstützung. Polizisten sind in Aussersihl immer willkommen.« Die Angesprochenen lachten brav. »Ihr könnt euch jetzt bei Charlie Brunner für die Abrechnung der Überstunden eintragen.«

Das war das übliche Ritual. Brunner leitete anstelle des Chefs die Einsätze und musste zum Abschluss die Administration übernehmen, damit die Hierarchie wieder hergestellt war.

Grazia und Johanna reihten sich in die Kolonne ein. Köbi Furrer kam auf sie zu.

»Die kleine Nutte ist achtzehn«, sagte er so laut, dass es die anderen hören konnten. »Alt genug zum Anschaffen. Und auch nicht zu jung zum Ausschaffen.«

Johanna holte Luft, doch Kay kam ihrer Antwort zuvor. »Wollen wir wetten, von welchem der beiden Dinge du mehr verstehst, Köbi?«

Daraufhin stellte sich Köbi schweigend in die Kolonne und blickte verlegen zu Boden.

Als Johanna bei Charlie angelangt war und das Formular ausfüllte, schaute er sie scharf an. »Du kommst nachher zu mir. Ins Büro.«

Johanna nickte nur. Sie brauchte dringend eine Zigarette und ging die Treppe hinunter in den Hinterhof. Es war früher Morgen und ziemlich kalt. In den umliegenden Häusern waren einige Zimmer erleuchtet. Nebelschwaden standen über den Dächern. Von Weitem hörte Johanna den Straßenverkehr der Langstraße. Besser als Liebesgeräusche aus einem der Fenster zum Hof, die hätte sie jetzt schlecht ertragen.

Sie warf die Zigarette weg und ging wieder ins Haus. Auf der Treppe begegnete sie Grazia und ein paar anderen Uniformierten.

Grazia winkte ihr zu. »Wir gehen nochmals auf die Gasse«, sagte sie. Johanna fielen erst jetzt ihre dunklen Augen auf. Fast schwarz und lebhaft. »Unsere Schicht ist noch nicht zu Ende.«

»Meine auch nicht«, stöhnte sie und nahm zwei Stufen auf einmal. Ein Gespräch mit Charlie Brunner brachte man besser schnell hinter sich.

Er erwartete sie in seinem Büro. Auf dem Schreibtisch stand ein Foto aus seiner Zeit bei der Uniformpolizei. Ein Bajonett der Schweizer Armee hing an der Wand. Inmitten dieses Ensembles stand Charlie. Hünenhaft, stechender Blick, dicker Schnauzer und Glatze. Johanna erinnerte sich, wie er den Männern verboten hatte, im Dienst Ohrringe zu tragen. »Das sieht schwul aus«, hatte er beim Bier nach Feierabend gesagt. »Damit bist du bei der Kundschaft unten durch.« Die Wand hinter ihm wirkte extrem weiß.

»Du hast dich wieder mit Köbi angelegt«, sagte er ohne Begrüßung. »Er ist ein Wrack und fällt auseinander. Aber du bist eine Polizistin mit Zukunft. Ich erwarte, dass du dich zusammennimmst.«

Wie immer konnte er schlecht verbergen, wie sehr er Johanna mochte. Sie dachte an einen seiner Standardsprüche: ›Mir ist egal, ob einer einen Zipfel hat oder ein Schnäggli. Was zählt ist die Leistung.‹

Johanna schaute das Bajonett an und versuchte, nicht zu lachen. »Er hat einen gewalttätigen Freier gehen lassen, bevor ich ihn befragen konnte«, sagte sie. »Ich hatte die Gruppenleitung, nicht er.«

»Aber du hast dich von deinem Posten entfernt. Wenn du das Kommando hast, bleib gefälligst bei deinen Leuten. Bis zum Schluss!« Er wurde jetzt lauter. Charlie Brunner war bekannt für seine kurze Zündschnur. Darum war er auch nie Kommissariatsleiter geworden. »Außerdem war der Freier nicht nachweislich gewalttätig.«

»Sind Fesseln keine Gewalt?«

»Nicht, wenn die Frau das freiwillig macht und dafür bezahlt wird! Das weißt du genau. Wir sind hier bei der Polizei, nicht im Frauenhaus.«

Johanna sagte nichts und schaute zu, wie Reue in seinen Blick schlich.

»Schau, du bist sowieso schon als Emanze verschrien. Mach es dir doch nicht noch schwerer.«

»Deshalb soll ich alles doppelt korrekt machen? Während andere mal locker ein Auge zudrücken?«

»Köbi hat genau gewusst, dass er den Freier gehen lassen konnte. Er weiß, dass ich ihn im Visier habe, und riskiert nichts.«

»Ich bin sicher, dass er den Typen gekannt hat. Köbi hat dem doch einen Gefallen getan.«

Charlie wurde wieder streng. »Auch für Köbi gilt die Unschuldsvermutung. Außerdem ist der Freier stadtbekannt. Das ist Werner Hügli. Der mit dem Putzinstitut. Kennst du den nicht? Seine Werbung fährt mit jedem Tram mit.«

Johanna lachte bitter. »›Hüglis Cleanteam, das Dreamteam‹! Vielleicht müssten wir seiner Werbeagentur den Rapport vom *Caliente* schicken. Daraus ließe sich der eine oder andere Slogan kreieren.«

»Das würde nicht viel nützen, Jo. Alle wissen von seinen Schweinereien. Das gehört zum Image.« Charlie wechselte nun in die väterliche Rolle, in welcher er Gespräche dieser Art meistens beendete. »Du bist eine der Besten in meinem Team, Jo. Also verhalte dich auch so.«

Johanna ging zurück an ihren Arbeitsplatz. Es war kurz vor drei Uhr morgens. Zeit, nach Hause zu gehen. Sie drückte auf die PC-Tastatur und gab ihr Passwort ein. Ohne ihre Mails anzuschauen, beendete sie alle Programme. Die Post konnte warten. Nur noch der Desktop war zu sehen. Sie hatte ein Foto ihrer Großmutter eingelesen und verwendete es als Bildschirmhintergrund. Es war eines der wenigen Porträts der Großmutter als junge Frau. Sie trug eine Tracht und blickte mit ernstem Blick in die Kamera. Quer über dem Bild verteilt waren die Programmverknüpfungen. *Word* war mit *Ficken* angeschrieben, *Excel* mit *Blasen*, Outlook hieß *Pornstar 69.*

Johanna stockte der Atem. Sie löschte sämtliche Verknüpfungen und schaltete den Computer ab.

Dann kamen die Tränen.

Freitag

It's a hot day
and I'm dressed lightly
I move carefully
through the crowd
Björk, *Crying*

3.

Sie schaute an sich herunter. Soweit sie das beurteilen konnte, saß die Uniform. In dem blauen Stoff kam sie sich jung und unerfahren vor wie damals, als sie geschworen hatte, als Polizistin würdig und aufrichtig zu handeln. Das war in der Kirche St. Peter gewesen, wo die Vereidigungen der Stadtpolizei stattfanden.

Heute stand sie in der Eingangshalle der Hauptwache, was nicht weniger feierlich war. Bei der altehrwürdigen Halle handelte es sich um das ehemalige Gewölbe des städtischen Waisenhauses, das in den Zwanzigerjahren des letzten Jahrhunderts zum Eingang des neuen Amtshauses umgebaut worden war. Decke und Wände waren mit Fresken in verschiedenen Rottönen bemalt.

Johanna di Napoli liebte diesen Raum. Die meisten ihrer Kollegen fanden ihn zu proper für eine Polizeiwache, aber die Kommandantin teilte Johannas Vorliebe. Sie hielt ihre Pressekonferenzen meistens hier ab; in diesem Raum kam sie gut zur Geltung. Ihr Chef allerdings, der Stadtrat, hatte sich mit den Restaurationskosten für dieses exquisite Bijou beinahe um Kopf und Kragen gebracht.

Die Polizeikommandantin sprach nunmehr seit einer guten halben Stunde. Sie strahlte selbstbewusst in die Runde. Neben ihr wirkte der Stadtrat wie ein pickliger Schuljunge, der mit bedeutsamem Kopfnicken den Ausführungen seiner Lehrerin folgte. Der Pressesprecher hielt mit bocksteifem

Rücken, über dem Kreuz verschränkten Händen und wachem Blick dagegen.

Johanna wusste nicht so recht, welche Haltung sie einnehmen sollte. In den letzten fünfundvierzig Minuten hatte sie alle möglichen Stellungen ausprobiert, dabei hätte sie es vorgezogen zu sitzen.

Endlich bog die Kommandantin in die Zielgerade ein. Ein Ruck ging durch die Journalisten. Einige klappten ihren Block zu, andere kontrollierten das Aufnahmegerät. Der Kameramann vom Lokalfernsehen wechselte ein letztes Mal seinen Standort.

Die Polizeichefin dankte dem Stadtrat für die Unterstützung des Frauenförderungsprogramms. Frauen in einer Männerdomäne wie der Polizei gezielt zu fördern, sei ein gewagtes Experiment. Aber eines, dessen Erfolg ihr recht gebe. Sie lächelte Johanna an. »Vor fünf Jahren hat sich Wachtmeisterin di Napoli für die Polizeilaufbahn entschieden. Ein Beruf, den sie ohne unser Frauenförderungsprogramm sicher nicht gewählt hätte. Sie wurde direkt zur Kriminalbeamtin ausgebildet und ist heute eine hervorragend qualifizierte Polizistin mit einer Spezialausbildung in den Fachbereichen *Häusliche Gewalt* und *Sexualdelikte.* Als Revierdetektivin ist Frau di Napoli eine tragende Stütze der Regionalwache Aussersihl. Und Aussersihl ist kein Schleck für die Polizei, das wissen Sie.«

Die Kommandantin verwendete ab und zu Ausdrücke, die sie für volkstümlich hielt.

»Nach wie vor absolvieren nur wenige Frauen die Polizeischule. Doch gerade die Polizei braucht weibliche Stärken: Intuition, Einfühlungsvermögen, Durchhaltewillen.«

Einige Journalisten lachten. In dieser Säulenhalle klang es wie das Grölen von Fußballfans. Johanna di Napoli schien es, als ob sich die Lacher dabei selbst am meisten erschreckten. Aber auch die Chefin hielt einen kurzen Moment inne.

Nach einem Blick auf ihr Manuskript fand sie den Anschluss wieder. »Die Resultate der ersten fünf Jahre unseres

Programms zeigen, dass wir auf dem richtigen Weg sind. Wir werden mit gezielter Frauenförderung die Durchschlagskraft und den Erfolg unserer Polizei weiter erhöhen.« Sie hatte zum Polizeivokabular zurückgefunden. »Möge das Beispiel von Wachtmeisterin di Napoli möglichst viele junge Frauen ermutigen, die Polizeilaufbahn einzuschlagen, um unser Korps mit Courage und einer Prise Leidenschaft zu verstärken.«

Einen Moment lang blieb es still im Saal. Dann ergriff der Stadtrat das Wort. Er dankte den Anwesenden für die Aufmerksamkeit und teilte ihnen mit, dass sowohl die Kommandantin als auch Wachtmeisterin di Napoli nun für Fragen zur Verfügung stünden.

Erneute Stille. Davor hatte der Pressesprecher Johanna gewarnt. »Journalisten stellen keine Fragen, wenn andere zuhören. Die wollen alles exklusiv haben.«

Den halben Morgen hatte er Johanna auf diese Pressekonferenz vorbereitet. Sie hatten an ihrer Rede gefeilt. So sah er es zumindest. Sie hatte um ihre Rede gekämpft. Schreiben konnte sie nämlich. Argumentieren auch. Doch er hatte ihren gesamten Text zusammengestrichen bis auf die bloße Biografie: in fünf Jahren von der Übersetzerin zur Revierdetektivin. Punkt. Als wäre dies eine logische und zwangsläufige Entwicklung gewesen. Als hätte es keine Kämpfe gegeben und keine Zweifel. Und vor allen Dingen, als wäre es dies nun gewesen.

Johanna konnte ihn nicht ausstehen. Vordergründig war er korrekt und jovial. Aber im Grunde hasste er Johanna. Nicht sie als Person, aber ihre Karriere. Dass sie den normalen Weg zur Polizistin umgangen und nicht auf die harte Tour gelernt hatte, sich dem Korpsgeist unterzuordnen. Dass ihr die Initiationsriten auf der Gasse erspart geblieben waren. In einem unbeobachteten Moment in einer dunklen Ecke oder bei einem Demonstrationseinsatz. Dafür hasste er sie. Deshalb verstümmelte er ihre Biografie zu einer Anreihung von Fakten.

So hatten sie bis kurz vor Beginn der Pressekonferenz um den Text gestritten. Eigentlich hätte die Vorbereitung dazu dienen sollen, einige fiktive Interviews durchzuspielen. Für nachher, wenn Johanna von den Journalisten persönlich befragt wurde. Doch dafür hatte die Zeit nicht mehr gereicht. Aus diesem Grund stellte sich der Pressesprecher neben Johanna, noch bevor der Stadtrat den offiziellen Teil beendet hatte.

Die meisten Journalisten bestürmten die Kommandantin. Vor allem Vertreter der elektronischen Medien. Denn die Polizeichefin war bekannt für ihre kernigen Aussagen.

Zu Johanna kam einer, der sie bereits die ganze Zeit über angestarrt hatte. Er war hager und hatte kurz geschnittene, schwarze Haare. Er mochte gleich alt sein wie Johanna. Als er nun mit ihr sprach, vermied er direkten Blickkontakt. »Sie sind also ohne praktische Erfahrung zur Polizei gegangen, Frau di Napoli?«

»Ich war in Genf an der Dolmetscherschule und habe nachher als Übersetzerin gearbeitet. Das ist eine recht praktische Arbeit.«

»Gleichwohl sind Sie als Übersetzerin eher eine Theoretikerin. Ich meine, verglichen mit der Polizeiarbeit. Haben Sie sich deshalb auf häusliche Gewalt und Sexualdelikte spezialisiert?«

»Häusliche Gewalt ist etwas sehr Reales, nichts Theoretisches. Nicht nur, weil sie fast in den meisten Haushalten vorkommt.«

Der Pressesprecher wurde unruhig, behielt jedoch sein Lächeln auf den Lippen.

»Kam das Frauenförderungsprogramm nur zustande, weil die Polizei zu wenig Frauen zur Betreuung von geschlagenen Frauen hatte?«

»Das ist eine Suggestivfrage, Dani. Das ist unfair. Frau di Napoli hat keine Übung im Umgang mit Medien.«

Schwein. Sie hatte sehr wohl Erfahrung im Umgang mit suggerierenden Männern. »Ich habe eine Ausbildung als Kriminalbeamtin gemacht, keine Anlehre als Hausfrauenbetreuerin. Ich kann bei jeder Einheit arbeiten, nicht nur im Spezialteam *Häusliche Gewalt.*«

Der Journalist notierte eifrig.

Der Pressesprecher lächelte gequält. »Das meint Frau di Napoli natürlich ironisch, Dani. So etwas kannst du nicht zitieren. Darin sind wir uns doch einig. Sie meint damit, dass die Spezialabteilung *Häusliche Gewalt* mehr macht als bloße Opferhilfe. Was zweifellos so ist, Dani. Das solltest du nicht unterschätzen.«

Der Journalist verzog keine Miene. »Offensichtlich bringen Sie die Prise Leidenschaft mit, die Ihre Chefin bei den männlichen Polizisten vermisst. Ist das wirklich ein Vorteil in diesem Beruf?«

»Wenn man hinter dem stehen kann, was man tut, ist es jedenfalls kein Nachteil. Dann kommt die Leidenschaft von selbst. Sogar bei den Männern. Manchmal.«

»Seien Sie nett zu Frau di Napoli, Herr Berg! Sie ist eine ausgezeichnete Polizistin.« Die Kommandantin erlöste sie.

Der Journalist grüßte verhalten. Der Pressesprecher entspannte sich. Johanna hätte ihn gerne noch etwas gequält, war aber gleichzeitig froh, die Journalisten ihrer Chefin überlassen zu können. Johanna mochte sie. Sie war direkt und ohne hierarchischen Dünkel. Außerdem hatte sie einige Reformen durchgebracht und lebte offen mit ihrer Freundin zusammen. Ihre majestätischen Allüren allerdings waren ätzend. Johanna konnte nicht mit Bestimmtheit sagen, ob sich dahinter Taktik versteckte oder echter Narzissmus.

Die Polizistin nutzte die Intervention der Kommandantin, um sich zu verabschieden. Die Journalisten umringten nun den Stadtrat. Er nickte ihr freundlich zu, als sie an dem Pulk vorbei zur Treppe ging.

Sie ging hoch in die Cafeteria im dritten Stock. Als sie die Schwingtür öffnete und eintrat, drehten sich ihr die Köpfe sämtlicher Anwesender entgegen. Fast wie zuvor bei den Journalisten. Sie ging direkt zur Kaffeemaschine und holte sich einen doppelten Espresso.

4.

»Ein Asylantenheim in unmittelbarer Nähe zu einem Schulhaus gefährdet unsere Kinder.« Das war ein Apotheker und besorgter Vater. »Kinder und Jugendliche müssen vor drogendealenden Asylbewerbern geschützt werden.« Er sprach langsam, deutlich und ungemein medientauglich. Seine Frau sagte nichts und wirkte ebenfalls besorgt. »Wir verlangen vom Stadtrat eine zukunftsfähige Quartierentwicklungspolitik. Mit der Ansiedlung von Asylbewerbern ausgerechnet am Zürichberg fördert er Fremdenfeindlichkeit und Rassismus in der Bevölkerung.«

Applaus brandete auf.

»Dann können wir ja gleich in die Langstraße ziehen«, rief eine Frau dazwischen.

Martin Metzger kannte sie nicht. Aber er kannte die Langstraße. Die Frau sah nicht aus, als ginge sie dort einkaufen. Er wohnte da.

Nach der Veranstaltung hatte Martin Metzger die Präsidentin der Elterninitiative interviewt, die den Widerstand gegen die Asylunterkunft organisierte. Sie machte sich Sorgen um die Kinder. Vor allem um die Mädchen. Man kann sich ja vorstellen, was geschieht, wenn diese jungen Männer aus der ganzen Welt an den Zürichberg kommen und nichts tun, als den ganzen Tag herumzulungern.

Danach hatte Martin mit dem Apotheker gesprochen. Dieser machte sich vor allem Sorgen um den wachsenden Rassismus, der mit solch unüberlegten politischen Entscheidungen gefördert werde.

Lange nachdem er die Leute vom Zürichberg ihren Nöten überlassen hatte, gingen ihm die gepflegt vorgebrachten Sorgen des Apothekers nicht aus dem Kopf. Als das Tram endlich kam, stieg er zuhinterst ein und dachte wehmütig an Albanien, wo er eigentlich sein sollte. Sein müsste. Mit der Schweizer Fußballnationalmannschaft. Er war Sportreporter und schon gesetzt gewesen für die Berichterstattung über das Länderspiel in Tirana. Nur hatten sie vor einem Monat eine neue Chefredakteurin erhalten. Diese hatte einen Kulturwandel angekündigt. Zu verknöchert sei das Blatt, zu unflexibel die Redaktion, zu sinkend waren die Auflagen. Dagegen sollte unter anderem eine Jobrotation helfen. Nun fuhr die Welschlandkorrespondentin mit den Fußballern nach Albanien und Martin Metzger berichtete im Lokalteil über das Budget des Stadtrates, den Ausbau eines Krankenhauses und den Bevölkerungsprotest gegen Asylsuchende.

So weit war er nun also gekommen. Begonnen hatte seine Geschichte an eben diesem Zürichberg, wo er aufgewachsen war. Früh hatte es ihn von dort weggetrieben. Als Delegierter des Internationalen Komitees des Roten Kreuzes war er im Libanon gewesen, in Chile, in Bosnien. Gefolgt vom tiefen Fall in Zweifel und Depression. Schließlich hatte er den inneren Frieden gefunden als Sportreporter. Und nun musste er daheimbleiben und über zu Hause schreiben.

Das Tram hielt am Stauffacher. Martin Metzger stieg aus und wollte gerade die Straße überqueren, als ihn eine Frau fragte, ob sie kurz sein Handy benutzen könne. Ein Junkie, um die zwanzig, spindeldürr und schwanger. Sie trug schwarze Leggins und einen schwarzen, löchrigen Pullover, unter dem sich der große, spitze Bauch wölbte. Der Bauchnabel war deutlich zu sehen. Er gab ihr wortlos sein Telefon und wartete.

Nach der Veranstaltung in der Turnhalle war er zum Asylantenheim gegangen. Eine umzäunte Baracke. Mit einem sehr hohen Zaun. Daneben der Schulhof. Darauf hatten Kinder Fußball gespielt. Drei Jungs und zwei Mädchen. Er war hingegangen und hatte mitgespielt. Erst waren die Kinder irritiert gewesen, dann erfreut. Sie waren gerannt und hatten geschrien, er gekeucht.

»Rauchen Sie viel?«, hatte ihn eines der Mädchen gefragt, als er prustend aufgegeben hatte. Gleichzeitig zu grinsen und nach Luft zu schnappen, war ein schwieriges Unterfangen.

»Hast du keine Angst vor den Asylanten?«, hatte er das Mädchen gefragt, als er wieder zu Luft gekommen war.

Sie war bereits wieder auf dem Weg zu ihren Freunden gewesen, hatte sich nochmals umgedreht und Metzger keck angeschaut. »Nein. Ich heirate einen Rapper. Die sind auch schwarz.«

Die Frau gab ihm das Handy zurück, dankte und ging.

5.

Schön war er noch immer. Marc von Wartburg, ihr Ex. Was ihr sofort auffiel, waren seine Lippen. Er hatte einen verführerischen Zug um den Mund. Wie damals beim ersten Mal. Wäre er sich dessen bewusst, gefröre es zur Pose. Ein Schauer lief ihr den Rücken hinunter. Sie hatte das erwartet. Befürchtet.

Vor ihm stand ein leeres Bierglas. Johanna di Napoli kam spät. Nach der Arbeit war sie zunächst schwimmen und anschließend in die Sauna gegangen. Danach wäre sie am liebsten nach Hause gefahren und hätte Marc beinahe sitzen lassen. Am Hauptbahnhof hatte sie sich schließlich entschieden, war Richtung Limmatplatz gefahren und dann die Langstraße hoch.

Als sie nun auf Marc zuging, war ihr klar, dass sie selbst auch schön war. Nach der Sauna hatte sie jeweils weiche, glänzende Haut. Dass sie um die Entscheidung gerungen hatte, ihn zu sehen, würde ihren Augen einen wilden Glanz verleihen. Sie wusste, wie sich dieser Blick von innen anfühlte, konnte sich jedoch nur schwer vorstellen, wie er von außen aussah. Wie er wirkte, hatte sie mit der Zeit begriffen.

Marc stand auf und kam ihr entgegen. Sie befanden sich im *Martínez*, einem spanischen Club mit Neonlicht und laufendem Fernseher. »Du siehst gut aus. Unpünktlich bist du auch immer noch.«

Er hatte das Parfum gewechselt. Sie hoffte, dass darunter derselbe Duft lag wie früher. »Besser als schlecht auszusehen und rechtzeitig hier zu sein.«

Sie setzten sich. Marc blickte sie erwartungsvoll an. Genau genommen, musterte er sie. Diskret zwar und mit charmantem Lächeln. Trotzdem war es eine Inspektion.

»Ist alles noch dort, wo du es verlassen hast?«

Er lachte. »Du hast dich entwickelt. Aber es steht dir ausgezeichnet. Warst du in der Sauna?«

Sie nickte und schlug die Speisekarte auf. »Ich war mir nicht sicher, ob ich kommen sollte.«

»In fünf Minuten wäre ich gegangen.«

Sie schaute ihn an und lächelte. Das erste Mal, seit sie gekommen war. Das Tagesmenü war Zarzuela de Mariscos. Ab zwei Personen.

»Isst du immer noch keine Meeresfrüchte oder hast du dich auch entwickelt?«

Er verzog den Mund zu einer Grimasse. »Ich bleibe beim Fleisch. Das Hähnchen ist hier ausgezeichnet. Mit viel Knoblauch und Pfefferschoten.«

Der Patron kam, um die Bestellung aufzunehmen. Marc bestellte Pollo al Ajillo. Johanna fragte auf Spanisch, ob sie auch allein eine Portion Zarzuela bekommen könne. Ihr Verlobter sei leider allergisch auf Meeresfrüchte. Selbstverständlich. Der Chef nickte theatralisch. Er könne eine junge Frau nicht leiden sehen. Dann reichte er Marc mit einem Augenzwinkern die Weinkarte. Dieser gab die Karte unbeachtet zurück und bestellte eine Karaffe Hauswein.

Sie hatten sich in Genf kennengelernt. Johanna hatte in einem Konzertlokal an der Bar gearbeitet und sich so ihr Studium finanziert. Marc war als Tontechniker mit einer Zürcher Rockband nach Genf gekommen. Während des Konzerts hatte er das Bier bei ihr an der Bar geholt statt backstage in der Musikergarderobe. Nach dem Gig war er in Genf geblieben. Als sie nach zwei Jahren ihr Dolmetscherstudium abgebrochen hatte, waren sie zusammen nach Zürich gegangen, wo sie eine Stelle als Übersetzerin fand.

»Wie läuft es im Job? Bereust du es immer noch nicht, dass du zur Polizei gegangen bist?«

Marc hatte das nie ganz verstanden. Für ihn waren Polizisten Landeier, die tagsüber in der Stadt Krieg spielten und abends nach Hause in die Vororte fuhren und eine Bratwurst auf den Gasgrill legten. Als Johanna zwei Jahre bei der Polizei gewesen war, meinte er, sie habe sich verändert, sei spießiger geworden. Das hatte Krach gegeben. Auch das. Nach einem weiteren Jahr hatten sie sich getrennt.

»Ich jage böse Buben. Das gefällt mir.«

»Die bösen Mädchen lässt du laufen?«

»Die stecke ich in eine Uniform, damit ich nicht so alleine bin auf der Welt.«

Er trank einen Schluck Wein und schaute sie an. »Im Ernst. Wie geht es dir? Ich habe dich heute auf Tele Züri gesehen. Zusammen mit deiner Chefin. Du warst souverän. Wirklich. Aber sie hat dich vorgeführt wie ein Zuchtpferd.«

Johanna zuckte mit den Schultern. »Die Chefin ist okay. Solche Auftritte braucht sie einfach, damit sie ihre Position halten kann. Sie streckt ihren Kopf regelmäßig zum Fenster raus. Ich nur heute. Aber ich habe es gehasst. Ich bin nicht bei der Polizei, weil ich eine Lokalberühmtheit werden will.«

»Weshalb dann?«

Das Essen wurde serviert. Die Zarzuela dampfte. Sie roch nach Meer. Meeresfrüchte erinnerten Johanna an ihre Zeit als Au-pair in Marseille. Egal, welche Zubereitung. Muscheln, Garnelen, Tintenfische waren in ihrer Erinnerung mit Marseille verbunden. Dort hatte sie zum zweiten Mal kochen gelernt. Das erste Mal war bei ihrer Großmutter gewesen. Johanna griff sich eine Garnele und trennte den Kopf vom Leib.

»Wieso bist du bei der Polizei, Johanna?«

Marc war hartnäckig. Er hatte einen unangenehmen Hang zum Psychologisieren. Dass er immer alles ganz genau wissen wollte, war ein Grund dafür gewesen, dass sie sich entliebt hatte. Dessen war sich Johanna sicher.

»Was weiß ich. Wegen des Abenteuers? Weil mich das Übel dieser Welt anzieht? Vielleicht hätte ich auch Sozialarbeiterin werden können. Schmeckt dein Poulet?« Mit spitzen Fingern zog sie am vorderen Ende den Darm der Garnele aus dem Torso und steckte sich den Rest in den Mund.

Marc schien ihr nicht zu glauben. Er blickte sie skeptisch an. Der Charme des Wiedersehens war weg.

»Außerdem ist Jobben als Übersetzerin mühsam. Und schlecht bezahlt.«

Im Fernsehen liefen Stierkämpfe. Ohne Ton und lediglich nebenbei betrachtet, wirkten die Bewegungen der Toreros absurd. Lächerlich.

»Ich werde Vater.«

Das saß. Wie ein Degenstich zwischen die Schulterblätter.

»Wir haben uns bei einer Modenschau in der Montagehalle der Verkehrsbetriebe kennengelernt. Ich habe die Technik gemacht. Sie ist Bildredakteurin bei der *Annabelle.*«

»Und? Heiratet ihr?«

»Das wissen wir noch nicht. Einstweilen wohnen wir getrennt. Sie lebt in einer WG. Ihre Mitbewohnerinnen diskutieren gerade darüber, ob sie dort auch mit einem Kind bleiben kann.«

»An deiner Stelle würde ich mich langsam nach einer größeren Wohnung umsehen.« Johanna tupfte mit einem Stück Brot die Reste der Zarzuela auf. Anschließend stahl sie Marc mit der Gabel eine Knoblauchzehe vom Teller. »Wie sieht es derzeit beruflich aus bei dir? Kannst du den Unterhalt bezahlen?«

Er schien zu überlegen, ob sie das zynisch meinte. »Es läuft nicht schlecht. Diesen Sommer war ich an allen großen Festivals engagiert. Momentan habe ich eine Halbtagsstelle am Schauspielhaus. Wenn alles gut geht, kann ich die behalten und zusätzlich als Partner in ein Tonstudio einsteigen. Dann habe ich einen festen Job und kann daneben trotzdem meine eigenen Sachen machen. Hauptsache, ich bin nicht mehr so viel unterwegs, wenn das Kind kommt.«

»Fester Job, Studiobeteiligung, Kind. Das klingt in meinen Ohren nicht unkonventioneller, als Polizistin zu sein. Nimmst du auch einen Carajillo?«

Wieder dieser Blick, als verstehe er nicht recht. Immerhin nickte er zum Carajillo. Sie bestellte zwei.

»Eigentlich wollte ich dich fragen, ob du Patin werden möchtest.«

Sie kramte ihre Zigaretten hervor und hielt sie Marc hin. Er lehnte ab. Sie zündete sich eine an und nahm einen tiefen Zug. »Kann ich es mir noch überlegen? Immerhin haben wir uns zwei Jahre nicht gesehen.«

»Ich bin mir, ehrlich gesagt, auch nicht mehr so sicher, ob das eine gute Idee ist. Zwei Jahre sind wirklich eine lange Zeit.«

Johanna beugte sich zu ihm hinüber und legte ihre Hände auf seinen Arm. Die Zigarette im Mundwinkel. »Kein Problem, Marc. Wir schlafen drüber.«

Er lächelte verlegen und rührte in seinem Kaffee. Sie bedeutete dem Kellner, nochmals zwei zu bringen.

Samstag

O no I see a darkness
Bonnie ›Prince‹ Billy, *I see a darkness*

6.

Grazia stand in der Tür. »Wir haben eine Frau gefunden. Halb tot. Wahrscheinlich vergewaltigt.«

»Wo?« Johanna di Napoli war gerade dabei, ihren Teil des Berichts über die Razzia von Donnerstagnacht ein letztes Mal durchzulesen, bevor sie ihn wegschickte. Bei schriftlichen Arbeiten war sie immer noch einen Deut sorgfältiger als sonst. Wer das Wort hat, hat die Macht.

»In einem Hinterhof an der Badenerstraße. Gleich neben dem Kino *Plaza.* Ein Nachbar hat uns angerufen. Er kam von einer durchzechten Nacht nach Hause und fand die Frau. Sie lag unter einem kleinen Unterstand, der im Sommer für Grillpartys benutzt wird. Es scheint, als hätte sie sich dort versteckt.«

Es war sieben Uhr morgens. Johanna war seit einer Stunde im Dienst.

»Sie sah aus wie weggeschmissen. Über und über mit Blut verschmiert. Gebraucht und weggeschmissen.«

Erst jetzt bemerkte Johanna, wie elend Grazia wirkte. Ihre dunklen Augen schauten verloren ins Leere. Ein Blick wie eine schwarze Wolke, die Johanna ganz langsam einhüllen und alles um sie herum auflösen würde.

»In solchen Momenten ist es, als ob es deine beste Freundin wäre. Auch wenn du sie noch nie im Leben gesehen hast. Nicht wahr?«

Grazia schwieg und blickte zu Boden. Johanna schaute sie ruhig an.

»Ich habe sie aber schon einmal gesehen«, sagte Grazia nach einiger Zeit und starrte weiterhin auf den grauen Boden. »Es ist die Dominikanerin, die wir im *Caliente* gefilzt haben. Die mit der Niederlassung. Sie war auch auf unserem Stock. Gestern Morgen haben wir sie gehen lassen.«

»Willst du einen Kaffee? Ich hol dir einen.«

»Ich habe keine Zeit. Meine beiden Kollegen warten drüben in der Wache.«

Aber Johanna war schon unterwegs zur Kaffeemaschine im Flur. Hinaus aus der schwarzen Wolke. Johanna bereitete zwei doppelte Espressi zu und ging zurück ins Büro. »Ist schwarz okay?«

Grazia hatte sich an einen der Schreibtische gesetzt. »Klar.« Sie nahm einen kleinen Schluck und blies anschließend in den Becher. »Gut. Und heiß.«

»Kay und ich haben gesammelt und eine anständige Maschine gekauft. Der Chef und Köbi gießen literweise Rahm hinein, damit sie den Kaffee trinken können.«

»Sie war nackt«, sagte Grazia. »Jedenfalls fast. Eine blaue Überjacke trug sie. So eine, wie unser Putzpersonal auch trägt. Aber weißt du, was auf dem Rücken stand?«

Johanna war, als ob ihr die Kaffeetasse in der Hand gefrieren würde. *»Hüglis Cleanteam, das Dreamteam?«* Wieder breitete sich die schwarze Wolke aus.

»Die Sanität kam gerade noch rechtzeitig zur Reanimation. Es wird dauern, bis die Frau vernehmungsfähig ist.« Grazia deutete auf den Kopfhörer an ihrem rechten Ohr und stand auf. »Der Chef ruft seine Truppe zusammen. Bald ist Feierabend.« Sie schaute Johanna an. Dieser schlich ein Schauer über den Nacken. »Dein Kaffee ist wirklich gut. Ciao.«

»Habt ihr es schon gemeldet?«, rief Johanna ihr nach.

»Der Brandtour-Offizier war im Spital dabei. Wir gehen jetzt in die Hauptwache zurück und schreiben den Bericht. Das heißt, der Chef macht das. Ich gehe ins Bett.«

Weg war sie.

Johanna räumte die leeren Kaffeebecher weg und setzte sich wieder vor den PC. Sie hatte das Kinoprogramm durchgesehen. *Mösen in Öl* war der kreativste Titel, den sie fand. Neben den *Fantasien einer Schlampe* und den *Analen Disco-Queens. Pornstar 69* lief nicht in den Zürcher Kinos. Dafür lieferte die Internet-Suchmaschine 83.500 Treffer dazu.

Sie las den Bericht nochmals durch und schickte ihn dann ab. Im Posteingang befand sich ein Mail von Grazia.

Spielst du Squash?

Johanna antwortete unmittelbar:

Wenn du mich gewinnen lässt, schon. Habe nächsten Montag frei. Schlaf gut.

Anschließend rief sie den Brandtour-Offizier an und fragte, ob die Identität der Vergewaltigten bereits bekannt sei. Die Frau hieß Alejandra Knupp-Gardozo, einundzwanzig Jahre alt. Seit drei Jahren mit Heinz Knupp verheiratet, Monteur, vorbestraft wegen Körperverletzung und Alkohol am Steuer, Feldstraße 9.

Johanna vereinbarte mit dem Brandtour-Offizier, dass sie den Fall sofort übernehmen und er ihr das Dossier schicken sollte, wenn er mit seiner Arbeit fertig war. Daraufhin fuhr sie den PC herunter und packte Handy und Autoschlüssel ein. Dann verließ sie das Büro.

Die Regionalwache Aussersihl lag auf der gegenüberliegenden Straßenseite. Zur Unterbringung der Kriminalpolizei fehlte dort der Platz, was den Kreischef an den Rand eines Nervenzusammenbruchs brachte. Seit Wochen. Seit der Umstrukturierung hatte seine Wache mehr Leute als Arbeitsplätze. Das eigentliche Ziel war es, alle Dienste innerhalb einer Region zusammenzufassen und unter demselben Dach unterzubringen. Keine schlechte Idee. Nur hielten die Logistiker das Reorganisationstempo nicht mit. Momentan schlug sich der Kreischef mit der Aufgabe herum, getrennte Garderoben für Frauen und Männer einzurichten. Dafür mussten Parkplätze im Untergeschoss geopfert werden. Eine Katastrophe.

Es war ein weiterer nebliger Novembermorgen. Kalt und feucht. In der Wache war es neonhell und staubtrocken. Köbi Furrer stand am Kundenschalter und plauderte mit dem diensthabenden Wachtmeister. Köbi selbst war erst am Abend wieder im Einsatz. Privat war er einsamer als bei der Arbeit. Er trug eine schwarze Lederjacke und ein weißes Hemd. Sein Bauch spannte den Stoff über dem Hosenbund. Die obersten drei Knöpfe waren offen. Auf seiner Stirn glänzten Schweißperlen. Als Zeichen der Freizeit trug er den *Blick* unter dem Arm. Diesen im Dienst zu lesen, hatte ihm der Chef verboten. Charlie Brunner lag viel daran, dass seine Leute bei der Kundschaft einen guten Eindruck hinterließen. In die Versuchung, einen Ohrring zu tragen, kam Köbi nicht.

Beide Männer verstummten, als Johanna den Raum betrat. »Kennt ihr einen Heinz Knupp? Wohnt in der Feldstraße.«

»Das ist ein Säufer. Seit Jahren. Der lebt vom Sozialamt. Was hat er angestellt?« Der Diensthabende antwortete. Köbi schlug die Sportseite des *Blick* auf. Beide waren sie vom selben Schlag. Altgedient und abgebrüht.

»Er ist mit einer der Frauen verheiratet, die wir bei der Razzia im *Caliente* verhaftet haben.«

»Dann hat er mit einer Scheinehe das Sozialgeld aufgebessert«, warf Köbi ein. »Mit einer Nutte kann der sonst nichts anstellen. Das Einzige, was er noch hochbringt, ist ein Bierglas.« Der andere grinste. »Knupp findest du am ehesten im Zeughaushof.«

»Ich bin unterwegs. Du erreichst mich übers Handy, wenn etwas los ist.« Johanna hatte keine Lust auf einen Schlagabtausch mit den beiden Haudegen und ging zum Aufzug.

»Was kümmerst du dich denn um einen Nuttenlegalisierer?«, rief ihr Köbi nach. »Dafür ist das Migrationsamt zuständig!«

»Männer, die keinen mehr hochbringen, sind immer verdächtig.« Johanna schloss die Lifttür und drückte den Knopf ins zweite Untergeschoss.

7.

Endlich frische Luft. Johanna di Napoli kam es vor, als sei eine Ewigkeit vergangen, seit sie das Spital betreten hatte. Nun stand sie draußen vor dem Krankenhaus und atmete tief durch.

Alejandra Knupp war in einem prekären Zustand. Sie lag mit einem Schädel-Hirntrauma auf der Intensivstation. Im Koma. Ihr Körper war von Blutergüssen übersät. Außerdem hatte sie Verbrennungen an Brüsten und Po. Zu den inneren Verletzungen konnte die Ärztin noch nichts Genaues sagen. Die Dominikanerin war geschlagen worden, mit Zigaretten verbrannt und vergewaltigt. Vaginal und anal. Mit irgendeinem Gegenstand. Einer weißen Kerze, wie es schien. Spermaspuren fanden sich keine. Dafür Kerzenwachs. Die Ärztin hatte Johanna di Napoli einige Wachsstücke mitgegeben. Fein säuberlich verpackt fürs Labor. Den blauen Putzkittel nahm Johanna ebenfalls mit. *Hüglis Cleanteam, das Dreamteam.* Verdammt.

Nach kurzem Suchen fand Johanna ihren Parkplatz wieder und stieg ins Auto. Drinnen holte sie einen anderen Plastikbeutel aus ihrer Jackentasche hervor, den ihr die Ärztin mit düsterer Miene überreicht hatte. »Finden Sie ihn!«

Johanna legte die Tüte auf den Beifahrersitz und startete den Motor. Alejandras geschwollenes Gesicht vor Augen. Und die vielen Schläuche, die in ihrem Körper verschwanden. Um ein Haar hätte Johanna einen jungen Mann angefahren, der mit einem kleinen Jungen an der Hand die Straße überquerte. Der Mann fluchte und zeigte ihr den Mittelfinger. Der Junge hatte eine Baseballmütze verkehrt herum auf dem Kopf und blickte ihr lässig nach. Cool.

Sie fuhr zu dem Hinterhof, wo Alejandra gefunden worden war. Den Wagen stellte sie vor dem Kino auf den Gehsteig. Ins Halteverbot. Auch cool.

Die Spurensicherung war gerade fertig. Ein weiß beschürzter Beamter kroch zwar noch auf allen vieren auf dem Boden herum und zeigte Johanna einen knackigen Po und einen von wildem schwarzem Kraushaar umgebenen Flecken Kopfhaut. Ein Neuer. Dass die Suche dennoch bereits abgeschlossen war, zeigte hingegen die Mimik eines älteren Beamten und einer jüngeren Frau, die etwas abseits standen und rauchten. Bonnie und Clyde, ein ungleiches, aber unzertrennliches Paar. Die beiden hatten Kultstatus bei der Stadtpolizei. Auch aus beruflichen Gründen, aber doch vor allem, weil er Bonnie war und sie Clyde.

Die Frau grinste, als Johanna ihren Blick vom Knackarsch löste und zu den beiden Kollegen ging. Außer Dreck, Joghurtbechern, Alufolien und mehreren Spritzen hatten sie nichts gefunden. Nichts, was Alejandra Knupp zuzuordnen war, und vor allen Dingen keine Hinweise auf den Täter. Anscheinend war dies nicht der Tatort.

Zurück auf der Straße schaute Johanna die umliegenden Gebäude an. Die Frau konnte nicht weit gelaufen sein in ihrem Zustand. Einige Wohnhäuser waren da, das Kino, eine trendige Bar und verschiedene Bürogebäude. Sie kannte die Gegend. Eine Ausgehmeile. Hier konnte eine blutüberströmte Frau nicht lange ungesehen durch die Straßen irren. Auch nachts nicht. Nicht Freitagnacht.

Gegenüber war ein Bürokomplex. Johanna musterte die Briefkästen. Einige Anwälte, eine Unternehmensberatung, ein Fitnessclub, ein Architekturbüro, eine Werbeagentur, ein Geschäft mit Designermöbeln und eine Ärzte-Gemeinschaftspraxis. Kein biederes Kleingewerbe, keine öden Sexshops. Häglis Reinigungsfirma hatte keine Zweigstelle in dieser Umgebung. Leider.

Auf dem Weg zum Auto rief Johanna das Spital an und ließ sich mit der Ärztin verbinden. Hinweise auf Drogenkonsum waren bei der Untersuchung von Alejandra keine gefunden worden.

Johanna betrat das Kino-Café und bestellte einen doppelten Espresso. Aus den Lautsprechern hauchte Elvis Presley. Sie ließ sich tief in den Sessel sinken und schaute zu, wie sich draußen die Fußgänger an ihrem Wagen vorbeizwängten und empört nach dem Fahrer Ausschau hielten. Als ein Streifenwagen hinter ihrem Auto parkte, legte sie fünf Franken auf den Tisch und ging hinaus.

»Alles klar, Kollegen. Bin schon weg.«

Der Beifahrer war bereits ausgestiegen und rückte seinen Gurt zurecht. »Ach, du bist es. Dachte doch, dass ich den Wagen kenne. Nur kein Stress.«

Er stieg wieder ein. Der Fahrer zwinkerte ihr zu und vollzog einen quietschenden Kavaliersstart. Dabei überfuhr er beinahe einen alten Mann auf dem Zebrastreifen. Als dieser erschrocken Johanna anschaute, zuckte sie entschuldigend die Schultern und stieg in ihr Auto.

Zur Feldstraße war es nicht weit. Sie parkte bei der Bäckeranlage. Drinnen im Park zirkelte ein Jogger an herumtollenden Kindern vorbei. Eine Drogenabhängige schlurfte über den Parkplatz vor der Grünanlage. Für sie gab es drinnen nichts mehr zu finden, seit die Drogenszene aus dem Park vertrieben worden war. Vor dem Jugendtreff gegenüber spielten halbwüchsige Jungs Fußball.

Johanna klingelte bei Heinz Knupp. Lange. Nichts geschah. Sie klingelte nochmals. Sehr lange. Immer noch nichts. Als sie den Finger zum dritten Mal auf den Klingelknopf setzte, ging die Tür auf und ein Mann kam heraus. Klein, dick, Kinnbart und winzige dunkle Augen. An den Händen und am Hals lugten Tätowierungen unter einer roten Trainingsjacke hervor.

»Guten Tag. Kennen Sie Herrn Knupp?«

Er nickte und schaute sie misstrauisch an. Aus dem Hauseingang kroch ihr ein bekannter Geruch entgegen.

»Ist er zu Hause?«

»Weiß ich doch nicht. Sozi? Seit wann arbeitet ihr am Samstag?«

Sie lachte. »Viel schlimmer. Polizei.«

»Hat Hene irgendetwas ausgefressen? Eine verprügelt vielleicht?«

»Macht er das manchmal?«

»Ab und zu. Aber keine Angst. Nur Sozis, keine Bullen.« Der Mann zog grölend von dannen. Johanna schlüpfte in den Mief hinein und stieg die Treppe hinauf.

Heinz Knupp wohnte im zweiten Stock. Sie klingelte wieder. Und nochmals. Dann setzte sie ein Ohr an die Tür. Ihr war, als hörte sie ein leises Scharren. Einen Spion hatte die Tür nicht.

Nun klopfte sie. Rabiat. »Polizei! Öffnen Sie die Tür, Herr Knupp!«

Abermals lauschte sie. Wieder das Scharren auf der anderen Seite. Diesmal lauter. Endlich wurde das Schloss geöffnet, dann auch die Tür einen Spalt aufgemacht.

»Stadtpolizei, Herr Knupp. Kann ich einen Moment reinkommen?«

Heinz Knupp zeigte sich. Er war kleiner als Johanna. Ungefähr fünfundvierzig, schwarze, schulterlange Haare, Nickelbrille. Unter der Vergrößerung des linken Brillenglases blühte ein fettes Veilchen.

Johanna musste sich hineinzwängen, weil gleich hinter der Tür ein Sofa stand und sich dadurch die Tür nicht vollständig öffnen ließ. »Haben Sie jemand anderen erwartet?«

»Man kann ja nie wissen«, brummte Knupp und ging voraus ins Wohnzimmer. Dort fehlte das Sofa. Zwei Sessel standen vor dem Fernseher. Auf dem Boden lagen ein umgestürzter Aschenbecher und verschiedene zusammengeknüllte Zigarettenpackungen. Die Möblierung sah nach Brockenhaus aus. Vor allem der Fernseher. Ein riesengroßes Teil.

Knupp rückte einen Sessel zurecht, damit er nicht neben Johanna saß, sondern gegenüber. Wortlos ging er in einen anderen Raum und kam gleich darauf mit einer Bierflasche zurück, die er mit dem Feuerzeug öffnete. Er führte sie zum Mund und trank sie halb leer. Erst jetzt ließ er sich in den Sessel fallen. »Habe noch geschlafen.«

»Hatten Sie Streit mit Ihrer Frau?« Johanna deutete auf sein linkes Auge.

»Mit wem?«

»Alejandra Knupp. Ihre Frau.«

»Ach so. Nein, das war ein kleiner Streit unter Freunden.« Verlegenes Lächeln. Er trug ein schmutziges weißes T-Shirt, Jeans und keine Socken. Seine Füße wirkten alt. »Was wollen Sie überhaupt? Haben Sie einen Ausweis?«

Johanna zeigte ihn. »Ich will wissen, wo Sie letzte Nacht waren.«

»Wieso? Nirgends.«

»Sie können auch mit auf die Wache kommen, wenn Sie unbedingt wollen.«

»Ich war im *Strauss.*«

»Bis wann?«

»Feierabend.«

»Und danach?«

»Wieso danach? Was habe ich denn getan?« Langsam wurde er nervös.

»War Ihre Frau dabei?«

»Die? Nein.«

»Wann haben Sie Alejandra zum letzten Mal gesehen?«

»Weiß ich nicht mehr.«

»Gestern nach dem *Strauss?*«

»Nein. Wieso. Ist etwas passiert?«

»Wissen Sie, wo sie wohnt?«

Er stand auf und zog ein Portemonnaie aus der rechten Gesäßtasche. Nach einigem Wühlen reichte er ihr einen verknüllten Zettel. Darauf standen Alejandras Name und eine Adresse. Knupp deutete auf die leere Bierflasche und verschwand wortlos in der Küche. Johanna nahm ihr Notizbuch hervor und schrieb die Adresse ab. Den Zettel legte sie auf den Tisch. Danach sah sie sich im Zimmer um. Da gab es nichts. Das einzige Persönliche waren die Zigaretten. Keine Fotos. Nichts. Nicht einmal Rechnungen lagen herum.

Sie ging zur Küche und öffnete die Tür. Über den Tisch gebeugt, zog sich Knupp eine Linie Koks die Nase hoch.

Johanna schoss Wut in den Bauch. Sie stellte sich hinter ihn und knallte mit einem Schlag auf den Hinterkopf sein Gesicht auf den Tisch. Dann fesselte sie seine Hände mit

Handschellen auf den Rücken und drückte ihm die Beine auseinander. Er stöhnte.

»Bullen verarschen ist ein gefährliches Spiel, Herr Knupp! Wann haben Sie Ihre Frau zum letzten Mal gesehen?«

»Ich sehe sie nie. Nur von Weitem. Wenn sie auf den Strich geht. An der Langstraße.« Er hatte den Kopf zur Seite gedreht, um sprechen zu können. Seine Nase blutete.

»Sie wohnt nicht hier?«

»Nur für das Sozialamt und das Migrationsamt.«

»Und gestern nach dem *Strauss.* Wo waren Sie da?«

»Im *Zeughaushof.*«

Ein beliebter Treff für Alkis. »Bis wann waren Sie dort?«

»Weiß ich nicht mehr genau. Nach der Schlägerei habe ich mich verzogen.«

»Mit wem haben Sie sich geprügelt?«

»Wir hatten Zoff mit ein paar Dealern.«

»Weil Sie den geforderten Preis nicht bezahlen wollten?«

»Weil diese Neger hier nichts zu kommandieren haben. Wir sind immer noch in der Schweiz!«

»Und wer hat gewonnen?«

Knupp stöhnte wieder.

»Was haben Sie nach der Schlägerei gemacht?«

»Bin nach Hause gegangen. War schweinekalt. Habe mich schlafen gelegt.«

»Wie lange?«

»Um acht habe ich mein Methadon geholt. Dann bin ich wieder ins Bett gegangen. Bis Sie geklingelt haben. Dachte, es wären die Neger.«

»Vielleicht hätten Sie weniger Probleme mit ihnen, wenn Sie sie als Afrikaner bezeichnen würden.«

Sie entfernte die Handschellen und ließ ihn aufstehen. Er hatte Blut und Koks an Nase und Mund. Auf dem Tisch hatte sich eine kleine Blutlache gebildet. Neben dem leeren Plastiksäckchen.

Johanna drehte sich angewidert um und verließ rasch die Wohnung.

8.

»GC, GC, die Scheiße vom See!« Sophie saß rittlings auf einem auf dem Rücken liegenden Jungen und johlte: »GC ins WC!« Die Arme hielt sie dabei siegreich in die Luft gestreckt.

Martin Metzger schob sich leise in die Garderobe der Kinderkrippe und zog umständlich seine Schuhe aus. Dann nahm er die Kleider seiner Tochter vom Haken.

Als die Betreuerin Sophie von dem Jungen heruntergezerrt hatte und ihr eine Strafpredigt hielt, ging er in das Spielzimmer. »Ist das zufälligerweise meine Tochter?«

Sophie löste sich von der Betreuerin, rannte auf ihn zu und umfasste mit beiden Armen seine Oberschenkel. »Papa, Papa, dem habe ich es gezeigt!«

»So? Habt ihr beide Fußball gespielt? Das Stadtderby?«

»Nein. Ich habe ihn auf den Rücken gelegt. Das ist ganz einfach. Ich schubse und er fällt um.«

Martin Metzger kniete nieder und zog Sophie einen dicken erdbeerroten Pullover und ihre bordeauxrote Windjacke an. Darunter trug sie einen rosa Jupe aus Manchester, dunkelrote Wollstrümpfe und hellrote Gummistiefel. Ihre Lieblingskleider. Er lächelte verlegen die Betreuerin an.

»Ihre Tochter steht den Hooligans näher als den Spielern. Sie legt unsere Buben etwas zu oft auf den Rücken. Gell, Sophie? Wir finden fast keinen mehr, der mit ihr spielen will!«

»Ich spiele sowieso lieber alleine, Papa.«

Er zog den Reißverschluss ihrer Windjacke zu. »Sicher. Du bist eine große kleine Frau.«

Der Gesichtsausdruck der Betreuerin wurde noch eine Spur steifer. Sie leitete die Kinderkrippe des Grasshopper Clubs Zürich. Als Sportjournalist bezahlte Martin Metzger lediglich ein Drittel des normalen Tarifs für den Krippenplatz. Dafür lieferte er seine Tochter jeden Tag dem Stadtrivalen aus.

»Dann wollen wir mal. Kämpfen macht hungrig.« Er nickte der Betreuerin zu und ging mit seiner Tochter zum Ausgang.

»Sie hätten Ihre Schuhe nicht ausziehen müssen«, rief ihm die Krippenleiterin nach. Glücklicherweise. Sonst wäre er in Socken ins Hardturmstadion hinausgetreten. Er lief zur Garderobe und zog hastig seine Schuhe an.

Endlich verließen sie die Krippe. Sophie hüpfte in jede Pfütze und schrie: »FC Züri olé, FC Züri olé!«

Mit einem Sprint erreichten sie die Straßenbahn an der Stadionhaltestelle. Die Türen waren bereits geschlossen. Entgegen der üblichen Gewohnheiten öffnete der Chauffeur nochmals und ließ sie rein. Martins Exfrau hatte ein Fahrer einmal die Tür vor der Nase zugeschlagen, nachdem Sophie bereits eingestiegen war. Ihre Empörung darüber hatte Antonia über Wochen hinweg in verschiedene Büros der städtischen Verkehrsbetriebe geführt. Anschließend wurde der Streit in einen heftigen Briefwechsel verlagert. Als Martin fürchtete, der Kampf gegen die Verkehrsbetriebe könnte zu einer neurotischen Fixierung seiner Frau werden, steckte er die Geschichte einem Kollegen von der Lokalredaktion. Nachdem dieser zu recherchieren begonnen hatte, schenkten die Verkehrsbetriebe Antonia ein Jahresabonnement. Und Sophie das Modell eines Trolleybusses.

Als sie im letzten Wagen eingestiegen waren, stampfte Sophie mit dem Fuß auf den Knopf, der hinten rechts in den Boden eingelassen war. Und gleich noch mal. Die Glocke klingelte. Martin Metzger hob seine Tochter unter den Armen empor und setzte sich mit Sophie auf seinen Knien.

Sie fuhren an den Bürobauten des Industriequartiers entlang, die in den letzten Jahren hochgezogen worden waren. Glas und Stahl. Tagsüber dominierte hier der Dienstleistungssektor, nachts die Partyszene, die sich in denjenigen Industriebauten eingenistet hatte, die noch nicht saniert worden waren.

Am Escher-Wyssplatz stieg ein Junkie ein und setzte sich auf der anderen Seite des Ganges neben Martin und Sophie. In der einen Hand hielt er eine Bierdose, in der anderen die Leine eines großen Schäferhundes. Dieser legte sich auf den

Boden zwischen den Sitzreihen, den Kopf auf den Vorderläufen. Sein Besitzer zerknüllte die Bierdose und wühlte in einem weißen Plastiksack. Sophie schaute interessiert zu. Der Typ zog eine neue Dose hervor und warf die alte in die Tüte. Er klopfte ein paarmal auf den Dosendeckel und öffnete dann vorsichtig den Verschluss. Nachdem er einen Schluck genommen hatte, bückte er sich und streichelte den Kopf seines Hundes.

»Der hat große Augen«, sagte Sophie.

Der Mann schaute sie an und fuhr dem Hund weiter über den Kopf. »Ja, ja. Er ist ein großer. Gell, Dylan.« Der Junkie hatte eine kehlige Stimme. Blonde Haare fielen ihm in dicken Strähnen auf die Schultern und ins Gesicht. Er trug eine schmutzige Armyjacke, Jeans und Turnschuhe.

Ein älteres Paar drei Sitze weiter vorn steckte die Köpfe zusammen und tuschelte. Beide schauten Martin Metzger vorwurfsvoll an.

»Warum hast du so schwarze Zähne?«, fragte Sophie stirnrunzelnd.

Einige der anderen Fahrgäste wechselten amüsierte Blicke.

Der Mann zögerte mit der Antwort und schaute zum Fenster hinaus. Sophie rutschte auf Martins Knien herum. »Weil sie kaputt sind«, sagte der Junkie nach einer Weile. Leise.

»Kann er schnell rennen?«, fragte Sophie weiter und deutete auf den Hund.

»Aber sicher. Er ist der schnellste Hund der Welt.«

»Schneller als ich?«

»Viel schneller. Er hat vier Beine. Du hast nur zwei.«

»Aber ich bin schneller als alle Buben in der Krippe. Und stärker!«

Der Junkie wühlte wieder in seinem Sack und holte eine Packung Wienerli hervor. Er zog eine Wurst heraus und halbierte sie. Der Hund setzte sich auf und starrte auf die beiden Happen.

»Willst du sie ihm geben?«, fragte der Junkie.

»Ja, ja!« Sophie klatschte in die Hände. Sie nahm die halbe Wurst und streckte sie dem Hund entgegen. Martin wollte gerade zur Vorsicht mahnen, da hatte der Hund bereits zugeschnappt und die Wurst verschluckt. Sophie zuckte erschrocken zusammen. »Er hat mich fast gebissen!«

»Nein, nein. Er weiß genau, wo die Wurst aufhört und deine Finger beginnen«, beruhigte sie der Mann. »Wenn du ›langsam‹ sagst, schnappt er nicht so schnell zu. Willst du es noch mal versuchen?« Er hielt ihr die andere Wursthälfte hin.

Sophie nahm sie. Sie hielt sie nur am äußersten Zipfel fest und streckte sie dem Schäferhund vorsichtig entgegen. »Langsam, langsam«, flüsterte sie.

Martin Metzger wurde nervös. Die beiden Alten starrten ihn zornig an.

Der Hund bewegte sich wie in Zeitlupe und zog Sophie ganz langsam die Wurst aus der Hand. Sie gluckste.

Der Junkie trank einen Schluck. »Siehst du? Er ist ganz sanft, wenn du das auch bist.«

Die Straßenbahn hielt am Limmatplatz. Der Mann stand auf. Den weißen Sack und die Bierdose in der einen, die Hundeleine in der anderen Hand. Der Schäferhund folgte ihm zur Tür. Sophie streckte ihre Hand aus und streichelte dem Hund die Seite, als er an ihr vorbeiging. Der Junkie stieg vor ihnen aus und ging auf einen der Dealer zu, dic an der Haltestelle auf Kundschaft warteten.

Martin und Sophie überquerten die Langstraße und wechselten dort in den Bus. Am Helvetiaplatz stiegen sie aus. Sophie zuerst. Plötzlich hatte sie es eilig, nach Hause zu kommen. Als sie in die Kanzleistraße einbogen, kam ihnen Alfred Kägi entgegen. Martins Vermieter. Wie immer sehr elegant angezogen. Dunkle Farben. Er grüßte freundlich und ging in schnellen, kurzen Schritten weiter.

Sie wohnten in einem Eckhaus. Im Erdgeschoss befand sich eine Wäscherei. Über dem Eingang hing ein blau-weißes Schild. *Wäscherei Kanzlei* stand darauf, unter der Schrift hingen Wassertropfen.

Als sie näher kamen, öffnete Milan Dilic die Tür und winkte. »Hoi, Martin! Deine Hemden sind bereit. Willst du sie gleich mitnehmen?«

Valentina erschien zwischen Milans Beinen und hielt sich an seinen Hosen fest.

Sophie löste sich, rannte zum Eingang und hob Valentina mit beiden Armen in die Luft. »FC Züri olé, FC Züri olé!«, rief sie.

Milan grinste. »Ich hoffe, dass es den FCZ noch gibt, wenn Sophie alt genug ist, Trainerin zu werden. Dann werden wir Meister.« Er reichte Martin die Hand.

»Sie blamiert mich jedes Mal in der Krippe. Wenn das so weitergeht, verrechnen die mir den vollen Tarif.«

Sie traten ein. Es roch nach frisch gebügelter Wäsche. Milan öffnete ein kleines Holztor und trat hinter die Verkaufstheke. Sophie und Valentina waren bereits im rückwärtigen Raum verschwunden. Martin und Milan hörten sie glucksen und lachen.

An den Wänden hingen überall in Plastik gehüllte Kleider. Vor allem Anzüge. Hinter der Theke war der Platz für die zusammengelegte Wäsche. Dort lagen drei Stapel Kleider, die ein und demselben Kunden gehören mussten. Einer mit schwarzen T-Shirts, einer mit schwarzen Boxershorts und einer mit schwarzen Polos. Rechts daneben baumelten zwei farbige Sommerröcke an einer Garderobe. Irgendetwas aus den Achtzigerjahren. Die gehörten entweder einer italienischen Mama oder einem Szenegirl, das dazu schwere Lederstiefel und einen Nietengürtel trug. Über dem Kleidergestell war eine große verblichene Tafel mit den Preisen befestigt.

Milan brachte einen Stapel Hemden aus dem Nebenzimmer nach vorn. Vorwiegend in Braun-, Grün- und Grautönen. Martins Hemden. »Deine Tochter lehrt Valentina gerade, auf den Bügeltisch zu klettern. Zum Glück weiß ich, dass die Kleine das noch nicht schaffen kann.« Er bediente die alte Registrierkasse und gab Martin die Quittung. »Gehst du heute zu dem Match?«

»Ja, ich schreibe zwar nicht, muss aber hinterher noch eine Schicht in der Bar schieben. Kommst du auch?«

Milan reichte Martin einen weißen Plastiksack, in den er die Hemden gepackt hatte. »Mal sehen. Wir müssen bis Sonntagabend die Wäsche des Hotels *Ascona* fertig machen. Vera holt sie gerade ab. Vielleicht schaff ich es zur zweiten Halbzeit.«

Martin nahm die Wäsche unter den Arm und rief Sophie. Fröhlich tanzte sie heran. Martin öffnete die Tür.

»Und wo hast du Valentina gelassen, kleine Rotznase?«, fragte Milan.

»Auf dem Tisch«, antwortete Sophie lässig. »Ich habe ihr gezeigt, wie man raufklettern kann. Ist gägi einfach.« Dann war sie auch schon draußen.

Martin schaute Milan an und zuckte entschuldigend die Schultern. Dieser spurtete ins Nebenzimmer.

9.

Samstagnachmittag, Langstraße. Die Büezer trafen sich zu Bier, Bratwurst und lauten Geschichten. Um ihn herum ging es hoch her. In ihm drinnen war es heiß und kalt zugleich. Bisher hatte er der Versuchung widerstanden, Stoff zu besorgen. Eine Flasche Whiskey musste reichen. Lili zu finden war jetzt alles, was er wollte. Schnell.

Wenn er die Handynummer wählte, die er zuletzt von ihr bekommen hatte, antwortete irgendein Typ, der sie nicht kannte. Oder nicht kennen wollte. Ein Freier wahrscheinlich. Einer, der es geil fand, schwangere Junkies zu vögeln. Oder einer auf dem Helfertripp. Oder der Saukerl, der sie schon einmal fertiggemacht hatte. Es gab nichts Denkbares, was nicht irgendeinen Kerl antörnte. Nichts Undenkbares auf dem Drogenstrich.

Er selbst war mit zweimal Blasen im Pissoir bei der Lutherwiese gut davongekommen. Damit hatte er den Tag im Griff. Solange er keinen Stoff brauchte.

Er war der Vierte in der Schlange. Aus der Grillbude roch es nach verbranntem Öl. Der Tamile hinter der Theke tischte eine Portion gebratenen Fleischkäse mit Kartoffelsalat auf. Dazu ein Bier. Er trug eine weiße Kochmütze und lächelte freundlich und geduldig die Wartenden an. Der vorderste Kunde presste umständlich einen Berg Senf neben den Fleischkäse. Der zweite in der Reihe gab über die Schulter seines Vordermannes die Bestellung auf. Bratwurst mit Brot und eine Stange.

Vielleicht war sie schon im Spital. Lange konnte es nicht mehr dauern bis zur Geburt. Bei Junkies waren Frühgeburten normal, hatte die Therapeutin gesagt. Deshalb war er auch abgehauen. Er musste mit Lili sprechen, bevor sie ins Spital kam und in die Mühle geriet.

Irgendeiner rechts neben ihm fragte einen anderen, ob er morgen auch schießen gehe. Klar, was denn sonst. Schließlich sei er Mitglied im Schützenverein, seit er laufen könne. Die Italiener an einem Stehtisch weiter hinten sprachen über Fußball.

Sein Bein schmerzte. Seit gestern Morgen war er unterwegs. Die Langstraße hoch und runter. Den Drogenstrich an der Limmatstraße hatte er abgeklappert. Einige Frauen hatten Lili gesehen. Er fand sie nicht. Wenigstens hatte er seinen Vormund erreicht. Aber ohne Lili nützte alles nichts.

Der Mann vor ihm packte einen Teller mit Hähnchenschenkel und Pommes frites und machte Platz. Jetzt war er an der Reihe und zählte nochmals sein Geld ab. Fritten waren nicht drin. Cervelat und Brot. Immerhin. Der Tamile fragte ihn, ob er etwas zu trinken haben wolle. Er verneinte und bezahlte. Dann nahm er den Karton und das Brot und suchte sich an einem der Stehtische einen freien Platz. Alles besetzt.

»Das hier ist ein Restaurant, kein Fixerstübli.« Ein großer blonder Kellner hatte sich neben ihm aufgebaut.

Die Schützen hinter ihm grölten. »Zeig's ihm, Fredi. Das Pack taugt höchstens als Zielscheibe.«

Der Kellner deutete auf die Whiskeyflasche, die aus der rechten Manteltasche hervorschaute. »Hier wird das Getränk gekauft, nicht mitgebracht.«

Er setzte zu einer Erklärung an, hätte es aber besser wissen müssen.

»Jetzt spricht er auch noch Jugodeutsch! Dann weiß er ja, was ein guter Schuss ist!«

»Hau ihn in die Fresse, Fredi. Das ist die einzige Sprache, die diese Affen verstehen.«

Als er das Brot in die linke Manteltasche stopfen wollte, packte ihn der Kellner am Kragen. Beim Aufschlag spürte er, wie die Whiskeyflasche zerbrach und sich Scherben in sein Bein bohrten.

10.

Zum zweiten Mal an diesem Tag holte Johanna di Napoli tief Luft. Sie stand vor der *Sonne.* Drinnen gaben sich die Agglos die Klinke in die Hand. Einige Stadtzürcher waren auch dabei. Johanna hatte einen Lokalpolitiker gesichtet, einen Linken.

Am Würstchenstand vor der Bierhalle schräg gegenüber war der Teufel los. Trotz der Kälte. Männer mit großen Bäuchen umringten die Stehtische und drückten sich Biergläser ins Gesicht.

Unvermittelt flogen ein Cervelat und ein Büürli in hohem Bogen auf die Straße heraus. Der weiße Karton mit dem Senf segelte träge hinterher und landete auf dem Randstein. Danach tauchte ein hünenhafter Kellner mit langen blonden Haaren und dickem Schnauzbart auf. Er hielt einen Mann an Kragen und Hosenbund und warf ihn seiner Mahlzeit hinterher auf die Straße. Der Mann blieb einen Moment benommen liegen und erhob sich dann stöhnend. Einen Augenblick lang sah er Johanna an. Anschließend sammelte er Wurst und Brot ein und hinkte davon.

Köbi hatte ihr den Tipp gegeben. »Werner Hügli findest du garantiert in der *Sonne.* In einem Hinterzimmer. Da spielt er jeden Samstagnachmittag Karten. Lass dich nicht abwimmeln.«

Diesen Hinweis hatte sie gegen eine Wochenendschicht eingetauscht. Köbis Lieblingsdienst. Den Hintergrundgeräuschen nach saß Köbi selbst irgendwo in einer Kneipe beim Jassen, als sie ihn angerufen hatte.

Als Johanna die *Sonne* betrat, wurde sie mit Blicken gefressen. Offensichtlich sah sie nicht aus wie eine Professionelle. Dafür hatte sie zu viele Kleider an. Außerdem war sie wohl zu europäisch und nicht blond genug. Umso spannender. Eine Studentin? Eine Hausfrau mit Nebenerwerb?

»Aha, das Fräulein von der Stadtpolizei.« Werner Hügli stand hinter der Theke und nahm gerade eine ungeöffnete Flasche vom Schnapsregal.

Die Spannung in den Augen der Gäste zerbrach wie die Fensterscheiben des Sexkinos an der Langstraße während der Nachdemo am Ersten Mai.

»Wollen Sie lernen, wie man Fesseln richtig anlegt?«

Auch wenn sie die Anspielung nicht verstanden, grölten die meisten. Die Blicke wurden aggressiver.

»Ich komme, um Ihnen den Vorteil von Handschellen zu demonstrieren.« Johanna ging schnurgerade auf Werner Hügli zu. »Ich will Sie kurz sprechen. Allein.«

Er schaute sie an. Merkwürdig. Nicht aggressiv, nicht belustigt, nicht überheblich. Auch nicht sonderlich respektvoll. »Einer hübschen Frau kann ich nichts ausschlagen.«

Er zeigte mit dem Kopf zu einer gegenüberliegenden Tür und ging voraus. Sie zwängten sich durch die Menge. Hätte einer der Männer versucht, Johanna zu begrabschen, hätte er eine fadengerade Rechte kassiert. Doch die Hände blieben an den anderen Frauen kleben.

Auf der Bühne musizierten drei Asiatinnen: Schlager. *Muß i denn, muß i denn zum Städtele hinaus.* Zwei Gitarren, ein Akkordeon, ein Drumcomputer.

Hügli öffnete die Tür zu einem schmalen Treppenhaus. Gleich gegenüber betrat er den nächsten Raum, nachdem er aufgeschlossen hatte. Dort saßen drei Männer an einem Tisch. Dicke Bäuche. Dicke Zigarren. Dicke Rauchschwaden. Einer mischte die Karten. Als Johanna in der Tür erschien, sahen die Männer Hügli fragend an.

»Ich muss etwas Geschäftliches besprechen. Dauert nicht lange.« Er öffnete eine weitere Tür und ließ Johanna den Vortritt. Es war ein kleiner Raum mit einem Bett, einem runden Tisch und zwei Stühlen. Die Luft war stickig. Auf dem Tisch standen eine Schale mit Kondomen und eine Box Kleenex.

»Lass dich nicht über den Tisch ziehen«, rief einer der Kartenspieler Hügli nach, als dieser Johanna folgte.

Er schloss die Tür, setzte sich und stellte die Flasche und zwei Gläser auf den Tisch. *Johnny Walker Black Label.* Sorgfältig füllte er die Gläser. Sehr voll. Johanna hatte keine Angst vor einem Kampftrinken. Auch wenn Hüglis Konstitution zur Vorsicht mahnte.

»Also. Sie brauchen meine Hilfe. Sonst kämen Sie kaum ohne Überfallkommando zu mir, oder?« Er prostete ihr zu und leerte das Glas zur Hälfte.

Sie nahm ebenfalls einen kräftigen Schluck. »Eine Frau wurde brutal vergewaltigt. Sie trug eine Ihrer Firmenjacken, als sie gefunden wurde. Am Donnerstag war dieselbe Frau im *Caliente.* Auf demselben Stock wie Sie. Ich will wissen, in welcher Verbindung Sie zu dieser Frau stehen und was Sie letzte Nacht gemacht haben.«

»Kriegt man für solche Gespräche nicht eine Einladung, damit man einen Anwalt mitnehmen kann?«

»Auf die Wache müssen Sie meinetwegen nicht kommen. Aber ich kann nächste Woche ein paarmal mit dem Überfallkommando bei Ihnen vorbeischauen, wenn Sie das wünschen.«

Hügli hob die Augenbrauen und musterte Johanna scharf. »Wie heißt die Frau?«

»Alejandra Knupp-Gardozo, einundzwanzig Jahre alt, verheiratet mit Heinz Knupp. Seit drei Jahren.«

»Nie gehört.« Werner Hüglis Miene verriet nicht, ob er log. Er griff in eine Hosentasche und zog ein winziges Handy hervor. »Warten Sie einen Moment.«

Er ging hinaus und schloss die Tür. Johanna schaute auf die Uhr. Nach anderthalb Minuten kam er zurück und klemmte seinen massigen Körper zwischen die Stuhllehnen. Dann leerte er sein Glas und blickte Johanna an. Entweder kam er schnell zu seinen Informationen oder er hatte ihr den Telefonanruf nur vorgespielt. Johanna tippte ohne spezifischen Grund auf Ersteres.

»Die Kleine arbeitet nicht bei mir. Sie geht für die Domingos auf den Strich. Das mit Knupp ist eine Scheinheirat. Sie ist eine Nutte, er ein Schlappschwanz.«

»Sie hat am Donnerstag im *Caliente* einen Freier bedient. Als Sie auch dort waren.«

»Schauen Sie, ich habe nichts mit dem *Caliente* zu tun. Und ich kenne schon gar nicht alle Mädchen, die dort arbeiten. Das am Donnerstag war eine kleine Gefälligkeit unter Geschäftsfreunden. Das läuft eben so.«

Johanna nippte an ihrem Whiskey. »So ein Zufall. Können Sie das belegen?«

Hügli zuckte mit den Schultern. »Ich glaube nicht, dass ich das muss.« Er schenkte nach.

»Dann wüsste ich noch gerne, wo Sie letzte Nacht gewesen sind.«

Irgendetwas blitzte in Hüglis Augen auf. Schalk? »Ich war mit meiner Frau im Theater. *Caveman* im *Weißen Wind.* Sehr witzig. Das kann ich nur empfehlen. Es geht um Frauen und Männer. Anschließend haben wir in der *Haifischbar* Champagner getrunken. Dann sind wir nach Hause gegangen und haben gebumst. Kultur macht spitz. Am Donnerstag kam ich ja nicht dazu.« Jetzt funkelte Johanna Hohn aus seinen Augen entgegen.

»Sagen Sie. Eines interessiert mich sehr seit letztem Donnerstag: Wieso haben wir Sie eigentlich im Puff erwischt? Jemand wie Sie müsste doch erfahren, wann wir wo eine

Razzia planen. War das auch eine kleine Gefälligkeit unter Geschäftsfreunden?«

Schluss mit lustig. Für Werner Hügli jedenfalls. Er leerte sein Glas. »War's das?« Ohne ihre Antwort abzuwarten, stand er auf.

Johanna erhob sich ebenfalls. Beim Aufstehen trank sie ihr Glas aus. Sie fühlte, wie ihr der Alkohol in den Kopf stieg.

Hügli hatte den Raum bereits verlassen und sich zu seinen drei Spielpartnern an den Tisch gesetzt. Johanna ging wortlos durch den Raum und öffnete die Tür. Von innen brauchte man dafür keinen Schlüssel.

»Kennt ihr den schon?«, hörte sie Hügli fragen. Dann fiel die Tür ins Schloss und Johanna trat in den nebligen Novembertag hinaus.

Sie lief zu Fuß zur Kreiswache zurück. An der Langstraße kamen ihr zwei Junkies entgegen. Mit spastischen Bewegungen diskutierten sie den aktuellen Kokainpreis. Zwanzig Meter weiter trugen die dominikanischen Dealer lässige Posen zur Schau. Aus der Vagina eines ihrer Mädchen hatte Johanna bei einer Razzia vierzehn Portionen Kokain gezogen. Heute stand die junge Frau neben den Dominikanern und schaute Johanna feindselig an.

Als sie zur Wache abbog, raste ein Einsatzwagen um die Ecke. Trotz Blaulicht und Vollgas hob der Fahrer leger den Zeigefinger der rechten Hand, ohne diese vom Lenkrad zu nehmen. Wer ein guter Fahrer ist, rast nicht grußlos an der Kollegin vorbei. Ehrensache.

11.

Köbi Furrer blätterte in einem Gartenmagazin. Er besaß einen kleinen Schrebergarten in Altstetten. Die dortigen Besäufnisse nach Feierabend bei Cervelat und Bier waren legendär in der Regionalwache Aussersihl. Allerdings hatten die Feiern bei Köbi an Popularität verloren, seit Kay und Johanna im Team waren.

»Mach dir nichts draus! Alles Schmierfinken, diese Schreiberlinge.«

Die Zeitungen! Die Artikel zur Pressekonferenz von gestern Nachmittag hatte sie völlig vergessen. Dass Köbi Mitgefühl zeigte, ließ Böses erahnen.

»Ist es schlimm?« Johanna ging zu ihrem Schreibtisch. Jemand hatte ihr den *Tages-Anzeiger* hingelegt.

Quotenfrau aus Leidenschaft. Darunter ein Foto. In der Uniform kam sie sich etwas fremd vor. Immerhin sah sie nicht so steif aus, wie sie sich gefühlt hatte. Johanna hängte ihre Jacke über die Stuhllehne und überflog den Artikel im Stehen.

»Die sind immer gegen uns, die Medien. Die Alte kann sich auf den Kopf stellen, wie sie will, das kann sie nicht ändern.«

Köbi hatte seine Schicht pünktlich angetreten. Bei Johanna liefen bereits die Überstunden. Sie legte die Zeitung beiseite. Köbi schaute seine Kollegin gespannt an.

»Du hattest recht. Werner Hügli war in der *Sonne.* Kennst du ihn gut?«

»Wir sind gleich lange im Geschäft«, brummte Köbi und blickte auf einen Bericht über die Wiedereinführung von im 19. Jahrhundert gekreuzten Rosensorten.

»Wie kriminell ist er?«

Köbi schaute sie an. »Er ist kein Schulbub, wenn du das meinst.« Dann widmete er sich wieder seinen Rosen.

Johanna ging zur Kaffeemaschine und bereitete einen doppelten Espresso. »Hügli ist etwa gleich alt wie du, oder?«, rief sie Köbi zu, während der Kaffee in die Tasse tropfte. Eine kleine weiße italienische ipa-Tasse, die sie ursprünglich Marc geschenkt hatte, als sie mit ihm nach Zürich gezogen war. Eine von zwei, genau genommen. Seine hatte sie an die Küchenwand geknallt, als sie ausgezogen war, die andere kurzerhand mitgenommen.

»Na und?« Köbi war bei einem Warentest von verschiedenen Ranksystemen für Kletterpflanzen angelangt.

»Weil du ihn vielleicht so gut kennst, dass du mir sagen kannst, ob er fähig ist, eine Frau brutal zu vergewaltigen und zusammenzuschlagen.«

»Was heißt brutal?« Köbi blätterte weiter in seinem Heft. Auf dem Titelblatt war eine zierliche Frau um die zwanzig in Shorts und Bikini-Top abgebildet, die hinter einem riesengroßen Rasenmäher stand.

Johanna setzte sich und trank einen Schluck heißen Kaffee. »Sie wurde bewusstlos geschlagen und mit einer Kerze vorne und hinten vergewaltigt. Ich war heute bei ihr.«

Köbi schaute von Gartenbindegarn und Blumentreppen auf. »Das ist nicht Hügli. Wenn der eine vergewaltigt, dann richtig. Ich meine, nicht mit einer Kerze.«

Johanna trank ihren Kaffee aus. »Du meinst, er ist ein normaler Mann, kein Perverser. Einer, der noch den Pimmel benutzt, um ein Mädchen zu vergewaltigen?«

Köbi schaute in sein Heft und sagte nichts.

Johanna erhob sich und zog ihre Jacke an. »Bis morgen.«

Köbi blätterte in seinem Magazin und Johanna ging. Sie holte ihre Vespa aus der Tiefgarage und fuhr im Schritttempo durch die Langstraße. Verstopft wie jeden Abend. Junkies liefen gehetzt den Gehsteig rauf und runter. Kilometer um Kilometer. Auch die Freier waren auf der Suche nach einem Kick. Sie ließen sich mehr Zeit, um die Ware zu begutachten.

Hinter der Unterführung überholte Johanna zwei Autofahrer und den Bus und reihte sich wieder ein. Rechts auf dem Trottoir passierte sie mit hohem Tempo einen Velokurier. Der Autofahrer vor ihr hupte wild, als der Kurier knapp vor der Kühlerhaube an ihm vorbeiflitzte und in die Josefstraße einbog. In ein Fahrverbot.

»Du blödes linkes Arschloch!«, rief ihm der Autofahrer nach.

Johanna gab Gas und überholte rechts, zog die gleiche Schleife vor dem Kühler des überhitzten Fahrers wie der Velokurier und fuhr dann in der Mitte der beiden Fahrbahnen weiter.

»Scheißlesbe«, brüllte er diesmal.

Nachdem Limmatplatz und Kornhausbrücke hinter ihr lagen, ging es zügig voran.

Vor ihrem Haus parkte ein Wagen mit Solothurner Kennzeichen, aus dem ein Mädchen eine Stehlampe lud. Mit einem Schirm aus geblümtem Stoff. Die Frau hatte eine Glatze, trug eine blaue Jogginghose, eine Jeansjacke, Bergschuhe und eine Pilotenbrille mit gelben Gläsern. Das sah nach Kunstschule aus.

Johanna stellte ihre Vespa in den Hof. Frau Zuberbühler stand im Küchenschurz am Fenster und schaute zu, wie das Leben vorbeiglitt. Johanna lächelte ihr zu und folgte dem Mädchen ins Haus und die Treppe hoch. Johannas Appartement lag im zweiten Stock. Die Lampe gehörte in eine höhergelegene Wohnung. Johanna hatte nicht gemerkt, dass jemand ausgezogen war. Wagner hatte sie seit Längerem nicht mehr gesehen. Ein ehemaliger Gleisarbeiter um die achtzig, der sich erst mit seinem beruflichen Ruhestand abgefunden hatte, als er kaum noch einen Besen in der Hand halten konnte. Vielleicht hatten die Spitex-Pflegerin und sein Sohn es nun geschafft, ihn ins Altersheim zu bringen.

Als Johanna ihre Wohnungstür öffnete, kam ein anderes Mädchen die Treppe herunter und ging scheu lächelnd an der Kommissarin vorbei. Rote Haare, wilde Piercings, grüner Overall. Johanna schloss die Tür hinter sich und zog ihre Kleider aus. Sie warf alles auf einen Haufen im Bad und stellte sich unter die heiße Dusche. Mindestens zehn Minuten mit geschlossenen Augen. Dann trocknete sie sich ab, hüllte sich in einen weißen Bademantel und schlüpfte in dunkelrote Filzhausschuhe.

Aus der Küche holte sie ein Büürli, Butter, ein Stück Emmentaler und einen Topf Honig und stellte alles auf einen kleinen Holztisch. Dann bereitete sie sich eine Kanne Schwarztee, setzte sich vor den Fernseher und aß.

Auf Tele Züri begriff ein Rentner nicht, wieso ihm jemand seinen Deutschen Schäferhund gestohlen hatte. Am helllichten Tag! Ein Psychologe spekulierte darüber, was jemanden dazu veranlassen könnte, einen Hund zu entwenden. Eine Tierheimbesitzerin fand diesen Diebstahl seltsam schockierend, betonte aber, dass das weit größere Problem nach wie vor das Aussetzen von Haustieren sei, nicht deren Diebstahl. Eine Nummer für sachdienliche Hinweise wurde eingeblendet.

Anschließend wechselte die Moderatorin zum Thema Prostitution. Den besorgten Blick und die schwere Stimme beibehaltend. Eine Politikerin forderte unter dramatischem Augenrollen Maßnahmen gegen die erschreckenden Auswüchse des Sexgewerbes. Sie überreichte dem Stadtrat eine Petition mit dem Titel *Jetzt reicht's!* Der Stadtrat sagte, dass er die Anliegen der Bevölkerung sehr ernst nehme und die Polizei deshalb weiterhin Razzien in Bordellen durchführen werde. Hanspeter Trübs Statistik über die Ausbeute im *Caliente* wurde eingeblendet. Zwischen Augenrollen und Zahlenreihen sah Johanna, wie sie und Grazia die brasilianische Prostituierte in ein Auto setzten. Sie schaltete auf das Kochduell um und strich eine Extraportion Honig auf ein Stück Emmentaler.

Das Telefon klingelte. Erst schaltete sie den Fernseher stumm, dann meldete sie sich mit vollem Mund.

»Guten Appetit!«

Sie hatten sich anlässlich einer Kampagne für Dijon-Senf kennengelernt. Als Johanna noch Produktnamen und Packungsbeilagen übersetzte. Während eines Abendessens hatten sie gemeinsam fünf verschiedene Bezeichnungen für ›scharf‹ gefunden.

Andrea Camenzind war Werber, Ende dreißig und geriet langsam etwas aus der Form. Erhalten geblieben war jedoch sein spitzbübischer Charme. »Ich bin mit meinem Sohnemann im Hallenstadion beim Eishockey-Match und habe gerade festgestellt, dass ein Abend in Oerlikon ohne dich nicht wie ein Abend in Oerlikon ist. Höchstens wie einer in Wallisellen.«

Im Hintergrund hörte Johanna die Fans toben. »Wer spielt?«

»Langnau. Wir nageln sie an die Wand.«

»Hopp Langnau!«, sagte Johanna und biss in ein Stück Emmentaler.

»Du bist eine hoffnungslose Romantikerin. Das sind keine Helden, nur Verlierer. Du aber könntest die Gewinnerin des Abends sein. Sehen wir uns noch?«

Johanna lachte. »Und dein Sohn? Gehört er auch zu den Gewinnern des Abends?«

»Ach, Tobias ist ein moderner Mensch. Wie sein Vater.«

»Heute Abend solltest du deinem Sohn zuliebe etwas altmodischer sein.«

»Wie kannst du nur gleichzeitig so schön und so vernünftig sein, Jo?« Im Hintergrund hörte Johanna ein Riesengeschrei. Ein Tor wahrscheinlich. »Das bricht mir das Herz.«

»Das Herz sitzt bei dir tiefer unten als bei anderen Menschen, mein Guter.«

»Seit du bei der Schmier arbeitest, denkst du wie ein Mann, Jo. Gehst du mal mit mir essen? Ich kenne ein wunderbares Restaurant. Ganz neu. Da müssen wir unbedingt hin, solange es noch nicht zu angesagt ist.«

»Nächste Woche vielleicht.«

»Ich rufe dich an.«

»Grüß Tobias von mir. Ciao.« Johanna schaltete den Fernseher aus, stand auf und räumte das Geschirr weg. Dann holte sie ein Buch aus dem Schlafzimmer und machte es sich auf dem Sofa bequem. Arthur Schnitzlers *Traumnovelle.* Das war nun das dritte Mal.

12.

Sie trug eines der farbigen Sommerkleider aus der Wäscherei. Eine Journalistin. Kolumnistin genau genommen. Und Buchautorin. Eine kaltschnäuzige Selbstdarstellerin mit

Respekt vor nichts und niemandem. Ihr Thema war Sex. Ausschließlich. Auch wenn sie über Sport schrieb, über Kunst oder Politik. Sie war besessen von Sex. Und Zürich von ihr. Die Eventmanager prügelten sich um sie. Märchenerzählen im Seebad, Mister-Gay-Wahl im Tramdepot, Modeshow in einer Industriehalle. Sie war dabei.

Martin Metzger stellte ihr das Bier hin und nahm den Fünfliber entgegen. Wortlos. Sie drehte sich um und ging. Er sah gerade noch, dass sie Turnschuhe trug. Dann verschwand sie in der Menge.

Martin füllte den nächsten Becher. Er hatte Tresendienst. Es gab keinen Sportreporter in der Stadt, der hier nicht ab und zu hinter dem Zapfhahn stand. Das war der Unterschied. GC hatte eine Kinderkrippe, der FCZ eine Szenebar. Dafür gewann GC ab und zu ein Fußballspiel.

Die heutige Partie war schlimm gewesen. Keine Organisation, keine Dynamik, kein Spielwitz. Nichts. An der Bar nahmen sie Wetten auf den Rausschmiss des Trainers entgegen. Es waren überdurchschnittlich viele Journalisten da und Werber und Angestellte des städtischen Sozialamtes und deren Klienten. Martin stellte einem Mann mit Glatze, enormem Bauch und riesiger Zigarre im Gesicht vier übervolle Becher vor die Nase. Ohne die geringste Mühe ergriff der Glatzkopf alle vier, drehte sich um und pflügte sich durch die Menge zu einem der Tische weiter hinten im Saal. Dort lief das andere Spiel auf dem Bildschirm. GC gegen Basel. Ein gutes Spiel, rein fußballerisch betrachtet.

Das Handy piepste. Eine SMS. Martin überließ den Tresen Claudia. Sie war Bildredakteurin und hatte eine atemberaubende Figur. Extrem sportlich. In der Szenekneipen-Liga brillierte sie als linke Flügelstürmerin. Martin erfand jeweils schamlose Ausreden, um seine Arbeitseinsätze so zu legen, dass er mit ihr am Tresen stehen konnte. Er nahm sein Handy hervor und schielte Claudia verstohlen an. Sie trug eng anliegende Jeans. Neuerdings hatte sie einen Bauchansatz.

Ich will dich. Jetzt! stand auf dem Display.

Bewegung kam in den Saal. Klatschen, Pfiffe. Am Eingang bildete sich eine Gasse. Die Spieler kamen, zumindest einige. Der Goalie, der Mannschaftskapitän und der Mittelfeldregisseur. Die Schlüsselfiguren. Martin fragte sich, ob sie der Trainer wohl bewusst in das Getümmel geschickt hatte.

»Kopf runter, ihr Versager!«, rief der Dicke mit der Zigarre aus der Tiefe des Raumes.

Dessen ungeachtet schrie die Mehrheit »Züri!, Züri!«, bis einer einen anderen Chor anzog: »Wer auf GC pisst, liebt Jean-Daniel Babtiste!« Die anderen folgten dem Vorsänger und feierten mit ihm Babtiste. Er war der Torjäger. Mit mäßigem Erfolg zwar, aber viel Einsatz. Das zählte für die Fans. Solange einer rannte bis zum Umfallen, wurden auch Niederlagen verziehen. Babtiste wirkte bei direktem Kontakt zurückhaltend, fast scheu. Auf dem Feld jedoch war er ein Teufel. Daneben zeitweise wohl auch. Ab und zu rutsche ihm die Hand aus, hieß es. Und dass er äußerst trinkfest sei. Er hielt bereits ein Bier in den Händen. Auch deshalb war er populär.

Claudia bückte sich und füllte aus einer großen Schublade Crushed Ice in einen Kübel. Als der Eimer voll war, stand sie auf, stellte ihn unter die Theke und drehte sich um. Sie lächelte. Mit sanft geschwungenen Lippen und aus tiefen, wasserblauen Augen. Zum Versinken. »Kannst du übernehmen? Ich muss etwas früher weg.«

»Ich tu alles, was du willst«, stöhnte er. »Aber ich sterbe, wenn du mich verlässt.«

Sie lachte, strich ihm mit der rechten Hand über die Wange und ging.

»Hey! Ficken kannst du nachher. Jetzt füll mal Bier ab.« Vor dem Tresen stand eine Horde Fans in Blau-Weiß.

Martin steckte das Handy weg und begann, Bier zu zapfen. Zuerst für die Fans, anschließend für zwei Journalisten von der Konkurrenz. Dann kam der große, dicke Zigarrenmann, um Nachschub zu holen. Schließlich verlor Martin den Überblick. Bis das Kleid vor ihm auftauchte.

Er stellte ihr ein Bier ohne Schaum hin. Sie drückte ihm das Geld in die Hand. »Der Rest ist für die Mühe.« Sie drehte sich zu den Fans hin und schäkerte. Schamlos und offensichtlich. Er knallte das Geld in die Kasse und drehte wieder den Zapfhahn auf.

Nach einer Weile wurde er weggeschubst. Das Kleid stand neben ihm. »Du kannst aufhören zu kämpfen. Jetzt fängt meine Schicht an.« Sie wandte sich ab und lächelte ihre Gäste an. »Meine Herren. Sie sehen durstig aus.«

Martin nahm einen Becher Bier und verdrückte sich. Er kannte verschiedene Leute im Raum. Journalisten, Clubfunktionäre. Doch er hatte keinen Bock auf halb geschäftlichen Small Talk. Milan war noch nicht aufgetaucht. Zu viel dreckige Wäsche wahrscheinlich.

Gerade bevor es ungemütlich wurde, klingelte das Handy.

»Na, was ist jetzt? Muss ich's mir selber machen?« Myriam Camenzind war Psychologin. Er hatte ihre SMS völlig vergessen.

»Ich bin im Stadion.«

»Okay. Ich hole dich ab. Bin im Büro. Ich warte am Westeingang auf dich.«

Martin schaute sich im Saal um, ob Claudia nicht vielleicht doch noch da war. Sie war nirgends zu sehen. An der Bar sprach das Kleid gerade mit dem Zigarrenraucher. Futter für die nächste Kolumne.

Martin trank sein Bier aus, holte seine Jacke aus der Personalgarderobe und ging. Draußen war es bereits stockdunkel. Und kalt. Er ging zum Westeingang und lief auf den Stadionvorplatz hinaus.

Myriam saß auf der Kühlerhaube ihres Porsches. Rote Haare, schwarze Lederjacke, schwarzer Lederjupe und hochhackige Stiefel. Er hatte sie auf einer Weiterbildung kennengelernt. Als Kursleiterin. Kommunikation und Konfliktmanagement. Anschließend hatten sie sich dann in der *Widderbar* in der Altstadt wieder getroffen. Eine Bar für Manager und solche, die sich Mühe gaben, so auszusehen.

Für gewöhnlich ging Martin nicht dorthin. Doch an jenem Abend wollte er sein letztes Bier an einem Ort trinken, an dem nichts so war wie gewohnt.

»Als du damals zum ersten Mal in den Kursraum kamst, wusste ich: Mit dem Mann will ich ins Bett.« Sie war professionell genug, ihm dies erst in der *Widderbar* ins Ohr zu flüstern, nicht während des Kurses. Und er war eingeschüchtert genug, erst mit ihr zu schlafen, nachdem sie die Nacht in verschiedenen Clubs in Zürich West durchgezecht hatten.

Seitdem hatten sie Sex miteinander. Nur Sex. Myriam lebte mit ihrem Mann und ihrem Sohn in einer Glas-Stahl-Holz-Siedlung in Stäfa. Am See. Ihr Mann war Werber, sie arbeitete als freischaffende Psychologin und Unternehmensberaterin.

Myriam fasste ihn mit der Rechten im Nacken und zog ihn zu sich heran. Mit der Linken griff sie in seine Hose. Einen tiefen Kuss lang.

Sonntag

Sorry songs, saddest sounds that I heard
beautiful, pitiful little bird
Jane Birkin, *Canary Canary*

13.

Ein Knall. Martin Metzger schreckte auf. Schwer zu sagen, ob er tatsächlich etwas gehört oder es nur geträumt hatte. Myriam lag nicht neben ihm. Im Bad hörte er Wasser laufen. Vielleicht hatte sie die Tür der Duschkabine zugeknallt.

Er hatte geträumt, dass er morgens in die Redaktion ging und dort ein Bier trank statt des Kaffees, den alle anderen vor sich hatten. Niemand sagte etwas, alle nippten zur Blattkritik an ihrem Kaffee. Es gab verschiedene Alkoholiker in der Sportredaktion. Er gehörte nicht dazu.

Martin stieg aus dem Bett und zog Shorts an. Seine Kleider lagen auf dem Boden verstreut. Myriam hatte ihre zusammengeklaubt.

Er ging in die Küche. Die Tür zu Sophies Zimmer stand offen. Ihr Bett war noch nicht gemacht. Das sollte er tun, bevor ihre Mutter sie brachte. Und lüften.

Die Küchenuhr zeigte kurz nach sechs an. Myriam war spät dran. Sie blieb sonst nie und ging normalerweise früher nach Hause. Damit sie dort war, wenn ihr Sohn erwachte. Martin nahm einen Tetrapak Milch aus dem Kühlschrank und setzte ihn an. Die Milch lief ihm aus dem Mundwinkel und tropfte auf die Shorts.

»Ich bin eingeschlafen!« Myriam stand in der Küchentür. Angezogen.

»Du hast rote Backen. Steht dir gut. Siehst aus wie die Unschuld vom Lande.«

Myriam streifte ihre Lederjacke über und kramte den Autoschlüssel aus ihrer Handtasche hervor. »Ich muss weg. Bin schon viel zu spät. Tobias wird gleich aufstehen. Er geht mit seinem Onkel fischen.«

»Um diese Jahreszeit?«

Sie küsste ihn flüchtig auf die Wange. »Äschen oder so was Ähnliches sind Saison. Ciao.«

Martin hörte, wie sie die Wohnungstür öffnete und wieder schloss. Ihr Parfum lag noch in der Luft.

Er stellte die Milch zurück in den Kühlschrank. Dann ging er ins Schlafzimmer und las die gebrauchten Pariser zusammen. Als er sie in der Küche in den Mülleimer warf, klingelte das Handy. Er hastete zurück und fand es neben der Stereoanlage. Myriam.

»In der Wäscherei brennt Licht, die Kleine schreit wie am Spieß. Ist das normal an einem Sonntagmorgen um diese Zeit? Vielleicht schaust du mal vorbei. Ich muss Gas geben.«

Martin ging zurück ins Schlafzimmer und öffnete das Fenster zum Hof. Er war hundemüde. Als er sich herausbeugte, sah er den Lichtschimmer, der aus der Wäscherei in den Hinterhof schien. Es war schon möglich, dass die beiden bereits wieder arbeiteten. Sie schufteten wie die Blöden, um ihre Wäscherei halten zu können. In der *Migros* war Hemdenwaschen und Bügeln die Hälfte billiger.

Sie hatten die Wohnung neben ihm im zweiten Stock, nicht direkt über der Wäscherei. Über der Wäscherei wohnte Alfred Kägi, der Hausbesitzer. Es war sein Elternhaus. Die beiden Dreizimmerwohnungen im ersten Stock hatte er zu einem einzigen großen Appartement umgebaut.

Martin hätte sich liebend gern im Bett vergraben und bis Mittag geschlafen. Nur hatte sich die Angst, dass vielleicht etwas passiert war, bereits in seinem Kopf festgesetzt. Er zog ein T-Shirt an und schlüpfte in seine Schlappen.

Er klingelte gegenüber bei Dilic. Ziemlich komisch, wenn er sie jetzt wecken würde. Nichts geschah. Auch beim zweiten Klingeln nicht. Also ging er nach unten. Die Wäscherei hatte einen Seiteneingang im Flur. Er klopfte. Valentina weinte tatsächlich. Nochmals. Er drückte die Klinke. Die

Tür war nicht abgeschlossen. Zögerlich öffnete er sie einen Spalt.

»Milan? Vera? Seid ihr da? Ich bin es. Martin.«

Valentina saß vor der Theke auf dem Boden neben einer Matratze. Verschiedene Spielzeuge waren im Raum verteilt. Sie spielte mit keinem, sie schrie nur. Mit großen, geröteten Augen.

»Was ist denn so schlimm, Kleine?« Er trat ein und ging zu ihr. »Vera, Milan!«

Immer noch nichts. Martin kniete sich zu Valentina hinunter. In drei Wochen hatte sie Geburtstag. Sophie hatte das Geschenk bereits ausgewählt. Eine Plüschgiraffe. Er nahm das Kind in die Arme. Es wehrte sich nicht, schrie aber weiter.

»Aber, aber, kleines Mädchen. Wo sind denn Mami und Papi? Hast du sie verloren? Komm, wir gehen sie suchen.«

Er stand auf und ging zur Theke. In der Wäscherei klingelte es. Irgendwo befand sich eine Lichtschranke. Es dauerte, bis er herausgefunden hatte, wie sich die Klapptür in der Theke öffnen ließ. Er hob die Thekenoberfläche mit einer Hand hoch. Mit der anderen hielt er Valentina fest.

Über einem Eisengestell mit aufgestapelten Hemden klebten drei Plakate. Das eine, die Preisliste, hatten Vera und Milan wahrscheinlich in einem Brockenhaus aufgestöbert. Vierzigerjahregrafik. Die Zahlen waren angepasst worden. Daneben waren zwei Plakate mit Schwarz-Weiß-Fotos von frisch gebügelten Kleidern, die an einem altmodischen Herrendiener hingen, an die Wand geheftet worden. Vera hatte ursprünglich Fotografin werden wollen. Die Wände säumten Kleiderstangen mit Anzügen, Hemden, Blusen und Röcken. Um die Ecke ging es in die eigentliche Wäscherei. Der Eingang hatte keine Tür. Aus dem Raum wehte Martin ein warmer Hauch entgegen. Und ein eigenartiger Geruch.

Als Erstes bemühte er sich, Valentina nicht fallen zu lassen. Als Zweites wandte er sich ab, damit sie nicht sehen konnte, was er sah. Zwei Sekunden zu spät wahrscheinlich. Milan lag im Durchgang zur Wäscherei. Blutüberströmt, mit weit aufgerissenen Augen. Den Oberkörper schräg an die Wand gelehnt. Um ihn herum war überall Blut. Dunkelrot und unheimlich. Martin zögerte lange, bis er sich vorsichtig an dem Toten vorbeitastete, damit er in den Raum hineinsehen konnte. Mit der Rechten hielt er Valentinas Kopf zur Seite. Vera lag weiter hinten. Regungslos inmitten eines Berges weißer Leintücher und Bettbezüge. Daneben ein umgestürzter Korb mit gebügelten Frottiertüchern.

Martin drückte Valentina fester an sich. Erst jetzt fiel ihm auf, dass sie nicht mehr weinte. Rasch ging er zurück in den Verkaufsraum. Das Telefon fand er neben der Kasse auf der Theke. Er hob den Hörer ab und wählte den Polizeinotruf. Alles mit einer Hand. Ihm war, als hätte er einen großen, schwarzen Klotz im Hals.

Hinterher wusste er nicht mehr so genau, was er gesagt hatte. Jedenfalls endete das Gespräch damit, dass er den Polizeibeamten am anderen Ende anschrie: »Die Hausnummer weiß ich nicht. *Wäscherei Kanzlei* an der Kanzleistraße, Huere Siech! In Zürich!« Er knallte den Hörer auf den Apparat und setzte sich mit Valentina auf ihre Matratze. Sie weinte wieder.

Seine eigene! Die Hausnummer wäre seine eigene gewesen. Ob er nochmals anrufen und die Nummer durchgeben sollte? Doch hörte er in diesem Moment bereits eine Sirene. Sie kam näher und stoppte tatsächlich vor dem Haus. Gleich darauf klopfte jemand an die Eingangstür und betätigte die Klinke. Es war jedoch abgeschlossen. Martin stand auf. Valentina schluchzte in seinem Arm. Von innen ließ sich die Tür ohne Schlüssel entriegeln. Er öffnete.

Draußen stand eine Frau. Allein. Sie hielt ihm einen Ausweis hin. Darauf war ihr Foto abgebildet. Darüber das blauweiße Zürcher Wappen. »Guten Morgen. Mein Name ist di Napoli von der Stadtpolizei. Haben Sie uns angerufen?«

Martin nickte nur und ließ sie eintreten. »Hinten. Sie liegen hinten im Raum.« Er setzte sich mit Valentina erneut auf die Matratze. Nochmals mochte er das nicht ansehen.

Die Polizistin öffnete die Thekentür und verschwand hinter Veras Plakaten.

Kurz darauf hörte Martin die Frau telefonieren. Dann kam sie wieder nach vorn. Ein Notizbuch in den Händen. Sie lehnte sich an die Theke. »Ist das Ihr Kind?«

»Valentina ist ihre Tochter.« Martin deutete mit dem Kopf in Richtung Gang. »Veras und Milans. Sie ist ihre Tochter. Sind beide tot?«

Die Polizistin nickte. »Es sieht danach aus. Der Notarzt wird gleich hier sein. Haben Sie die beiden gefunden?«

»Ja. Valentina hat geschrien. Da habe ich vorbeigeschaut. Ich wohne oben im zweiten Stock. Martin Metzger.«

»Haben Sie irgendetwas berührt oder verändert, als Sie sie gefunden haben, Herr Metzger?«

Er zuckte mit den Schultern. »Die Tür, das Telefon, Valentina. Was man halt so anfassen muss.«

»Und den Raum mit den beiden Opfern haben Sie auch betreten?«

»Nein. Nur hineingeschaut. Dann habe ich die Polizei angerufen.«

Draußen waren wieder näher kommende Sirenen hörbar. Mehrere diesmal.

»Wir benötigen später eine detaillierte Aussage von Ihnen, Herr Metzger. Sie werden für eine Befragung auf die Polizeiwache kommen müssen. Warten Sie bitte im Flur. Ich schicke gleich jemanden zu Ihnen. Ach ja, und ziehen Sie sich bitte an.«

Martin Metzger blieb verwirrt sitzen.

Die Polizistin schaute ihn erwartungsvoll an. »Ah, das Kind. Würden Sie sich vorderhand um es kümmern? Und wissen Sie, ob die beiden Opfer Verwandte haben, die wir anrufen können?«

Martin erhob sich und drückte Valentinas Kopf an seine Schultern. Jetzt wirkte sie schläfrig. »Milans Eltern wohnen in Seebach. Der Vater heißt Dragan Dilic. Veras Eltern wohnen nicht in Zürich. In Mettmenstetten, glaube ich.

Moser heißen sie. Mehr weiß ich nicht. Oder doch: Sie haben Streit miteinander. Hatten Streit, will ich sagen. Milan und sein Vater. Und die Eltern vertragen sich auch nicht besonders.« Martin ging zur Tür in den Hausflur und öffnete sie.

»Einen Moment bitte, Herr Metzger. War diese Tür abgeschlossen, als Sie eingetreten sind?«

»Nein, nicht abgeschlossen, aber zu.« Er stockte. »Das ist eigentlich komisch. Normalerweise steht sie einen Spalt offen, denn sie schließt nicht mehr gut. Aber heute Morgen war sie zu.«

»Und wo führt sie hin?«

»Ins Treppenhaus. Wenn man in die Wohnungen hinauf will, muss man nicht außen rum gehen.«

Die Polizistin legte ihm eine Hand auf die Schulter und kam verwirrend nahe. Sie roch nach Leder. »Ist alles in Ordnung, Herr Metzger? Schaffen Sie es?«

Sie hatte grüne Augen und eine dunkle Stimme. Das passte zum Parfum. Er nickte und trat in den Flur hinaus.

Johanna sah ihm nach. Der Mann stand mächtig unter Schock. Die ganze Zeit über hatte er dem Kind sanft über den Kopf gestreichelt. Eigentlich dürfte sie ihn nicht allein lassen. Doch sie hätte ihn so nicht den Blicken ihrer Kollegen aussetzen wollen. In einem Swissair-Shirt, Adiletten und viel zu knappen Shorts, aus denen eine Hode herausgehangen hatte, als er auf der Matratze saß.

Sie ging zum Eingang und öffnete die Tür. Neben ihrem eigenen Auto parkte jetzt ein Streifenwagen. Grazia und ein Kollege näherten sich. Ein anderer ziviler Wagen mit aufgesetzter Sirene bog in die Kanzleistraße ein. Johanna kannte den Mann am Steuer. René Fédier, Ermittlungsleiter bei der Spezialabteilung 2 für Kapitaldelikte der Kantonspolizei. Ein Quereinsteiger wie sie. Nur wurde ein ehemaliger Versicherungsjurist schneller befördert als eine Übersetzerin, die ihre Sporen zuerst als Revierdetektivin abverdienen musste.

»Ciao, Jo. Warum bist du schon hier? Wir haben doch den Auftrag erhalten! Bist du eigentlich immer die Erste, wenn es brennt?« Grazia und ihr Kollege standen vor ihr. Johanna kannte ihn nicht. Doch da Grazia eine Schulabgängerin war, musste er der Teamchef sein.

Johanna grinste und drückte beiden die Hand zur Begrüßung. »Ich höre halt den Polizeifunk ab.«

»Trümpler, Rolf«, stellte sich der Kollege vor.

»Freut mich, Rolf. Ich bin Johanna. Drinnen liegen zwei Tote. Wahrscheinlich ermordet. Der Hauptzeuge heißt Martin Metzger und wohnt im zweiten Stock. Er hat die Tochter der Toten bei sich. Ihr kommt über die Wäscherei ins Haus rein.«

Auf der gegenüberliegenden Straßenseite standen bereits Gaffer am Fenster. Es konnte nicht mehr lange dauern, bis auch welche vor dem Haus eintrafen.

Johanna blickte Grazia an. »Du regelst den Verkehr und weist die ankommenden Beamten ein. Sobald wir mehr Leute hier haben, holst du dir Unterstützung und sperrst den Eingang zu der Wäscherei ab. Und falls Leute aus dem Haus kommen sollten, nimmst du unbedingt ihre Personalien auf und überprüfst sie über Funk. Dann rufst du den Einsatzleiter. Nur er darf sie gehen lassen. Alles klar?« Beide nickten und wollten gehen.

»Warte einen Augenblick, Rolf. Jemand muss den Hauptzeugen bewachen. Er steht unter Schock. Und das Kind der beiden Opfer ist ja, wie gesagt, auch noch bei ihm. Mach du das bitte!«

Rolf Trümpler hob die Augenbrauen. Babysitten war eigentlich nicht sein Job.

»Keine Diskussionen«, sagte Johanna und wandte sich Fédier zu, der die Eingangstreppe hinaufkeuchte.

Trümpler verschwand wortlos in der Wäscherei. Grazia stand bereits auf der Straße und nahm die ankommende Ambulanz in Empfang. Unauffällig schielte sie zu Johanna hinüber. Diese zwinkerte zurück und lächelte dem Ermittlungsleiter entgegen. Der hatte nicht nur eine schlechte Kondition, sondern auch sehr schlechte Laune.

14.

Johanna di Napoli stellte die Espressotasse auf das Glastischchen. Die Wohnung erinnerte sie an *Miami Vice.* Und ein bisschen auch an das Jugendhaus, in dem sie mit vierzehn geknutscht, gekifft und den Jugendarbeiter verachtet hatte.

Sie saß auf einem Sofa aus schwarzem Leder, er in einem roten Schalensessel aus Kunststoff. Dazwischen ein Beistelltisch aus Glas und schwarzem Metall. Natürlich stand eine Corbusier-Liege vor der Bang-&-Olufsen-Stereoanlage. Und einen Flipperautomaten aus den Siebzigerjahren gab es auch. Daneben die Bar aus unverputztem Backstein. In einer Schale lagen Zitronen. Sie sahen sehr frisch aus.

Johanna gegenüber saß Alfred Kägi und passte zu seiner Wohnungseinrichtung. Schwarze Bundfalten, schwarzer Rollkragen, schwarze Halbschuhe mit silberner Schnalle. Wieso um Himmels willen trug er wohl am Sonntagmorgen kurz nach sieben bereits Existenzialistenlook statt eines karierten Morgenmantels?

Nach Kägis eigenen Angaben war er wegen der Sirenen ungefähr um halb sieben aufgestanden und hatte das Haus seither noch nicht verlassen. Schon gar nicht, um zu gaffen. Er hatte nur kurz aus dem Fenster geschaut. Die Schüsse hatte er gehört, konnte sich allerdings nicht erinnern, wie viele. Dass es tatsächlich Schüsse gewesen waren, hatte er erst realisiert, als die Sirenen näher gekommen waren. Kägis Gesicht wirkte zerknittert. Er musste Mitte fünfzig sein. Der Blick rastlos, die Haare grau meliert mit Mittelscheitel. Ab und zu glitt ein merkwürdiges Zucken über seine rechte Wange.

Es gab keinen Grund, sich so lange mit Alfred Kägi aufzuhalten. Johanna hätte schon längst Martin Metzgers Aussage aufnehmen sollen. Er war der Hauptzeuge. Doch Kägi und seine Wohnung waren so faszinierend bizarr, dass sie wie gefesselt im tiefen Ledersofa versunken blieb.

Er war Treuhänder. Gewesen, hatte er präzisiert. Die Familie Dilic kannte er als Nachbar und Vermieter. Er hatte das Haus von seinen Eltern geerbt und verwaltete es selbst. Wie alle Liegenschaften, die er besaß.

Aufgefallen waren die Dilic ihm nie besonders, außer dass es manchmal etwas laut wurde, wenn die Eltern von Herrn Dilic da waren. Vater und Sohn schienen oft Meinungsverschiedenheiten zu haben. Und solche wurden eben nicht in allen Kulturkreisen ruhig ausgetragen. Der Vater war arbeitslos und kam häufig vorbei, weil er nichts zu tun hatte. Aber sein Sohn arbeitete hart. Rund um die Uhr. Manchmal frage er, Kägi, sich, wie gesund dies für die Familie sei.

Heute Morgen hatte er außer den Sirenen nichts Besonderes gehört. Auch gestern Abend war nichts Außergewöhnliches geschehen. Und nun war ein Mord passiert. Im eigenen Haus. Im Elternhaus. Das musste erst verarbeitet werden.

»Möchten Sie noch eine Tasse Kaffee?«

Johanna schreckte auf. Sie hatte unhöflich lange nichts mehr gesagt. »Ja, gerne.«

Er erhob sich und glättete seine Hosen. »Kurz und schwarz?« Einen Wimpernschlag lang lächelte er.

Sie nickte. Während er langsam und sorgfältig den Kaffee zubereitete, schaute sie sich einmal mehr die Wohnungseinrichtung an. Das hatte Suchtpotenzial. »Darf ich Sie etwas fragen?«

Er drehte sich um und blickte sie erstaunt an. Das Lächeln hatte ein entspannteres Gesicht hinterlassen. »Dazu sind Sie doch hier!«

Nun schmunzelte Johanna. »Stimmt. Aber es ist eine Frage, die nicht direkt mit der Ermittlung zu tun hat. Es nimmt mich einfach wunder.«

Er stellte die Espressotasse auf den Tisch und ein Glas Wasser daneben. Auf dem Tablett stand ein weiteres Glas, in dem eine Brausetablette zischte. Er schaute sie gespannt an.

»Warum haben Sie Ihren Beruf aufgegeben?«

Bevor er antwortete, setzte er sich und wartete, bis sich die Tablette im Wasser aufgelöst hatte. »Er hat mich aufgegeben.«

Sie sagte nichts. Auf dem Boden seines Glases sammelte sich ein Rest weißen Pulvers.

»Mein Beruf hat mich aufgegeben. Besser gesagt mein Geschäft. Oder vielmehr mein Geschäftspartner, um wirklich präzise zu sein.«

Der Kaffee war genau so, wie sie ihn mochte. Er trank einen Schluck Brause.

»Das klingt nach einer Enttäuschung.«

»Das war es. Eine Enttäuschung.« Sein Blick wurde eine Spur düsterer. Das Zucken blitzte weniger häufig auf. »Eine Täuschung ist es eigentlich gewesen. Mein Kompagnon hat mich ausgebootet. Er hat mich aus der Firma gedrängt, die wir zusammen aufgebaut haben. Danach habe ich den Beruf aufgegeben. Nun konzentriere ich mich auf meine Liegenschaften.« Sein Blick versank in der trüben Flüssigkeit seiner Brause. »*Axiom* hieß unsere Firma, als wir sie gegründet haben. Zu jener Zeit waren wir enthusiastisch und wollten eine Unternehmensberatung mit vielseitigen Dienstleistungen aufbauen.« Mit spitzem Mund nahm er einen weiteren Schluck Brause und behielt danach das Glas in der Hand. »Vielleicht war der Name auch zu konstruiert. Zu akademisch. Jedenfalls heißt sie jetzt *Frei & Partner* und macht vor allem Steuerberatungen und Buchhaltung. Dafür verdient Rolf Frei heute fünfmal so viel wie damals, als wir angefangen haben. Und er wiegt das Dreifache.«

Johanna di Napoli stellte die Tasse zurück auf den Tisch. Das Geräusch kam ihr unglaublich laut vor. »Es ist hart, von vorne zu beginnen. Das weiß ich aus eigener Erfahrung. Allzu häufig kann man das nicht tun.« Sie hatte dies mehr zu sich selbst gesagt.

Er schaute sie an. Gequält.

Sie gab sich einen Ruck und stand auf. »Ich muss zurück an die Arbeit. Besten Dank für den herrlichen Espresso.« Sie lächelte ihn an.

Alfred Kägi stellte sein Glas auf den Tisch und erhob sich ebenfalls.

Vor dem Ausgang stand ein hölzerner, hüfthoher Kasten, der antik aussah. An der Wand hingen Fotos von Eisenbahnen. Auf dem Kasten lagen einige Kunstbände. Daneben das Foto einer Frau mit Kind. Johanna hielt inne und schaute das Bild an. Sie suchte Ähnlichkeiten zwischen Kägi und dem Kind. Die Frau sah südamerikanisch aus.

»Es stimmt nicht.«

»Wie bitte?«

»Es stimmt nicht, was Sie jetzt denken.«

Johanna schaute ihn fragend an.

Die Zuckungen in seinem Gesicht waren wieder da. »Das ist meine Exfrau und wir sind geschieden. Aber ich habe sie nicht aus dem Katalog ausgewählt und sie hat mich nicht verlassen, nachdem sie die Aufenthaltsbewilligung erhalten hat. Das ist es doch, was alle denken, wenn sie einen mit einer Ausländerin sehen! Oder nicht?«

»Das denke ich tatsächlich ab und zu. Vor allem in Aussersihl.« Johanna di Napoli bemühte sich um einen ruhigen Tonfall. »Aber jetzt nicht. Ich dachte bloß, dass Ihnen Ihr Kind ähnlich sieht.«

»Es ist nicht meins.«

Mist. Das hatte sie versiebt. Hätte sie nur nicht versucht, ihm zu schmeicheln.

Alfred Kägi öffnete die Tür und streckte ihr die Hand entgegen. »Auf Wiedersehen.«

Johanna di Napoli erwiderte den Händedruck und lächelte verlegen. »Danke für Ihre Unterstützung. Falls wir weitere Fragen haben, würde ich gerne nochmals vorbeikommen.«

Die Tür war bereits geschlossen. Sie atmete tief durch und stieg die Treppe hinauf in den zweiten Stock. Die Tür bei Dilic stand offen und aus der Wohnung heraus hörte sie eine bekannte Stimme. Der Einsatzleiter in Aktion. Sie klingelte bei Metzgers. *Sophie und Martin Metzger* stand auf dem Türschild. Darüber war eine kleine Kinderzeichnung geklebt. Papa Tiger und Sophie Tiger im Schneetreiben oder so ähnlich. Wild und farbig.

Es öffnete nicht Martin Metzger, sondern Trümpler, Rolf. Er zog eine Grimasse, als er Johanna sah. »Endlich. Dachte schon, du lässt mich in diesem Dschungel schmoren, bis ich selbst einen Jogginganzug anziehe und Asyl verlange.« Er drehte sich um, ging durch den Gang und verschwand in einem der Zimmer. Daraus erklang ein lautes Lamento. Albanisch musste es sein. Johanna folgte ihm.

Die Wohnung schien eher klein zu sein. Drei Zimmer wahrscheinlich. Sie warf einen Blick in die Küche. Auf dem Küchentisch herrschte ein Durcheinander. Sie folgte Trümpler ins Wohnzimmer. Dort saß eine ältere Frau mit Kopftuch auf einem Sofa rechts an der Wand und weinte fürchterlich. Johanna kam eine Totenklage in den Sinn, die sie vor Jahren in einem sizilianischen Dorf miterlebt hatte. Die Frau hielt Valentina in den Armen, die ihr gebannt zusah. Großmutter Dilic höchstwahrscheinlich.

Johanna direkt gegenüber lag Martin Metzger in einem Sitzsack unter dem Fenster. Er sah nicht viel frischer aus als zuvor. Immerhin hatte er nun lange Hosen an. Braune mit Bügelfalten. Dazu trug er Turnschuhe ohne Socken und eine blaue Trainingsjacke. Eigentlich war er recht attraktiv. Etwas hager zwar und mit einem Achtzigerjahrehaarschnitt: hinten kurz und vorn lang mit keckem Scheitel. Das verlieh ihm etwas Bubenhaftes. Dabei war er garantiert über vierzig. Er hatte einen wehmütigen Blick und in fitterem Zustand könnte er zu einem charmanten Lächeln fähig sein.

»Ich habe versucht, ihr zu erklären, dass dies hier eine polizeiliche Ermittlung und kein Basar ist. Aber sie hat unsere Steuergelder nicht in einen Deutschkurs investiert.« Trümpler stand links an der Wand unter einem Poster der Fotoagentur *Magnum.*

Johanna ignorierte ihn und schaute Martin Metzger fragend an. Dieser räusperte sich, bevor er sprach. »Ich glaube nicht, dass sie so schnell vernehmungsfähig sein wird. Immerhin werden unten gerade ihr Sohn und ihre Schwiegertochter in einen Leichensack gesteckt.«

Es schien Johanna, als unterdrücke er selbst einen Schluchzer. Er sah elend aus. »Wissen Sie, ob sie Deutsch spricht?«

Trümpler lachte. Valentina begann wieder zu weinen. »Bis jetzt nicht.« Der Polizist steckte sich eine Zigarette in den Mund.

Johanna blickte abermals Metzger an. Dieser zeigte mit den Augen auf den Fernseher, auf dem ein Aschenbecher stand.

»Ist ihr Mann mitgekommen?«

»Eben nicht.« Ein Einsatz für Trümpler. »Wir haben sie mit einem Streifenwagen abgeholt, aber der Alte war nicht zu Hause. Wo er ist, kannst du sie fragen, wenn der Übersetzer da ist.«

Sie wandte sich erneut Metzger zu. »Können wir uns in der Küche unterhalten?«

Martin Metzger stand auf und ging an Johanna vorbei in den Gang hinaus. Er roch ein bisschen nach Meer. Sie warf Trümpler einen befehlenden Blick zu und folgte Metzger.

»Bin ich Polizist oder Geißenhirt oder was?«

Innerhalb eines Sekundenbruchteils stand Johanna dicht vor Trümpler. Er war etwas größer als sie. »Du bleibst hier auf deinem Posten, und wenn ich noch einen Ton von dir höre, bist du schneller daheim am Stammtisch, als dir lieb ist.«

Plötzlich war es still im Raum. Nur Valentina schluchzte weiter.

»Verstanden?«

»Ist ja gut.«

»Ich habe gefragt, ob du verstanden hast.«

»Ja. Verstanden.«

Johanna ging in die Küche. Frau Dilic begann, Valentina ein Wiegenlied zu summen.

15.

Sachbearbeiterkonferenz bei der Kantonspolizei. Ein hell erleuchteter Raum mit Projektoren, Pinnwänden und allem Drum und Dran. Das Ermittlungsteam war größer geworden. Spurensicherung, Staatsanwalt, ein Arzt vom Institut für Rechtsmedizin und mehrere Detektive waren hinzugekommen. Auch Köbi Furrer saß im Raum. Die Ablösung. Das bedeutete, dass bereits wieder die Überstunden liefen. Und dass der Fall so wichtig war, dass die Kantonspolizei jede Hilfe der Stadt annahm, die sie kriegen konnte.

René Fédier malte Worte, Pfeile und Ausrufezeichen auf eine weiße Tafel. Den Kommunikationsstil hatte er aus der Privatwirtschaft in den Polizeidienst mitgenommen. Neben ihm standen der Staatsanwalt und der Pressesprecher der Kantonspolizei. Ersterer war ein untersetzter Mann mit Bart und Brille, der Johanna di Napoli bereits etwas alt schien für seinen Job. Staatsanwälte waren häufig jüngere Juristen auf Karrierekurs. Neben ihm und Fédier wirkte der Informationsmensch unglaublich jung. Er musste Anfang dreißig sein und hatte die Figur eines Sprinters. Er schien etwas weniger grimmig als der städtische Pressechef.

Fédier hatte die Konferenz eröffnet und den aktuellen Stand zusammengefasst: »Die Indizien sprechen dafür, dass der Täter die beiden Opfer gekannt hat. Es gibt keine Spuren für ein gewaltsames Eindringen. Weder in die Wäscherei noch in die Wohnung. Auch auf Raubmord deutet bis jetzt nichts hin. Es sei denn, es wäre etwas sehr Spezielles gestohlen worden. Etwas, wovon wir nichts wissen. Die Kasse jedenfalls wurde nicht aufgebrochen, der kleine Safe ebenso wenig. Spuren eines Kampfes gibt es nicht. Überhaupt gibt es wenig Spuren am Tatort. Das mag daran liegen, dass der Tatort eine Wäscherei ist.« Er blickte bedeutsam in die Runde und nickte anschließend dem Arzt zu. »Wie sieht deine Beurteilung aus, Georges?«

Der Angesprochene nestelte in seinen Unterlagen. Er musste um die sechzig sein und hatte einen roten Kopf. »Es handelt sich hier um ein Tötungsdelikt. Die beiden sind erschossen worden. Der Todeszeitpunkt liegt zwischen drei und zwölf Stunden vor der Leichenschau. Der Mann ist höchstwahrscheinlich verblutet. Ihn haben zwei Schüsse in den Bauch getroffen. Die Frau wurde ebenfalls zweimal getroffen. So wie es aussieht, in die Lunge und vielleicht auch ins Herz. Jedenfalls scheint sie schnell gestorben zu sein. Mehr wissen wir erst nach der Obduktion.«

Er hatte eine schnarrende Stimme und nach näherem Hinsehen entdeckte Johanna Zeichen einer Hasenscharte unter dem weißen Schnauz.

»So, wie die beiden da gelegen haben, sieht es aus, als sei der Mann zuerst erschossen worden, dann die Frau. Verletzungen, die von einem Kampf herrühren könnten, habe ich nicht gefunden. Nur solche, die der Sturz verursacht haben muss.«

Der Mann sprach verständlich. Johanna hatte schon andere Ärzte erlebt. Er wühlte wieder in seinen Papieren, ohne dass ersichtlich wurde, ob er noch etwas sagen wollte.

»Gibt es noch etwas, Georges?«

»Ja, schon. Ich habe auch das Kind kurz untersucht und konnte nichts Besonderes feststellen. Äußerlich jedenfalls. Anschließend habe ich das Mädchen ins Kinderspital überwiesen, damit ein pädiatrisches Gutachten erstellt wird.«

Eine Pause. Es schien ihm etwas peinlich zu sein. Immerhin hatte er daran gedacht.

»Möglicherweise war der Täter kein besonders guter Schütze.«

»Markus?« Fédier legte den Stift auf den Hellraumprojektor. Es lag etwas Respektvolles in seinem Tonfall. Dabei sah der Angesprochene extrem unscheinbar aus. Johanna kannte ihn nicht.

»Wir haben acht Projektile gefunden. Vier davon haben ihr Ziel verfehlt. Kaliber 9 Millimeter. Zum Fabrikat können wir noch nichts sagen.« Offensichtlich gehörte der Mann zum Wissenschaftlichen Dienst der Stadtpolizei.

»Entschuldigen Sie, wenn ich mich nochmals einmische.« Der Arzt hüstelte. »Ein gar so ungeübter Schütze kann der Täter nicht gewesen sein, auch wenn er viermal danebengeschossen hat. Immerhin hat er zwei Menschen tödlich getroffen.«

Der Mann von der Spurensicherung nickte lächelnd. Fédier wollte sich einmischen, doch der Doktor war noch nicht fertig. »Ich erinnere mich an meinen Militärdienst bei der Sanität. Da hatten wir keine sehr hohen Trefferquoten. Ich habe einmal von zehn Schüssen neun verfehlt und war trotzdem zweitbester Schütze.«

Der Spurenmann lachte nun offen. Es wirkte direkt und freundlich, keineswegs abschätzig. Einige andere im Saal grinsten. »Für einen Arzt mögen neun Fehlschüsse eine gute Leistung sein. Für einen Polizisten wäre das miserabel.« Der Arzt kicherte, der andere wurde wieder ernst. »Spaß beiseite. Meine Bemerkung war etwas spekulativ. Das gebe ich zu. Zum jetzigen Zeitpunkt kann ich außer dem Kaliber des Projektils eigentlich keine verlässlichen Informationen beisteuern. Wir werden den Tatort genau ausmessen müssen, um Aussagen über den möglichen Tathergang machen zu können.«

Damit gab sich der Doktor zufrieden. Er nickte nachdenklich und nestelte von Neuem in seinen Papieren herum.

Fédier nahm den Stift zur Hand und machte zwei Schritt auf das Publikum zu, womit er die Aufmerksamkeit wiederum auf sich lenkte. »Bisher deutet vieles darauf hin, dass der Täter die beiden Opfer gekannt hat. So viel können wir immerhin festhalten.«

Nun wandte er sich Johanna zu. Fédier verfolgte die These eines Familiendelikts. Das war offensichtlich. Ihr war dies zu einfach. Sie verzichtete aber auf einen Disput vor Publikum. Betont sachlich trug sie ihre Ermittlungsergebnisse vor. »Zur Tatzeit befanden sich außer den beiden Opfern und ihrer Tochter vier Personen im Haus. Der Eigentümer im ersten Stock, ein Journalist mit seiner Freundin im zweiten und eine ältere Frau im dritten. Außerdem wohnt noch eine Studentin im Haus, die jedoch das Wochenende bei ihrem Freund im Seefeld verbracht hat.«

Der Höhepunkt von Johannas Arbeitstag war die Befragung von Katja Weiss gewesen. Eine Schauspielerin im Ruhestand. Sie wohnte im dritten Stock und hatte ihr Tee und selbst gemachte Kekse angeboten. Die Wände ihres Wohnzimmers waren von Bücherregalen bedeckt. Sie schien alles zu haben, was Johanna immer schon hatte lesen wollen. Am liebsten hätte sie einige Bücher herausgenommen und sich damit für den Rest des Tages auf das altertümliche Sofa gesetzt, auf dem Katja Weiss gesessen hatte, mit beiden Händen eine Teetasse umfassend. Auf dem Tisch hatten Hörbücher gelegen. »Es gibt noch so viel, was ich nicht gelesen habe.« Katja Weiss hatte im Schauspielhaus gespielt. Und in einigen Filmen. Johanna kannte ihre Stimme von Märchenkassetten, die sie als Kind geliebt hatte. Die alte Dame hatte einen seidenen Morgenmantel und darunter ein rosafarbenes Negligé getragen. Augenscheinlich ebenfalls aus Seide. Sie war eine zierliche Person mit dichtem, weißem Haar und wachem Blick. Obschon es frühmorgens gewesen war, hatte sie ihre Lippen bereits dezent rosa gefärbt.

Katja Weiss hatte die Schüsse gehört, wenn auch ihr Gehör nicht mehr das beste war. »Im Alter ist das nicht so schlimm, wissen Sie. Manchmal ist es sogar praktisch.« Dabei hatte sie in einen Keks gebissen und zweideutig gelächelt. »Er ist ein attraktiver Mann, unser Herr Metzger. Und seine kleine Sophie ist ein süßer Spatz. Ich lese ihr ab und zu Märchen vor. Ich selbst höre Hörbücher, wenn es mir zu ruhig wird. Oder zu laut.« Abermals das schelmische Lächeln. Johanna erinnerte sich, dass sie darauf die Stereoanlage angeschaut hatte. Der Lautstärkeregler hatte auf Position acht gestanden.

»Katja Weiss und Alfred Kägi haben Schüsse gehört, können sich aber nicht genau erinnern, wie viele. Der Journalist glaubt, wegen eines Knalls erwacht zu sein, ist sich aber nicht sicher. Seine Freundin stand ungefähr zur Tatzeit unter der Dusche. Sie hat die Schüsse gehört, aber nicht als solche erkannt. Metzger hat die beiden Toten ungefähr um sieben gefunden, weil seiner Freundin aufgefallen ist, dass in der Wäscherei Licht brannte und das Kind schrie. Weiter hat sie aber nichts bemerkt, da sie es eilig hatte. Ihr Sohn wartete zu Hause auf sie.«

Martin Metzger war es peinlich gewesen, als sie ihn nach der Adresse seiner Freundin gefragt hatte. Er hatte sie auf ein Stück Papier geschrieben, das er von einer der Zeitungen, die auf seinem Küchentisch lagen, abgerissen hatte. Johanna hatte das ganze Drama allerdings erst begriffen, als sie einige Zeit später Myriam Camenzind hatte sprechen wollen und stattdessen ihren Ehemann an die Leitung bekam. Seine Frau war zu dieser Zeit noch im Bett gewesen. Glücklicherweise hatte ihr niemand zugehört, denn Johanna hatte draußen zwischen zwei parkierten Streifenwagen gestanden. Luft schnappen.

Zuerst war Andrea Camenzind sprachlos gewesen, dann hatte er geflucht. Nicht weil seine Frau die Nacht mit einem anderen verbracht hatte, sondern weil sie am Morgen erst so spät nach Hause gekommen war, dass ihr Sohn dies hätte bemerken können. Myriam Camenzind hatte später zurückgerufen und Martin Metzgers Aussage bestätigt. Ihre Stimme hatte sehr gestresst geklungen.

Johanna überlegte einen Moment, ob sie die Tatsache, dass Camenzind und seine Frau in die Ermittlung mit einbezogen wurden, beunruhigen sollte. Augenblicklich verdrängte sie den Gedanken und setzte ihren Bericht fort.

»Metzger war offensichtlich mit den beiden Opfern befreundet. Sie hüteten gegenseitig ihre Kinder. Das Verhältnis des Hauseigentümers zur Familie Dilic war laut Metzger gespannt. Wegen des Lärms in der Wäscherei. Alfred Kägi selbst bezeichnete sein Verhältnis zu den beiden als normal.«

Kägi hatte nicht sehr viel gesagt zu diesem Thema. Dilic-Mosers seien angenehme Mieter gewesen. Wenn auch etwas laut. Aber sie hätten die Geschäftsräume selbst unterhalten. Außerdem sei es nicht einfach, ein Ladenlokal in dieser Gegend seriös zu vermieten. Johanna war aufgefallen, dass er immer beide Nachnamen verwendet hatte, wenn er von Milan Dilic und Vera Moser gesprochen hatte. Alfred Kägi hatte in seinem gestylten Wohnzimmer steifer und korrekter gewirkt als der Polizeivorsteher bei der Pressekonferenz.

Später hatte sie Katja Weiss auf Kägi angesprochen. »Fredi wird immer kurliger«, hatte die zierliche Frau gesagt. Sie war bereits bei Kägis Eltern Mieterin gewesen. Wo heute die *Wäscherei Kanzlei* war, hatte Alfred Kägis Vater eine Bäckerei betrieben. »Er ist zu lange allein. Fast zehn Jahre muss es her sein, dass ihn Paola verlassen hat. Sie war eine starke Frau, Paola. Eine lebenslustige. Fredi war ihr zu brav. Zu korrekt.«

Katja Weiss war wirklich eine besondere Nummer. Johanna di Napoli hatte Mühe gehabt, die Befragung gezielt durchzuführen. Die kleine alte Dame war dauernd vom Thema abgewichen und hatte Johanna Geschichten erzählt, die nichts mit dem Mord in ihrem Haus zu tun hatten. Als wäre sie noch immer die Märchentante von damals.

»Fredis Schicksal ist, dass er zu lieb ist. Wie er sich für seine Mutter aufgeopfert hat, als sie Leukämie hatte, war wahnsinnig rührend. Er hat sie bis zu ihrem Tod gepflegt. Sein Vater war dazu nicht zu gebrauchen und hat es seinem Sohn auch nicht gedankt. Im Gegenteil. Als Fredi die Finanzen der Bäckerei in Ordnung bringen wollte, sind sie aneinandergeraten. Daraufhin ist Fredi ins Ausland gegangen und mit einer Familie zurückgekommen. Und ein paar Jahre später hat er sie wieder verloren. Manchmal ist das Leben ungerecht.« Dabei hatte Katja Weiss gelassen auf ihrem großen Sofa gesessen, hatte ab und zu feinsinnig gelächelt und geziert an ihrem Tee genippt.

Die Erinnerung an die alte Dame wurde von einer messerscharfen Stimme aus Johanna di Napolis Gehirn entfernt, als wäre sie ein bösartiger Tumor.

»Danke, Johanna. Ist dir sonst noch etwas aufgefallen?«

Die Angesprochene schüttelte den Kopf. »Oder doch: Der Täter kann die Wäscherei entweder direkt durch den Haupteingang auf die Kanzleistraße oder über den Seiteneingang ins Haus verlassen haben. Außerdem gibt es einen Hintereingang, aber dafür braucht man einen Schlüssel.«

»Oder die Täterin!«

Einige grinsten angesichts dieser Bemerkung von Köbi Furrer.

Fédier ignorierte ihn. »Richtig. Das bestätigt die These, dass der Täter die Opfer gekannt haben muss. Hinaus kommt man ohne Schlüssel, außer in den Hof. Hinein kam er entweder mit Schlüssel oder er wurde reingelassen. In der Wäscherei sind allerdings zwei Schlüsselbunde gefunden worden. Einer in der Hose von Milan Dilic, einer auf der Theke. Bei beiden waren auch Wohnungs- und Kellerschlüssel am Bund. Der zweite gehörte also höchstwahrscheinlich Vera Dilic.« Er zeichnete weitere Kreise und Pfeile an die Wand.

Die Verhältnisse in der Familie Dilic schrien geradezu nach einem Beziehungsdelikt. Der Vater, Goran Dilic, war vorbestraft wegen schwerer Körperverletzung. Eine Verurteilung, die dreizehn Jahre zurücklag. Opfer war damals sein Sohn Milan gewesen. Der Vater hatte ihn krankenhausreif geschlagen. Trotzdem hatte Milan keine Anzeige gemacht und die Aussage verweigert. Da es sich um ein Offizialdelikt gehandelt hatte, war nach der Meldung durch den behandelnden Notarzt automatisch eine Strafuntersuchung eingeleitet worden. Die entscheidende Zeugenaussage, die schließlich zur Verurteilung des Vaters geführt hatte, stammte von Milans jüngerem Bruder Vladimir. Er war ein in der Regionalwache Aussersihl bekannter Drogenabhängiger und Kleindealer mit entsprechendem Strafregister. Allerdings ohne größere Gewaltdelikte.

»Eine arme Sau ist das, kein eiskalter Mörder.« Köbi Furrer zeigte Gefühle. »Aber vollgepumpt mit Gift – wer weiß?«

»Vladimir Dilic ist ein Hauptverdächtiger. Nebst seinem Vater.« Fédier schlug einen belehrenden Ton an. »Er ist momentan flüchtig. Letzte Woche ist er aus einer Therapiestation verschwunden. Etwas ist allerdings erklärungsbedürftig: Wir haben beim UVEK sein Handy überprüfen lassen. Die Nummer haben wir von der Heimleitung erhalten. Neben verschiedenen nicht registrierten Nummern fanden wir auch diejenige von Martin Metzger auf der Liste. Der Journalist, der als Erster am Tatort war. Er hat Dilic letzte Woche angerufen. Außerdem sind mehrere Rückrufe registriert.«

»Vielleicht hat er diesem Journalisten Stoff verkauft.« Köbi dachte mit.

»Möglich. Wir werden das überprüfen. Nochmals zur Familie Dilic: Bis jetzt scheint der Vater am ehesten ein Tatmotiv zu haben und er ist seit heute Morgen verschwunden. Wir haben ihn zur Fahndung ausgeschrieben. Seine Frau behauptet, dass er die Wohnung um halb acht verlassen hat. Das wäre nach der Tat gewesen. Vielleicht will sie ihn schützen. Jedenfalls gibt es bisher keine anderen Zeugen.«

Zu den Spannungen in der Familie Dilic hatten insbesondere Veras Eltern ausgesagt. Christoph und Elisabeth Moser waren mittags in Zürich angekommen. Es hatte lange gedauert, bis sie einigermaßen vernehmungsfähig waren. Hans Aeschbacher, ein Kollege vom Kommissariat City, hatte die Befragung durchgeführt. Nun saß er eingezwängt in dem schmalen Stuhl neben Johanna. Die eingebaute Schreibunterlage blieb hochgeklappt. Sein enormer Bauch ließ solchen technischen Spielereien keinen Platz. Johanna hatte im Spezialteam *Häusliche Gewalt* mit ihm zusammengearbeitet und wusste, dass er ein ungewöhnlich einfühlsamer Befrager war. Hinter seiner massigen Erscheinung verbarg er viel Gespür.

»Konfliktpotenzial gibt es zuhauf in der Familie Dilic. Der Vater ist ein autoritärer Typ. Seit gut zwei Jahren ist er arbeitslos, während sich sein Sohn mit der Wäscherei wirtschaftlich auf eigene Beine gestellt hat. Das wird dem Vater schwer aufs Selbstbewusstsein gedrückt haben. Mosers haben gesagt, der alte Dilic sei dauernd in der Wäscherei erschienen und habe Milan vorgeschrieben, wie diese zu führen sei. Das sei so weit gegangen, dass ihm Milan verboten habe, wiederzukommen.« Aeschbacher holte Luft und blickte kurz auf seine Notizen. »Ein anderes Problem war die Ehe zwischen Milan und Vera. Vera hat nach neuem Recht ihren eigenen Nachnamen behalten, was für die Schwiegereltern Dilic offenbar eine böse Beleidigung der Familienehre gewesen ist. Außerdem wollte Milan seinen Vater finanziell unterstützen. Dieser war aber zu stolz dafür und hat das Geld abgelehnt. Deshalb hat Milan es seiner Mutter gegeben, woraufhin sich diese ein blaues Auge eingefangen hat.«

Johanna wartete auf einen Spruch von Köbi Furrer.

Doch es blieb zwei, drei Sekunden ruhig, wonach Aeschbacher selbst die Spannung herausnahm. »Das ist allerdings die Schilderung von Eltern, die gerade ihre einzige Tochter verloren haben. Sie waren aufgelöst. Beide. Vielleicht hätten wir mit der Befragung besser noch etwas gewartet.« Fédier hob die Augenbrauen, Aeschbacher fuhr ungerührt fort. »Für Mosers ist der Mord an ihrer Tochter und ihrem Schwiegersohn eine unfassbare Tat. Kein Wunder, dass sie sich auf das einzige offensichtliche Motiv stürzen. Und das ist der Krach zwischen Milan und seinem Vater. Wir allerdings sollten nicht denselben Fehler begehen. Solange der Vater und der Bruder unauffindbar bleiben, sollten wir Milans Mutter ganz genau zu den Familienverhältnissen befragen, um ein differenziertes Bild zu erhalten. Vorschnelle Schlüsse sind gefährlich.«

Fédier war dies offensichtlich zu viel Interpretation. In einer Lagebesprechung werden die Fakten zusammengetragen. Daraus die richtigen Schlüsse zu ziehen, ist Sache des Ermittlungsleiters. Das war seiner Mimik deutlich abzulesen. Indessen fand er offensichtlich keine Schwachpunkte in Aeschbachers Ausführungen, denn er ging nicht weiter darauf ein. Schweigend schrieb er einige Stichworte an die Wandtafel. Danach ließ er keine ausführlichen Schilderungen mehr zu. Er stellte nur noch präzise Fragen und klemmte sofort ab, wenn diese beantwortet waren. Einzig für die Diskussion der wirtschaftlichen Verhältnisse der Opfer ließ er noch etwas mehr Spielraum. Darum hatte er sich selbst gekümmert.

Christoph Moser hatte Milan und Vera den größten Teil des Kapitals für die Wäscherei gegeben. Als Erbvorbezug und als Darlehen. Dass es noch andere Geldgeber gab, glaubten Veras Eltern zwar nicht, konnten dies aber auch nicht mit Gewissheit ausschließen. Die Buchführung hatte Fédier beschlagnahmt und sogar bereits überflogen. Schließlich verstand er etwas davon. Er hatte darin auf den ersten Blick keine Unregelmäßigkeiten entdeckt. Und auch keine Hinweise auf größere Schulden, die als mögliches Tatmotiv infrage kämen. Für eine detaillierte Untersuchung hatte die Zeit nicht ausgereicht.

»Gut.« Schließlich setzte Fédier die Kappe auf seinen Filzstift und legte ihn in die Schale unterhalb der Tafel zurück. »Damit schließen wir die erste Ermittlungsphase ab. Ich danke allen für ihren Einsatz und wünsche einen schönen Abend. Ich denke, wir können morgen mit gutem Gewissen die ersten Resultate unserer Bestandsaufnahme der Öffentlichkeit bekannt geben.«

Während die meisten anderen diskutierend den Saal verließen, wartete Johanna auf Aeschbacher, der sich mühsam aus dem Stuhl emporquälte. Ihr kam Alejandra Knupp in den Sinn. Johanna hatte den ganzen Tag keine Zeit gehabt, das Spital anzurufen. Das musste sie morgen unbedingt nachholen. An ihrem freien Tag.

Als sie mit Aeschbacher den Raum verließ, plauderten Fédier, der Arzt und der Mann von der Spurensicherung miteinander. Johanna und Aeschbacher verabschiedeten sich im Vorbeigehen von ihnen. Fédier beachtete sie nicht, die beiden anderen grüßten freundlich.

Der Staatsanwalt hatte sich erst nach der Besprechung an ein Pult in der ersten Reihe gesetzt und schrieb nun eifrig etwas in ein Notizbuch. Johanna sah, dass er einen edlen alten Mont-Blanc-Füller in der Hand hielt.

Links vor dem Eingang stand der Pressesprecher und fotografierte mit einer Digitalkamera die Wandtafel. Darauf befand sich ein riesiger Wirrwarr an Zeichen und Wörtern. Johanna wusste, dass sie wie alle Detektive irgendwann einmal den Kurs *Vernetztes Denken als Ermittlungsmethode* besuchen musste. Ihr graute davor.

16.

Bevor er irgendetwas sagen konnte, war Sophie bereits aufgestanden und zur Tür gerannt. Jeder Grund war ihr recht, das Einschlafen zu verzögern. Einmaliges Türklingeln reichte, das zweite Mal wartete sie auf keinen Fall ab. Martin Metzger klappte das Buch auf seinen Knien zu. Die Unterbrechung kam ihm gelegen, denn er konnte sich nicht richtig auf die Geschichte konzentrieren. Er hörte, wie Sophie die Wohnungstür öffnete.

»Guten Abend. Ist dein Papa zu Hause?« Die Polizistin.

»Er will gerade ins Bett gehen!«

»Ach so. Und du? Gehst du auch schlafen?«

»Zuerst schauen wir das Vogelbuch an. Milan ist jetzt auch einer. Ganz weit oben im Himmel.«

Martin Metzger trat in den Gang hinaus.

Die Polizistin lächelte ihn an und wandte sich wieder Sophie zu. »Darf ich deinen Papa einen Moment stören? Es dauert nicht lange.«

»Dann will ich aber auch noch nicht ins Bett.«

Martin hob Sophie hoch. Sie legte ihm die Arme um den Hals. »Ich lege dir die CD auf, die du so gerne hörst. Das Buch lesen wir morgen fertig. Einverstanden?« Er sah Johanna di Napoli an. »Kommen Sie rein. Ich muss diese Prinzessin auf Rosen betten. Danach bin ich für sie da.«

Er ging mit Sophie zurück in ihr Zimmer.

Johanna schloss die Wohnungstür hinter sich und betrat das Wohnzimmer. Sie setzte sich auf das Sofa, auf dem am Nachmittag Frau Dilic geweint hatte. Aus dem Kinderzimmer hörte sie Billie Holiday summen. *Lover man, oh, where can you be.* Ein Song, bei dem ihr jedes Mal ein Schauer durch den Körper fuhr. *The night is cold and I'm so alone. I'd give my soul just to call you my own.*

Martin zog vorsichtig die Tür zu Sophies Zimmer zu. *Got a moon above me, but no one to love me.* In der Küche nahm er zwei Flaschen Bier aus dem Kühlschrank. Er war hundemüde.

»Möchten Sie?« Metzger hielt Johanna eine Flasche hin.

Sie nickte, nahm das Getränk schweigend entgegen und öffnete den Drehverschluss.

Er setzte sich in den Sitzsack und steckte sich eine Zigarette in den Mund. Seine Hände zitterten. Er kniff ein Auge zu und schaute mit dem anderen durch den aufsteigenden Rauch hindurch die Polizistin an. Sie hatte einen extrem aufmerksamen Blick. Dunkle Haarsträhnen fielen ihr ins Gesicht. Für eine Polizistin sah sie verwegen aus.

»Sophie liebt Billie Holiday. Vor allem zum Einschlafen.« Er stieß den Rauch aus und nahm einen Schluck Bier. Sie saß ruhig auf dem Sofa und musterte ihn schweigend. Sie trug graue Trekkinghosen, Turnschuhe und ein blaues Polohemd mit weißem Rand am Kragen. Unter dem Stoff zeichnete sich der Büstenhalter ab. Neben ihr lag eine Jeansjacke.

»Liegen die beiden jetzt in einem Kühlfach, einen Zettel am Zeh?« Die Frage entfuhr ihm einfach so. Eigentlich hatte er nichts Spezielles sagen wollen.

»So ähnlich. Sie wurden in die Gerichtsmedizin gebracht. Haben Sie sie gemocht?«

Er nahm einen tiefen Zug und beobachtete, wie die Glut das Papier versengte. »Es ist nicht dasselbe, wie wenn Sophie gestorben wäre. Aber gleichgültig ist es mir nicht, wenn Sie das meinen.« Er versuchte, nicht an die kleine Valentina zu denken.

»Sie sagten mir heute Morgen, dass Sie Milans Bruder nicht sehr gut gekannt hätten.«

»Vladimir? Ich habe ihn ab und zu an der Langstraße gesehen. Manchmal kam er in die Wäscherei. Das ist alles. Wieso interessiert Sie das? Verdächtigen Sie ihn?«

Sie antwortete nicht, sondern trank einen Schluck Bier.

»Er ist ein Junkie, aber deswegen noch lange kein kaltblütiger Mörder.«

»Glauben Sie, dass der Mörder kaltblütig war?«

Er sah Valentina vor sich und kämpfte gegen die Tränen. »Ich weiß nicht, wie kaltblütig man sein muss, um zwei Menschen umzubringen.« Martin Metzger tat so, als ob ihm

Rauch in die Augen stiege. Er drückte seine Zigarette im Aschenbecher am Boden zwischen seinen Füßen aus und rieb über sein Gesicht.

»Unsere Überprüfungen haben ergeben, dass Sie, Herr Metzger, von Ihrem Handy aus Vladimir Dilic angerufen und von ihm mehrere Rückrufe erhalten haben. Am Freitag und am Samstag.«

Er begriff nicht, wovon sie sprach.

»Dafür, dass Sie ihn kaum kannten, hatten Sie in den letzten zwei Tagen sehr regen Kontakt.«

»Ich soll mit Vladimir telefoniert haben? Ich habe kaum jemals mit ihm gesprochen und ihm höchstens mal einen Fünfliber gegeben, wenn er geschnorrt hat!«

»Das erklärt nicht, wieso auf Ihrer Nummer Anrufe von seinem Handy registriert sind.«

Martin Metzger stand auf und ging in die Küche. Sein Handy fand er unter einem Stapel CDs, die er für die Fußballbar zusammengestellt hatte. Noch im Gehen rief er auf dem Display die letzten erhaltenen Anrufe ab. Bis auf eine Nummer waren alles programmierte Einträge: der Chef, Sophies Mutter, Myriam. Nur die eine Nummer, die er nicht kannte. Er wechselte zu den getätigten Anrufen. Dieselbe Nummer. Er gab das Handy der Polizistin und setzte sich wieder in seinen Sack. Erst jetzt fiel ihm auf, dass er zu ihr hochschauen musste.

Martin stand wieder auf und lehnte sich an die Fensterbank. »Da ist eine unbekannte Nummer drauf. Ich rufe selten Leute an, die ich nicht kenne.«

Sie schaute ihn aufmerksam an, das Handy in beiden Händen und die Ellenbogen auf ihren Oberschenkeln abgestützt. Ihre Turnschuhe waren braun. Braunes Wildleder.

»Am Freitag habe ich das Telefon am Helvetiaplatz einem Junkie geliehen. Einer Schwangeren, die kurz damit telefoniert hat. Ich kenne sie nicht. Am Samstag hat mich dann ein Mann mehrmals angerufen und wollte unbedingt eine Frau sprechen. Ich sagte ihm, er sei falsch verbunden. Beim dritten Mal wurde er hysterisch. Daraufhin habe ich aufgelegt und das Handy eine Weile abgestellt. Das ist alles.« Die Polizistin schrieb Notizen in ein Heft, das sie aus ihrer Jacke genommen hatte. Dann gab sie ihm das Telefon zurück. Er legte es neben den Aschenbecher und steckte sich eine neue Zigarette an. »Diesen Song mag ich besonders gerne.«

Aus Sophies Zimmer war leise die Stimme Billie Holidays zu hören. *Strange Fruit.* Die Hose der Polizistin spannte sich über dem Oberschenkel und sammelte sich in zahlreichen Rümpfen an der Leiste. Danach umschloss sie wieder straff die Wölbung der Vulva. Martin hob den Blick und zog an seiner Zigarette. Sie blickte ihn an. Direkt. Lächelnd.

»Ihre Tochter hat Stil.«

»Den hat sie von ihrer Mutter geerbt.«

Ein spöttischer Zug umspielte ihre Lippen.

»Von mir hat sie den Charme.«

Sie grinste und erhob sich. »Geben Sie mir eine Zigarette mit auf den Weg? Dann verhafte ich Sie erst nächste Woche.«

Er hob das Päckchen vom Boden auf und hielt es ihr hin. Sie steckte eine Zigarette in den Mund und bückte sich, um nach den Streichhölzern zu greifen. Er versuchte, ihr nicht auf den Hintern zu schauen. Sie zündete sich die Zigarette an und legte die Zündholzschachtel wieder auf den Boden zurück. Dann drehte sie sich um und ging zur Wohnungstür. Er folgte ihr. Sie öffnete und trat in den Flur hinaus. Er lehnte sich an den Türpfosten und blickte ihr nach.

Sie drehte sich kurz um. »Schlafen Sie gut, Herr Metzger.«

Dann verschwand sie auf dem nächsten Treppenabsatz. Er hörte, wie sie mit gleichmäßigen Schritten die Treppe hinunterstieg.

Montag

Here you are again with all what belongs to you
reigning over dreams that to no one else come true
Sophie Hunger, *Beauty above all*

17.

Als sich Grazia nach dem Ball bückte, entblößte das T-Shirt eine über dem Kreuz tätowierte Sonne. Mit langen, sich über die Haut schlängelnden Strahlen. Grazia kam auf Johanna zu. Mit der Linken balancierte sie das Rackett und den Ball, die Rechte war zum Schlag erhoben.

Die Handflächen der beiden Frauen klatschten aufeinander. »Du hast einen harten Anschlag, Schwester.«

Johanna lächelte. Sie hatte verloren. Grazia öffnete die Hallentür und setzte sich draußen an einen der Tische. Kaum hatte auch Johanna den Court verlassen, drängten die nächsten beiden Spieler hinein. Zwei athletische Jungs. Der erste grimmig, der zweite scheu lächelnd.

An der Bar gegenüber stand ein Bodybuilder mit prallen Muskeln und gierigem Blick. Johanna lehnte sich neben ihn an die Theke und bestellte zwei Mineralwasser. Er hatte ein großes Glas mit einer milchigen Soße vor sich stehen. Aus der Fitnesshalle gegenüber trat eine Blondine hinzu. Flüchtiges Küssen. Sie war unglaublich mager. Er strich ihr bei der Begrüßung wie zufällig mit der Hand über den Hintern. Johanna bezahlte das Wasser, nahm die Flaschen und setzte sich zu Grazia. Triefend vor Schweiß.

Grazia trug eine feine, goldene Kette um den Hals. Ein kleines Kreuz lag zwischen den Wölbungen ihres Busens. Sie setzte die Flasche an. Das Wasser ließ sie im Mund zirkulieren, bevor sie es schluckte. Johanna hörte den Bodybuilder im Hintergrund flirten. Oder was er darunter zu verstehen schien.

»Schrecklich, was passiert ist.« Grazia spielte mit dem Deckel der Wasserflasche.

Johanna nickte. »Ich habe noch selten so exzessive Gewalt gesehen. Er hat sie ohnmächtig gemacht. Im wahrsten Sinne des Wortes. Der Täter ist in sie eingedrungen, ohne ihr zu nahe zu kommen. Er hat sie umgebracht, ohne ihr das Leben zu nehmen.«

Der Bodybuilder im Hintergrund schwieg. Die Blondine kicherte nicht. Der grimmige Squasher hämmerte den Schläger gegen das Glas zwischen Court und Tisch.

»Ich habe eigentlich den Doppelmord gemeint. Gestern. Aber die Vergewaltigung ist grauenhaft. Wie geht es der Frau?«

Johanna schaute die Pulstabelle an der gegenüberliegenden Wand an. Die Grenzen zwischen dem optimalen Puls für Fettverbrennung, Fitness und Ausdauer waren farbig dargestellt und flossen ineinander über.

Den Mord hatte sie völlig vergessen. Seit sie aufgestanden war, hatte sie nur über die Vergewaltigung nachgedacht. Sie hatte schlecht geschlafen, von Hinrichtungen geträumt. Mehrere Männer lagen am Boden. Nackt, gefesselt. Mit einem langen Draht wurden sie langsam von hinten stranguliert. Als sie erwachte, hatte Johanna noch die Schreie der Sterbenden in den Ohren. Nach dem Aufstehen saß sie lange auf Großmutters Sofa, trank Tee und hörte Musik. Das half. Aber deshalb wäre sie beinahe zu spät zum Squash erschienen.

Auf dem Weg zum Fitnesscenter hatte sie im Spital angerufen. »Nichts Neues. Alejandra Knupp liegt immer noch im Koma. Nur ist es jetzt ein Wachkoma.«

»Hast du eine Ahnung, wer das gewesen sein könnte?«

»Irgendein Mann.« Johanna nahm einen Schluck Wasser und genoss die Kälte, die ihren Hals hinunterglitt. Hinter ihr setzte der Bodybuilder seine Anmache fort. Etwas zaghafter als vorher, wie es schien. Johanna strich sich mit der linken Handfläche über den Nacken. Heiße Hand und kalter Schweiß.

»Ein Freier, der durchgedreht ist?«

»Du meinst, weil sie sein Zipfelchen ausgelacht hat oder weil er keinen hochgebracht hat?«

Grazia grinste und schaute den Muskelprotz an.

Johanna schüttelte den Kopf. »Nein. Das war etwas anderes. Es sieht zwar nach aufgestauter Aggression aus, die sich entlädt. Aber es ist keine Rache, kein versteckter Minderwertigkeitskomplex. Dafür ist es zu arrogant. Es ist kalte, überhebliche Gewalt.«

»Vielleicht waren es mehrere. Ein Gangbang.«

»Schon möglich. Aber kaum sehr viele. Die Kerze, die Brandwunden. Das war kein chaotischer Gewaltausbruch. Dahinter steckt trotz allem ein Konzept.«

Grazia wirkte skeptisch.

»Weißt du, was die Ärztin aus ihrer Vagina gezogen hat?« Johanna blickte Grazias Halskette an. »Eine Zeichnung. Eine verknüllte Kinderzeichnung. Eine Sonne und ein Berg, auf dem ein Riese steht. Wer so was tut, ist entweder völlig durchgeknallt oder er ist sich sehr, sehr sicher.«

»Das ist ganz schön krank.« Grazia warf die leere Plastikflasche in den Abfallbehälter. Sie traf. »Oder ganz schön normal.«

Einen Atemzug lang musterten sie einander schweigend.

»Gehen wir?« Johanna stand auf und nahm den Schläger vom Tisch. Ihre Wasserflasche ließ sie stehen. Grazia war bereits unterwegs zu den Umkleidekabinen. Die Blondine und der Muskelprotz waren verschwunden. Vor dem Eingang wartete Grazia auf Johanna und hielt ihr die Garderobentür auf. Lachend. Dabei glitzerte ein Zungenpiercing im Licht.

Drinnen war es warm. Johanna öffnete ihren Spind und nahm die Sporttasche heraus. Grazia stand vor der gegenüberliegenden Schrankreihe und ließ ihre Kleider auf den Boden fallen. Dann eilte sie unter die Dusche. Johanna hüllte sich in ein Badetuch und folgte der Sonne über Grazias Kreuz.

Durch den Dampf hindurch sah sie die Blondine unter der Dusche stehen. Sie war wirklich mager. Und rasiert. Zusammen sah das obszön aus. Die Blonde tat, als bemerke sie die beiden anderen Frauen nicht. Ihre Mimik verriet anderes.

18.

Der Chef tobte. Seit geraumer Zeit. Martin Metzger wehrte sich nicht. Er schaute in die Runde. Die anderen blickten weg. An die Decke, an die Wand, zu ihrem Vorgesetzten. Dieser stützte sich gerade mit beiden Fäusten auf den Sitzungstisch und beugte sich zu Martin hin. Als wollte er sich auf ihn stürzen.

»*Aufstand der Zürichbergler!* Solche Scheißtitel kannst du im Sport setzen! Wir aber machen Politik! Das hier ist die Lokalredaktion.« Er zeigte mit einer majestätischen Armbewegung in die Runde. »Das ist das Herz einer Zeitung, Metzger, nicht der Arsch!« Seine Augen funkelten.

Er war die Nummer zwei im Haus und noch nicht lange Leiter des Lokalressorts. Die Neue hatte ihn mitgebracht. Sie hatten zuvor in einem anderen Verlag zusammengearbeitet und dort eine Wochenzeitschrift saniert. Der Mann war eher schmächtig, wirkte jedoch sehr bedrohlich, wenn er wütend war. Zu Beginn seines Wutanfalls hatte er verkündet, dass Martin Metzger ab morgen die Leserbriefe der Lokalredaktion betreuen müsse. Und nicht nur das. Alle Beschwerden über seinen Artikel zur Anwohnerversammlung in Witikon müsse er persönlich beantworten. Und sich entschuldigen.

»Wir bleiben am Thema dran. Du übernimmst das, Jasmin. Ich will diese Woche ein paar besorgte Eltern auf der Frontseite haben. Und Geschäftsleute. Die Menschen sollen ernst genommen werden. Nimm aber gemäßigte. Wir wollen der Welt zeigen, dass am Zürichberg keine dumpfen Rassisten wohnen.«

Jasmin Glatt war der Grund dafür, dass Metzger für das Jobrotationsprogramm die Lokalredaktion gewählt hatte. Sie schrieb eifrig in ihr Notizbuch. Ein großes schweres Buch. Das hatte sie immer unterm Arm, wenn sie durch die Großraumbüros rauschte. Sie hatte dunkle Rehaugen und eine fantastische Schreibe. Witzig, gescheit, berührend. Ihr einziger Makel war, dass sie altmodische, blumige Sommerröcke trug und mit der grauenhaftesten Tratschkolumnistin der Welt befreundet war. Das machte sie allerdings mehr als wett, als sie nun ihren Bleistift ablegte, Martin komplizenhaft anlächelte und anschließend dem Chef ernsthaft zunickte.

Dessen Gesichtszüge entspannten sich. Der Leiter des Lokalressorts setzte sich an den Tisch und zog seinen Wochenplan unter der Samstagsausgabe mit Martins Schlagzeile hervor. »Die morgige Headline ist das Monday-Night-Skating von heute Abend: *Völkerwanderung auf Rollen.* Es ist das zweijährige Jubiläum. Wir bringen eine Reportage über drei Rentnerinnen, die dafür extra gelernt haben, Inlineskates zu fahren, und seither dabei sind. Dazu haben wir herzige Bilder.«

Martins Blick schweifte über Jasmin Glatts Dekolleté hinweg zum Fenster hinaus. Der Üetliberg verschwand in einer dicken Nebeldecke.

»Du gehst morgen nach Oerlikon, Metzger.« Martin löste seinen Blick vom Nebel und schaute den Chef an. »Die Stadtpolizei macht dort eine Aktion im Rahmen ihrer Sicherheits- und Sauberkeitskampagne. Ich will einen Bericht, der ganz nah am Geschehen ist. Und ich will einen Kommentar, in dem steht, dass die Stadt alles für die Sicherheit der Bevölkerung tun muss, wir aber eine wirksame Verbrechensbekämpfung brauchen und keine Putzshows. Ist das klar?« Martin nickte und nahm die Unterlagen entgegen, die ihm der Ressortchef über den Tisch zuschob.

»Am Mittwoch veranstaltet der Stadtrat eine Pressekonferenz. Hast du schon herausgefunden, worum es geht, Babs?«

Barbara Wenger war die Stadtverwaltungsinsiderin. Eine brave Lokaljournalistin. »Nein. Es kann nichts Großes sein, sonst hätte es sich rumgesprochen. Aber ich habe meine Porträts von Frauen in städtischen Kaderpositionen zusammen. Vom Gartenbau über das Sozialwesen bis hin zur Stadtplanung. Wir können diese Woche beginnen, die Serie abzudrucken. Als Erstes möchte ich die Polizeikommandantin bringen.«

»Alles klar. Ab Donnerstag hast du dafür jeden Tag eine halbe Seite. Wie besprochen. Aber finde trotzdem heraus, worum es am Mittwoch geht. Wäre schön, wenn wir es bringen könnten, bevor es die anderen haben. Was gibt es Neues von der Polizei?«

Dani Bergs Ressort. Er war ein Wadenbeißer. »Letzten Freitag wurde eine dominikanische Prostituierte vergewaltigt. Ziemlich schlimm. Die Bullen tappen im Dunkeln.«

»Huren werden vergewaltigt. Das ist keine Weltneuheit. Aber bleib dran für den Fall, dass daraus eine größere Sache wird. Und wie sieht es aus mit der Vorzeigepolizistin vom Samstag? Gibt es Folgestorys? Dieses Frauenförderungsgequatsche ist doch reine Kosmetik, oder?«

Berg zuckte mit den Schultern. »Bei der Mannschaft brodelt es. Es gibt einige, die es daneben finden, wenn ihnen eine Frau die Aussicht verdeckt. Aber die aktuelle Story ist der Doppelmord von gestern. Im Kreis 4 wurde ein junges Paar erschossen. Sie Schweizerin, er Bosnier. Die Polizei geht von einem Familiendelikt aus. Sie fahndet nach dem Vater und dem Bruder des Mannes. Aber Martin kann dazu sicher mehr sagen. Er wohnt dort.« Dani Berg schaute stur geradeaus.

Der Chef hob die Augenbrauen. »Ist das wahr? Ein Doppelmord direkt nebenan, Metzger?«

»Milan und Vera waren meine Nachbarn. Ich hüte ab und zu ihre kleine Tochter, Valentina.« Martin Metzger presste den Satz zwischen den Lippen hervor und schaute den Üetliberg an. Er musste nicht hinsehen, um zu wissen, dass dem Chef die Wut wieder in den Körper fuhr.

»Verstehe ich das richtig, Metzger? In deinem Haus geschieht ein Doppelmord. Etwas, was es in Zürich ungefähr alle zehn Jahre einmal gibt. Ein absolutes Medienereignis. An einem Sonntagmorgen, wenn alle Journis pennen. Der Primeur wird dir b u c h s t ä b l i c h ans Bett serviert. Du hättest die Story heute Morgen exklusiv bringen können. Wir wären die Ersten gewesen. Sogar noch vor den elektronischen Medien. Und was tut unser Supermegasportjournalist mit dem Ereignis des Jahres? Er sagt keinen Ton und schreibt keine Zeile! Stattdessen verfasst er lieber eine sozialdemokratische Moralpredigt. Als wären die Achtziger nicht seit zwanzig Jahren passé!« Der Ressortleiter machte eine kurze Pause, um Luft zu holen. Seine Stimme nahm einen bedrohlichen Klang an. »Gebe ich den Sachverhalt einigermaßen korrekt wieder, Metzger? Könnte es sich ungefähr so abgespielt haben?«

Martin sah dem Chef direkt in die Augen. Dieses Mal würde er sich wehren.

19.

»Woran denkst du beim Sex, Michi?«

»An Sex natürlich.«

»Was willst du denn beim Sex, Michi? So schnell wie möglich abspritzen oder deine Partnerin glücklich machen?«

Michi biss in ein Sandwich und sprach mit vollem Mund. »Logisch soll sie auch kommen. Ist doch klar, Mann.«

»Ich sag dir was, Michi: Du bist wie alle Typen. Du willst eine Braut beeindrucken, indem du stundenlang rammelst und sie fünf Mal kommt, bis du gelegentlich auch abdrückst. Du willst, dass sie dich für den größten Hecht auf Erden hält. So ist es doch, oder?«

Michi kaute sein Sandwich und sagte nichts. Er hatte rote, wild abstehende Locken und eine Stupsnase.

Der andere war lang und dünn und hatte vorstehende Zähne. »Dann denkst du beim Sex an Sex? Hast oben und unten gleichzeitig Sex? Weißt du, was dann passiert, Michi? Nach dreißig Sekunden ist es fertig. Und du bist es auch. Weißt du, was deine Angebetete dann von dir denkt, weißt du das, Michi?«

Michi kaute und kaute. Der andere stocherte in einem Birchermüsli herum.

Johanna di Napoli bestellte einen weiteren Espresso. Sie hatte eigentlich gehen wollen, doch das Gespräch fesselte sie zu sehr. Dass der Lange von ›Partnerin‹ gesprochen hatte, passte weder zu seinem Alter noch zu den anderen Ausdrücken, die er verwendete. Die beiden waren vielleicht eine halbe Stunde nach ihr ins *Schwarzenbach* gekommen und hatten sich an den Tisch nebenan gesetzt.

Zuvor hatte Johanna Zeitung gelesen. In Witikon verwehrte ein Supermarkt Afrikanern den Eintritt. Wegen des nahen Asylbewerberheims. Ironischerweise hatte die Geschäftsführerin ihr Exempel aber an einem ghanaischen Diamantenhändler statuiert statt an einem Asylsuchenden aus Liberia. Ersterer wusste sich zu wehren.

Die Geschichte stand in einem der Gratisblätter. Unter dem Interview mit einem Verkaufstrainer. Blond mit Kinnbart und selbstbewusstem Blick. Er leitete die Verkaufsabteilung eines Telekommunikationsmultis, war Norweger und wohnte wahrscheinlich irgendwo auf einer Klippe über dem Meer. Weit weg von allem und trotzdem mit der ganzen Welt verbunden. Zürich musste ihm eng vorkommen. Er war der Star einer europäischen Verkaufsmesse, die übers Wochenende im Kongresshaus stattgefunden hatte. Ein guter Verkäufer lasse die Wünsche seiner Kunden aus ihrem Innersten hervorsprudeln wie eine verborgene Quelle, hatte er der Journalistin aufs Band gesprochen. Mit einem vor Charme sprühenden Lächeln wahrscheinlich.

Johanna erinnerte sich, wie sie vor einer Woche beinahe eine Schlägerei mit zwei krawattierten Schnöseln angefangen hatte, die ihr ein Mobiltelefonabonnement andrehen wollten. Mit wenig Charme und viel unterschwelliger Aggression. Vor dem Bahnhof Stadelhofen war das gewesen. Sie liebte dessen ruhige Eleganz. Er war aus Beton gegossen und wirkte wie in Stein gemeißelt. Formen, die Geborgenheit ausstrahlten statt aufdringlicher Protzerei. Bauten, die ambitiös waren und unprätentiös zugleich, gefielen ihr. Sie war vom See gekommen, wo sie ab und zu spazieren ging, wenn sie etwas Luft brauchte. Es war gegen siebzehn Uhr gewesen und die Leute waren unter den Bäumen des Stadelhoferplatzes hindurch zum Bahnhof geeilt. Johanna hatte sich treiben lassen, während andere still und zielstrebig in den Feierabend marschiert waren. Auf dem Bahnhofplatz hatten Punks mit Bierdosen, Hunden und trotzigen Blicken ihr Lager aufgeschlagen.

Vor dem Abgang in die gediegenen Hallen hatte ein pomadiger Junge Johanna den Weg versperrt. Daneben ein zweiter, der sich darauf konzentriert hatte, ihre Kurven zu inspizieren. »Grüeziwohl, Madame. Wir erfüllen Ihre heißesten Träume! Mit unserem Zweijahresabo und dem meganeuesten Handy auf dem Markt!«

Diese Strategie war nicht sehr stimulierend gewesen und entsprach in keinster Weise der Vorzeigephilosophie des norwegischen Verkaufsgurus. Johanna hatte schweigend an dem Jungen vorbeigehen wollen, doch hatte sie dieser nicht passieren lassen. In seinem schwarzen Mantel über einem schwarzen Anzug mit hellblauem Hemd und dunkelblauer Krawatte hatte er ausgesehen wie ein Konfirmand. An seinem Schlips hätte ihn Johanna gern gezogen. Stattdessen hatte sie sich gebückt und ihn mit der Schulter zur Seite gestoßen. Ein klassischer Bodycheck. Der Bube wäre gestürzt, hätte ihn sein Kumpel nicht gestützt. Der Hauch eines Schreckens war über sein Gesicht gehuscht, bevor es von Scham übermannt worden war. Wie ein Oberschüler, den die Lehrerin beim Spicken erwischt hatte. Der andere hatte hysterisch gelacht. Johanna hatte nicht hingehört, als er ihr irgendein Schimpfwort nachgeschrien hatte.

Noch lange danach hatte die Wut in Johannas Bauch herumgewühlt und nun stieg sie mit der Erinnerung an diesen Vorfall wieder in ihr hoch. Um die Beherrschung nicht zu verlieren, faltete Johanna hastig die Zeitung zusammen und legte sie auf den Tisch neben das Tablett. Der Doppelmord vom Sonntag stand noch nicht drin. Die Pressekonferenz hatte heute Morgen stattgefunden.

Sie stellte sich vor, wie sich Fédier vor den Medien aufgespielt hatte. Er verbiss sich zu stark in die These des Familiendelikts. Der gewalttätige und arbeitslose Vater, der drogenabhängige Bruder. Und ›Jugos‹ noch dazu. Das war zu einfach. Zugegeben, solche Morde passierten. Aber in diesem Fall fehlte etwas. Das auslösende Moment vielleicht. Nach den aktuellen Erkenntnissen hatte Milan in den letzten Tagen weder seinen Vater noch seinen Bruder getroffen. War er tatsächlich von einem der beiden umgebracht worden, dann aus heiterem Himmel. Mehr oder weniger. Auch wenn sich die Tat über einen längeren Zeitraum hinweg aufgebaut hätte, eines Anlasses für die Eskalation bedurfte es trotzdem. Es gab Verbrechen, die sich langsam entwickelten und dann irgendwann geschahen. Doch traf dies eher für die Vergewaltigung zu als für den Mord.

Der Gedanke an ihren eigenen Fall war nicht geeignet, ihre Stimmung zu heben. Denn wie bei jedem Verbrechen bestand auch hier die Möglichkeit, dass es nicht aufgeklärt würde, dass sie es nicht aufklären konnte. Das schnürte ihr die Kehle zu.

Immerhin hatte Kay am Morgen den Tatort gefunden. Seine Nachricht hatte Johanna auf ihrer Combox abgehört, als sie nach dem Squashspiel in Grazias Auto gestiegen war. Ein sportlicher kleiner Volkswagen. Eigentlich hatte Johanna in Oerlikon aussteigen wollen. Grazia hingegen wollte zur Arbeit fahren, sodass Johanna einfach im Auto sitzen blieb und mitfuhr.

Der Tatort war eine Kinderkrippe in der Nähe der Badenerstraße. Gerade einmal fünfhundert Meter von jenem Unterstand entfernt, in dem Alejandra Knupp aufgefunden worden war. Der Hausmeister hatte am Morgen bei der Regionalwache Aussersihl einen Einbruch gemeldet. Er war der Meinung gewesen, Jugendliche wären in die Krippe eingestiegen. *Pack vom nahen Jugendtreff.* Dort hatten Johanna und Kay einmal wegen einer Schlägerei interveniert. Der Sozialarbeiter hatte auf der Wache angerufen. Als sie in dem Lokal eingetroffen waren, war der Mann nicht mehr im Haus gewesen, nur halbwüchsige Jungs in weißen Unterhemden, die Johanna tief in die Augen gestarrt und ihr Rauch ins Gesicht geblasen hatten. Nullrespektvorbullenschlampemann. Es war sehr viel Adrenalin ausgeschüttet worden während dieses Einsatzes. Nur Adrenalin. Wenn nötig, konnte Johanna eine Situation auch entschärfen.

Als der Hausmeister am Telefon von Blutflecken erzählte, war Kay hellhörig geworden. Bald waren sie sich sicher gewesen, dass Alejandra Knupp in der Krippe vergewaltigt worden war. Spuren gab es einige. Blut, Zigarettenkippen, Wachsflecken, Fingerabdrücke.

Johanna hatte sich den Raum angesehen. Wer immer dort gewütet hatte, hatte dies an Alejandra getan, nicht an der Einrichtung. Einige Kinderstühle waren umgeworfen. Viel mehr war auf den ersten Blick nicht sichtbar gewesen. Dem Unsichtbaren waren die Leute in den weißen Kitteln auf der Spur, die still und konzentriert im Raum gearbeitet hatten. Der Lockenkopf war auch dabei gewesen. Von vorn sah er weniger spektakulär aus. Clyde war neben ihm gestanden und hatte Johanna zugezwinkert, als sie den Raum betreten hatte.

An der dem Eingang gegenüberliegenden Wand der Krippe hingen Kinderzeichnungen. Johanna war gespannt hingegangen. Es waren ganz unterschiedliche Motive. Darunter auch einige Riesen, viele Tiere, ein paar Autos. Nach einigen Minuten konzentrierten Suchens hatte sie die Lücke gefunden. Augenblicklich musste sie gegen Brechreiz ankämpfen. Die Erinnerung an die Kinderzeichnung in Alejandra Knupps Vagina quälte sie immer noch. Eine Zigarettenpause im Hof der Krippe hatte geholfen. Danach war sie zwar noch eine Weile vor Ort geblieben, hatte die weitere Untersuchung des Tatortes dann aber Kay überlassen und war in ihr Lieblingskaffee im Niederdorf gegangen. Immerhin war es ihr freier Tag.

»Ich sag dir, Michi. Beim Sex darfst du an alles denken, nur nicht an Sex. Sonst ist es passiert.«

»Aber dann macht es keinen Spaß, Mann! Wenn du immer aufpassen musst, ist es mehr wie Autofahren. Dann kannst du gar nicht genießen.«

»Wie läufst du denn durch die Welt, Michi? Mit geschlossenen Augen, damit du mehr fühlst? Die Welt ist so großartig! Wenn du nicht verstehst, was abgeht, kriegst du nichts mit. Dann ist nach dreißig Sekunden Schluss. Anstatt nach drei Stunden.«

Johanna di Napoli versuchte, sich zu erinnern, worüber die beiden gesprochen hatten, bevor sie begonnen hatte, bewusst zuzuhören. Sie hatte keine Ahnung.

»Aber du kannst auch nicht immer alles zerlegen, Mann! Wie ein Metzger. Dann ist es ja, wie wenn du immer neben dir selbst stündest. Und analysierst und analysierst und analysierst.«

Die beiden waren ähnlich gekleidet: Jeans, Turnschuhe und weite Sweatshirts. Was sie taten im Leben, war schwierig zu erraten. Studenten, Sportartikelverkäufer? Michi sprach einen leichten Secondo-Slang. Der andere hatte einen breiten Stadtzürcher Akzent. Beide hatten helle, knabenhafte Stimmen. Sie schätzte sie auf Anfang zwanzig.

Als Johanna drei Stunden später aus dem Kino kam, wusste sie es: Michi saß an der Kasse, sein Freund kontrollierte die Karten. Es war ein Studiokino. Momentan lief ein Zyklus zum italienischen Neorealismus der Nachkriegszeit. Wie alle zwei Jahre.

Johanna di Napoli verpasste *Riso amaro* nie. Sie erinnerte sich kaum an ihren Vater. Vage an seinen Geruch. Sie stellte ihn sich ähnlich vor wie die Landarbeiter im Film. Dreckig, fröhlich, charmant, stark. Statt in den Reisfeldern des Piemonts hatte er auf Schweizer Kartoffeläckern gearbeitet, bevor er verschwunden war. In die Reisfelder vielleicht.

Nach dem Film schlenderte sie durchs Niederdorf Richtung Bahnhof. Nicht allein. Am frühen Abend war Shoppingzeit im Niederdorf. Vor allem für Teenies. Sie umlagerten die billigen Kleiderläden und Imbissbuden. Am Hirschenplatz standen sie in Gruppen zusammen und schwatzten. Johanna ging an ein paar Burschen mit weiten Hosen und Baseballmützen vorbei. Der eine hatte einen Pitbullterrier an der Leine. Die Kerle gaben sich Mühe, gefährlich auszusehen. Johanna blieb vor dem Schaufenster eines Antiquitätengeschäfts stehen und betrachtete ihr Spiegelbild. Vielleicht war es Zeit für einen Ausflug nach Italien. Es waren einsame, stille Reisen, die sie alle paar Jahre unternahm.

20.

Sie öffnete die Augen. Das Licht blendete. Sie blinzelte. Als sie sich an die Helligkeit gewöhnt hatte, sah sie Schweißperlen in seinem Nacken hinunterkullern. Sie blieben in kurzen Rückenhärchen hängen, die im Gegenlicht golden schimmerten. Er strich ihr durchs Haar, küsste ihre Augenlider, ihre Lippen, den Hals, zog sich langsam zurück. Er legte seinen Kopf auf ihren Bauch. Sie schloss die Augen wieder.

Sie hatten zusammen zu Abend gegessen. In einem kleinen afrikanischen Restaurant in Schwamendingen. Andrea Camenzind kannte sämtliche Trendlokale immer schon vor den Lifestyle-Journalisten. Das war sein Ehrgeiz. Ansonsten nahm er das Leben locker. Selbst die Arbeit schien ihn nicht zu verzehren. Obschon er selbstständig war. Teilhaber einer Werbeagentur. Seine Stärke lag in der Diskretion, nicht in lauten Kampagnen. Er platzierte Menschen, Produkte und Themen so in den Medien, dass es nicht nach Werbung aussah. Eine Politikerin in eine Radiosportübertragung, eine Automarke in eine Fernsehserie. Er bediente Journalisten mit Artikeln, ohne dass diese wussten, in wessen Auftrag er ein Thema lancierte. Sein eigentliches Talent aber war die Sprache. Beim Texten hatten sie sich kennengelernt. Er flirtete von Beginn an. Später stieg sie in das Geplänkel ein.

Andrea stand auf und zog Boxershorts an. Anschließend verschwand er im Gang. Kurz darauf hörte sie ein Plätschern, anschließend die WC-Spülung.

Sie wohnte in einer Arbeiterwohnung aus den Vierzigerjahren. Zwei kleine Zimmer, eine winzige Küche und ein langer Gang. Das war alles, was sie auf die Schnelle hatte kriegen können, als sie vor zwei Jahren bei Marc ausgezogen war.

Sie setzte sich auf und streifte ein T-Shirt über, das sie vom Fußboden gefischt hatte. Dann zündete sie sich eine Zigarette an.

»Ein Futon ist das Unbequemste, was es gibt, Jo. Zudem passt das nicht zu deinen altmodischen Bauernmöbeln. Kauf dir ein weiches Federbett. Dann komme ich öfters und bleibe länger.«

»Eben darum behalte ich meinen Futon. Zur Sicherheit. Außerdem passt hier alles wunderbar zusammen.«

Er hielt Whiskey und zwei Wassergläser in den Händen. Mit den Zähnen entkorkte er die Flasche und schenkte im Stehen ein. Er reichte Johanna ein Glas und setzte sich dann in den Fauteuil ihrer Großmutter. »Habe ich dir schon mal gesagt, dass du mit der Kippe im Mund verwegen aussiehst? Wie eine französische Sängerin.«

Johanna nahm einen Schluck Whiskey. Einen tüchtigen, um ihrer Rolle gerecht zu werden. Andrea stand auf und wühlte in den CDs, die neben dem Gettoblaster aufgestapelt waren. Er schob eine in das Gerät. Johanna konnte die Hülle nicht sehen. Sie tippte auf Gainsbourg. Andrea setzte sich wieder und schaute sie an.

Johanna drückte die Zigarrette aus. In einem *Ricard*-Aschenbecher aus den Fünfzigerjahren, den ihr Marc geschenkt hatte. Sie musste an das Treffen mit ihm am letzten Freitag denken. Das war ein denkwürdiger Abend geworden. Sie war ziemlich nervös gewesen. War sich nicht sicher, ob sie sich nicht wieder verlieben würde. Und dann fragte sie der Dummkopf, ob sie Patin seines Kindes werden wolle.

»Letzte Woche hat mich ein Kunde in einen Schuppen an der Langstraße geschleppt. Das war abgefahren. ›Vollkrassmann‹, würde Tobias sagen. Das lernt er im Fußballclub.« Andrea setzte das Glas an. Johanna betrachtete seine Fettpolster. »Von außen siehst du nicht, dass dort ein Club ist. Im Erdgeschoss befindet sich ein afrikanischer Coiffeursalon. Mein Kunde behauptet, der Laden gehöre einem Dominikaner-Clan. Einer der Familien, die an der Langstraße Kokain verticken. In dem Club gibt es den richtigen Stoff. Nicht den Dreck, den sie auf der Gasse den Junkies andrehen. Der Eintritt kostet drei Lappen.« Andrea hatte überall feine, blonde Härchen. Am Rücken, an den Beinen, den Armen, dem Bauch. Nur seine Brust war merkwürdig unbehaart. »Ihr habt doch kürzlich einen Puff auseinandergenommen. Ich habe dich im Fernsehen gesehen. Eine Kundin hatte einen Auftritt in derselben Sendung. Eure Erfolgsbilanz war eher durchwachsen. Gelinde gesagt. Diesen Laden müsstet ihr mal auf den Kopf stellen. Es würde mich wundern, wenn ihr dort nicht mehr finden würdet.«

Johanna erinnerte sich an Hanspeter Trübs Schweißflecken.

»Auf der Bühne gibt es Lifesex. Ziemlich harten. Brutale Rammlereien, keine weichgezeichneten Stripshows. Meinem Kunden hat es gefallen. Ich fand es widerlich. Die Mädchen waren beinahe noch Kinder. Latinas und Asiatinnen. Wieso schließt ihr solche Läden nicht?«

Johanna zündete sich eine neue Zigarette an und blies den Rauch gegen die Decke. »Das ist nicht so einfach. Es braucht viel Vorarbeit, damit wir genug Beweise haben. Observationen, verdeckte Ermittlungen. Wenn wir aber einen aus dem Verkehr ziehen, steht der Nächste schon bereit. Solange es Männer gibt, die für so was Geld bezahlen. Wie du zum Beispiel.«

Andrea schenkte sich ein neues Glas ein. »Das war geschäftlich. Dafür, dass ich mir solchen Scheiß ansehen muss, sollte ich diesem Kunden die Preise erhöhen.«

»Oder nicht für ihn arbeiten.«

»Bleib auf dem Boden, Johanna. Das hier ist das richtige Leben.«

»Du hast die Wahl. Mehr als andere.«

Er prostete ihr zu. »Nutten sind wir alle. Man muss das nicht lieben. Nur ertragen.«

Sie hielt ihm das leere Glas hin. »Du bist ein Zyniker, Camenzind. Das musst du vielleicht sein bei deinem Job. Aber glaub ja nicht, dass dich das attraktiv macht.«

Er stand auf, nahm die Flasche und ging zu ihr hinüber.

Dienstag

Love has no place here
no joy, no tears
PJ Harvey, *Civil War Correspondent*

21.

»Und übrigens, Jo: Der Leiter der Sonderkommission heißt Fédier, nicht di Napoli!«

Sie hatte Charlie Brunners Büro bereits verlassen, als er ihr dies nachrief. In seiner unverkennbaren Art. Ernst und trotzdem nicht ganz ernst zu nehmen.

Kay kam ihr grinsend entgegen und schleppte sie zur Kaffeemaschine. »Du siehst aus, als hättest du die ganze Nacht Wäsche gebügelt. Leg dir endlich einen anständigen Kerl zu, dann kannst du das tagsüber machen.«

Sie boxte ihn in die Seite. »Erspar mir deine Sprüche. Es ist noch zu früh dafür. Besorg mir besser eine Koffeinspritze.«

Kay sah grundsätzlich aus, als ob er für den Laufsteg angezogen wäre. An diesem Morgen trug er einen braunen Manchesteranzug, braune Lackschuhe und ein hellblaues Hemd mit hohem Kragen. Weit geöffnet selbstverständlich.

Er stellte Johannas gefüllte Tasse auf den Stehtisch und schob eine leere unter den Kolben der Maschine. Hart hatten sie dafür gekämpft, diese Kaffeeecke im Korridor einrichten zu dürfen. Vorher hatten hier Aktenschränke gestanden, bis Kay die befreiende Idee gehabt und den Datenschutz eingeschaltet hatte. Nun wurden die Akten sicher in Hanspeter Trübs Büro gelagert, das er jedes Mal sorgfältig abschloss, wenn er es verließ.

Kay und Johannas nächstes Ziel war es nun, einen valablen Ersatz für das Bild eines Kampfjets vor Bergpanorama zu finden, das Trüb über der Kaffeemaschine an die Wand genagelt hatte.

»Nimm es mir nicht übel, Jo. Aber falls du womöglich für heute Abend ein Date abgemacht haben solltest, sag es lieber ab. Das erhöht deine Chancen.«

Sie lächelte Kay an. »Danke, mein Schatz. Ich habe auch Augen im Kopf.«

Andrea war die ganze Nacht geblieben, was selten vorkam. Sie waren um halb sechs zusammen in den Morgen hinausgetreten und er hatte sie ins Büro gebracht. Als sie aus seinem Auto gestiegen und über die Straße gegangen war, hatte sie die feuchte Luft gerochen. Der Tag würde zu neblig werden, um eine Sonnenbrille tragen zu können. Leider. Lange Nächte wirkten sich fatal auf ihr Aussehen aus. Um sich etwas stärker zu fühlen, hatte sie Jeans und Cowboystiefel angezogen.

Im Büro hatte sie sich als Erstes die Teilnehmerliste der internationalen Verkaufsmesse besorgt, über welche sie am Tag zuvor den Zeitungsbericht gelesen hatte. Dies hatte etwas Überredungskünste gebraucht. Die veranstaltende Agentur legte Wert auf Verschwiegenheit. Erst als Johanna angedeutet hatte, dass sie bei fehlender Kooperation ihre Untersuchung an die große Glocke hängen würde, hatte der Leiter der Agentur nachgegeben. Glücklicherweise schien er sich nicht allzu gut mit dem Strafprozessrecht auszukennen, sonst hätte er sich von Johannas Anspielungen kaum einschüchtern lassen. So hatte sie die Liste schließlich per Fax erhalten. 274 Personen hatten sich von dreißig Trainern schleifen lassen, darunter sechsunddreißig Frauen. Salesmanager aus ganz Europa, viele aus osteuropäischen Ländern. Johanna hatte sich die Männernamen angeschaut. Siebenundzwanzig kamen aus der Schweiz, drei wohnten in der Nähe von Zürich. Genauso gut hätte sie das Telefonbuch studieren können. Aber der Gedanke, dass Marktpenetration und Vergewaltigung einer gemeinsamen Logik folgten, ließ sie nicht los. Sie war sich allerdings nicht sicher, ob ihre Vermutung auf Intuition beruhte oder auf Verzweiflung. Deshalb behielt sie ihre Überlegungen zunächst für sich.

Nach dem Kaffee machten sich Kay und Johanna auf den Weg zu Fédiers Lagebesprechung. Der zweiten, seit die Kantonspolizei am Montagmorgen eine *Sonderkommission Dilic* eingesetzt hatte. Brunner musste dafür zwei Leute abkommandieren. Das war momentan alles, was er hatte. Zwei Stellen waren seit Monaten vakant. Eine Sparübung. Köbi Furrer schickte er nur im Notfall zu solchen Projekten.

Kay fuhr und bog mit überhöhter Geschwindigkeit in die Kanonengasse ein. Sie benötigten für den Weg zur Kantonspolizei höchstens fünf Minuten. Sie waren knapp dran. Aus einem der Clubs torkelte ein Betrunkener. Vor den Bordellen gegenüber den Zeughäusern gingen die Latinas für die Morgenschicht in Stellung.

Kay bog erneut ab und überfuhr beinahe einen Junkie, der aus dem Zeughaushof auf die Straße trat. Der Junkie schrie und schlug mit der Hand auf die Kühlerhaube, als Kay mit einer Vollbremsung den Wagen kurz vor ihm zum Stehen brachte.

Johanna erkannte den Mann wieder, der am Samstag aus der Würstchenbude geschmissen worden war. Als sie die Tür öffnete, um zu schauen, ob er verletzt war, rannte er humpelnd davon. Sie stieg wieder ein.

Kay umklammerte mit durchgestreckten Armen das Steuer und starrte auf die Straße hinaus. »Scheiße, Mann. Weißt du, wer das war?«

Sie schaute ihn an. »Sag bloß nicht Dilic!«

»Abba sicha!«

Kay startete den Wagen und lenkte in die Querstraße, in welche Vladimir Dilic gerannt war. Keine Spur von ihm. Sie fuhren einige Runden durchs Quartier. Der Mann blieb verschwunden.

Sie gaben die Suche auf und Kay parkte den Wagen auf dem Hof des Kripo-Gebäudes. Die Kollegin vom polizeilichen Assistenzdienst winkte ihnen hinter dem Glas ihrer Loge zu.

»Vierter Stock, Kollegen!«

»Danke.«

Kay stand schon beim Aufzug und drückte nervös auf den Knopf mit dem Pfeil, der nach oben wies. Als sich die Lifttür öffnete, stiegen drei uniformierte Polizisten aus. »Hoi zäme.«

Kay drängte wortlos in den Lift. Johanna erwiderte hastig den Gruß. Die Tür schloss und sie fuhren schweigend nach oben. Kay hatte Schweißperlen auf der Stirn, als er sachte die Tür zum Sitzungszimmer öffnete und sie hineinschlichen.

Vorn im Raum standen der Staatsanwalt und Fédier, der sie missmutig anblickte, als sie sich in die hinterste Reihe setzten. »Schön, dass es die Stadtpolizei auch noch geschafft hat. Umso mehr, als dies hier keine Pressekonferenz ist, sondern Arbeit. Wir fassen gerade den aktuellen Ermittlungsstand zusammen.«

Einige Anwesende grinsten. Johanna zählte vierzehn Personen. Sie kannte ein paar wenige, Kay mit größter Wahrscheinlichkeit alle. Er war ein Jahr jünger als sie und seit zwölf Jahren bei der Polizei. Johanna hoffte, sich für die Dauer ihrer Mitarbeit in Fédiers Sonderkommission hinter Kay verstecken zu können.

Die Fußarbeit war noch lange nicht zu Ende. Die Nachbarschaft sowie das Beziehungsnetz der beiden Opfer mussten abgeklopft werden. Die Beschattung von Frau Dilic und die Fahndung nach den beiden Hauptverdächtigen waren sowieso noch in Gang. Die Fahnder suchten alle bekannten bosnischen Clubs ab, befragten die Verwandten und Bekannten der Familie Dilic, durchkämmten Einkaufscenter, Bahnhöfe, Kontakt- und Anlaufstellen für Drogenabhängige. Je länger die beiden unauffindbar waren, desto größer das Risiko, dass sie die Schweiz verließen. Das galt vor allem für Goran Dilic, der war auf der Flucht. Bei Milans Bruder war sich Fédier nicht sicher. Ausnahmsweise war Johanna gleicher Meinung. Vladimir Dilic war vor dem Mord aus der Therapie abgehauen. Falls er nichts mit dem Tod seines Bruders zu tun hatte, wusste er vielleicht noch gar nichts davon.

Fédier und der Staatsanwalt leiteten die Besprechung gemeinsam. Fédier trug den Ermittlungsstand vor und reichte dem Staatsanwalt ein Foto, damit er es an die Pinnwand steckte. Offenbar war dieser das nicht gewohnt, denn er nestelte so lange am Bild von Goran Dilic herum, dass Fédiers Redefluss ins Stocken geriet. Fédier griff sich eine Nadel aus dem Moderatorenkoffer neben dem Projektor, hielt mit der Linken ein neues Foto an die Wand und bohrte mit einer schwungvollen Bewegung der Rechten die Nadel durch das Papier. Johanna stellte sich vor, wie er vor lauter Dynamik statt des Bildes seine Krawatte an die Wand nagelte, und grinste.

Als Fédier von der Wand wegtrat und seinen Vortrag aufnahm, blickte sie Kay an. Dieser hielt sich den Zeigefinger an die Lippen. Sie schaute wieder nach vorn. An der Wand hing das Fahndungsfoto von Vladimir Dilic.

Am Montagmorgen war Frau Dilic befragt worden. Einer der Kantonspolizisten fasste die Vernehmung zusammen. Sie hatte nichts Wichtiges gesagt. Und die Beschattung der Frau war ebenso ergebnislos verlaufen wie die Überwachung ihres Telefons. Die Abhörprotokolle trafen allerdings mit Verzögerung ein, da sie zuerst übersetzt werden mussten. Seit dem Mord an ihrem Sohn und ihrer Schwiegertochter hatte sie keinen nachweisbaren Kontakt zu ihrem Mann und ihrem jüngeren Sohn gehabt. Verwandte kümmerten sich um sie und ihr Enkelkind. Vorläufig jedenfalls. Johanna dachte an die kleine Valentina in Metzgers Armen am Sonntagmorgen und dann am Nachmittag in jenen ihrer Großmutter auf Metzgers Sofa. Die Vormundschaftsbehörde würde Frau Dilic kaum das Sorgerecht zusprechen, wenn Mosers es ebenfalls beantragen würden.

Auch die anderen Befragungen hatten keine neuen Erkenntnisse gebracht. Dank des Gerichtsmediziners und einiger Nachbarn, die sich an Schüsse erinnerten, konnte die Tatzeit nun etwas genauer eingegrenzt werden: Es musste gegen sechs Uhr geschehen sein.

Außer Myriam Camenzind war zur fraglichen Zeit niemand beim Verlassen oder Betreten des Hauses gesehen worden. Das bestätigte sowohl ein Ehepaar aus der Nachbarschaft, das um diese Zeit zu einer Wanderung aufgebrochen war, als auch eine Zeitungsausträgerin.

Damit gab es noch keine eindeutige Spur.

Fédier hatte das Reden wieder übernommen, der Staatsanwalt stand untätig neben ihm. Myriam Camenzind schloss Fédier aus dem inneren Kreis der Tatverdächtigen aus. Der andere nickte zustimmend. Die beiden hatten am Montagnachmittag gemeinsam das Ehepaar Camenzind befragt. An einer der Pinnwände hing eine genaue zeitliche Rekonstruktion von Myriam Camenzinds Weg aus Metzgers Bett an den Frühstückstisch in Stäfa. Die Aussage war glaubwürdig.

Außerdem waren in der Wäscherei keine Spuren gefunden worden, die Myriam Camenzind belasteten. Weder Fingerabdrücke noch Haare noch sonst irgendwelche Indizien. Allerdings war die Spurenauswertung am Tatort noch lange nicht abgeschlossen. Doch selbst wenn Myriam Camenzind jemals in der Wäscherei gewesen war, war kein Motiv ersichtlich, warum sie die beiden hätte umbringen sollen.

Das war gut, denn damit schlief Johanna lediglich mit dem Gatten einer Zeugin, nicht mit dem einer Verdächtigen.

Johanna starrte auf das blau-blaue Muster von Fédiers Krawatte und dachte daran, wie Andrea beim Abendessen in Schwamendingen über den Leiter der Sonderkommission hergezogen hatte. »Der hat dauernd Anspielungen auf Myriams Sexleben gemacht, der Schafseckel! Nur weil Myriam sich einen Stecher hält, ist unsere Beziehung noch lange nicht im Eimer! Der stellt sich wahrscheinlich vor, wie wir den ganzen Tag in der Stadt herumvögeln und dann am Abend zu Hause mit Schere und Grillzange aufeinander losgehen. Dieser Wichser! Pass bloß auf, dass der nichts von uns beiden mitbekommt, denn sonst wird er sich über dich hermachen.«

»Das ist Befragungstechnik und nicht so ernst zu nehmen. Damit wollte er euch unter Druck setzen und unüberlegte Aussagen provozieren.«

Johannas Argument hatte Andrea nicht beruhigt. Im Gegenteil, im weiteren Verlauf des Gespräches hatte er Fédier mit einer Menge anderer Schimpfwörter betitelt. Dass er sich nicht ganz zu Unrecht Sorgen machte, hatte ihm Johanna allerdings nicht gesagt. Beziehungen zu Zeugen waren heikel. Sehr heikel. Doch sie würde deswegen ihr Privatleben nicht umstellen. Aus Angst vor Fédier schon gar nicht.

»Camenzind«, hatte sie zu ihm gesagt, als Andrea grummelnd auf seinem Hähnchen herumgekaut und Johanna besorgt angeblickt hatte. »Ich liebe dich nicht, aber ich habe dich gern genug, um nicht zu verheimlichen, dass ich dich mag. Obschon du Bündner bist und einen Zuhälterjeep mit Vierradantrieb fährst. Dafür bist du gut im Bett.« Daraufhin hatte er gelächelt und ihr zugeprostet.

Als sie nun Fédiers Ausführungen zuhörte, fragte sie sich, ob es nicht doch falsch gewesen war, zu versuchen, Andrea Camenzind zu beruhigen. Seine Frau zählte Fédier zwar nicht mehr zu den Verdächtigen, ihren Liebhaber aber schon. Auf dem Diagramm, das das Beziehungsnetz aller Beteiligten zeigte, hatte er zwischen Martin Metzgers und Vladimir Dilic' Namen einen schwarzen Pfeil gezeichnet. Darüber prangte ein großes rotes Fragezeichen. Fédier hatte Metzger nochmals vorgeladen.

Unter dem Strich war die bisherige Ermittlungsbilanz mehr als mager. Es fehlten eindeutige Spuren und einigermaßen einleuchtende Tatmotive. Dementsprechend zähflüssig lief die Besprechung. Fragen wurden praktisch keine gestellt.

Als Fédier und der Staatsanwalt zu den nächsten Schritten kamen, hoffte Johanna, dass sie am Nachmittag noch Zeit für ihren eigenen Fall fände. Charlie hatte die Ermittlung im Fall von Alejandra Knupp vorübergehend Köbi Furrer übertragen wollen. Mangels Alternativen. Köbi war bereits dabei, die Nachbarschaft des Tatortes nach potenziellen Zeugen abzusuchen. Nach hartem Feilschen hatte Brunner jedoch Johanna die Leitung der Ermittlung zugestanden. Allerdings unter der Bedingung, dass ihre Mitarbeit in Fédiers Sonderkommission nicht darunter leiden würde. Bei der kleinsten Beschwerde würde Charlie ihr den Fall entziehen. »Darauf kannst du Gift nehmen, Jo.«

Als sie dann nach dem Gespräch aus Brunners Büro getreten und auf Kay und die Kaffeemaschine zugesteuert war, war sie sich sicher gewesen, dass er ihr noch etwas nachrufen würde.

22.

Sie hatten zusammen studiert. Jens hatte abgebrochen, weil er Musiker werden wollte. Rockmusiker. Das musste in den Achtzigerjahren ein häufiger Grund für Studienabbrüche gewesen sein. Bei Männern wenigstens. Martin Metzger hatte sein Studium abgeschlossen. Dafür war nie etwas aus der Band geworden, in der er gespielt hatte. Irgendwann einmal hatte sie sich aufgelöst. Martin wusste nicht einmal mehr genau, wann. Jens war vorübergehend berühmt gewesen. Neben einigen Hits hatte er eine Liaison mit einem deutschen Mannequin gehabt. Das hatte sein Bild auch in die Modezeitschriften gebracht.

Martin hatte Jens nie auf dem Höhepunkt erlebt. Zu dieser Zeit besuchte er im Auftrag des IKRK Flüchtlinge und Gefangene in trostlosen Lagern und düsteren Kerkern. Nach seiner Rückkehr in die Schweiz erfolgte sein eigener Karriereknick. Da arbeitete Jens bereits an seinem ersten Comeback.

Mittlerweile waren beide für dieselbe Zeitung tätig. Das wusste Martin Metzger seit knapp einer Stunde. Jens war für die Leserbriefseite verantwortlich. Eine Halbtagsstelle. Daneben betreute er seine beiden Kinder. Seine Tochter spielte Schlagzeug. Sein Sohn wiederum hielt es mehr mit der Elektronik. Beide zusammen hatten den größten Hit ihres Vaters neu herausgebracht und feierten damit erste Erfolge.

Zum Zürichbergler-Artikel waren bereits stapelweise Leserbriefe eingegangen. Nicht nur, aber doch hauptsächlich negative.

»Zuerst kommen die notorischen Nörgler«, meinte Jens. »Dann die Empörten und einige, die gratulieren. Danach kommen die Nörgler zum zweiten Mal zusammen mit denen, die sich über die Gratulierer empören, und jenen, denen die Empörer suspekt sind.«

Er hatte die Briefe nach Eingangsdatum geordnet. Einen Stapel für gestern und einen größeren mit den heutigen Eingängen. Jene, die er publizieren wollte, hatte Jens mit einem gelben Kleber versehen. Die erste Serie sollte bereits am Mittwoch erscheinen. Nach besonders umstrittenen Artikeln wurden die Reaktionen so schnell wie möglich publiziert. Als Ventil. Das war Firmenpolitik. Abgedruckt wurden nur Briefe mit Absender. Das waren jene, die Martin persönlich beantworten musste. Jens hatte ihm aber auch die anonymen gegeben. Damit er das ganze Bild habe.

Martin begann mit den anonymen. Er wusste nicht so recht, wie er vorgehen sollte. Sollte er auf die einzelnen Argumente eingehen oder einfach ein paar allgemeine Phrasen verwenden? Sollte er gruppieren? Nach Thema, nach Grad der Empörung oder Wohnsitz? Er wollte sich zuerst etwas einstimmen. Mit den anonymen war das leichter. Unverbindlicher.

Es waren hauptsächlich wilde Beschimpfungen und rassistische Pamphlete. Einige Drohungen auch. Eine Morddrohung sogar. Erstaunlich, wie wenig es dafür brauchte.

»Früher haben wir zurückgeschimpft«, hatte Jens gesagt. »Noch vor fünf Jahren verteidigten wir die redaktionelle Linie durch alle Instanzen hindurch. Wir haben dagegengehalten, argumentiert, nochmals reagiert. Es war eine richtige Auseinandersetzung mit der Leserschaft. Das hat Spaß gemacht. Und es war wichtig für unser Selbstverständnis. Wir hatten eine Linie, ein publizistisches Konzept. Wir wussten, welche Werte wir verteidigten.« Bis dahin hatte er sich abgeklärt gegeben, nun redete sich Jens in Rage. »Ich weiß nicht mehr, wann genau die Wende kam oder warum. Auf jeden Fall war der Leserwille plötzlich heilig. Unversehens waren das nicht mehr Bürger mit unterschiedlichen Meinungen, sondern Kunden, die immer recht haben. Ganz egal, wie falsch ihre Argumente waren oder wie repräsentativ das war. Ab fünf negativen Leserbriefen mussten wir plötzlich zu Kreuze kriechen, als hätten wir ein ganzes Volk verraten. Seither herrscht die Diktatur einer marodierenden Minderheit, die für die schweigende Mehrheit gehalten wird.«

Martin Metzgers Blick verlor sich im Großraumbüro. Er hätte viel dafür gegeben, dass ihn Jasmin Glatt mit wehenden Haaren aus seinem Elend befreit hätte. Vorübergehend wenigstens. Er war beinahe allein im Saal. Die anderen waren in der Kaffeepause. Sehnsüchtig schaute er zum Lift. Die Sportredaktion befand sich einen Stock tiefer.

23.

Die Sozialarbeiterin gab sich Mühe, freundlich zu sein. Sie war klein und hager. Ungefähr fünfzig. Ihre Haare waren hennarot und buschig. Wie ein Helm umhüllten sie ihren Kopf und kontrastierten mit auffällig schmalen Lippen. Die Unterlippe ragte unter der oberen hervor, was ihr einen trotzigen Ausdruck verlieh. Sie trug schwarze Lederhosen, das Statussymbol der institutionalisierten Rebellion.

Johanna di Napoli glaubte zu sehen, wie sich die Haare der Frau sträubten, wenn sie ihr zu nahe kam. Als die Sozialarbeiterin ihr das Foto von Vladimir Dilic zurückgab, beugte sich Johanna etwas weiter als nötig zu ihr hin. Es war, als ob sie selbst spürte, wie ein Schauer durch den Körper der Frau fuhr. Ihre Unterlippe zuckte, als Johanna ihr das Foto aus der Hand nahm.

»Vladimir kommt öfters zu uns. Schon lange.« Sie war die Art Frau, die bei einigen von Johannas Kollegen den Hass auf alles Linke hervorsprudeln ließ, den sie ansonsten hinter professioneller Emotionslosigkeit zu verstecken suchten.

»War er heute auch hier? Oder in den letzten Tagen?«

»Ich habe ihn schon länger nicht mehr gesehen. Er sprach mal davon, einen Entzug machen zu wollen.«

»Das hat er auch. Doch die anschließende Therapie hat er wieder abgebrochen. Vor fünf Tagen. Es war wohl nicht der erste Versuch.«

Die Frau blickte Johanna streng an. »Das ist nicht so einfach, wie Sie denken. Manche brauchen mehrere Anläufe. Wenn man jahrelang auf der Gasse gelebt hat, pausenlos auf der Suche nach Stoff und immer auf der Flucht vor der Polizei, kann man nicht einfach aussteigen, als ob nichts gewesen wäre.« Sie presste die Sätze zischend hervor.

»Heute Morgen war Vladimir Dilic im Zeughaushof. Sind Sie sicher, dass Sie ihn schon lange nicht mehr gesehen haben?«

»Ja.«

Johanna di Napoli wartete auf eine Erklärung. Durch das Fenster sah sie die Kasernenwiese, auf der ein Kinderzirkus sein Zelt aufgestellt hatte. Davor grasten Ziegen und zwei Lamas, dahinter ragten die Dächer der Zeughäuser hervor. Die Frau schwieg. Die Lippen zu einem schmalen Band zusammengepresst.

»Können Sie sich vorstellen, wo er sich aufhält?«

Die Frau hob die Schultern und blieb stumm. Sie saßen sich an einem kleinen Besprechungstisch gegenüber. Er stand direkt vor dem Fenster. An der einen Wand daneben befand sich eine Arztliege, an der anderen waren brusthohe Gestelle angebracht, auf denen verschiedene Utensilien gelagert wurden. In Kartonschachteln Spritzen, Nadeln, Alkoholtupfer. Daneben standen Plastikflaschen mit sterilem Wasser. Über den Gestellen hingen gerahmte Porträts von bolivianischen oder chilenischen Bauern. Menschen aus den Anden jedenfalls.

»Was hat Vladimir Dilic vor dem Entzug konsumiert? Heroin?«

»Alles. Die reinen Heroin-Konsumierenden gibt es praktisch nicht mehr. Neunzig Prozent unserer Klientinnen und Klienten nehmen Heroin und Kokain zusammen. Daneben schlucken sie Medikamente und trinken vor allem sehr viel Alkohol. Doch dies wird Sie kaum interessieren. Das ist ja legal.«

Johanna fühlte, wie sich Wut in ihrem Körper zum Ausbruch rüstete. Entweder bekam sie überhaupt keine Antwort oder sie erhielt schulmeisterliche Vorträge. Sie erhob sich und klaubte die Box mit ihren Visitenkarten aus der Gesäßtasche hervor. Ein Geschenk Camenzinds. Zunächst hatte sie es geschmacklos gefunden, nun mochte sie die kleine verbeulte Silberbox. Ihre Jeans waren eng und es dauerte, bis sie die Metallschachtel mit zwei Fingern herausgezogen hatte. Von der anderen Seite der Tür hörte sie ein schrilles Fauchen. Als ob jemand in starker Atemnot wäre. Die Sozialarbeiterin schien es auch gehört zu haben und stand rasch auf.

Johanna stellte sich ihr in den Weg und hielt ihr die Karte hin. »Rufen Sie mich bitte an, wenn Vladimir Dilic auftauchen sollte. Es ist wichtig. Auch für ihn.«

Die Sozialarbeiterin steckte die Karte weg, ohne sie angeschaut zu haben, drängte an Johanna vorbei und öffnete die Tür. Ein Junkie fiel ihr in die Arme. Die Sozialarbeiterin fing die Frau auf und umfasste sie mit beiden Händen unterhalb der Achseln und oberhalb der Brust. Dabei sprach sie beruhigend auf sie ein. Die Frau sträubte sich und versuchte, sich mit Händen und Füßen im Türrahmen festzukrallen. Kräftiger und wendiger, als Johanna ihr dies zugetraut hätte, zog die Sozialarbeiterin die Drogenabhängige ins Zimmer und legte sie auf die Pritsche. Nun erst sah Johanna, wie bleich die Frau war, fast gelblich im Gesicht. Sie fauchte ununterbrochen weiter.

»Eine Kokainpsychose!« Ein Betreuer war den beiden ins Zimmer gefolgt und stand nun neben Johanna. Er trug cremefarbige Latexhandschuhe und hielt eine gebrauchte Spritze in den Händen. »Sie war so zugedröhnt, dass wir ihr den Zutritt in den Konsumraum für heute sperren mussten. Darauf hat sie auf der Toilette weitergefixt.«

Die Sozialarbeiterin hielt die Frau auf der Liege fest. Mit einem Griff, der knochenhart und zärtlich zugleich zu sein schien. Jedenfalls wirkte er beruhigend. »Willst du das Eisen noch lange herumtragen?«

Der Betreuer zuckte zusammen und lächelte verlegen. »Äh, nein. Habe gar nicht gemerkt, dass ich es noch in der Hand halte.« Er ging zu einem gelben Plastikbehälter, der neben der Liege stand, öffnete den Deckel und ließ die Spritze hineinfallen.

»Brauchen Sie noch etwas?« Jetzt war Johanna an der Reihe, angeschnauzt zu werden.

Sie spürte wieder die Wut in sich hochsteigen. »Nichts, was Sie mir nicht schon vorhin hätten sagen können.«

Die Sozialarbeiterin schaute Johanna kühl an. Der Mann stand daneben und begriff nicht.

Johanna ging zur Tür. »Rufen Sie mich an.« Dann trat sie in den Aufenthaltsraum hinaus.

Einige Klienten standen herum und schauten in das Behandlungszimmer.

»Völlig durchgeknallt«, hörte sie einen sagen. »Das Koks ist wieder mit Atropin versetzt. Diesen Dreck würde ich nicht mal rauchen.« Er sah aus, als hätte er schon mehr als einmal Dreck geraucht.

Im Raum saßen mehrere Personen an den Tischen und schwatzten. Einige kannte Johanna. Sie verabschiedete sich. Vor dem Konsumraum standen ein Mann und eine Frau und stritten darüber, wer zuerst reindürfe. Sie hörte Kay draußen lachen, ging um die Ecke zum Haupteingang der Anlaufstelle und trat in die Kälte hinaus.

Unterhalb der Treppe stand Kay mit einem Junkie und rauchte. Der Mann hatte eingefallene Wangen. Die Augen lagen tief in den Höhlen. Sein Alter war schwierig zu schätzen. Der Blick war aufmerksam. Schalk blitzte auf.

»Ihr scheint euch gut zu unterhalten.«

Der Mann grinste und zeigte eine schwarz umrandete Zahnlücke. »Wir sind alte Feinde. Das verbindet.«

Kay nickte und steckte die Hände in die Jackentaschen. Sein mediterraner Anzug hielt der Novemberkälte nicht stand. Kein Wunder. Der Junkie trug eine Daunenjacke und hatte sich eine Wollkappe tief in die Stirn gezogen.

»Wir gehen besser, bevor du hier anfrierst, Kay.«

»Ihre Kollegin hat recht, Herr Kayan. Sie sollten sich wärmer anziehen. So holen Sie sich eine Lungenentzündung. Glauben Sie mir. Davon verstehe ich etwas. Und es gibt auch schicke Wintermäntel.« Er kicherte.

Kay lachte. »Danke für das Mitgefühl, Schuhmacher. Ich sollte mal mit Ihnen einkaufen gehen statt mit meiner Frau.«

»Wenn Sie eine Scheidung riskieren wollen, jederzeit.« Der Junkie winkte und betrat die Anlaufstelle.

Johanna und Kay gingen um die Ecke in den Hof. Ihr Auto parkte direkt vor einem der Zirkusgehege. Die Lamas blickten ihnen aufmerksam entgegen.

»Wenn mir eines dieser Viecher auf die Kühlerhaube gespuckt hat, gibt's Zoff.« Kay betätigte die Fernbedienung. Die Rücklichter blinkten auf und die Türen wurden entriegelt. Aus dem Zirkuszelt erklang Kindergelächter und Klatschen, dann Musik. Pauken und Trompeten.

Sie kletterten in den Wagen. Kay startete. »Die Schuppisser hat nichts gesagt, oder?«

»Keinen Ton. Die mag Bullen nicht besonders.«

»Das ist eine von der Betonfraktion. Mit der haben wir uns schon am Letten bekriegt. Wenn du deren Namen in der Wache erwähnst, kriegen die Jungs Warzen am Arsch.«

»Das ist wohl gegenseitig. Ihr scheint auch ein Geschwür gewachsen zu sein, als ich mit ihr sprach.«

»Hoffentlich sterben die Betonköpfe irgendwann mal aus, Jo. Bei denen und bei uns.«

Sie ließen einen Bus vorbei. Er hielt an der Haltestelle und Kay reihte sich hinter ihm ein. Zwei Junkies stiegen aus und gingen die Treppe zur Anlaufstelle hoch. Keiner der beiden sah aus wie Vladimir Dilic.

»Sag mal, Kay, kennst du einen Sexclub, der Q heißt? Irgendwo an der oberen Langstraße. Im Keller eines afrikanischen Coiffeursalons.«

»Noch nie gehört. Was soll dort los sein?«

»Ziemlich brutaler Live-Sex, Prostitution und Kokaindeal.«

»Klingt nach Hell's Angels. Das ist ihre Spezialität. Solche Clubs gehen dauernd irgendwo auf und wieder zu.«

»Die Domingos sollen dahinterstecken.«

»Das ist nicht unbedingt ein Widerspruch. Verfolgst du eine Spur?«

»Wegen der Vergewaltigung, meinst du? Nein, außer Hüglis Jacke habe ich gar nichts. Und bei ihm bin ich mir auch nicht sicher. Die Tat ist irgendwie zu extrem für Hügli.«

»Das denke ich auch. Der geht kein Risiko ein. Wenn er es getan hätte, hätte er die Frau wegschaffen lassen. Dass wir ihn am Donnerstag im Puff erwischt haben, war ein Unfall.«

»Oder eine Falle. Vielleicht möchte ihn jemand kompromittieren.«

»Den Milieukönig in die Scheiße reiten? Schon möglich. Du solltest mal Köbi fragen. Der hat immer ein Ohr im Milieu.«

»Wohin fahren wir eigentlich?«

Kay kurvte um den Bahnhof herum. Vor dem Landesmuseum nahm er einem Cherokee mit Aargauer Kennzeichen die Vorfahrt und bog in die Museumsstraße ein. Der andere hupte aufgeregt. »Dorthin, wo der auch hingeht. Auf den Drogenstrich. Schumi hat mir einen Tipp gegeben. Die Junkies sind nämlich gesprächiger als die Sozis. Dilic hat eine Freundin. Lili. Den Nachnamen wusste Schumi nicht. Irgendetwas Spanisches, sagt er.«

»Sie geht auf den Strich?«

»Sagt Schumi. Aber das Beste kommt noch: Sie ist schwanger.«

»Von Vladimir Dilic, sagt Schumi?«

»Richtig. Und er muss es wissen. Er ist der Gassenkönig.« Kay bog in den Sihlquai ein und verlangsamte das Tempo. Der Aargauer überholte und zeigte ihnen den Finger, als er auf gleicher Höhe war. Kay lächelte freundlich. »Ficken dich selbst, Ei von Land, Mann!«

Johanna betätigte den Zigarettenanzünder und steckte sich eine Zigarette in den Mund. Kay hielt sie die Schachtel hin. Er nahm sich eine. Sie warteten stumm, bis der Anzünder klackend heraussprang. Kay hielt ihn an den Tabak, bis es qualmte, und reichte das Gerät dann weiter. Anschließend drehte er die Windschutzscheibe herunter. Im Auto zu rauchen verstieß gegen die Dienstvorschriften. Außerdem hasste es seine Frau, wenn die Kleider nach Rauch stanken.

»Schwanger anschaffen ist ganz schön krass, Jo. Kannst du dir das vorstellen?«

»Kannst du dir vorstellen, eine schwangere Drogenabhängige zu bumsen, Kay? Für einen Fünfziger oder so?«

Er schaute sie an und sagte nichts. Sie fuhren unter der Kornhausbrücke hindurch. Rechts floss die Limmat stadtauswärts, links lagen Parkplätze brach.

»Wir sind zu früh.«

»Würde ich nicht sagen, Jo. Das Geschäft läuft den ganzen Tag. Irgendein kranker Freier ist immer unterwegs. Wart's ab.«

Sie waren beinahe am Escher-Wyss-Platz angelangt, wo der Strich endete, als Kay plötzlich einen quietschenden U-Turn fuhr. Johanna schaute ihn fragend an.

Er deutete mit dem Kopf nach vorn. Die Kippe baumelte abenteuerlich in seinem Mundwinkel. »Hab ich's dir nicht gesagt?«

Tatsächlich stieg etwas weiter stadteinwärts, am Ende eines Industrieareals, eine Frau aus einem Auto. Der Wagen fuhr fort und sie rückte ihre Kleidung zurecht. Johanna sah auf das Nummernschild. Ein Appenzeller. Hastig holte sie ihr Notizbuch hervor und schrieb die Nummer auf.

»Wozu soll das gut sein?«

»Wer weiß? Jeder Freier kann ein Vergewaltiger sein.«

»Jeder Mann kann das. Steht es so schlimm um deinen Fall?«

Johanna seufzte und steckte die Notizen in die Jackentasche. Kay fuhr rechts an den Straßenrand und stoppte neben der Frau. Sie trug klobige Schuhe, zerrissene Strümpfe und einen weißen Kunstfaserpelz. Johanna öffnete die Tür und warf die Zigarette auf den Boden, bevor sie ausstieg. Die Frau erschrak sichtlich. Sie hatte mit einem neuen Freier gerechnet.

»Guten Tag. Mein Name ist di Napoli. Stadtpolizei.« Johanna zeigte ihren Ausweis. »Ich suche jemanden. Vielleicht können Sie mir helfen?«

Die Frau starrte zunächst auf den Ausweis und, als Johanna ihn wieder eingesteckt hatte, auf den Boden. Sie hatte kurze blondierte Haare und dicke schwarze Ringe unter den Augen.

»Wie heißen Sie?«

Die Frau blickte auf und murmelte etwas.

»Ich habe Sie nicht ganz verstanden.«

»Schneider, Bettina Schneider.« Sie hatte eine zerbrechliche Stimme.

»Können Sie sich ausweisen, Frau Schneider?« Kay trat hinzu.

Bettina Schneider nickte und holte eine zerknüllte Identitätskarte aus ihrem Mantel hervor, die sie Kay gab, ohne ihn anzuschauen. Er dankte und ging damit zum Wagen.

»Wir suchen Vladimir Dilic. Kennen Sie ihn? Oder seine Freundin? Sie heißt Lili und ist schwanger.«

»Gestern war eine Schwangere hier. Schlimm, wenn man in diesem Zustand anschafft.« Beinahe flüsterte sie.

Johanna trat näher an sie heran, damit sie sie besser verstand. »Würden Sie das nicht tun?«

Die Frau schaute Johanna ängstlich an und schüttelte zaghaft den Kopf.

»Tut mir leid. Ich habe kein Recht, so etwas zu fragen. Ich stand noch nie vor dieser Entscheidung.«

Die Frau nickte. »Vladimir kenne ich. Jeder kennt ihn. Ist es sein Kind?«

»Steig ein, Jo, wir haben ihn!« Der Motor sprang an, Kay öffnete die Beifahrertür von innen und streckte Johanna Bettina Schneiders Identitätskarte entgegen. »Gib ihr den Ausweis zurück!«

Johanna nahm die Karte und reichte sie der Frau weiter. Sie hätte gern das Foto und das Geburtsdatum angeschaut. Keine Zeit. »Wiedersehen!« Sie setzte sich in den Wagen und zog die Tür zu, als Kay bereits losfuhr.

»Eine Patrouille der Uniformpolizei hat ihn. Im Café der Kunsthochschule.«

»Er hat also tatsächlich seine Freundin gesucht. Dort oben schaffen die Frauen auch an.«

»Schumi hat immer recht. Außer, wenn er Stoff im Sack hat, den er vor einem Kindergarten aufgehoben hat, damit ihn die Kinder nicht finden.«

Johanna lachte. »Du magst ihn?«

»Ich bin Polizist, kein Unmensch, di Napoli.«

»Amen.«

24.

»Sie glauben, ich hab meinen eigenen Bruder ermordet? Und seine Frau?«

Vladimir Dilic' Augen waren wässrig. Über dem linken wuchs eine blauschwarze Schwellung. Den Riss an der Schläfe hatte Johanna desinfiziert und mit einem Pflaster überdeckt. Die Oberlippe war ebenfalls geschwollen. Der Leiter der Patrouille, die ihn festgenommen hatte, antwortete mit einem kurzen Achselzucken, als sie auf Vladimir Dilic' blutendes Gesicht gedeutet hatte. ›Kragenarbeit‹ gehörte zum Job. So war das eben.

Dilic saß aufrecht, den Kopf leicht zurückgelehnt, und ließ seine Arme auf beiden Seiten des Stuhls herunterbaumeln. Am Hals unterhalb seines linken Kiefers war ein kleiner Delfin tätowiert. Die Haare ragten in alle Himmelsrichtungen auf. Er trug einen fleckigen, beigefarbenen Wollpullover, blaue Jogginghosen aus Satin und braune Turnschuhe ohne Socken. Seine Beine waren extrem dünn. Der glänzende Stoff seiner Hose legte sich schlaff neben den Oberschenkeln auf den Stuhl.

»Ich konnte ihn gar nicht von unseren Studenten unterscheiden«, hatte die Frau gesagt, die die Kaffeebar in der Lobby der Kunsthochschule bediente. Sie war um die sechzig. »Herr Mesmer, unser Hauswart, hat sofort gesehen, dass das ein Drögeler ist. Er hat ein Auge dafür, wissen Sie. Wegen des Drogenstrichs hier in der Umgebung. Deshalb hat er gleich die Polizei gerufen. Getan hat der Mann eigentlich nichts. Nur geschlafen. Erst hat er einen Kaffee getrunken, dann ist er eingeschlafen. Dabei sind das ganz unbequeme Stühle.«

»Haben Sie es nicht getan?«

»Milan getötet? Und Vera? Oh, Mann. Ich bin kaputt. Aber kein Mörder.« Dilic hatte eine bubenhafte Stimme, sprach leise und abgehackt, als bereite ihm jedes Wort Mühe und als wäre er jedes Mal erleichtert, wenn ein weiteres ausgesprochen war.

»Haben Sie etwas genommen?«

Er beugte seinen Kopf nach vorn und lächelte. Er hatte Charme. Irgendwie.

»Die Kantonspolizei macht nachher sowieso einen Urintest. Blut wird der Arzt auch nehmen.«

»Hey, ich war ewig nicht so clean. Leider.«

»Haben Sie ein Alibi für die Tatzeit? Jemand, der oder die bezeugen kann, wo Sie waren?«

»Ich weiß, was ein Alibi ist. Wann ist es überhaupt passiert?«

»Das wissen Sie nicht?«

»Mann, ich war nicht dabei!«

»Wo waren Sie also am frühen Sonntagmorgen? Zwischen fünf und sieben Uhr.«

Er hob seine Arme und faltete die Hände hinter dem Kopf. »Hab am Zürihorn gepennt. Die Kabinen des Seebades sind ein guter Schlafplatz. Kein Wind. Ich war allein. Ist kein tolles Alibi, oder?« Das Charmante waren seine Augen.

»Ich fürchte, das ist gar keins. Was haben Sie nach dem Aufstehen gemacht?«

»Zum Limmatplatz gefahren. Mit dem Vierer.«

»Wann war das ungefähr?«

»Was weiß ich? Sieben vielleicht.«

»Sind Sie schwarzgefahren?«

Er nickte.

»Das ist unvorsichtig für jemanden, der auf der Flucht ist.«

»Ich bin nicht auf der Flucht!« Dilic' Stimme wurde schriller.

Johanna deutete mit dem Zeigefinger auf ihr linkes Auge. »Heute Nachmittag waren Sie es. Sonst sähe Ihr Gesicht anders aus. Außerdem sind Sie letzten Freitag aus einer Therapie abgehauen.«

»War freiwillig dort und gehe, wann ich will.«

»Das Sozialamt, das die Therapie bezahlt, wird anderer Meinung sein.«

Er stockte und schaute die Wand an.

Johanna schien, als würden seine Augen wässriger. »Sie sind nicht auf der Flucht. Sie sind auf der Suche. Stimmt doch! Sie suchen Ihre Freundin.«

Vladimir Dilic blickte sie verzweifelt an. Er sah aus, als würde er gleich losheulen.

»Sie dachten, Sie würden sie vielleicht am Sonntagmorgen früh am Sihlquai antreffen, nachdem sie die Nacht hindurch angeschafft hatte.«

Die Ärmel seines Pullovers waren hochgerutscht und entblößten mit Narben übersäte Unterarme. Neue Wunden sah Johanna keine. Unter dem Schorf, den Narben, dem Dreck und dem Blut war Vladimir Dilic ein schöner Mann. Braune, mandelförmige Augen mit langen Wimpern und markante Backenknochen. Er erinnerte sie an Pasolini-Filme.

»Kaffee! Oder was man hier darunter versteht.« Kay kam rein und stellte ein Tablett mit dampfenden Pappbechern auf den Tisch. Neben eine Schachtel von Johannas Zigaretten und ihr Feuerzeug. »Kannst du kurz rauskommen, Jo? Es ist dringend.«

»Einen Moment, bitte. Bedienen Sie sich, Herr Dilic.« Johanna stand auf und folgte Kay in den Korridor. Kay schloss die Tür hinter ihr. Sie waren in der Hauptwache der Stadtpolizei, weil sie sich in der Regionalwache nicht mit einem Verdächtigen blicken lassen wollten, den sie auf schnellstem Weg der Kantonspolizei hätten übergeben müssen.

»Was ist los? Eine Demo?«

Als sie mit Vladimir Dilic in den Räumen des Sonderkommissariats angekommen waren und ein freies Verhörszimmer gesucht hatten, hatte hier nicht viel Betrieb geherrscht. Nun war es hektisch. Kunststoffschilde standen herum. Halb bekleidete Beamte suchten sich ihre Ausrüstung zusammen. Schutzpolster und Helme wurden festgezurrt. Johanna erblickte Grazia, die weiter vorn im Raum mit Funkgeräten hantierte.

»Eine Antirassismusdemo. Wegen der Geschichte mit dem Asylbewerberheim am Zürichberg. Die Gymnasiasten gehen für ihre Brüder aus Afrika auf die Straße.« Kay stützte sich mit dem Ellbogen an der Wand auf und schaute Johanna eindringlich an. »Hör mal, Jo. Fédier hat spitzgekriegt, dass wir Dilic haben. Ich hatte ihn soeben am Draht. Er ist mordsmäßig hässig, weil wir ihm den Mann noch nicht gebracht haben. Er vermutet, dass wir das tun, was wir tun. Eigenmächtig einen Hauptverdächtigen befragen.« Er schaute an seinem Anzug hinunter und nahm mit Daumen und Zeigefinger irgendetwas von seinem Hemd weg, was da nicht hingehörte. »Ich habe auf Zeit gespielt und gesagt, dass wir Dilic zuerst zusammenflicken müssen. Aber viel Zeit bleibt nicht mehr, Jo. Und deswegen Ärger zu kriegen, lohnt sich nicht. Es kann uns eigentlich egal sein, ob die Kapo diesen Fall löst oder nicht.«

»Dieser aufgeblasene Karrierist! Ich mache immer automatisch das Gegenteil von dem, was er befiehlt. Gib mir fünf Minuten. «

Sie gingen in den Raum zurück. Vladimir Dilic sah immer noch verloren aus. Er blickte an die Decke. Mit einer Kippe im Mund.

Als sie sich auf den Stuhl gegenüber setzte, sah er Johanna an. Er hatte Tränen in den Augen. »Und Valentina? Wo ist Valentina?«

»Sie ist bei Ihrer Mutter. Wissen Sie das nicht? Wann haben Sie zuletzt mit ihr gesprochen?« Kay hatte sich schräg hinter Dilic an die Wand gelehnt, sodass dieser sich umdrehen musste, um Kay anzuschauen.

»Mit Mutter? Was weiß ich? Lange nicht.«

»Wer hat Ihnen mitgeteilt, dass Ihr Bruder ermordet worden ist?«

Dilic zog lange und intensiv an seiner Zigarette. »Mein Vormund.«

»Ach ja? Und wer ist das?«

»Kägifret. Der Vermieter.«

Das erste Mal, seit sie an diesem Fall arbeitete, war Johanna wirklich überrascht. Sie schaute Kay an. Sein Blick sagte ihr, dass er davon auch nichts gewusst hatte.

»Verstehe ich das richtig: Ihr Beistand ist Alfred Kägi, der Vermieter der Wohnung und der Wäscherei Ihres Bruders und Ihrer Schwägerin?«

»Ja, seit einem Jahr. Freiwillig. Ich wollte ein bisschen Ordnung in mein Leben bringen. Da ich ohne Wohnung bin, hat mir Milan seine Adresse gegeben. Habe mich beim Sozialamt angemeldet und Kägifret als Beistand erhalten. Beistehen ist sein Hobby.«

»Und? Sind Sie mit ihm zufrieden?« Kay zündete sich eine Zigarette an. Er verwendete keine Feuerzeuge. Streichhölzer passten besser zu seinen Anzügen.

»Er verwaltet mein Sozialgeld und hat den Therapieplatz besorgt. Als Nächstes will er meine Schulden sanieren.«

»Tja, dumm gelaufen. Anstatt Schulden abzustottern, haben Sie sich mit einer neuen großen Schuld beladen. Ihren Bruder und Ihre Schwägerin zu erschießen ist schon krass!« Kay blies den Rauch aus und lächelte. Seine linke Hand steckte in der Hosentasche, der rechte Arm hing lässig an der Seite herunter, die Zigarette steckte zwischen zwei Fingern, ein Fuß lehnte mit dem Absatz an der Wand. Er sah aus wie ein französischer Filmcop. Einer, der nicht zimperlich ist.

»Ich bin kein Mörder!«

»Wann genau haben Sie mit Kägi gesprochen, Herr Dilic?«

Vladimir Dilic schaute wieder Johanna an. Der Charme in seinen Augen war Trotz gewichen. »Montagmorgen. Am Telefon. Ich brauchte Geld.«

»Und, haben Sie das Geld von ihm gekriegt?« Kay schaltete sich wieder ein.

Dilic schüttelte stumm den Kopf.

»Wie sind Sie dann zu Geld gekommen? Haben Sie einer alten Frau die Handtasche gestohlen?«

Dilic drückte die Zigarette im Aschenbecher auf dem Tisch aus. Dann schaute er Kay direkt in die Augen. »Ich habe einigen alten Säcken einen geblasen.«

»Sie haben also erst am Montag erfahren, dass Ihr Bruder und Ihre Schwägerin ermordet worden sind?«

Dilic nickte. Er lehnte sich wieder zurück in den Stuhl.

»Glauben Sie, Ihr Vater hat die beiden ermordet?«

»Klar, Jugos bringen immer Menschen um!«

»Immerhin hat er vor Jahren Ihren Bruder krankenhausreif geprügelt.« Johanna kam Kay zuvor, der einen Spruch auf den Lippen zu haben schien. Sie wollte nicht, dass er die Situation weiter anheizte. »Hat er Sie auch geschlagen?«

»Ab und zu. Trotzdem ist er kein Mörder.«

»Wie können Sie sich so sicher sein, Herr Dilic?«

Er strich sich mit der rechten Hand über die Stirn. Danach befühlte er die Geschwulst an seinen Lippen. Seine Fingernägel waren schwarz umrandet, die Kuppen von Zeige- und Mittelfinger gelb vom Nikotin. »Er ist zu feige.«

»Im Gegensatz zu Ihnen ist er auf der Flucht. Haben Sie eine Ahnung, wo er sich aufhalten könnte?«

Dilic ließ den Arm wieder neben das hintere Stuhlbein sinken und blies die Atemluft in einem schnellen Stoß hervor. »Bei Verwandten. In Zürich oder Spreitenbach.«

»Gehen wir, Jo. Fédier wartet sehnsüchtig auf Herrn Dilic. Er kann sich von ihm eine Liste aller Verwandten geben lassen. Das ist nicht unser Job.« Kays Zigarette war ebenfalls abgebrannt. Er kam zum Tisch und drückte sie im Aschenbecher aus. »Erheben Sie sich, Herr Dilic. Ich muss Ihnen die Handschellen wieder anlegen.«

»Noch eine letzte Frage, Herr Dilic. Haben Sie letzten Samstag mit Ihrer Freundin gesprochen?«

»Sie hat mich angerufen. Von der Langstraße. Wir haben einen Treffpunkt abgemacht. Aber sie ist nicht gekommen.« Dilic war bereits aufgestanden und hielt Kay hinter seinem Rücken die Hände hin.

»Was haben Sie dann gemacht? Haben Sie nicht versucht, sie anzurufen?«

»Doch. Aber unter ihrer Telefonnummer hat ein Typ geantwortet, der sie nicht kennen wollte. Ein Freier.«

»Okay, gehen wir, Jo.« Kay öffnete die Tür und führte Dilic am Arm in den Korridor hinaus.

Johanna stand auf, packte die Zigaretten ein und ging ebenfalls zur Tür. Rechts neben dem Türrahmen befand sich der Schalter für die Lüftung. Sie drehte ihn auf maximale Leistung.

Der Gang war nun leer. Sie durchschritt die Halle, in der eine halbe Woche zuvor die Pressekonferenz stattgefunden hatte. Die Glastür öffnete automatisch. Johanna fröstelte. Sie winkte der Beamtin am Empfang zu und trat an die frische Luft hinaus. Der Nebel hatte sich verzogen, die Sonne schien zwischen vereinzelten Wolken hindurch.

Als Johanna die Parkplätze erreichte, wartete Kay bereits mit laufendem Motor. Sie stieg ein und hörte, dass er den Funk eingestellt hatte. Vladimir Dilic saß mit auf dem Rücken verschränkten Armen in der Mitte des Rücksitzes.

»Die Demo ist am Bahnhof. Die Kinder versuchen, die Bahnhofstraße zu stürmen. Sind Sie früher auch auf Demos gegangen, Herr Dilic?« Kay nahm eine Sonnenbrille unter der Sonnenblende hervor und setzte sie auf. Eine Pilotenbrille. Dann lenkte er den Wagen von den Polizeiparkplätzen hinunter zur Uraniastraße, wo er in den Verkehr Richtung Bahnhofstraße einfädelte. Die Hauptwache thronte über der Limmat.

»Ein paarmal am Ersten Mai.«

»Am Ersten Mai! Auch eine Kinderveranstaltung. Da habe ich mir das Handgelenk gebrochen bei einer Verhaftung. Und Sie, Herr Dilic? Haben Sie auch Kriegsverletzungen von den Nachdemos?«

»Ich wurde zweimal verhaftet. Mit Kumpels zusammen. Danach hat mich mein Vater verprügelt. Die Bullen hatten mit Filzstift Nummern auf unsere Unterarme geschrieben. Niedrige Nummern waren krass angesagt.«

»Hast du das gehört, Jo? Immerhin sorgen wir für Unterhaltung in der Schule!«

»Die schweren Kriegsverletzungen holt man sich in der Familie, Kay.« Johanna schaute die Menschen an, die sich von Geschäft zu Geschäft drängten. Vorweihnachtsgeschäft. Viele Paare um die dreißig, die zielstrebig von einer Trendboutique zur anderen schritten. Aus einer Parfümerie trat eine Frau, die zu mager war und viel zu rote Haare hatte für ihr Alter. Pelzmäntel waren ebenfalls unterwegs. Mehr als vor einigen Jahren.

Der Funk meldete, dass einigen Demonstranten der Durchbruch in die Löwenstraße gelungen sei und dort nun Schaufenster demoliert würden. Kay stellte die Sirene ein und bog nach der Seidengasse rechts ab zum Löwenplatz.

»Meinst du, es gefällt Fédier, wenn wir noch einen Demoeinsatz machen, bevor er endlich mit Herrn Dilic sprechen darf?«

»Vergiss Fédier. Mein Handgelenk schmerzt.« Kay drängte den Wagen durch die Fußgänger hindurch, die alle vom

Löwenplatz zu fliehen schienen. Er musste über den Gehsteig fahren, damit er zwei Wagen überholen konnte, die in der Löwenstraße festsaßen. Richtung Bahnhof hingen Tränengaswolken in der Luft.

»Wir parken auf der Gessnerbrücke. Das ist vermutlich am sichersten.«

Rechts neben dem *Globus* stand eine Gruppe des SoKos und schien auf Verstärkung zu warten. Der Gruppenchef lugte um die Ecke Richtung Bahnhof. In Vollmontur waren die Personen nicht erkennbar. Kay bog am Löwenplatz links ab und fuhr bei Rotlicht über die Gessnerallee und danach an den rechten Straßenrand. Zwischen Sihl und Schanzengraben befand sich ein kleiner Park. Davor gab es einige Parkplätze.

»Lass dir eine Handynummer geben, Kay. Wir haben keine Funkgeräte dabei.«

Kay meldete sich per Funk bei der Einsatzleitung. Johanna stieg aus und überprüfte ihre Ausrüstung. Gegenüber dem Park befand sich eine Anlaufstelle für Alkoholiker. Davor saßen einige Männer und tranken Dosenbier. Sie grinsten und winkten.

»Wir gehen die Gessnerallee hoch und dann in die Löwenstraße rein. Leute rauspicken, die Sachbeschädigungen begehen.« Kay war ausgestiegen und öffnete die Hintertür. »Sie müssen hier warten, Herr Dilic. Lassen Sie mich Ihre Handschellen öffnen.«

Er beugte sich ins Auto hinein und öffnete das Schloss an Dilic' rechter Hand. Danach zog er die Handschelle durch den Griff über der Tür und legte sie wieder um Dilic' Hand, sodass dieser an dem Griff festgebunden war. Kay schloss die Tür ab und trat zu Johanna, die auf der Brücke wartete. »Holen wir einen raus und verpissen uns, Jo. Ein Notfalleinsatz ist die beste Ausrede der Welt. Da kann Fédier toben, wie er will.«

Sie rannten zwischen Autos hindurch über die Gessnerallee und bogen in die nächste Querstraße ein. Tränengas waberte in der Luft. Schutzmasken hatten sie keine dabei. Es musste auch ohne gehen. Am Ende der Straße wechselten sie auf die linke Seite und schauten die Löwenstraße auf und ab. Am Löwenplatz hatte die SoKo vor der Tramstation Stellung bezogen. Es waren nur vier Leute. Oben beim Bahnhof versperrte ein Polizeikordon den Weg in die Löwenstraße. Von dort kamen die Tränengasschwaden. Vom Gehsteig gegenüber knipste ein Fotograf die Polizisten am Löwenplatz ab. Johanna fasste Kay an der Schulter und zeigte ihm den Fotografen.

Dann schauten sie wieder Richtung Bahnhof. Auf der gegenüberliegenden Straßenseite arbeitete sich eine Gruppe von vier Demonstranten an den Schaufenstern ab. Vor einem Tabakgeschäft gab es ein Handgemenge mit einem Mann. Ein Verkäufer oder der Besitzer. Auf Kays und Johannas Seite waren zwei vermummte Gestalten in Richtung Bahnhof unterwegs. Eine mit einer Eisenstange, die andere hielt eine Spraydose in jeder Hand. Dazwischen stand eine kleine Gruppe Gaffer.

»Wir schnappen uns die Eisenstange, Jo.« Kay ging zu den Gaffern und mischte sich unter sie.

Johanna nahm das Handy hervor und wählte die Nummer der Einsatzleitung. »Ostseite Löwenstraße, fünfzig Meter zum Bahnhofplatz. Vier Demonstranten bedrängen einen Zivilisten. Wir sind zu schwach für eine Intervention und holen uns eine andere Zielperson mit Eisenstange auf der Westseite.« Sie wartete keine Antwort ab und folgte Kay.

Als dieser sah, dass sie kam, lief er auf die Straße hinaus auf eines der dort stehenden Autos zu. Der Fotograf auf der anderen Straßenseite beschäftigte sich nun mit der Personengruppe vor dem Tabakgeschäft.

Johanna stellte sich neben ein Paar, das das Geschehen mitverfolgte. Der Mann war in einen dicken Wildledermantel gehüllt. Johanna verstand gerade genug Russisch, um zu begreifen, dass er sich über die Bullen ärgerte, die untätig herumstünden. Die Frau trug hochhackige Schuhe, einen langen weinroten Ledermantel und hielt eine weiße *Bally-*

Tasche aus geflochtenem Leder unter dem Arm. Diese Tasche hatte Johanna vor einigen Wochen sehr lange in der Auslage eines Ladens betrachtet, in welchem sie noch nie etwas anderes getan hatte, als zu schauen.

Sie hielt der Frau ihren Ausweis unter die Nase. »Polizei. Ich muss mir kurz Ihre Tasche borgen. Danke.«

Bevor sich die beiden wehren konnten, hatte sie der Frau die Tasche entwendet und schritt auf die beiden Demonstranten zu. Der vordere sprayte mit der einen Hand schwarze Hakenkreuze auf die Hauswände, um sie anschließend mit der anderen rot durchzustreichen. Der hintere drosch mit der Eisenstange auf einen Abfallkübel ein. Johanna hoffte inständig, dass ihr der Russe nicht folgen würde.

Hinter sich hörte sie eine Sirene aufheulen und gleich darauf brauste ein Einsatzwagen auf der Tramspur an den stehenden Fahrzeugen vorbei und stoppte auf der Höhe des Tabakladens. Vier Beamte stürzten sich auf die Demonstranten vor dem Geschäft.

Als er den Polizeieinsatz auf der anderen Straßenseite bemerkte, ließ der Typ mit der Eisenstange den Kübel in Ruhe und schaute sich um. Er war vermummt wie sein Kumpan mit den Spraydosen. Johanna vernahm, wie der mit der Stange dem Sprayer etwas zurief, und gab sich Mühe, ängstlich zu wirken. Die Tasche klammerte sie mit ihrem Ellbogen fest, aber gut sichtbar an ihren Körper.

Der Mann mit der Eisenstange rannte Richtung Bahnhof und verschwand in einer Seitenstraße. Der Sprayer lief auf Johanna zu. Sie stellte sich ihm in den Weg, als wollte sie ihm ausweichen und wüsste nicht, ob er links oder rechts an ihr vorbeiwolle. Kay näherte sich dem Demonstranten von der Straße her hinterrücks. Dieser fluchte Johanna an. Es war die Stimme einer Frau. Sie sprayte die Tasche in Johannas Händen voll. Rot. Gleich darauf sprang Kay der Vermummten mit dem Knie in den Rücken. Die Frau schrie auf und ließ die Spraydosen fallen. Sie landete flach auf dem Bauch. Kay stürzte mit ihr zu Boden und rollte seitwärts von ihr weg. Johanna legte die Tasche auf den Boden, nahm die Handschellen vom Gurt und kniete sich in das Kreuz der Frau. Kay rappelte sich auf und setzte sich auf die Beine der Demonstrantin. Die schrie immer noch wie am Spieß und versuchte, um sich zu schlagen. Johanna bog ihr die Arme auf den Rücken und legte die Handschellen an. Die Eisenstange war verschwunden.

Kay und Johanna hielten die Frau je an einem Arm fest. Johanna verschaffte sich einen Überblick. Die Rangelei vor dem Tabakgeschäft war zu Ende. Die vier Demonstranten lagen nebeneinander am Boden, die Hände auf dem Rücken zusammengebunden. Der Verkäufer saß im Eingang und drückte sich ein Taschentuch auf die Nase. Zwei Beamte umringten den Fotografen. Der Russe hatte sich die Handtasche seiner Frau geschnappt und brachte sie dieser schimpfend und fluchend zurück.

Sie schleppten die Sprayerin mit sich zurück in Richtung Gessnerbrücke. Johanna schenkte dem Russen einen grimmigen Blick, als sie die Gaffer passierten. Er schwieg. Auch die anderen blieben still. Johanna und Kay bogen rechts in die Querstraße ein, aus der sie gekommen waren. Mittlerweile war die Frau ruhiger geworden. Sie war außer Atem.

»Wir übergeben Sie jetzt unseren Kollegen, die Sie vernehmen werden. Wegen Teilnahme an einer unbewilligten Demonstration und Sachbeschädigungen. Falls nicht noch weitere Verdachtsmomente dazukommen, werden Sie anschließend wieder entlassen.« Kay versuchte, die Frau zu beruhigen. »Ich glaube, es ist Zeit, die Verkleidung abzulegen.«

Er hielt inne und zog der Frau die schwarze Wollmaske vom Kopf. Sie versuchte, ihn anzuspucken. Doch er schien damit gerechnet zu haben und wich ihr aus. Johanna fiel erst jetzt auf, dass sein Anzug unter dem Einsatz gelitten hatte. Er war ziemlich zerknittert.

»Sind Sie nicht zu alt für solchen Scheiß?« Kay grinste.

Johanna schaute die Frau an. Sie war mindestens fünfzig und hatte harte Gesichtszüge. Tiefe Gräben zogen sich von ihrem Mund bis über das Kinn hinab. Die Augen waren kleine, starre Kugeln.

Per Telefon meldete Johanna die Verhaftung. Sie überquerten die Straße. Die Frau wehrte sich, wo sie nur konnte. Schließlich versuchte sie abzusitzen, sodass sie praktisch getragen werden musste. Als sie in die Gessnerallee einbogen, sahen Johanna und Kay, dass der Transporter bereits wartete.

Zwei uniformierte Kollegen standen neben Kays Wagen. »Die werden mir doch keinen Bußenzettel an die Scheibe kleben, diese Pfeifen!«

Johanna fühlte ein plötzliches Stechen im Bauch. »Da stimmt was nicht, Kay. Bitte sag, dass das nicht wahr ist!«

Bei der Gessnerbrücke angekommen, waren sie völlig außer Atem. Die beiden Kollegen schauten sie verlegen an und nahmen ihnen die Demonstrantin ab. Diese verfiel in einen hysterischen Lachanfall. Kay rannte zu seinem Auto. Sämtliche Scheiben waren zertrümmert und die Reifen platt. Johanna trat näher und sah, dass die hintere Tür geöffnet war. Der Griff, an dem Vladimir Dilic angebunden gewesen war, lag auf dem Rücksitz. Das Ganze musste mit einer Eisenstange gemacht worden sein. Damit ließ sich die Scheibe einschlagen, die Tür von innen öffnen und der Griff aushebeln.

»Verdammte Scheiße! Ganz große Scheiße! Charlie wird uns sein Bajonett in den Arsch rammen, Jo!« Kay schlug mit der flachen Hand auf die Kühlerhaube.

»Das waren die Chaoten. Einer hat gesehen, dass der Giftler im Auto angekettet war, und hat ihn rausgeholt. So was würden wir nie tun. Nicht für einen Drögeler.« Einer der Alkis von gegenüber näherte sich. Eine Bierflasche in der Rechten. »So ein schönes Auto. Das bricht einem das Herz. Ich war Karosseriespengler. Davon verstehe ich was.«

»Pass auf, Sepp. Die verhaften dich. Bist ja auch nur ein Giftler!« Die Alkis genossen das Spektakel.

»Ich bin reinrassiger Alki, ihr dummen Hunde! Ein echter Schweizer Alkoholiker!« Die Menge grölte. »Ehrlich, Chef, mit den Giftlern habe ich nichts zu schaffen. Mit diesem Chaotenpack auch nicht!«

Johanna ging zur Brücke und schaute in den Schanzengraben hinunter. Das Wasser war nicht tief. Sie holte eine Zigarette hervor. Fische standen in der Strömung und warteten auf Essensreste, die von der *Migros* her den Bach hinuntertrieben. Es waren große Fische. Groß, fett und hässlich grün.

25.

»Kebab mit alles und scharf!« Der Kellner im blauen *Cherry*-T-Shirt stellte den Teller auf den Tisch. Martin Metzger war Stammgast, eine Gratis-Baklava für Sophie Standard. Heute war sie jedoch nicht dabei. Am Nachmittag ging sie mit ihrer Mutter in den Kinderzirkus. Zu Abend aßen sie im großen Salon zu Hause in Wollishofen, wo seine Ex mit ihrer Freundin wohnte. In einem Jugendstilhaus mit riesigem Garten. Sophie allerdings fand Kebab an der Langstraße spannender.

Martin Metzger bestellte ein weiteres Bier. Gegenüber saßen Männer in weißen Hemden und Gilets um einen runden Tisch und tranken Tee. Ab und zu verschwand einer durch die Tür neben der Toilette im Treppenhaus. Für Unbeteiligte sah das konspirativ aus. Früher war über dem *Cherry* ein Puff gewesen. Heute war es befreites kurdisches Territorium.

Martin biss in den Kebab. Weltklasse.

Baran stellte ihm ein neues Getränk hin und lächelte sein warmes Gastgeberlächeln. »Viel Arbeit?« Er deutete auf die aufgeklappte, schwarze Pappmappe auf dem Tisch. Die Leserbriefe.

»Viel zu viel.«

Der Kellner lachte. »Wann bringst du endlich den Artikel über das *Cherry?*«

Martin wischte sich die Soße vom Mund. »Du weißt doch, dass ich Sportreporter bin. Ich mache keine Gastrokritiken.

Außerdem bin ich dagegen, dass du in die Zeitung kommst. Es ist hier schon voll genug.«

»Dann schreib im Sport über uns! Viele Sportler kommen.« Baran verschwand hinter der Theke, kramte etwas hervor und kehrte zu Martin zurück. »Hier. Kennst du den? War Sonntag hier!« Baran streckte ihm ein Bild hin.

»Scheiße, Baran! Jetzt brauchst du meinen Artikel nicht mehr. Die hier wird dich in die Zeitung bringen. Darauf kannst du deine Kebabschere wetten.«

Auf dem Bild grinste Jean-Daniel Babtiste in die Kamera. Den Arm um die Szenekolumnistin im Sommerkleid gelegt.

»Ist die Frau Journalistin? Davon hat sie nix gesagt.«

»Das ist sie auch nicht wirklich! Aber sie schreibt in der Zeitung. Und wie.«

»Sieht gut aus in ihrem hässlichen Kleid, findest du nicht?«

»Nicht mein Typ, Baran. Überhaupt nicht.« Der Kebab hatte einen leichten Geschmack von Minze. Wundervoll.

»Es war noch eine andere dabei, die meinte, dass sie als Journalistin arbeitet. Sie trug auch so ein Kleid und will über mich schreiben.«

»Jasmin Glatt? Was hast du ihr versprochen, damit sie das *Cherry* in die Zeitung bringt? Eine Baklava?«

Barans Augen funkelten. Er beugte sich zu Martin hin und flüsterte: »Ich habe sie geliebt.«

Martin würgte entsetzt seinen Bissen hinunter und schüttete Bier nach. Baran war ein schöner Mann. Und er musste verliebt sein. So wie er schaute. »Tatsächlich? Dann hast du jetzt bessere Kontakte zu den Medien als ich selbst. Triffst du sie wieder?«

Baran wischte einen imaginären Flecken vom Tisch. »Mal sehen.«

»Lass dir nicht das Herz brechen, Junge. Nicht von einer Journalistin. Zuerst verbrauchen sie dich im Bett und anschließend verarbeiten sie dich zu einer scharfen Story. So ist das Business.« Baran blickte entsetzt. »Okay, vielleicht ist sie eine von der anständigen Sorte. Das ist sogar möglich.

Ich kenne sie flüchtig. Sie könnte tatsächlich eine Ausnahme sein.«

Baran ging nach vorn zur Essensausgabe. Martin hoffte, dass er nicht zu dick aufgetragen hatte. Er wischte sich die Kebabsoße von Mund und Händen und schob den Teller auf die andere Seite des Tisches. Dann nahm er sich die Briefe vor. Er hatte seinen Entschuldigungsbrief noch immer nicht geschrieben. Weil er den Nachmittag im Polizeiverhör verplempert hatte. Und weil er keine vernünftige Zeile zustande brachte. Wenn er ehrlich schrieb, war es zu frech, andersrum zu plump. Er brachte das nicht auf die Reihe. Aber er hatte noch den Abend. Sophie übernachtete in Wollishofen.

Zuoberst auf dem Stapel lag ein ganz besonderer Brief. Der seines Vermieters. Erst war Martin erstaunt gewesen, dass Alfred Kägi Leserbriefe schrieb. Als er darüber nachdachte, fand er, dass dies gut zu Kägi passte. Dumm war er ja nicht, wahrscheinlich sogar sehr belesen. Außerdem hatte er Zeit und konnte stundenlang über einem Leserbrief brüten.

Kägi distanzierte sich von *pauschalisierenden Vorurteilen und fremdenfeindlichen Strömungen.* Aber Martins Spitze auf die Zürichbergler war ihm zu deftig. *Bürger, die sich um ihre Kinder ehrliche Sorgen machen, selbst wenn diese auf Vorurteilen und ungerechtfertigten Ängsten beruhen, darf man nicht als hinterwäldlerisch verschreien. Sonst wird man ihnen und ihren Erlebnissen nicht gerecht. Von einer der größten Tageszeitungen darf man erwarten, dass der Bürger ernst genommen wird.*

Dieser spießige Besserwisser! Wieso sprach er von ›Erlebnissen‹? Am Zürichberg ging es nicht um Erlebnisse. Die kannten Afrika allerhöchstens aus den Badeferien in Kenia. Oder aus dem Puff. Die machten ihren Aufstand nicht wegen irgendwelcher Erlebnisse, sondern weil sie rassistische Vorurteile zur Realität erklärten. Das würde er Kägi unter die Nase reiben. Das nächste Mal im Treppenhaus. Keine Gnade für Alfred!

Martin leerte sein Glas und deutete Baran, noch eins zu bringen. Dann stützte er seinen Kopf auf beide Hände und las Kägis Brief nochmals durch. Der Brief gehörte zu jenen, die Jens publizieren wollte.

Baran stellte ihm ein neues Glas auf den Tisch und Martin nahm den nächsten Brief vom Stapel. Absender Witikon. Bereits der erste Satz war eine wüste Beschimpfung. Offenbar hatte Martin mit seinem Artikel ins Schwarze getroffen. Wie um Himmels willen sollte er sich bei so jemandem entschuldigen? Er legte den Brief auf jenen von Kägi und zog den nächsten hervor.

Von rechts hörte er das Klacken von Absätzen, eine Gestalt näherte sich ihm. Sie blieb frontal vor ihm stehen. Martin hatte den Kopf noch nicht erhoben und sah über dem Tischrand dunkelblaue Jeans, die pralle Oberschenkel umhüllten.

»Ist es erlaubt?« Die Polizistin. Sie kam ihm größer vor als letztes Mal.

»Klar. Heute ist mein Polizeitag.«

Sie lachte trocken und setzte sich. »Aha, Fédier hat Sie heute in die Mangel genommen. Er kann giftig sein.«

»Auf mich wirkte er eher hilflos. Wenn er mich stundenlang verhören muss, hat er keine wirklich heiße Spur.«

Sie reagierte nicht. Allerhöchstens mit der Andeutung eines Lächelns im Mundwinkel. Darin konnte er sich aber auch täuschen. Sie sah müde aus.

Baran eilte mit einem Kebabteller in der einen und einem Bier in der anderen Hand herbei und räumte Martins Teller ab. »Pass auf, Martin. Polizei. Vielleicht ist dein Ausweis abgelaufen.«

»Ich weiß, Baran. Ich weiß. Die Polizei ist momentan Stammgast bei mir.«

Baran grinste. »Dann ist es nicht der Ausweis. Schreib bitte den Artikel, bevor du verhaftet wirst!«

Die Polizistin hatte ihren Kebab auf dem Teller bestellt. Mit Bratkartoffeln. Martin bevorzugte die Version im Fladenbrot. Wegen der Minze.

»Habe ich Sie bei der Arbeit gestört?«

»Glücklicherweise. Ich war noch nie so froh über einen Polizeieinsatz wie jetzt.«

Sie streute Salz über Fleisch und Kartoffeln, ohne vorher gekostet zu haben. »Nur ist dies kein Einsatz. Ich habe Feierabend und bin auf dem Heimweg.«

»Umso besser. Ihre inoffiziellen Einsätze sind die angenehmsten.«

Sie schaute ihn scharf an. Kauend. Mit einer Antwort wartete sie, bis sie geschluckt hatte. »Sie haben Fédier erzählt, dass ich am Sonntagabend nochmals bei Ihnen war.«

Martin nickte. »Er hat nichts gesagt. Aber ich habe ihm angesehen, dass er nichts davon gewusst hat. Immerhin gehört es zu meinem Job, den Leuten anzusehen, was sie denken und nicht sagen. Alleingänge mag der Typ wohl nicht besonders. Ist er Ihr Chef?«

»Nur in diesem Fall. Den Anschiss habe ich jedenfalls heute eingesteckt. Zusammen mit ein paar anderen Dingen.«

»Er hat mich tatsächlich zu den Verdächtigen gezählt. Wegen Vladimirs Anrufen auf mein Handy. Dabei war dies alles nur ein dummer Zufall. Ich bin nicht sicher, ob ich Fédier überzeugen konnte. Ich hatte das Gefühl, dass er etwas enttäuscht war, als er mich gehen lassen musste.«

»Sie haben kein Problem. Erstens haben Sie ein wasserdichtes Alibi für die Tatzeit. Zweitens bestätigt Vladimir Dilic, dass er nicht wusste, wen er angerufen hat. Er hat bloß die Nummer gewählt, von der aus seine Freundin ihn angerufen hatte. Allerdings ist er mir entwischt, bevor er das Fédier zu Protokoll geben konnte.«

»Das heißt also, dass ich noch nicht aus dem Schneider bin, weil Sie Vladimir abhauen ließen?«

Sie stocherte auf ihrem Teller herum.

»Nicht Ihr Tag, was?«

»Definitiv nicht.« Sie nahm einen kräftigen Schluck Bier und lächelte.

»Sie haben da etwas Schaum an den Lippen.«

Es waren fein gezeichnete, sinnliche Lippen.

Sie wischte sich mit der Papierserviette den Mund ab, ohne Martin aus den Augen zu lassen. »Sind das Liebesbriefe?«

»So ähnlich. Emotional sind sie jedenfalls. Reaktionen auf meinen Artikel vom Samstag.«

Sie blickte ihn fragend an.

»Ich habe mich lustig gemacht über die Hysterie wegen der Asylbewerberunterkunft am Zürichberg. Es war der Artikel gleich unter Ihrem Foto von der Pressekonferenz. Gehört Zeitunglesen nicht zu den Polizeipflichten?«

»Ab und zu setze ich mich über die Pflichten hinweg.«

»Ist es Ihnen peinlich, als Vorzeigepolizistin verkauft zu werden?«

Sie schaute die Wand hinter Martin an. Wie wenn sie sich überlegen würde, ob sie ehrlich antworten sollte. »Verkauft zu werden, gefällt mir grundsätzlich nicht.«

Martin grinste. »Ist das denn nicht allein eine Frage des Preises?«

Sie grinste zurück. »Der ist im Allgemeinen zu niedrig.«

Das Essen musste mittlerweile kalt sein, doch ihr Appetit schien wieder erwacht. Sie streute nochmals Salz und getrocknete Peperoncini nach.

»Vielleicht sind Sie zu eigenwillig. Das drückt den Preis normalerweise.«

»Ich nehme an, Sie sprechen aus eigener Erfahrung. Könnte es sein, dass Sie gerade Ihre Seele für diese Briefe da verkaufen?«

»Vorausgesetzt, ich habe noch eine.«

»Davon bin ich überzeugt. Und ich schlage vor, Sie behalten sie noch eine Weile.«

Martin dachte, dass es an der Zeit wäre, sich zu verlieben. Das wäre die endgültige Entideologisierung. In den Achtzigerjahren hatte er Bullen noch mit Bierflaschen beworfen.

»Was steht in den Briefen?«

»Ach, es hat von allem etwas. Einige sind übel. Es sind aber auch ein paar positive dabei. Leider muss ich die negativen beantworten. Der Befehl lautet ›entschuldigen‹.«

»Das musste ich heute auch tun.«

»Tat es weh?«

»Extrem.«

»Dann verschiebe ich das besser auf morgen.«

»Darf ich mal?« Sie deutete auf die Briefe.

»Eigentlich nicht. Aber Sie sind ja die Polizei.« Er schob ihr die Mappe über den Tisch.

Sie stellte den Teller zur Seite und nahm den obersten Brief auf. Sie schien ihn nur zu überfliegen, legte ihn zur Seite und nahm einen anderen zur Hand. Sie wirkte konzentriert. Ihre Augen bewegten sich schnell. Dicke schwarze Ringe umrandeten sie. Die Brauen waren dicht und schmal.

Gerade als er sich fragte, ob ihr Schamhaar wohl die gleiche Färbung haben mochte, schaute sie ihn an. »Da ist ein Brief von Alfred Kägi!«

»Kennen Sie ihn?«

»Ich habe ihn letzten Sonntag befragt. Aber offenbar zu ungenau.«

»Ach ja. Das habe ich ganz vergessen. Sie kennen die Geheimnisse unseres Hauses.«

»Noch nicht alle.« Sie blickte ihn auf eine Weise an, die offenließ, ob sie das ironisch meinte.

»Tun Sie mir einen Gefallen?«

»Soll ich die Geheimnisse Ihres Hauses ruhen lassen?«

»Lesen Sie bitte Kägis Brief und sagen Sie mir, ob Sie daran etwas merkwürdig finden.«

Dieses Mal versuchte er, sie nicht beim Lesen zu beobachten. Die kurdischen Männer schwatzten immer noch. Außer Martin und Johanna waren sie die einzigen Dauergäste. Die anderen kamen, aßen und gingen. Alle, die eintraten, begrüßte Baran, als wären sie alte Freunde.

»Sie meinen die ›Erlebnisse‹?« Sie hatte einen ruhigen, klaren Blick. Obschon sie müde wirkte.

»Ja, genau. Das ist doch ein Widerspruch, oder?«

»Er spricht von seinen eigenen Erfahrungen, nicht von denen der Witikoner. Es geht ihm in dem ganzen Brief um seine eigene Geschichte, sonst spräche er nicht von ›Erlebnissen‹, sondern bloß von Ängsten. Sie haben ihn persönlich verletzt.«

Locker, wie sie das sagte. »Ist das Polizeipsychologie für Fortgeschrittene oder reine Spekulation?«

»Das ist das Naheliegendste. Oder haben Sie eine bessere Erklärung?«

»Für mich ist Kägi ein moralistischer Spießer, der in seiner Selbstgerechtigkeit nicht merkt, wie sehr er sich selbst widerspricht.«

»Damit können Sie sich zufriedengeben, wenn Sie nicht verstehen wollen, was Ihre Artikel tatsächlich bei den Leuten auslösen.«

Martin Metzger hob theatralisch die Hände. »Okay, okay. Ich gebe mich geschlagen. Vielleicht will ich gar nicht so genau wissen, was unter der Oberfläche ist.«

Sie leerte ihr Glas und wischte sich den Mund mit der Serviette ab. Danach schaute sie sich im Raum um. Am Nebentisch saß seit einigen Minuten ein Paar, dessen Altersunterschied Programm war. Die Frau war um die zwanzig, schmächtig und hatte einen ängstlichen Blick. Sie nippte still an einer Cola. Martin erwartete, dass sie sich in Luft auflöste, während ihr Typ grunzend einen Berg Fleisch in sich hineindrückte. Martin befürchtete, dass die Polizistin nun zahlen und gehen würde. Sie war auf dem Heimweg, hatte sie gesagt.

»Darf ich Sie vielleicht zu einem Bier einladen? Ich würde es nicht verkraften, wenn Sie mich mit diesen Abgründen allein ließen.«

Johanna di Napoli lachte schallend. In ihren Wangen bildeten sich kleine Grübchen. Als sie ihn anschaute, wurde er übermütig. Er zwang sich zu schweigen.

»Sie dürfen. Es gibt einiges, was ich wegschwemmen möchte. Mit Ihrer Vorliebe für die Oberfläche sind Sie der ideale Partner dafür. Allerdings zöge ich etwas Härteres vor. Um die Ecke gibt es feinen Highlander.«

26.

Mir ist nicht mehr zu helfen, dachte Johanna di Napoli. Ich bin mehr als unvernünftig, ich bin verrückt.

Sie wickelte sich in ihre Bettdecke. Nichts Schöneres als das Gefühl kalten Stoffes. Es beruhigte die Ströme, die unter ihrer Haut wild durcheinanderwogten.

Es hatte mit von feiner Ironie durchsetztem Small Talk begonnen. Danach tasteten sie sich erwartungsvoll an die persönlichen Themen heran. Ihr gefiel, wie Metzger dies tat. Uneitel und diskret. Er erzählte aus seinem Leben. Von seiner Tochter, dem Fußball und der Musik. Sie erzählte, wie sie aus einer Laune heraus und aus Orientierungslosigkeit Polizistin geworden war. Dass sie aus Liebe nach Zürich gekommen war, dass sie zuvor einige Jahre in Genf gelebt hatte. Dabei schaute sie zu, wie seine Augen über ihre Lippen strichen, über ihren Hals, ihr Dekolleté streiften, zu ihrem Mund zurückkehrten und sich in ihren Blick ergaben. Er lachte. Sie bestellte eine weitere Runde.

Es war wie auf einem der Jahrmärkte ihrer Kindheit. Als sie hinter ihrer Großmutter durch die Menschenmenge zappelte und mit großen Augen die aufgetürmten Kostbarkeiten anschaute. Beim Autoscooter stand der Großvater und drückte ihr einen Chip in die Hand. Als die Musik stoppte, ergatterten sie einen Wagen, weil der Großvater die Buben böse anschaute, die an ihnen vorbeidrängten, und sie steckte aufgeregt den Chip in den Schlitz. Danach durfte sie noch auf das Kettenkarussell. Sie saß in dem Metallsitz, hielt mit beiden Händen die Ketten fest umfasst und schaute zu, wie sich die größeren Kinder gegenseitig mit den Beinen wegspickten und wieder auffingen. Einmal gab es einen heftigen Ruck von hinten, als einer der Jungen mit vollem Tempo in ihren Sessel schoss. Sie schrie auf und er wollte sie gerade wieder loslassen, als sie ihm, den Kopf so weit wie nur möglich nach hinten geneigt, zurief, er solle sie auch wegspicken. Zurück am Boden bekam der Bub ein Donnerwetter vom

Großvater zu hören. Johanna ging mit der Großmutter zum Zuckerwattestand.

Dieses abenteuerliche, erwartungsvolle Kribbeln verspürte Johanna nun wieder, als sie Metzger zuprostend in die Augen schaute. Zuvor hatte der Kellner die beiden Whiskeys auf die Theke gestellt. Er hatte keine Haare, viele Tätowierungen und sprach bodenständiges Berndeutsch. Ganz im Gegensatz zu Metzger, der das zürcherischste Zürichdeutsch sprach, das sie je gehört hatte. Im Hintergrund wütete ein entfesseltes Saxofon.

»Sonny Rollins, 1957, *A Night at the Village Vanguard*«, hatte Metzger mit glänzenden Augen gesagt, als sie die Kneipe betreten hatten.

Der Whiskey brannte in der Kehle. Johanna konnte kaum mehr still sitzen, wollte irgendetwas Wildes tun. Ob es ihm auch so ging? Gerade redeten sie wieder über den Job. Manchmal dünkte ihr, als blitze in seinen Augen ein Feuer auf, manchmal kamen sie sich sehr nahe. Wie zufällig. Es dauerte immer länger, bis sie sich wieder voneinander entfernten. Dann wiederum konzentrierte sie sich auf das Gesagte. Er war ein aufmerksamer Beobachter. Darin waren sie sich ähnlich. Das gehörte zu ihren Jobs. Allerdings war er ein chaotischer Erzähler. Ihr war es recht, sie ließ sich treiben. Bis sie eine verrückte Idee hatte.

Es brauchte nicht viel, um ihn zu überzeugen. Natürlich nicht. Andrea Camenzind fluchte zwar, als sie ihn mitten in der Nacht anrief, gab ihr aber die gewünschte Auskunft.

Eine halbe Stunde später schritten Martin Metzger und Johanna di Napoli durch einen langen Kellergang. Er wurde nur von dicken weißen Kerzen erleuchtet, die den Wänden entlang auf schmiedeeiserne Ständer aufgespießt waren. Eingelassen zu werden, war einfach gewesen. Und teuer. Johanna hatte erwartet, dass der Türsteher bocken würde bei einer Frau, die offensichtlich keine Prostituierte war. Vielleicht war es auch nicht so offensichtlich. Wie auch immer, es war eine Frage des Preises. Martin Metzger schien zu erraten, was sie dachte, und grinste, während er den Rest eines Bündels Hunderternoten wegsteckte, das er zuvor am Helvetiaplatz aus dem Geldautomaten gezogen hatte.

Der Schlägertyp ließ sie passieren. Er war fett, unrasiert und trug eine schwarze Bomberjacke. Vermutlich sollte ihm die Jacke ein gefährliches Aussehen verleihen. Johanna fixierte seine Augen, während sie an ihm vorbei in den Keller trat. Ihre Nase erfasste einen dünnen, süßen Schweißgeruch. Der Türsteher wich ihrem Blick aus und schaute zu Boden. Die Tür hinter ihnen fiel zu, die Kerzen warfen Schatten an die Wände. Johanna zog ein Taschenmesser aus ihrer rechten Gesäßtasche und klappte die Klinge auf. Martin schritt weiter den Gang entlang, während sie zu einer der Kerzen hintrat und etwas Wachs abschnitt. Sie wickelte das Stück in ein Papiertaschentuch und steckte es ein.

Am Ende des Korridors stand eine Blondine in hochhackigen Stiefeln und knappen schwarzen Lackklamotten. Sie musterte Johanna und suchte irritiert einen passenden Gesichtsausdruck, als sie Martin seine Jacke abnehmen wollte. Rasch kam ihr Johanna zuvor, ergriff den Stoff und schob der Blonden einen Fünfziger unter den Büstenhalter. Die Frau öffnete ihre Hände und streckte lange, dünne Finger von sich, an deren Ende synthetische Nägel aufgeklebt waren. Wie das Lächeln auf ihr Gesicht. Sie öffnete einen weinroten Satinvorhang.

Hier drin sah es aus wie in einem Filmbordell. Dunkelrotes Leder dominierte. Runde Sofainseln füllten den Raum, Separees säumten die Wände. Bei einigen waren die Vorhänge zugezogen. Von der Decke hingen große Kerzenleuchter. Vorn rechts war eine Bar aus Stahl. Die Beleuchtung ließ Raum für Spekulationen, die Musik für Träumereien.

»Könnte in jedem hippen Club laufen«, meinte Martin.

Männer thronten in den Sofas und simulierten Überlegenheit. Sie starrten zur Bühne, wo eine Asiatin einen dicken schwarzen Dildo in sich hineinstieß. Oder sie fummelten an ihren Begleiterinnen herum. Oder beides.

Martin blieb fasziniert stehen, doch Johanna zog ihn am Arm in eine der Kojen an der linken Wand. Sie achtete darauf, dass sie im Schatten saß und den Raum überblicken konnte.

»Champagne?«

Martin blickte Johanna verlegen an. »Deux bières.«

Die Serviererin drehte sich um und stöckelte davon. Sie trug schwarze Stilettos mit silbernen Stahlabsätzen und einen roten Tanga. Am Hintern hat sie einen großen weißen Pigmentfleck.

»Sie ist schön.« Metzger grinste.

»Irgendwann einmal musst du mir deine Bewertungskriterien erklären.«

»Es gibt keine. Schön ist schön.«

»Und hässlich?«

»Gibt es nicht.«

»Schleimer!«

»Irgendetwas Schönes ist immer dabei.«

»Wie lange brauchst du, um es herauszufinden?«

»Eine Sekunde. Höchstens. Ich will die Frauen nicht anstarren.«

»Möchtest du etwas Schönes nicht so lange wie möglich anschauen?«

»Doch. Aber ich nehme mich zusammen. Bin kein hemmungsloser Gaffer wie die Typen hier drinnen.«

»Genau, du bist gehemmter.«

»Kontrollierter.«

»Und wenn du die Kontrolle verlierst, kriecht die Bestie aus der Höhle hervor?«

»Glaubst du, dass alle Männer potenzielle Vergewaltiger sind?«

»Es besteht eine statistische Wahrscheinlichkeit. Trotzdem sehe ich nicht das Biest in dir, wenn ich dich anschaue.«

Metzger lachte. »Ich fühle mich geschmeichelt.«

Johanna beugte sich zu ihm hin. »Es ist nicht ausgeschlossen, dass tief drin ein Biest schlummert. Wissen kann man das nie so genau. Ich verlasse mich auf mein Gefühl. Davor sind alle Männer gleich.«

»Wow! Übrigens hat sie sehr schöne Brüste.«

Die Kellnerin stellte die beiden Bierflaschen auf den Tisch und legte Martin die Rechnung hin. Johanna griff sich den Zettel.

»Tu es belle!« Martin lächelte wie ein Schulbub. »Tes seins sont comme des poireaux!«

Für einen Augenblick wirkte die Kellnerin weniger apathisch als bisher.

»Findest du immer noch, ich sei gehemmt?«

»Gib ihr einen Hunderter!«

»Wie bitte?«

»Die Rechnung! Du hast unser Geld.«

Er klaubte das Geldbündel aus seiner Jacke hervor und schob der Kellnerin eine Hunderternote hin. Diese öffnete den riesigen Geldbeutel auf dem Tablett und blickte Martin fragend an.

»C'est bien.« Johanna kam ihm zuvor.

»Gott im Himmel! Ein Lappen für zwei Bierchen?«

Der Blick der Kellnerin wechselte zu demonstrativem Desinteresse. Ungerührt verschloss sie das Portemonnaie.

Bevor sie das Tablett heben konnte, legte ihr Johanna eine Hand auf den Arm. »Martin, tust du mir einen Gefallen und lässt uns kurz allein? Bitte.«

Er stöhnte. »Für dich tue ich alles.«

Als Metzger gegangen war, wurde die Kellnerin etwas zugänglicher. Johanna brauchte aber trotzdem einige Überredungskraft, damit die Frau ihre Fragen beantwortete. Je länger die Unterhaltung dauerte, umso unwohler schien es der Kellnerin zu werden. Nervös blickte sie immer wieder zur Bar. Als Johanna ihrem Blick folgte, sah sie dort Hügli stehen. Er plauderte mit einem Schlägertyp, der sich mit einem Ohr immer wieder umständlich zu Hügli hinbeugte, weil er im anderen einen Kopfhörer trug. Hastig zog sich Johanna ins Dunkel zurück. Die Kellnerin nahm die Gelegenheit wahr und machte sich davon. Das Tablett und den Geldbeutel unterm Arm. Metzger hatte recht. Die Frau hatte schöne Brüste.

Johanna öffnete ihr Notizbuch und schrieb den Namen einer Freundin von Alejandra Knupp unter die Namen der drei Zürcher Teilnehmer des Verkaufsseminars. Keinen der drei hatte die Kellnerin gekannt. Das wäre auch zu einfach gewesen. Dafür wusste sie nun, dass Maria Angeles Schönbächler letzten Freitag zusammen mit Alejandra Knupp im *Q* gearbeitet hatte. Immerhin eine Spur.

Sie steckte das Notizbuch wieder ein und schielte zur Bar. Hügli stand immer noch dort. Nun sprach er mit der Kellnerin. Aus der Distanz wirkte er jünger. Und brutaler. Parallel zu seiner Unterhaltung hörte er dem Kerl mit dem Kopfhörer zu. Das Ohr nahe an dessen Mund, einen Arm um seine Schulter.

Als sich Hügli von seinem Gorilla löste, kam Bewegung ins Bild. Der Chef der Reinigungsfirma winkte ein Mädchen herbei, das gerade von niemandem befingert wurde. Eine Rothaarige mit unglaublich langen Beinen. Eine Hand auf ihrem Rücken, flüsterte Hügli ihr Instruktionen ins Ohr. Sie verschwand hinter der Bar und kehrte kurz darauf zurück. Nun trug sie außer dem String auch einen Büstenhalter. Hügli umfasste die Taille des Rotschopfs und lief mit ihr in Johannas Richtung.

Sie suchte Deckung. Nun hätte sie Metzger gebraucht. Dringend. Mangels Alternativen zog sie den Vorhang zu und bereute es, kaum dass sie den dicken, weichen Stoff losgelassen hatte. Sich vor Hügli zu verstecken, war lächerlich. Entwürdigend.

Sie wollte sich den Vorhang erneut greifen und hielt stattdessen Metzgers Kopf in der Hand.

»Endlich kommst du zur Sache. Ich muss dich allerdings auf später vertrösten. Hier draußen ereignet sich gerade Unglaubliches.« Er setzte sich neben Johanna und ließ den Vorhang etwas offen.

Nun bemerkte sie, dass er sein Handy in einer Hand hielt. Mit dem Kopf deutete er zum Eingang.

Dort standen Hügli, die Rothaarige, ein kleiner, grau melierter Herr, dessen Bierbauch noch größer und spitzer war als Hüglis, und der Stadtrat. In Gemeinschaft mit den anderen dreien wirkte er genauso verloren wie neben der Polizeikommandantin. Die Empfangsdame nahm ihm gerade den Mantel ab. Johanna schien, als schaute sich der Stadtrat ängstlich um. Er wirkte nie sehr souverän. In seinem Blick lag Angst. Erst recht, als sich Hüglis Hostess bei ihm und seinem Begleiter einhakte und die beiden in ein Separee führte. Der Stadtrat erweckte den Eindruck, als säße er lieber zu Hause mit seiner Frau vor dem Tischgrill.

Hügli winkte die Kellnerin herbei. Sie balancierte ihr Tablett mit einem Sektkübel, einer Flasche Champagner und Gläsern durch den Raum. Den Geldbeutel hatte sie nicht dabei. Während die Herren bedient wurden, schaute sich Hügli im Raum um. Johanna duckte sich und Metzger zog seine Hand mit dem Handy zurück. Sie sah, dass der Gorilla die Bühne für den nächsten Auftritt vorbereitete, indem er einen Schreibtisch ins Scheinwerferlicht rückte. Dann drückte Martin sie tiefer in die Koje, sodass sie die Sicht auf den vorderen Teil des Saals verlor.

Martin zeigte ihr sein Handy, auf dessen Bildschirm dem Stadtrat gerade der Mantel abgenommen wurde. Klein und unscharf zwar, aber trotzdem erkennbar. »Das ist der Hammer. Der Polizeivorsteher in der Unterwelt. Das ist hochexplosiv. Damit fülle ich eine ganze Woche lang die Titelseite. Ganz allein. Auf dem Computer kann ich das aufmotzen, dass es wirkt, als wäre die Tagesschau dabei gewesen.«

Johanna suchte ihr Blickfeld nach Hügli ab. Nichts zu sehen. Martin nestelte an seinem Mobiltelefon herum.

»Steck das Ding weg. Wenn wir hier nicht unbemerkt rauskommen, nützt dir deine Paparazzi-Aktion gar nichts. Hügli ist nicht blöd. Und er kennt mich. Der Stadtrat übrigens auch.«

Martin grinste. »Der Film surrt schon durch die Lüfte auf mein Mailkonto. Technik ist etwas Wunderbares.«

Johanna realisierte, dass sie ihr Bier noch nicht angerührt hatte. Sie leerte die Flasche in einem Zug. Martin folgte ihrem Beispiel. Fast. Er trank in kleinen Schlucken und stellte die Flasche auf die Glasplatte des Tisches zurück. Es war ein runder Beistelltisch aus geflochtenem weißem Korb, der sie an ein Hotel in den italienischen Alpen erinnerte. Eine wehmütige Erinnerung. Johanna fand, dass dieses Möbel nicht zur restlichen Ausstattung passte.

Martin ließ sich ins Lederpolster fallen. »Die Arbeit ist getan. Entspann dich. Irgendwie kommen wir hier schon raus. Schließlich haben wir Zeit.« Er äugte um die Ecke und deutete der Kellnerin an, nochmals zwei Bier zu bringen. Anschließend wandte er sich wieder Johanna zu. Mit seinem unverwechselbar spitzbübischen Gesichtsausdruck. »Ich stehe gern für Scheinküsse zur Verfügung, falls du meine Hilfe brauchst, um inkognito zu bleiben. Es wäre mir ein Vergnügen und eine Ehre.«

Sie fasste ihn am Kopf. »Wenn schon, ist mir richtiges Küssen lieber.«

Johanna hielt die Augen geschlossen, bis zum Klacken, das vom Absetzen des Tabletts auf der Glasplatte herrührte. Martin blinzelte, die Kellnerin schob ihm ungerührt die Rechnung hin. Den Hunderter, den ihr der Journalist gab, steckte die Frau, ohne zu zögern, weg, verschloss das Portemonnaie und drehte sich um, als schreite sie über einen Haute-Couture-Laufsteg.

»Wie viel kostet dieses verdammte Bier eigentlich?«

Johanna legte einen Arm auf die Lehne und ein Knie auf das Polster. »Das möchtest du lieber nicht wissen. Hauptsache, die Dame ist uns wohlgesinnt. Dafür ist ein fettes Trinkgeld zweckmäßiger, als wenn du ihr sagst, ihre Brüste sähen aus wie Lauchstengel.«

Metzger verteilte prustend einen Schluck Bier über ihre Jeans. »Ach du meine Güte! Habe ich das wirklich?«

Johanna nickte lächelnd und setzte die Flasche ab. »Außerdem hast du sie geduzt, was sehr unhöflich ist. In Frankreich, in Afrika und eigentlich auch bei uns.« Sie wischte sich die Hose ab. Es würde rasch trocknen.

»Dabei hat sie wirklich zauberhafte Brüste. Überhaupt ist sie schön. Diese Strings allerdings sind penetrant. Die zeigen zu viel Fleisch. Trägst du auch so was?«

Grazia trug Strings, die weit über ihre Jeans hinausragten. Das war cool, weil sie alles andere als einen Vorzeigepo hatte. Manchmal trug Johanna ebenfalls welche. Es war ein aufregendes Gefühl. Und ein privates. »Das ist der richtige Auftritt für dieses Zielpublikum. Hügli weiß, wie er seine Ware präsentieren muss.«

Martin lächelte feinsinnig. »Damit magst du recht haben. Trotzdem hast du meine Frage nicht beantwortet.«

Sie strich mit dem Daumen über seine Lippen. »Sollte ich mal Lust haben, es dir zu sagen, werde ich es tun.«

Sein Lächeln verschwand und er nickte still.

»Selbst wenn du Birnen nicht mit Lauch verwechselt hättest, wäre dein Kompliment kaum angekommen. Ich glaube, sie ist ziemlich zugedröhnt. Heroin, schätze ich.«

Er hob fragend die Augenbrauen. »Woran siehst du das? Sie kann die Einstiche kaum unter dem String verbergen.«

»An ihren Zähnen. Sie raucht es.«

Martin hob theatralisch die Hände. »Ich bin beeindruckt.« Er senkte seine Arme wieder und zog die Zigaretten hervor. Lässig steckte er sich eine in den linken Mundwinkel und streckte Johanna die Schachtel entgegen. Sie nahm eine.

Während er mit verkniffenem Auge die Zigaretten anzündete, horchte Metzger plötzlich auf und deutete mit dem Zeigefinger in die Luft. »Den Song kenne ich! *T'es ma p'tite fille.* Das ist Jens Bärlochers Hit in einer Technoversion. Jens und ich waren zusammen an der Uni.«

Johanna blies in einem starken Stoß den Rauch aus und hörte hin. »Klingt lustig mit diesem zürichdeutschen Akzent.«

»C'est cool, ma chère!«

Sie zog an ihrer Zigarette und schob vorsichtig den Vorhang zur Seite. »Vielleicht sollten wir gelegentlich abklären, wie die Lage da draußen aussieht.«

Als Johannas Blick auf die Bühne fiel, fuhr ihr die Wut in den Bauch. Neben dem Schreibtisch stand ein Putzkarren. Auf dem Tisch lag eine Frau auf dem Bauch. Eine Asiatin, wie es schien. Von hinten stieß ein Bodybuilder mit Krawatte und sonst nichts am Leib heftig in sie hinein, vorn schob ihr ein anderer seinen Schwanz in den Mund. Die Frau trug nichts als einen blauen Putzmantel, der über ihren Po hinaufgeschoben war. Trotzdem war die Aufschrift auf dem Rücken gut erkennbar.

Johanna fühlte, wie ein Würgen in ihrem Hals hochstieg. »Lass uns gehen.« Ihre Stimme überschlug sich.

Metzger schob den Vorhang ganz auf. »Scheiße, das ist ekelhaft.«

Hügli war nicht zu sehen. In der Stadtratsuite war der Vorhang geöffnet. Der Magistrat verlor soeben seinen letzten Bonus bei Johanna.

Sie griff sich ihre Jacke, nahm Martin an der Hand und zog ihn zum Ausgang. Ruhig und langsam. Sie wusste, dass sie beim geringsten Anlass explodieren würde. Er schien es auch zu merken und positionierte sich so, dass er zwischen ihr und der Bühne ging. Die Lackblondine entließ sie mit demselben gefrorenen Lächeln, mit dem sie sie empfangen hatte. Als sie durch den mit Kerzen gesäumten Korridor schritten, fühlte Johanna abermals das Würgen im Hals. Sie suchte nach Überwachungskameras, fand aber nichts. Der Fettsack am Eingang trat instinktiv zurück, als sie ihn ansah.

Sie gingen um den Häuserblock herum und liefen die Langstraße runter. Im oberen Teil war sie nachts weniger belebt als im unteren. Nach zweihundert Metern musste Johanna nach Luft schnappen. Es war einer ihrer schwereren Anfälle.

Martin hielt sie im Arm, bis sie wieder ruhig atmete. »Du siehst grimmig aus, wenn du wütend bist.«

»Ich weiß. Begleitest du mich nach Hause?«

Zu Fuß war es ein langer Weg nach Oerlikon. Schweigsam wurde der Weg zudem. Endlich zu Hause angekommen, hatte sie Martin zum Abschied auf die Augenlider geküsst. Danach war Johanna die Treppe hochgelaufen, hatte ihre Kleider in der Wohnung verstreut und sich unter die heiße Dusche gestellt. Anschließend war sie ins Bett geschlüpft.

Ich bin von allen guten Geistern verlassen, dachte sie. Die Wärme ihres Körpers breitete sich langsam unter der Decke aus. Wenn es zu warm würde, würde sie die Decke wenden und das Prozedere von vorn beginnen. Sie schloss die Augen. Für drei Stunden.

Mittwoch

Come into my world
of loneliness,
and wickedness,
and bitterness
Lucinda Williams, *Unsuffer me*

27.

Martin Metzger saß im Tram. Die Fensterscheiben waren beschlagen. Draußen regnete es. Die Polizisten in Oerlikon hatten wasserdichte Goretex-Jacken getragen. Martin nicht. Das Notebook auf den Knien hackte er den Artikel herunter. Vom Bahnhof Oerlikon zum Stauffacher dauerte es vierzig Minuten. Das reichte, wenn er sich an die Vorgaben des Chefs hielt. Beschreiben, was die Polizei für den Schutz der Bürgerinnen und Bürger tat. Sagen, dass das gut und recht und notwendig war.

Martin fischte sein Handy aus der Notebooktasche. Kein Anruf. In Oerlikon hatte er versucht, von einer Polizistin Johanna di Napolis Handynummer zu erhalten. Erfolglos. Sie kannte sie zwar, hatte ihm aber die Nummer nicht gegeben. Als er sie gebeten hatte, Johanna auszurichten, sie möge ihn anrufen, hatte sie mit einem vagen Kopfnicken und einem skeptischen Blick geantwortet. Er fragte sich, ob die Frau die vorgeschriebene Mindestgröße hatte oder ob sie auch über ein Frauenförderungsprogramm in den Polizeidienst hineingerutscht war. Das Telefon steckte er zurück in die Tasche.

Berg war den ganzen Morgen mit flackernden Augen durch die Redaktion gehetzt. Martins Kollege wollte Johanna in die Pfanne hauen. Die Vorgaben des Chefs noch übertreffend. Berg, dieser Schleimer, hatte herausgefunden, dass Johanna einen der Hauptverdächtigen im Mordfall Dilic/Moser hatte entwischen lassen. Das war das Ding in der Lokalredaktion. Der Chef wollte die Geschichte zusammen mit dem Porträt der Polizeikommandantin auf der ersten Seite des Zürich-Bundes bringen. Dafür verbannte er sogar die Privatisierung der städtischen Bäder auf eine der hinteren Seiten. Das eigentliche Thema des Tages. Die Stadt hatte dies am Morgen auf einer Pressekonferenz bekannt gegeben und Barbara Wenger hatte den Artikel geschrieben. Bei allen anderen Zeitungen der Stadt würde der Verkauf der Bäder die Headline des Lokalteils bestimmen. Gerade darum hatte sich der Chef für eine weitere Geschichte über die Polizei entschieden. Das einzig Positive an der Sache war, dass Metzger für seinen Artikel nun zehn Zeilen weniger Platz zur Verfügung hatte.

Der Straßenbahnwagen war voll und überheizt. Die Fahrgäste brachten alle ihre verschiedenen Gerüche mit, die sich überlagerten und miteinander vermischten. Es war Martin, als könnte er die Geruchsschwaden sehen, wie sie sich in einem sphärischen Tanz langsam vereinten.

Über die Zentrale der Stadtpolizei hatte er Johanna nicht erreicht. Dummerweise hatte er sich am Telefon als Journalist geoutet, worauf er direkt mit dem Pressedienst verbunden worden war. Offenbar schirmten sie Johanna von den Medien ab. Zu Hause ging sie ebenfalls nicht ans Telefon.

Am Schaffhauser Platz stieg ein Mann ein, dessen Haare trotz des Regens wie frisch geföhnt aussahen. Er hatte einen großen Schirm dabei. Offenbar klemmte dessen Schließmechanismus. Jedenfalls verstopfte der Typ den Eingang, weil er lange an seinem Schirm herumnestelte. Die anderen Leute drängten an ihm vorbei. Als der Schirm endlich zu war und der Mann eintreten konnte, waren die anderen Türen bereits geschlossen. Er setzte sich vor Martin neben eine ältere Frau im Pelz. Seine Frisur war wirklich außergewöhnlich. Ein riesiger Schopf flauschiger brauner Haare, der in der Mitte des Kopfes abrupt einer großen Stirnglatze Platz machte. Der Mann war ungefähr im selben Alter wie Martin. Als das

Tram losfuhr, beschäftigte er sich damit, seine Haare über der Glatze zu verteilen. Den Schirm hatte er zwischen die Knie geklemmt.

Martin hatte am Morgen über Hügli recherchiert. Im Archiv war einiges zu finden. Hauptsächlich Prozessberichte. Urkundenfälschung, Veruntreuung, Steuerhinterziehung, Nötigung, Alkohol am Steuer, Körperverletzung. Allerdings hatte es nur wenige Verurteilungen gegeben. Die meisten Verfahren waren mangels Beweisen eingestellt worden. Oder weil Zeugen sich plötzlich nicht mehr erinnern konnten oder Kläger nicht mehr klagen wollten. Hügli war eine klassische Milieufigur. Irgendwann würde jemand seine Biografie schreiben. Oder filmen. Er war das Paradeexemplar einer aussterbenden Gattung. Im Kreis 4 aufgewachsen, Arbeitersohn, gelernter Maurer, eine erfolgreiche, aber kurze Karriere als Amateurboxer, dann der Aufstieg vom Rausschmeißer zum Schuldeneintreiber zum Zuhälter zum Milieukönig. Lehr- und Wanderjahre auf dem Hamburger Kiez und in der Amsterdamer Rotlichtszene. Martin stellte ihn sich als halbstarken Teenager vor, mit trotzigem Mund und öliger Frisur.

Die Reinigungsfirma hatte Hügli in den frühen Achtzigerjahren gegründet. Daneben hatte er seine illegalen und halblegalen Geschäfte nie aufgegeben. Besonders die Spekulation mit Immobilien hatte ihm regelmäßig Ärger mit der Justiz eingebracht. Wie viele Liegenschaften er tatsächlich besaß, schien unklar. Aber sein Name tauchte in Artikeln über dubiosen Immobilienhandel immer wieder auf. Dafür hatte er die Zuhälterei nach seiner Rückkehr aus dem Ausland Jüngeren überlassen. Er besaß die Clubs und Bordelle, betrieb sie aber nicht mehr selbst.

In den Neunzigern hatte Hügli versucht, mit einer Schickimickikneipe im weniger schlüpfrigen Teil der Gastrobranche Fuß zu fassen. Ein totaler Misserfolg. Ganz im Gegenteil zu seinem Reinigungsinstitut. Dieses führte mittlerweile seine Tochter. Er hatte außerdem einen Sohn aus erster Ehe mit einer Nachtclubtänzerin. Was aus dem geworden war, ging aus den Zeitungsberichten nicht hervor. Auch Berg wusste es nicht.

Obwohl er mit Hochdruck an Johanna di Napolis Vernichtung arbeitete, hatte er sich kurz dazu herabgelassen, Martin ein klein wenig an seinem langjährig erarbeiteten Wissen teilhaben zu lassen. Nur hatte er nicht viel mehr über Hügli verraten, als Martin bereits aus dem Archivmaterial herausgefiltert hatte. Einzig, dass Hügli ausgezeichnete Beziehungen zur Polizei habe, hatte Berg mit bedeutsamem Augenzwinkern erzählt, ohne aber konkreter zu werden.

Der Föhnfrisurmann stieg am Stampfenbachplatz aus. Er öffnete seinen Schirm bereits unter der Tür und stieß damit wie mit einem Schild die wartenden Leute zur Seite. Als das Tram losfuhr, beobachtete Martin, wie der Mann mitsamt Schirm in das Café auf der gegenüberliegenden Seite des Platzes stürmte. Auf seinem Platz im Tram saß nun ein anderer Mann im Anzug, mit Aktenkoffer und weißen Kopfhörern in den Ohren, deren Kabel sich in einem schwarzen Regenmantel verloren. Welche Musik durch die Kabel floss, hätte Martin gern gewusst.

Es wurde langsam Zeit, diesen verdammten Artikel fertig zu machen. Zum zweiten Mal an diesem Tag verfluchte er die neue Chefredakteurin und ihr Jobrotationsprogramm. Ein erstes Mal hatte er es am frühen Morgen getan, als er nach knapp zwei Stunden Schlaf von einer verzweifelten Welschlandkorrespondentin geweckt worden war. Sie war völlig aufgelöst gewesen, weil sie mit den Funktionären der Nationalmannschaft nicht zurechtkam, und Metzger hatte eine gute Stunde gebraucht für eine Kurzberatung über den Umgang mit Fußballtechnokraten. Zu allem Überfluss hatte er ihr versprochen, dass sie ihm ihren Artikel zum Gegenlesen mailen könnte. Sogar jenen vom Länderspiel gegen Albanien selbst, was bedeutete, dass er am Samstag mit dem Notebook vor dem Fernseher sitzen würde und sie sich den Text fortlaufend übermittelten, denn der Artikel musste bereits kurz nach Abpfiff in der Redaktion sein. Sich dieses

Versprechen für ein Abendessen in der Kronenhalle abringen zu lassen, hatte ihn nochmals eine halbe Stunde Schlaf gekostet.

Am Bahnhof stieg der Kopfhörermann aus. Zusammen mit drei Viertel der Fahrgäste. Die Pelzmantelfrau blieb sitzen. Sicherheitshalber checkte er nochmals sein Handy. Er hatte keinen Anruf überhört. Also konzentrierte er sich auf die letzten paar Sätze seines Nehmt-das-Bedürfnis-des-braven-Bürgers-nach-totaler-Sicherheit-ernst!-Pamphletes. Es war schwierig, das so zu schreiben, dass es glaubwürdig klang. Ihm fehlte die notwendige Distanz. Oder das richtige Maß an professioneller Skrupellosigkeit. Im Sport fiel ihm dies weniger schwer.

Als sie die Sihl überquert hatten und links an ihr entlangfuhren, drehte sich die Pelzmantelfrau zu Martin um. »Junger Mann, Sie tippen, als würden Sie jemanden erschlagen!«

Zuerst merkte er gar nicht, dass sie mit ihm sprach. Erst als er seinen Blick vom kargen Wasser der Sihl abwandte und sah, dass ihn nahezu alle Leute im Tram anstarrten, begriff er, wer gemeint war.

Offenbar registrierte sie die Fragezeichen in seinen Augen. »Ihr Anschlag ist mörderisch, junger Mann. Das hätte ich meinen Lehrtöchtern nie durchgelassen. Und ich war dreißig Jahre lang Chefsekretärin in einer internationalen Firma! Sie müssen diskreter werden, sonst werden Sie es nicht weit bringen. Glauben Sie mir.« Das sagte sie mit einem umwerfend entwaffnenden Lächeln, mit dem sie ihrem Exchef wahrscheinlich manchen Handel eingefädelt hatte, ohne dass dieser auch nur die geringste Ahnung davon gehabt hatte. Sie hatte ein kugelrundes Gesicht, stahlblaue Augen und war sehr dezent geschminkt. Als sie nun aufstand, sah er, dass sie altmodische Nylons trug, die einen schwarzen Strich hatten, der von der Ferse aus ihre Waden hinauflief. Sie blinzelte ihm zu und ging zur Tür.

Das Tram bog um die Ecke zum Stauffacher ein und Martin Metzger klappte das Notebook zu. Der Artikel war fertig. Mehr oder weniger. Er stand auf und folgte der Frau im

Pelz. »Es tut mir leid. Das Zehnfingersystem habe ich nie gelernt. Deshalb klingt es etwas laut, wenn ich schreibe.«

Wieder dieses Lächeln. »Ich bin sicher, dass Sie auch mit zwei Fingern feinfühliger sein können.« Mit einem majestätischen Lächeln stieg sie die Stufen aus dem Wagen hinab, als wären sie die Spanische Treppe. »Auf Wiedersehen, junger Mann.«

Bevor das Tram wieder losfuhr, überquerte Martin hastig das Geleise. Der Chauffeur klingelte wild. Der Journalist drehte sich um und machte eine entschuldigende Geste. Es war eine Chauffeurin. Eine junge Frau mit Glatze und Pilotenbrille, die ihm einen Vogel zeigte. Grinsend drehte er sich um und ging über den Platz in Richtung Büro.

Unterwegs wählte er nochmals Johannas Privatnummer. Keine Reaktion. Nicht einmal ein Anrufbeantworter. Martin sah auf die Uhr und merkte, dass er knapp dran war. Sehr knapp. Sophie wartete in der Kinderkrippe. Er würde rasch den Artikel abliefern und gleich wieder abhauen. Dani Berg hin, Jasmin Glatt her.

Als er das Handy wegstecken wollte, klingelte es. Ein rascher Blick aufs Display, der Chef. »Metzger! Wo sind die Entschuldigungsbriefe?«

Scheiße. »Ich habe dir das Muster hingelegt. Reicht das nicht?«

»Nein, das tut es nicht! Ich will eine Kopie jedes einzelnen Briefes sehen. Morgen früh, spätestens!«

Große Scheiße. »Alles klar. Ich lege dir die Kopien ins Postfach. Ciao.«

Das würde er tun. Nachdem er die Briefe geschrieben haben würde. Heute Nacht.

28.

Die Muskeln spannten ein bisschen. Johanna di Napoli machte ruhige und kräftige Züge. Drei Viertel ihrer üblichen

Strecke hatte sie hinter sich. Für heute hatte sie sich das Doppelte vorgenommen. Zwei Bahnen Brust, eine Kraul, eine Delfin bildeten den Rhythmus, der sie stetig vorwärts trieb.

Sie dachte an Köbi Furrer. Wie er ihr heute Nachmittag gegenübergesessen und sie mit den Augen eines großen Buben angeschaut hatte, ging ihr nicht mehr aus dem Kopf. Dabei sollten sie eigentlich ganz andere Dinge beschäftigen. Ihre Suspendierung aus der Sonderkommission der Kantonspolizei beispielsweise. Doch als wäre ihr die rational zwingendste Gewichtung der Ereignisse dieses Tages völlig gleichgültig, kehrten ihre Gedanken immer wieder zu jenem Moment zurück, als die unsichtbaren Mauern zwischen Köbi und ihr ins Wanken geraten waren.

Am Morgen hatte sie als Erstes die Kerzenwachsspuren aus dem Q ins Labor geschickt. Danach hatte sie bei der Bundeskriminalpolizei eine Recherche in Auftrag gegeben, um herauszufinden, ob national oder international ähnliche Vergewaltigungsdelikte und etwaige Täterprofile registriert waren. Das hätte sie längst tun sollen. Wäre der Doppelmord nicht gewesen, hätte sie das auch.

Anschließend ging sie an den Wochenrapport und forderte so bald wie möglich eine Razzia im Q. Sie fürchtete, dass Hügli etwas von ihrem und Metzgers Auftritt mitbekommen hatte. Dass im Club irgendwo Überwachungskameras installiert waren, dessen war sie sich sicher. Die Frage war nur, ob Hügli selbst auf den Monitor schaute. Wer sie in den Nachtclub begleitet hatte, hatte sie geflissentlich verschwiegen. Es war schwierig genug zu erklären, dass sie nach Feierabend wegen des Hinweises eines Bekannten auf eigene Faust losgezogen war. Charlie hatte sie fein säuberlich mit messerscharfem Blick seziert, Trüb verlegen gehüstelt, die anderen hatten ins Leere geschaut. Alle hatten sie im nagelneuen und viel zu großen Sitzungszimmer gesessen. Trüb und Brunner standen vorn zwischen allerlei technischen Geräten, die sie vor ihrer Pensionierung kaum je benutzen würden. Johanna, Kay und Köbi hatten sich in die erste Reihe gesetzt.

Nachdem Johanna alles Notwendige gesagt zu haben glaubte, war es einige Augenblicke still geblieben. Schließlich dankte Trüb für den interessanten Hinweis und blickte Charlie Brunner an. Dieser wartete etwas länger, als seinem Chef angenehm war, und meinte schließlich, dass aufgrund der vorliegenden Indizien eine Razzia nicht gerechtfertigt sei. Zu aufwendig, zu teuer. Die Sexshow mit der Asiatin in Hüglis Firmenjacke sei zwar birnenweich, aber dennoch ein zu schwacher Hinweis auf einen direkten Zusammenhang zwischen dem Club und der Vergewaltigung.

Damit war Johannas Antrag erledigt gewesen und Charlie hatte wieder Hanspeter Trüb angeschaut. Dieser hatte vorsichtig seinen Schreibblock von der Steuerkonsole des Videobeamers genommen und angestrengt nach dem richtigen Stichwort gesucht. Unvermittelt bedachte er Johanna eines ungewöhnlich direkten Blickes und begann umständlich und von vielen Ehs und Ähs unterbrochen zu erklären, dass ein Journalist herausgefunden habe, dass sie und Kay einen Hauptverdächtigen zuerst eigenmächtig verhört hatten und anschließend entkommen ließen. Eine unangenehme Sache. Der Stab der Kommandantin kümmere sich darum. Ab sofort gelte eine absolute Informationssperre. Nur die Kommandantin selbst und der Pressesprecher seien befugt, Auskunft zu geben. Außerdem habe Fédier über den Dienstweg eine Administrativuntersuchung beantragt. Aus diesen Gründen habe das Kommando beschlossen, Johannas Mitarbeit in Fédiers Sonderkommission vorsichtshalber zu sistieren. Zu ihrem eigenen Schutz. Hans Aeschbacher vom Kommissariat City würde ihren Job übernehmen und ab sofort mit Kay zusammen die Kantonspolizei unterstützen.

Das Kommando! Wenn er unangenehme Aufträge erteilen oder ein Machtwort sprechen musste, brachte Trüb für gewöhnlich den Stab der Kommandantin ins Spiel. Wen genau er damit meinte, variierte von Situation zu Situation. Als

Trüb seinen Block wieder weglegte, wählte er das Rack mit der Musikanlage als Ablageort. Sobald er das Papier aus den Händen gegeben hatte, wich er wieder jedem direkten Blickkontakt aus. Für gewöhnlich musterte er in solchen Situationen seine Hände, an diesem Morgen hatte er den Wollpullover über seinem kleinen, runden Bierbauch glatt gestriegelt.

Johanna hatte zunächst gar nichts gesagt. Als sie nun ihre Runden drehte und spürte, wie das Wasser ihren Körper umspülte, versuchte sie, sich daran zu erinnern, was genau sie in dieser Situation empfunden hatte. Am ehesten eine Leere, eine große, dumpfe Leere.

Dafür hatten ihre Kollegen reagiert. Auch Köbi. Er fragte Trüb, woher der Journalist seine Informationen habe und ob man davon ausgehen müsse, dass jemand aus den eigenen Reihen geseicht habe, und ob das Leck auch weiter oben gesucht würde oder nur bei der Mannschaft. Kay war wie immer direkt und draufgängerisch und forderte, dass er ebenfalls suspendiert würde, da er ja auch dabei gewesen sei, als Dilic verloren ging.

Angesichts dieser Formulierung huschte ein dünnes Grinsen über Charlies Lippen. Unter Hanspeter Trübs Armen sprossen Schweißflecken. Er versuchte zu erklären, dass von einer Suspendierung keine Rede sei. Das Kommando wolle Johanna lediglich weniger exponieren. Nach der recht unglücklichen Berichterstattung über das Frauenförderungsprogramm werde sie in ihrem eigenen Interesse aus der Schusslinie genommen. Dadurch erhalte sie auch mehr Zeit, die tragische Vergewaltigung zu untersuchen. Das Ganze dürfe auf keinen Fall als Strafe verstanden werden. Die Kommandantin stehe nach wie vor zu Johanna. Und er auch.

Als sie verfolgt hatte, wie Charlie Brunner seinem Chef nach dessen letzten Worten einen schnellen düsteren Blick zuwarf, war Johanna zum ersten Mal an diesem Tag ein kalter Schauer über den Rücken gefahren.

Nach der Besprechung gingen Kay, Köbi und sie zur Kaffeemaschine. Köbi kam normalerweise nicht mit. Heute schon. Beide bemühten sich, Johanna zu trösten. Kay bereitete ihr einen Latte macchiato zu wie aus dem Bilderbuch. Indessen hätte sie eigentlich einen vierfachen Espresso benötigt.

Später ging Kay zu Fédiers täglicher Lagebesprechung bei der Kantonspolizei, wo ihn voraussichtlich eine eisige Dusche erwartete. Er deutete auf einen schicken neuen Mantel. »Heute ziehe ich mich besser warm an, Jo. Wie es Schumi, unser Lieblingsgiftler, empfohlen hat.«

Johanna und Köbi mussten nochmals bei Charlie antreten, weil er mit ihnen den Ermittlungsstand im Vergewaltigungsfall besprechen wollte.

Als Johanna ihre Zusammenfassung beendet hatte, verzog Brunner seine buschigen Augenbrauen, bis sie sich über der Nase berührten. »Was soll diese verrückte Spekulation mit den Verkaufstrainern, Jo? Genauso gut könntest du alle blonden, blauäugigen Typen überprüfen. Oder alle mit einem -itsch im Namen. Nur könnten wir das in keine Pressemitteilung schreiben.« Brunners Ton war die übliche väterlich-militärische Mischung. Trotz Johannas Suspendierung war ihm keine Veränderung anzumerken.

»Statistisch gesehen kommen alle Männer als Täter infrage, die schon oder immer noch gehen können. Also kann ich geradeso gut einer Intuition folgen. Wir haben einfach kein Täterprofil, nach dem wir systematisch fahnden könnten.«

»Noch nicht, Jo, noch nicht. Und weißt du wieso?« Brunner schaute Köbi an. Johanna verzog die Lippen zu einer leidenden Grimasse. »Ja, ja. Die Fußarbeit.«

»Genau. Die werdet ihr jetzt nachholen. Und zwar subito. Wir sind schon spät genug dran. Das ist nicht deine Schuld, ich weiß. Du kannst nichts dafür, wenn übers Wochenende mal eben eine Familie ausgelöscht wird.«

›Das Klinkenputzen ist der Anfang jeder erfolgreichen Ermittlung‹, war Brunners Credo. Das bedeutete, dass sie systematisch alle mutmaßlichen Stationen von Opfer und Täter nach Spuren und möglichen Zeugen absuchen mussten. Solange sie nicht alle infrage kommenden Orte überprüft hatten, würde er nie grünes Licht zum Verfolgen einer bestimmten Spur geben.

»Damit deine Aktien wieder steigen, brauchst du einen schnellen Erfolg, Jo. Du kannst jetzt nichts mehr anbrennen lassen. Also nehmt euch zusammen und löst den Fall, so rasch es geht.« Auch ohne seinen eindringlichen Blick hätten sie verstanden. »Übrigens ist da noch eine Beschwerde eingegangen, Jo. Ein russischer Tourist sagt, du hättest seiner Frau die Handtasche versprayt oder so etwas in der Art. Ich lege dir den Brief aufs Pult.«

Brunner hatte mit Trüb fünfzehn Manntage für diese Ermittlung ausgehandelt. Abzüglich der bereits geleisteten Stunden. Das war der maximal mögliche Personalaufwand. Also machten sich Köbi und Johanna auf die Socken.

Sie fanden Maria Angeles Schönbächler weder an der Langstraße noch zu Hause. Ihre Wohnung befand sich in einem großen Mietshaus in der Hohlstraße im äußeren Kreis 4. Dort wohnte sie mit Mutter und Bruder. Sie bei ihrem Mann zu suchen, war nicht nötig, weil dieser ungefähr die gleiche Rolle spielte wie derjenige von Alejandra Knupp. Den Bruder weckten sie durch minutenlanges Klingeln. Die Tür öffnete er mit nichts als Boxershorts am Körper. Er war ein bekannter Dealer. Ziemlich muskulös, abgebrüht und nicht sehr gesprächig. Wo Mutter und Schwester waren, wusste er nicht. Sie beschlossen, später nochmals vorbeizuschauen. Während sie die Treppe hinunterstiegen, las Johanna die Namensschilder an den Wohnungstüren.

Unterwegs ersuchte Köbi per Funk eine Streife, ab und zu bei Schönbächlers Wohnhaus vorbeizusehen. Johanna und er fuhren an die Badenerstraße und machten dort weiter, wo Köbi am Vortag aufgehört hatte. Sie fragten die Nachbarschaft von Tat- und Fundort nach eventuellen Beobachtungen ab. Das Wetter war ungünstig für Fußarbeit. Sie sprinteten von Hauseingang zu Hauseingang. Wie begossene Pudel unter Türen zu stehen und Teppichböden vollzutropfen, war keine gute Grundlage für eine erfolgreiche Befragung. Köbi trug einen schwarzen Plastikhut und seine Lederjacke, die er über dem Bauch nicht mehr zubekam. Die Regentropfen malten vergängliche Flecken auf sein weißes Hemd. Johanna hatte eine dunkelgrüne Trekkingjacke angezogen und versteckte ihr Haar unter einer großen Kapuze.

Am Mittag war Köbi nass. Sie aßen eine Moussaka in einem griechischen Take-away. Köbi hätte eine Bratwurst in der Langstraße bevorzugt, fügte sich aber.

Beide aßen schweigend. Über den Morgen mochte Johanna nicht reden und sonst fiel ihr nicht viel ein. Köbi schien es ähnlich zu gehen. Schließlich erkundigte sich Johanna nach seinen Rosen. Zunächst schaute er sie skeptisch an und erzählte ihr dann von einer alten Sorte, die schon fast ausgestorben sei und die er momentan wieder zu ziehen versuche. Dabei redete er sich richtiggehend ins Feuer. Ab und zu schaute er Johanna an, als glaube er nicht, dass sie dies wirklich interessiere. Sie nickte, tat so, als ob sie gespannt zuhörte, und dachte an den Morgen.

Nach dem Essen holte Köbi an der Theke einen Espresso und einen doppelten Metaxa. Danach arbeiteten sie sich weiter durch die Geschäfte und Wohnhäuser in der Nachbarschaft. Kurz nach vier rief die Streife an. Eine Frau, die gemäß Beschreibung Maria Angeles Schönbächler sein könne, habe das Haus in der Hohlstraße betreten. Köbi lief Richtung Auto. Mit der einen Hand das Handy am Ohr haltend, mit der anderen Johanna wild zuwinkend. Sie verabschiedete sich hastig vom Besitzer eines Möbelgeschäftes, den sie eben befragt hatten. Er hatte sowieso nichts gesehen, was ihnen weiterhalf. Außerdem hatte er einen Schnauzer und verkaufte hässliche Möbel.

Köbi fuhr rückwärts in die Einbahnstraße hinein, Johanna entgegen. Sie setzte sich auf den Beifahrersitz, öffnete das Fenster und setzte das Blaulicht aufs Dach, während Köbi Gas gab. Kalter Regen tropfte ihr auf den Oberschenkel, während sie die Scheibe wieder hochfahren ließ. Sie liebte diese Fahrten. Köbi preschte auf der Fahrlinie der Straßenbahn die Badenerstraße hinauf in Richtung Albisriederplatz. Bei der Haltestelle Kalkbreite spritzte er wartende Trampassagiere nass, weil er durch eine Pfütze bretterte. Nach höchstens drei Minuten hatten sie die Hohlstraße erreicht. Johanna stellte Sirene und Blaulicht ab.

Sie parkten auf dem Gehsteig vor Schönbächlers Wohnhaus. Der Streifenwagen stand etwa hundert Meter weiter oben auf der anderen Straßenseite. Johanna wies die beiden Polizisten an, die Rückseite des Hauses zu überwachen. Sie liefen durch den Regen zum Eingang und läuteten unter einem kroatisch klingenden Namen. Niemand antwortete. Sie versuchten es mit einem Namen, der tamilisch sein konnte. Infrage kam alles, was nicht deutsch oder spanisch war. Eine Frauenstimme meldete sich. Johanna stellte sich als Postbotin vor. Kurz darauf summte der Türöffner. Sie traten ein. Im Flur rechts vor der Treppe standen drei Kinderwagen. Links gab es eine Tür, die in den Keller führte. Sie war nicht verschlossen.

Maria Angeles Schönbächler wohnte im dritten Stock. Johanna flüsterte Köbi zu, dass sie unten warten werde, während er zu der Wohnung hochgehen solle. Er nickte.

Sie hörte ihn die Treppe hochkeuchen. Dann dauerte es einen Moment, bis sie ein leises Klingeln vernahm. Nichts geschah. Köbi klingelte nochmals. Diesmal sehr lange. Als er den Finger wieder vom Knopf zog, war es Johanna, als öffne sich im ersten oder zweiten Stockwerk leise eine Tür.

Bevor sie sich richtig sicher sein konnte, begann Köbi weiter oben an Schönbächlers Wohnungstür zu poltern. »Polizei! Öffnen Sie, oder wir treten die Tür ein.«

Johanna blickte vorsichtig die Treppen hoch. Ein Schatten huschte durch die Stangen des Geländers. Sie zog sich wieder zurück, presste sich an die Kellertür und wartete. Drei Sekunden später stand Maria Angeles Schönbächler neben ihr. Barfuß, ein Paar rote Stiefel mit riesigen Absätzen in der rechten Hand. Sie bemerkte Johanna, als sie die Haustür öffnen wollte, und schrie vor Schreck. Johanna stürzte sich auf sie, drehte ihr die Hände auf den Rücken und drückte sie mit der Schulter an die Tür. Mit der Linken fixierte sie Maria Angeles' Hände und holte mit der Rechten die Handschellen hervor. Die Frau brüllte wie am Spieß, dafür hörte Köbis Krach auf. Ihr die Handschellen anzulegen, war nicht einfach. Sie entwand Johanna ihren linken Arm und schlug um sich. Nach kurzem Ringen rastete das Eisen endlich ein. Johanna überlegte, ob sie etwas übertrieben hatte. Vielleicht hätte sie auch ganz normal mit ihr sprechen können.

Plötzlich hörte sie schnelle Schritte die Treppe herunterhetzen und drehte sich um. Der Bruder bog um den letzten Treppenabsatz. Mittlerweile trug er Jogginghosen und Turnschuhe. Ihm folgte ein älterer Mann im Unterhemd. Klein und dick mit Baseballschläger. Köbi war weder zu hören noch zu sehen.

Johanna ließ die Frau los und wandte sich dem Bruder zu, der mit einem schrillen »Te mato, puta!« auf sie zustürmte. Sie kassierte einen Faustschlag auf den Kiefer und prallte mit dem Rücken gegen die Wand. Einem Fußtritt in ihren Unterleib konnte sie gerade noch ausweichen. Maria Angeles Schönbächler drehte sich um und versuchte, Johanna mit den Füßen zu treffen. Glücklicherweise hatte die Dominikanerin keine Schuhe an. Hinter ihr fuchtelte der alte Mann mit dem Baseballschläger herum und probierte zwischen den anderen beiden hindurch, Johanna zu schlagen. Bevor der Jüngere seinen Fuß wieder auf den Boden setzen konnte, stieß Johanna mit aller Kraft gegen das Knie seines Standbeines. Er schrie auf und knickte ein. Johanna hatte ihre Stiefel an.

Während sie mit der Linken die Schläge des Älteren abzuwehren versuchte, kramte sie mit der Rechten das Pfefferspray aus ihrer Jacke und schlug mit dessen metallener Unterseite dem Bruder auf den glatt rasierten Kopf. Obwohl er schrie und taumelte, erhob er sich wieder. Blut lief ihm über die linke Wange. Wut, Schmerz und Hass blitzten aus seinen

Augen. In diesem Moment traf der Baseballschläger Johanna an der rechten Schläfe. Ihr wurde schwindlig. Mit beiden Händen umklammerte der Dominikaner ihren Hals und schnürte ihr die Kehle ab. Johanna schloss die Augen und drückte mit ihrem Daumen auf den Knopf des Sprays. Das Geschrei um sie herum wurde lauter. Der Druck auf ihre Kehle nahm zu. Sie schnappte nach Luft und atmete eine Gaswolke ein. In einem wüsten Hustenanfall verlor sie beinahe das Bewusstsein und merkte zunächst gar nicht, dass ihre Kehle wieder frei war. Sie sackte in die Knie und öffnete die Augen.

Die Haustür stand offen. Maria Angeles Schönbächler lag draußen vor der Tür auf dem nassen Asphalt und schrie immer noch. Ihr Bruder befand sich hustend vor Johanna auf dem Bauch am Boden. Einer der beiden Streifenpolizisten saß auf den Beinen des Dominikaners, der andere kniete in dessen Kreuz und legte ihm Handschellen an. Der alte Mann hockte regungslos auf der Treppe. Die Hände in die Luft gestreckt, das Gesicht weiß wie ein Leintuch. Zwischen seinen Füßen lag der Baseballschläger.

Johanna erhob sich mühselig. Augen und Hals brannten. Der Kopf fühlte sich an, als würde ihr demnächst der Schädel platzen. Ihr war schlecht. Sie hustete und würgte.

»Überlebst du's, Jo?« Einer der beiden Polizisten grinste sie an. Sie erinnerte sich nicht, wie er hieß. Er hatte kurze blonde Haare und einen silbernen Stecker im Ohr.

Sie nickte und stützte sich mit der linken Hand an die Kellertür. Draußen sammelte sich das Publikum. Die beiden Kollegen fassten ihren Gefangenen an den Beinen und unter den Armen und trugen ihn hinaus auf den Gehsteig. Er hustete nicht mehr, sondern fluchte auf Spanisch. Sie legten ihn neben seine Schwester auf den Boden. Diese stoppte ihr Gezeter und begann, auf ihren Bruder einzureden.

Johanna ging auf den alten Mann zu. Er rührte sich nicht. Langsam kam der obere Teil der Treppe ins Blickfeld. Auf einer Stufe saß Köbi. Er hatte eine große Schramme auf der

Stirn, sein Gesicht war blutverschmiert. Mit beiden Händen hielt er seine Dienstwaffe umklammert, deren Lauf er dem Mann an den Hinterkopf drückte. Noch ein Stück weiter oben stand eine tamilische Frau und drängte ihre Kinder zurück, die um die Ecke lugten.

»Um Gottes willen, Köbi! Erschieß ihn nicht!«

»Keine Sorge, Jo.« Der blonde Kollege nahm Johanna sachte an den Schultern und schob sie zur Seite. Danach drängten die beiden Polizisten an ihr vorbei und nahmen den Dominikaner in Gewahrsam. »Der Schlaghammer von Köbis Spritze ist nicht gespannt. Unser Opa hat sich aber trotzdem nass gemacht vor Angst.« Sie schubsten den Mann aus dem Haus. Aus der Innenstadt ertönten Sirenen.

Köbi steckte seine Waffe weg und erhob sich. Er streckte der Tamilin seinen Ausweis entgegen. »Furrer, Stadtpolizei. Die Gefahr ist vorbei. Wir haben alles im Griff. Gehen Sie ruhig in Ihre Wohnung.« Die Frau nickte langsam und redete auf ihre Kinder ein. Köbi drehte sich um. »Komm, Jo. Jetzt brauchen wir einen Schnaps.« Er nahm sie am Arm und führte sie aus dem Haus.

Auf der Straße parkten ein weiterer Streifenwagen und das Arrestantenfahrzeug. Das Blaulicht flackerte gespenstisch. Die Dämmerung hatte eingesetzt, der Regen aufgehört. Der ältere Mann hockte bereits im Wagen, Maria Angeles Schönbächler wurde gerade hineingehoben. Ihr Bruder stand mit den beiden Polizisten weiter rechts vor einer Ambulanz und wurde verarztet. Johanna drehte sich der Magen um. Sie wandte sich von Köbi ab und übergab sich in die Rabatten neben der Haustür.

Köbi stützte sie mit der Rechten und klopfte ihr mit der Linken auf den Rücken. »Siehst du, Mädchen. Wir hätten doch besser die Bratwurst genommen. Diese griechische Pampe ist einfach zu fett.«

Johanna musste grinsen und verschluckte sich. Schweißperlen bildeten sich auf ihrer Stirn. Nach einer Weile ließ ihr Würgen nach. Sie erhob sich wieder.

Köbi streckte ihr ein Minzbonbon entgegen. »Damit du nicht den Wagen verpestest.«

Sie nahm das Bonbon und steckte es in den Mund. Es war nicht stark genug, den Gallengeschmack zu verdrängen.

»Brauchst du vielleicht ein Pflaster?« Köbi deutete auf die Ambulanz.

Johanna schüttelte den Kopf. »Aber eine Zigi brauch ich!«

Er zog eine Schachtel aus der Brusttasche seines Hemdes. *Brunette.* Johanna fiel erst jetzt auf, dass fast alle Knöpfe seines Hemdes bis zum Bauchnabel offen standen. Sie nahm eine Zigarette. Er hielt ihr das Feuerzeug entgegen. »Warte im Auto. Ich lasse mir meine Birne reparieren. Vielleicht kann man noch etwas retten.«

Köbi stapfte davon und Johanna setzte sich ins Auto. Rauchen tat gut. Es brannte im Hals und stach in der Lunge. Draußen verloren sich langsam die Gaffer. Mittlerweile war es ganz dunkel. Im Rückspiegel sah sie einen Mann in einem blauen Schurz unter der Lampe im Hauseingang stehen. Er schaute immer wieder in die Rabatten, schüttelte den Kopf und schalt die grinsenden Polizisten, die beim Arrestantenwagen standen. Der Hauswart.

Als Köbi zurückkam, trug er einen großen weißen Verband am Kopf. »Wir können gehen. Pesche übernimmt. Ein fixer Junge.«

»Der Blonde mit dem Ohrring?«

Köbi nickte. »Ein Schaffhauser, wie ich.«

Johanna startete den Motor und zirkelte ihren Wagen um die verschiedenen Fahrzeuge herum auf die Straße. »Und die Dominikaner?«

»Man bringt die drei auf die Wache. Vielleicht können wir die Kleine heute noch vernehmen. Sonst halt morgen früh. Nach dem Theater hier sollte uns der Staatsanwalt ohne Mucksen einen Vorführbefehl unterschreiben.«

Johanna schaute auf die Uhr. Es war kurz vor sechs. Normalerweise verschwand Köbi spätestens um fünf. Anstatt geradeaus weiter zur Wache zu fahren, bog sie an der

Militärstraße verbotenerweise in die Langstraße ein. Köbi schaute sie fragend an.

»Morgen ist kein schlechter Tag für eine Vernehmung. Heute ist ein guter Tag zum Trinken.«

»Ich hätte noch eine Flasche Cognac in der Schreibtischschublade.«

»Ich weiß.«

Die Langstraßenunterführung war verstopft. Wie immer um diese Zeit. Johanna fuhr nach links durch die Fußgänger- und Velopassage. Von wüsten Flüchen und Fingerzeichen begleitet. Köbi setzte vorsichtshalber das Blaulicht aufs Dach. Auf der anderen Seite der Bahnlinie lenkte sie den Wagen quietschend ins Quartier ein und stellte ihn nach fünfzig Metern in ein Parkverbot.

»Bist du wieder gesund?«, meinte Köbi lakonisch und nahm das Blaulicht vom Dach.

Johanna war bereits ausgestiegen und lief mit großen Schritten zum Eingang der Bar auf der anderen Straßenseite. Köbi folgte ihr schnaufend.

Drinnen ließen sie sich in gelbe Plüschsofas fallen. Sanfte Musik tröpfelte aus hochwertigen Lautsprecherboxen. Köbi passte in diese Lounge wie die Innenarchitektin einer schicken Szenebar in seinen Schrebergarten.

Johanna lachte und bot ihm eine Zigarette an. »Tut's weh?« Sie zeigte auf seinen Verband.

Er nahm einen tiefen Zug und schüttelte den Kopf, während er den Rauch durch die Nase wieder herausblies. »Nee, und dir? Tut dir etwas weh?«

Johanna nickte. »Alles.«

Köbi grinste. »Mir eigentlich auch.«

»Zeit für einen Drink. Cognac?«

Er nickte. Johanna stand auf und ging zur Bar. Der tätowierte Berner war wieder da. Er lächelte und ignorierte einige andere Kunden. »Ein doppelter Laphroaig?«

»Yes please. Und einen Rémy Martin.«

»Auch doppelt?«

»Mindestens.«

Während sie wartete, versuchte sie, ihr Spiegelbild nicht anzuschauen, das sich in der Glaswand hinter den aufgereihten Flaschen versteckte. Ihre Augen tränten. Sie nahm die Zigarette aus dem Mund und drückte sie im Aschenbecher aus.

Der Barkeeper brachte die Drinks und Johanna gab ihm das Geld. Sie ging zurück zu Köbi und stellte ihm den Cognac hin.

»Dank dir, Jo. Zum Wohl!« Er nahm das Glas und hielt es hoch. »Prost.«

Johanna nahm einen vorsichtigen Schluck. Der Whiskey war himmlisch im Mund, im Magen die Hölle. Einen Moment glaubte sie, das Würgen kehrte zurück. Nach einer kleinen Pause ging es besser und sie nahm noch einen Schluck. »Ich hatte einen riesigen Schrecken, als ich dich vorhin mit der Pistole in der Hand sah. Ich dachte, du bringst den Mann um.«

Köbi trank und schwieg und steckte sich eine neue Zigarette an. Nach dem zweiten Schluck war sein Glas leer. Er stand auf. »Nimmst du auch noch einen?«

Johanna schüttelte den Kopf.

»Kaffee?«

»Lieber Tee. Für meinen Magen ist das besser.«

Er ging zur Bar und zog im Gehen seinen Geldbeutel aus der Gesäßtasche. Johanna beobachtete ihn, wie er zu bestellen versuchte. Es herrschte ein ziemliches Gedränge und er schien sich schlecht gegen die szeneerprobte Konkurrenz durchsetzen zu können. Köbi lag einige Jahrzehnte über dem Altersdurchschnitt. Als er zurückkehrte, stellte er Johanna eine Tasse Tee hin und brachte für sich selbst zwei volle Cognacgläser mit. »Hier verdurstet jeder anständige Mensch!«

Johanna lachte. Köbi setzte sich und schwieg und trank und steckte sich eine neue Zigarette an. Johanna musterte das Publikum und nippte an ihrem Tee. Er war heiß und geschmacklos.

»Darf ich dich etwas fragen, Jo?«

Sie blickte ihn erstaunt an. »Klar.«

Er nahm den Aschenbecher in beide Hände und legte die Ellenbogen auf die Knie. Am Halskettchen über seiner nackten Brust baumelte ein goldenes Kleeblatt. »Es ist wegen meiner Mutter. Du verstehst das vielleicht besser.«

»Deine Mutter lebt noch?«

»Ja eben. Also, zum Glück. Es geht ihr gut.« Der Aschenbecher war das Zentrum seiner Aufmerksamkeit.

Johanna sagte nichts und zählte die Zigarettenstummel.

»Ich weiß nicht so recht, was ich mit ihr machen soll.« Er ließ den Aschenbecher langsam in seinen Händen kreisen.

»Ist sie krank? Oder pflegebedürftig?«

»Nein, im Gegenteil, sie ist noch rüstig. Mit achtundsiebzig! Sie kommt zwar mit dem Haushalt nicht mehr zurecht. Dafür haben wir jetzt jemanden von der Spitex. Sie ist aber auch allein. Deshalb haben meine Schwester und ich beschlossen, dass wir sie zu uns nehmen. An je zwei Wochenenden im Monat. Im Juni haben wir damit begonnen. Die Schwester wohnt in Frauenfeld.« Köbi stellte den Aschenbecher vorsichtig auf den glänzenden schwarzen Lack des Tisches und schaute Johanna mit großen Augen an. »Weißt du, im Sommer war das noch einfach. Da konnten wir an den See gehen, in den Zoo und auf den Uetliberg und so. Aber jetzt, bei dem Wetter, was soll ich da mit ihr machen? Wir können ja nicht den ganzen Tag *Tschau Sepp* spielen. Hast du vielleicht eine Idee?«

Johanna stellte ihre Tasse neben den Aschenbecher und trank den Whiskey aus. »Vielleicht könntet ihr ins Kunstmuseum gehen?« Schrecken breitete sich auf Köbis Gesicht aus. »Oder ihr geht am Samstagnachmittag ins *Sprüngli.* Das gefällt ihr sicher. Was interessiert deine Mutter denn?«

»Ach, ich weiß nicht. Sie ist eine einfache Frau.«

Köbi nahm wieder den Aschenbecher zur Hand und Johanna hatte eine Idee. »Kommt sie dieses Wochenende nach Zürich?«

»Ja, ich bin dran. Letztes Wochenende hatte ich Dienst. Ich hole sie am Samstagmorgen ab.«

»Vielleicht kann ich etwas arrangieren, was ihr Freude macht.«

Das ist wirklich eine gute Idee, dachte Johanna, als sie nun aus dem Wasser stieg und das Handtuch aufhob. Mittlerweile war sie fast allein im Bad. Nur zwei ältere Frauen mit spektakulär hässlichen Badehauben schwammen laut schwatzend nebeneinander und ein junger Vater planschte mit seinen beiden Kindern herum. Sie schaute ihnen zu, während sie sich abtrocknete. Der Mann war ungefähr gleich alt wie Marc, als sie ihn kennengelernt hatte. Sie fragte sich, ob sie sich nochmals bei ihm melden sollte wegen der Patenschaft. Vielleicht wäre es besser, die Sache einfach zu vergessen. Wahrscheinlich war er nur aus schlechtem Gewissen auf den Gedanken gekommen.

Johanna räumte ihre Sachen zusammen und ging in die Garderobe, wo sie völlig allein war. Sie stand lange unter der heißen Dusche und stellte danach ganz kurz auf eiskalt. Nachdem sie sich abgetrocknet hatte, cremte sie sich ein und zählte die blauen Flecken. Es war ein verrückter Tag gewesen. Sie ging zum Spiegel und betrachtete ihr Gesicht, während sie sich die Haare föhnte. Ihr kam in den Sinn, dass sie Metzger anrufen sollte. Er hatte mehrere Nachrichten auf ihrer Combox hinterlassen. Und Grazia hatte ihr ausgerichtet, ein doofer, aufsässiger Journalist suche sie.

Sie würde die Telefonate auf morgen verschieben. Für heute hatte sie genug. Wonach sie sich an diesem Abend noch sehnte, das war einzig und allein ihr Bett.

Donnerstag

Well it's hard to walk around
feeling like a circus clown
Adam Green, *It's hard*

29.

Am nächsten Morgen fand sich Johanna di Napoli früher als sonst im Büro ein. Als die anderen eintrafen, brütete sie über dem Bericht der Spurensicherung. Die Zeitung hatte sie bereits gelesen und schon wieder verdrängt. Dafür tobte Kay. Bevor, während und nachdem er sich einen Kaffee aus dem Automaten gelassen hatte, zog er wüst fluchend über den Journalisten her. Als Köbi kam, hörte er ihm einen Espresso lang zu, klatschte dann den *Blick* auf seinen Schreibtisch und meinte, er wisse schon, warum er nichts anderes lese. Johanna dünkte, er habe eine leichte Fahne. Immer noch oder schon wieder.

Der Stadtpolizei war eine ganze Seite gewidmet. Zuoberst fand sich der Artikel über die Kommandantin neben einem ausnehmend schmeichelhaften Bild. Darunter folgte Johannas Geschichte. *Quotenfrau im Zwielicht* der Titel, *ehrgeizig, überfordert und eigensinnig* das Urteil. Aus den zuweilen recht konkreten Details schloss Johanna, dass der Journalist nicht nur eine einzige Informationsquelle hatte. Sie glaubte auch nicht, dass die undichte Stelle allein bei der Kantonspolizei lag. In der rechten Spalte fand sich ein Kommentar der Redaktion, in dem die Kommandantin grundsätzlich gelobt wurde. Ihr Frauenförderungsprogramm dagegen sei nicht nur eine billige PR-Übung, sondern, wie der Fall di Napoli zeige, eine Bedrohung für die bisher hohe Professionalität der Stadtpolizei. Zu guter Letzt folgte unten rechts ein nichtssagender Artikel von Metzger über die gestrige Sicherheitsaktion in Oerlikon.

Auch Charlie Brunner steckte seinen Kopf ins Büro und bedeutete ihr, sie solle sich nicht entmutigen lassen und sich an das halten, was sie gestern vereinbart hätten. Johanna verstand unter einer Vereinbarung zwar etwas anderes, war aber trotzdem froh um Charlies Aufmunterungsversuch. Hanspeter Trüb hingegen ließ sich nicht blicken. Stattdessen schellte die Mailbox im Minutentakt. Bedrückend waren hässliche Schmähmails, die den Artikel beklatschten und einige Gemeinheiten obendrauf setzten. Leute aus dem eigenen Betrieb, die sich hinter blödsinnigen Hotmail-Pseudonymen versteckten. Tröstlicherweise erhielt Johanna aber auch aufbauende Mails. Ein außerordentlich liebenswürdiges von Aeschbacher, ein gut gemeintes vom Chef der Sitte und ein sehr berührendes von Grazia. Die widerlichen Mails hatte sie gelöscht, die liebevollen gespeichert. Anschließend hatte sie sich in den Spurensicherungsbericht vertieft.

»Das waren die Kerzen aus dem Q, Köbi. Ich hatte recht! Gehen wir rüber in die Wache?«

Köbi schaute vom Bildschirm auf. Er saß vor seinem Computer, als misstraue er der Technik von Grund auf. Argwöhnisch verfolgte er jede Bewegung des Mauszeigers. Allzeit bereit, den Hauptschalter zu drücken, falls etwas misslang. »Die Schönbächler befragen? Willst du das nicht allein machen? Unterdessen könnte ich die Resultate unseres Klinkenputzens zusammenfassen. Dann besprechen wir das nachher mit Charlie und sehen zu, dass wir so schnell wie möglich diesen Sexladen auseinandernehmen können.«

Das hatte sie nicht erwartet. Köbi stand gewöhnlich nicht zuvorderst in der Reihe, wenn es galt, Berichte zu schreiben. »Gute Idee. Klärst du ab, wann Charlie Zeit hat? Ich bin drüben in der Wache. Du erreichst mich per Handy. Bis dann.«

Sie nahm zwei Treppenstufen auf einmal und sprang, unten angekommen, zwischen hupenden Autos hindurch über die Straße. Es nieselte wieder. Ein kalter Regen an der Grenze zum eisigen Geriesel.

Außer dem diensthabenden Wachtmeister waren drei weitere Beamte anwesend. Alle vier verstummten blitzartig, als Johanna eintrat. Am Schalter standen zwei junge Männer und füllten ein Formular aus. Ihre Unterhaltung klang nach Autounfall. Der Wachtmeister machte eine Fratze und deutete mit dem Kopf zu den Zellen und Verhörzimmern. Seine drei Kollegen schauten angestrengt auf einen Bildschirm.

»Die kleine Hexe wartet sehnsüchtig auf dich, Jo.« Er reichte ihr einen verschlossenen Umschlag. Johanna dankte und riss das gelbe Papier mit dem Zeigefinger auf. Der Wachtmeister bückte sich und betätigte den Summer für die Tür.

Bevor Johanna das Verhörzimmer betrat, las sie das Personenblatt durch. Maria Angeles Schönbächler war mit zwei Jahren in die Schweiz gekommen. Ihre Mutter war mittlerweile geschieden, der leibliche Vater zahlte keine Alimente. Einen Grundschulabschluss hatte sie, aber keine Berufsausbildung. Einige Strafen wegen Straßenprostitution und ein paar kleinere Betäubungsmitteldelikte waren verzeichnet. Das Strafregister ihres Bruders war umfangreicher, erinnerte sich Johanna.

Wie Johanna hatte Maria Angles Schönbächler Schrammen am Kopf. Sie starrte trotzig zu Boden. Offenbar hatte ihr jemand Kleider gebracht: einen dunkelroten Jogginganzug und weiße Turnschuhe. Sie war gerade erst achtzehn geworden und hatte nach wie vor etwas Babyspeck auf den Hüften. Überhaupt sah sie jünger aus, als sie war. Ihre Arbeit war ihr noch nicht anzusehen.

Die Befragung begann ausgesprochen zäh. Das Mädchen war ängstlich und vorsichtig, auf eine Weise auch stur und kaltblütig. Die Unterhaltung zog sich sehr lange sehr einseitig dahin. Abermals wünschte sich Johanna, ihr erstes Zusammentreffen wäre etwas weniger handgreiflich vonstattengegangen.

Nach einer knappen Stunde bestätigte die Frau endlich, dass Alejandra Knupp an besagtem Freitagabend das Q in Begleitung von zwei Männern verlassen hatte. Auf die Frage, ob Alejandra in dem Nachtclub mit der Putzfrauennummer aufgetreten sei, nickte Maria Angeles stumm. Als sich Johanna erkundigte, ob sie das auch schon gemacht habe, wurden die Augen der Dominikanerin feucht. Als sie schließlich erzählte, dass der Anlass für diese Show das zwanzigjährige Jubiläum von Hüglis Putzinstitut gewesen sei, fuhr Johanna der altbekannte Zorn in den Bauch. Sie fragte sich, ob die Geschäftsführerin, Hüglis Tochter, solchen Feierlichkeiten auch beiwohnte. Ob ihr die Erbitterung anzumerken war, wusste Johanna nicht. Jedenfalls wurde Maria Angeles Schönbächler mitteilsamer. Weil sie und Alejandra die beiden Männer gemeinsam bedient hatten, konnte sie die Typen beschreiben. Johanna versprach ihr, sie und ihre beiden Verwandten dafür ohne weitere Konsequenzen gehen zu lassen.

Dann fragte Johanna, ob es einen bestimmten Grund dafür gebe, dass Alejandra Knupp und nicht sie selbst sich an diesem Abend den beiden Männern angeschlossen habe.

Das Mädchen sah die Ermittlerin unendlich lange an. Plötzlich brachen die Tränen hervor. »Me entró miedo. – Ich bekam Angst.«

Johanna spürte, dass der Zorn die Oberhand gewann. Sie gab Maria Angeles Schönbächler ein Papiertaschentuch und führte sie zurück in ihre Zelle. Anschließend erläuterte sie dem Wachtmeister, wie zu verfahren sei. Er konnte es kaum fassen, als sie ihm sagte, dass die Frau und ihre beiden Verwandten ohne Weiteres zu entlassen seien. Er verlangte, dass Charlie das abgesegnete. Johanna gab nach. Um jede Lappalie zu ringen, war zermürbend. Der Blick des Mannes sprach Bände, als sie die Wache verließ.

Auf der anderen Straßenseite wartete man bereits auf Johanna. Charlie saß auf dem unbenutzten Schreibtisch und diskutierte mit Köbi den Ermittlungsstand. Kay war bei der Kantonspolizei.

»Ihr wollt also die Razzia ums Verrecken durchziehen?«

Johanna setzte sich auf ihren Stuhl. Köbi reichte ihr ein Blatt Papier. Sie legte es aufs Pult und zog ihr Notizbuch aus der Gesäßtasche. »Das ist das Naheliegendste. Das Wachs, das im Kindergarten und auf Alejandra Knupps Körper gefunden wurde, stammt von derselben Art Kerzen, die im *Q* standen. Aber das Beste ist, dass die Dominikanerin, die wir gestern verhaftet haben, soeben bestätigt hat, dass Alejandra Knupp letzten Freitag im *Q* war und den Laden gemeinsam mit zwei Männern verlassen hat. Der Beschreibung der Zeugin zufolge suchen wir nach zwei Männern zwischen dreißig und fünfundvierzig Jahren. Einer von ihnen spricht Hochdeutsch.«

»Schau einer an!«

Johanna blickte Köbi an. Er bedeutete ihr weiterzumachen. »Dessen ungeachtet können wir nicht vorbehaltlos davon ausgehen, dass er Deutscher ist. Es kann sich auch lediglich um jemanden mit sehr guten Deutschkenntnissen handeln. Der Mann ist gleich groß wie Maria Angeles Schönbächlers Bruder, demnach ungefähr eins siebzig. Den anderen kann sie besser beschreiben, weil sie sich länger mit ihm beschäftigt hat. Er ist größer, zwischen eins achtzig und eins neunzig, und sehr kräftig. Er hat offenbar kurze strohblonde Haare und eine sich abzeichnende Stirnglatze. Die Frau meinte, er habe ein brutales Gesicht. Wahrscheinlich war er mit dem Auto unterwegs, denn er habe zuweilen mit dem Schlüsselbund herumgespielt. Er spricht Dialekt und Spanisch, wenn auch mit einem starken Schweizer Akzent, meint sie. Beide waren in Anzug und Krawatte und beide haben an diesem Abend viel Geld ausgegeben. Ich habe es grob überschlagen: Es muss pro Kopf gut ein Tausender gewesen sein. Mindestens eine Flasche Champagner muss der eine übrigens mit Kreditkarte bezahlt haben.«

Köbi hörte gespannt zu, Charlie blickte die Wand an.

»Ach ja, noch etwas. Der Blonde ist beschnitten.«

Ein Glucksen unterdrückend, verschob Köbi den Kugelschreiber auf seinem Schreibtisch um einige Zentimeter. Es war ein weißer Kugelschreiber mit einem aufgedruckten blauen Zürcher Wappen.

»Folglich?«

Johanna war sich nicht sicher, ob Charlie die Wand fixierte oder die Wand ihn. »Folglich müssen wir in diesen Keller rein. Möglicherweise finden wir weitere Spuren, unter Umständen führt Hügli auch eine Gästeliste oder so was Ähnliches und vor allem möchte ich mir die Aufzeichnungen der Überwachungskameras anschauen. Ich bin sicher, dass er welche montiert hat. Überdies möchte ich den Scheißkerl einmal richtig ins Kreuzverhör nehmen.« Sie redete sich in Rage.

»Gut. Die Aussage von Maria Angeles Schönbächler ist etwas wert. Du hast sie doch protokolliert, oder?«

»Natürlich. Total doof bin ich nicht, auch wenn mir ein Inhaftierter entwischt ist. Davon abgesehen, war ich ja nicht allein, als Dilic abgehauen ist.«

Ärger trat in Charlies Augen. »So habe ich das nicht gemeint. Dennoch ist es nicht so einfach, wie du dir vorstellst. Erstens wirst du nach einer Woche kaum noch brauchbare Spuren finden. Ich nehme an, dass auch dort ab und zu aufgeräumt wird. Immerhin besitzt Hügli eine Reinigungsfirma. Zweitens können die Kerzen aus demselben Geschäft oder vom gleichen Lieferanten stammen und müssen nicht zwingend aus diesem Club sein. Drittens wäre Hügli ein schlechter Geschäftsmann, wenn er seine Kunden registrieren und filmen würde. Wenn sich das herumspricht, steht der Schuppen augenblicklich leer. Und viertens und allerwichtigstens: Versteif dich nicht zu sehr auf Hügli! Es ist ganz und gar nicht gewiss, dass du ihn direkt mit diesem Nachtclub in Verbindung bringen kannst. Er ist ein Meister darin, seine Fährten zu verwischen. Jedenfalls gehört die Liegenschaft nicht Hügli. Das wissen wir bereits.«

Johanna sah Köbi an. Er nickte. Trotzdem hatte sie einiges zu entgegnen.

Aber Charlie kam ihr zuvor. »Habt ihr sonst noch was Brauchbares?«

Köbi ergriff sein Blatt. Johanna nahm eine Kopie davon vom Tisch und überflog sie rasch. Der Stil war holprig. »Die

Fußarbeit hat viele Hinweise gebracht, aber keine konkreten. Wir haben einige Personenbeschreibungen, die wir jetzt mit jenen der kleinen Nutte vergleichen können. Vielleicht gibt es Übereinstimmungen. So könnten wir bei den entsprechenden Informanten nachfassen. Nachdem wir nun aber wissen, dass einer der beiden mutmaßlichen Täter Hochdeutsch spricht, scheint mir die Beobachtung eines Anwaltes interessant, dessen Kanzlei sich in der Nähe der Kinderkrippe befindet. Er hat letzten Freitag eine Nachtschicht eingelegt wegen eines kniffligen Falls. Am Morgen ist ihm ein BMW Z3 mit deutschem Kennzeichen aufgefallen, weil er wie ein Irrer durch die Straße gerast ist. Der Anwalt ist selbst Eigentümer eines Z3. Deshalb hat er interessehalber genauer hingeschaut. Es war ein 97er-Modell. Er meint, es könnte ein Frankfurter Kennzeichen gewesen sein, ist sich aber nicht ganz sicher.«

»Das hat vielleicht etwas mit unserem Fall zu tun, vielleicht auch nicht.« Charlie gab wie immer den Spielverderber. Er war ein hartnäckiger Sparringspartner. »Was hat die Spurensicherung?«

»Massenhaft nicht identifizierte Fingerabdrücke aus der Kinderkrippe. Kein Wunder bei einer Einrichtung, in der so viele Leute ein und aus gehen.«

»Habt ihr die Abdrücke der Kinder und ihrer Eltern?«, fragte Charlie.

Johanna verneinte. »Kay hat das am Montag veranlasst. Aber es sind noch nicht alle zusammen.«

»Haben wir mit einem Aufstand der Eltern zu rechnen?« Charlie musste die Beschwerden beantworten, falls welche eintreffen würden.

»Offenbar haben einige reklamiert. Geweigert hat sich bisher niemand. Aber wir sind wie gesagt noch nicht fertig.«

Charlie brummte einen unverständlichen Satz. Johanna war, als hätte sie in dem Gemurmel Trübs Namen gehört. Sie fuhr fort: »Außer Alejandra Knupps eigenen stimmen keine Fingerabdrücke aus der Kinderkrippe mit jenen in ihrer Wohnung überein. Wir können also davon ausgehen, dass die Täter nie bei ihr zu Hause waren. Bei ihr zu Hause haben wir außerdem ein Adressbüchlein mit einigen Namen und Telefonnummern gefunden. Auf den ersten Blick sehen die Namen darin freilich eher nach Verwandtschaft aus als nach Freiern. Das müsste aber noch jemand überprüfen.«

»Das geben wir einem von der Wache. Dann geht das nicht auf unser Zeitbudget.« Charlie zwinkerte mit einem Auge. Er legte sich regelmäßig mit dem Chef der Regionalwache an, indem er der Uniformpolizei Aufträge übergab, obschon er dazu formell nicht berechtigt war. »Was haben wir sonst noch?«

Johanna blätterte im Spurensicherungsbericht. »Glasscherben, viele Haare, wovon mindestens einundzwanzig nicht von Kindern oder von Alejandra stammen. Stofffäden, verschiedene Papierfetzen, ein Taschentuch, Dreck aus dem Vorhof, einen halben Schuhabdruck, Größe 43 oder 44, und einen Manschettenknopf. Nichts, was nicht zur Aussage von Maria Angeles passen würde. Aber auch nichts, was uns den entscheidenden Hinweis gäbe. Wir suchen nach zwei Durchschnittsmännern. Davon gibt es genug.«

»Trotzdem werden wir die beiden Halunken erwischen! So unvorsichtig, wie die waren«, fuhr Köbi dazwischen.

Johanna blickte ihn erstaunt an. Diesmal überließ er ihr die Rolle der Fatalistin. »Gleichwohl weisen uns die Spuren nicht den Weg. Wir können sie verwenden, um den Kreis der Verdächtigen einzugrenzen, wenn wir denn mal konkrete Personen im Auge haben. Viel mehr können wir jedoch nicht damit anfangen.«

»Vergiss den Manschettenknopf nicht, Jo! Vielleicht haften DNA-Spuren an ihm.«

Trotzig fing Johanna Charlies Blick auf und leitete ihn zu Köbi weiter. Dieser nahm sein Notizbuch zur Hand und schlug es auf. Das war neben dem Kugelschreiber und Köbis frisch geschriebenem Bericht der einzige Gegenstand auf dem Tisch. »Ich habe mich bereits vorgestern um den Knopf gekümmert.« Ein Blick zu Charlie, der wieder eins war mit der Wand. »Kay hat das veranlasst«, fügte Köbi fast verschämt hinzu. »Er war der Einsatzleiter am Montag.«

»Die Fakten, Köbi«, echote die Wand.

»Der Knopf ist ein Modell von *Globus.* In einem anderen Geschäft kriegt man ihn nicht. Dummerweise haben sie das Teil bereits das zweite Jahr im Sortiment. Gesamtschweizerisch. Wir kriegen morgen eine Liste mit allen Käufern, die mit Kreditkarte bezahlt haben. Wegen des Datenschutzes ging es nicht schneller.«

Ein kurzes Nicken musste Köbi als Anerkennung genügen. »Was denkst du, Jo, wie es sich ereignet hat?«

Johanna klappte den Bericht zusammen und legte ihn quer über ihre Knie. »Ich glaube nicht, dass die beiden Täter geplant haben, Alejandra Knupp so zuzurichten. Das hat sich ergeben. Vermutlich haben sie sich gegenseitig hochgeschaukelt. Ich glaube, dass die beiden an dem Abend ordentlich einen draufmachen wollten. Wahrscheinlich kennen sie sich schon seit Längerem, denn so etwas unternimmt man nicht mit dem Erstbesten. Oder vielleicht doch, wenn die Chemie stimmt.«

Schweigen.

Johanna blickte ihre Knie an, die hinter dem Spurensicherungsbericht hervorstachen. »Die Männer sind ins Q gegangen und haben sich mit den Frauen vergnügt. Maria Angeles Schönbächler zufolge haben sie bereits im Club Sex gehabt. Dafür gibt es dort Vorhänge. Im Laufe des Abends haben sie beträchtlich getrunken. Zwischendurch hat Alejandra Knupp auf der Bühne diese abgedrehte Show mit Hüglis Putzuniform aufgeführt, was die beiden Männer auf die Idee gebracht hat, das auch mal auszuprobieren. Also haben sie Alejandra überredet, mitzugehen und irgendwo anders weiterzumachen. Natürlich haben sie ihr Geld versprochen. Beim Rausgehen hat sich einer der beiden eine der Kerzen eingesteckt, die den Eingang säumen. Die Inspiration dafür hatte er vielleicht von einer anderen Show. Danach sind sie durchs Quartier gezogen in Richtung Bahnhof Wiedikon. Unter Umständen hatten sie dort geparkt. Irgendeiner ist dann auf die Idee mit der Krippe gekommen. Möglicherweise haben sie zuerst im Hof herumgemacht. Der ist wegen einer hohen Hecke von der Straße her nicht einsehbar. Aber man kann leicht übers Tor klettern. Einer der beiden Männer hat dann mit dem Ellenbogen oder einem Gegenstand und einer Jacke oder so ein Fenster eingedrückt, worauf sie eingestiegen sind. Drinnen musste Alejandra womöglich eine Show vorführen. Ja, und dann ist die Situation eskaliert. Vielleicht wollte sie nicht alles machen, was die beiden Männer begehrten. Die Kerze anal einführen zum Beispiel. Daraufhin haben es die beiden eben gewaltsam getan. Als sie sich wehrte oder schrie, folgten die Schläge.«

Die beiden anderen schwiegen. Charlies Stirn lag in Falten. Köbi zog ein blau-weiß kariertes Taschentuch aus der Hosentasche und schnäuzte sich laut.

»Und wie sind die beiden Kerle wieder aus der Krippe rausgekommen?«, fragte Charlie, nachdem Köbi seinen Lumpen zusammengelegt und weggesteckt hatte.

»Dass die ganze Geschichte auch für sie gefährlich enden könnte, haben die zwei vermutlich erst realisiert, als Alejandra reglos dalag. Sie beseitigten die offensichtlichen Spuren. Dafür spricht die Tatsache, dass wir angesichts eines solch heftigen Gewaltausbruchs verhältnismäßig wenig Hinterlassenschaften gefunden haben. Natürlich nahmen sie die Kerze und Alejandras Kleider mit. Bei Letzterem bin ich mir nicht sicher, ob sie es aus Vorsicht oder aus einem anderen Grund getan haben. Gefunden haben wir bisher weder das eine noch das andere.«

»Das Mädchen haben sie zurückgelassen?«

»Das wissen wir nicht. Aber ich glaube schon. Sie an einen anderen Ort zu schaffen, wäre zu auffällig gewesen. Deshalb glaube ich, dass sie Alejandra einfach liegen ließen und sie sich selbst weggeschleppt hat. Sehr weit ist sie ja nicht gekommen.«

»Oder sie ist geflüchtet«, meinte Köbi. »Als sie gefunden wurde, lag sie in einem Unterstand. Vielleicht hat sie sich dort versteckt.«

Johanna nickte vorsichtig. Irgendetwas passte ihr an dieser Idee nicht. Was es war, wusste sie nicht. »Möglich. Zuvor musste einer der beiden noch auf diesen niederträchtigen Gedanken mit der Kinderzeichnung gekommen sein, die er von der Wand riss und Alejandra Knupp in die Vagina steckte. Die Zeichnung stammt aus der Krippe. Fingerabdrücke konnten darauf allerdings keine sichergestellt werden. Zu feucht, zu viel Blut. Ich stelle mir vor, dass die Männer dies getan haben, kurz bevor sie abgehauen sind. Es ist eine unglaublich überhebliche Handlung. Ich wüsste zu gerne, wieso ausgerechnet dieses Bild.«

Charlie zuckte die Achseln. »Ich glaube nicht, dass uns das weiterbringen würde. Außer das Bild unterschiede sich in irgendeiner Hinsicht deutlich von den anderen. Das tut es aber nicht, oder?«

Johanna überlegte kurz und verneinte langsam durch Kopfschütteln.

»Wie sieht es mit Spuren im Hof aus?«

»Schlecht, weil dort am Montagmorgen die Kinder wieder gespielt haben. Dass ein Verbrechen passiert ist, wussten der Hauswart und die Krippenleiterin nicht. Und da bei dem Einbruch weder etwas gestohlen noch sehr viel zerstört worden ist, haben sie nicht besonders achtgegeben. Sie dachten, einige Jugendliche aus dem nahen Jugendtreff seien eingestiegen.«

Charlie stand auf und schaute Johanna an. Er hatte einen speziellen Glanz in den Augen. Das Zeichen, dass er entschieden hatte. »Wir machen die Razzia heute Abend. Jo, du hast die Einsatzleitung. Köbi hilft dir beim Vorbereiten. Ihr habt nicht mehr lange Zeit. Also los.«

»Klar, Chef«, sagte Johanna trocken.

Da war er bereits verschwunden.

30.

Martin Metzger schrieb und schrieb. Angestrengt trommelte er seine Gedanken aus verschlungenen Gehirnwindungen zusammen und prügelte sie an den Ort, wo Entschuldigungsbriefe getextet werden. Es war aufreibend. Er litt erbärmlich. Mit jedem Punkt, den er hinter mühselig formulierte Sätze setzte, verfluchte er seinen Chef.

Aus den Kopfhörern dröhnte ihm Iggy Pop in die Ohren. *It's not rock 'n' roll if it doesn't hurt!*, hatte er irgendwann irgendwo gelesen. Nur war nicht alles, was wehtat, Rock 'n' Roll. Insbesondere nicht Entschuldigungsbriefe schreiben. Er dachte an die Polizistin. An Berg, den Schleimer. An Jasmin Glatts Dekolleté.

Martin schrieb Mails an die Welschlandkorrespondentin, die in Albanien daran litt, dass sie tun musste, was er lieber getan hätte. Gelegentlich gab er neue Begriffe in die verschiedenen Suchmaschinen ein, die für ihn Versatzstücke aus Hüglis Vergangenheit zusammenkramten. Ab und an hörte er Sophie zu, die nebenan mit ihrer Großmutter spielte. In den Pausen zwischen einzelnen Musikstücken hörte er sie poltern und kreischen. Manchmal klickte er mit dem Mauszeiger auf den Pausenknopf und hörte seiner Tochter zu.

Er lag im Sitzsack. Sein Lieblingsort. Der Laptop ruhte auf den Knien. Die Briefe, die er noch beantworten musste, stapelten sich zu seiner Rechten. Nach jeder erledigten Antwort warf er den betreffenden Brief weit von sich. Links neben ihm quoll der Aschenbecher über.

Seine Mutter war spontan eingesprungen und hatte Sophie übernommen, nachdem er sie von der Krippe abgeholt und nach Hause gebracht hatte. Es war Martins freier Nachmittag. Dazu gedacht, Zeit mit seiner Tochter zu verbringen. Umso mehr verdammte er denjenigen, der ihn zwang, stattdessen vor hysterischen Kleinbürgern in die Knie zu gehen. Stundenlang. Er hasste den Idioten. Er wünschte ihm sinkende Auflagen und eine Klage wegen sexueller Belästigung am Arbeitsplatz.

Unvermittelt erschien auf dem Bildschirm das Zeichen für eingehende Post. Dankbar öffnete Martin das Mailprogramm. Die Nachricht stammte von seinem Alter Ego, der Sportreporterin wider Willen. Sie schickte ihm ein Interview mit dem albanischen Nationaltrainer, das am Tag des Spiels erscheinen sollte. Er öffnete das Dokument und verschlang den Text. Er war gut, sehr gut sogar. Weil praktisch über alles gesprochen wurde außer über Fußball. Die Idee der neuen Chefredakteurin, Journalistinnen in ein ihnen völlig fremdes Gebiet zu schicken, war doch nicht so schlecht.

Martin redigierte den Text und schrieb danach ein kurzes Porträt der albanischen Nationalelf, das seine Kollegin als Zusatzinformation in ihren Artikel einfügen konnte. Für diejenigen Leser, deren Horizont an der Seitenlinie endete. Zufrieden las er alles nochmals durch und sendete es dann nach Tirana.

Hätte er nur einen ähnlich hilfreichen Geist in der Lokalredaktion! Sein Vorgänger im Lokalteil war ein neoliberaler Besserwisser, der das Jobrotationsprogramm dazu benutzte, seine ganz persönliche Meinung in die Welt hinauszuposaunen und auf diese Weise nun die Wirtschaftsredaktion ins Verderben schrieb. Keine Unterstützung war das Beste, was Metzger von ihm kriegen konnte.

Er schaute nach, ob seine Recherchen über Hügli etwas Neues zutage gebracht hatten, und fand einen umfangreichen Artikel in einer Wochenzeitschrift. Die Meldung stammte aus der Zeit, als der Milieukönig versucht hatte, ehrenwert zu werden – es war eine Homestory. Mit Ferrari, Lebenspartnerin und Tochter. Der Altersunterschied zwischen Partnerin und Tochter war wohl nicht allzu groß. Vom Sohn war keine Rede. Berg zufolge gab es Gerüchte, wonach der Sohn seit einem Auslandsaufenthalt verschollen sei. Andere behaupteten, er sei an einer Überdosis gestorben. Das wäre eine Recherche wert.

Martin horchte. Sophie war immer noch fröhlich. Er drehte die Musik lauter und nahm den nächsten Brief zur Hand.

Am Abend war Firmenfest. Zwar machten Gerüchte die Runde, dass die Neue Stellen abbauen wollte. Aber gefeiert wurde trotzdem. Vielleicht würde er den Chef beim Betatschen einer Praktikantin erwischen. Oder ihn mit gepuderter Nase aus der Toilette kommen sehen. Seine Geheimwaffe, das Handy, würde Martin auf jeden Fall schussbereit im Anschlag halten. Eiskalt und skrupellos.

31.

Sie tranken stumm. Köbi saß kerzengerade auf seinem Bürostuhl und setzte die Flasche an. Johanna di Napoli hielt ein Wasserglas in beiden Händen und stierte in die goldbraune Flüssigkeit. Sie hockte im Schneidersitz auf demselben Tisch, der Stunden zuvor Charlie Brunner als Sitzplatz gedient hatte. Irgendwann würde ihn wieder jemand als Schreibtisch benutzen. Vermutlich brauchten sie einen neuen Kollegen. Frisches Blut und neuen Mut.

»Hast du so etwas je erlebt, Köbi?«

Ohne zu antworten, blickte er sie an. Unbehaglich lange. Er hatte wässrigere Augen als sonst.

»Es ist zum Verzweifeln. Als würden wir gegen einen Dämon ankämpfen, der immerzu einen Zacken schneller ist.«

Mit dem Handrücken wischte sich Köbi die Lippen ab. Im Grunde eine überflüssige Bewegung. Er tat es nach jedem Schluck und führte die Flasche sofort wieder zum Mund.

»Oder als hätten wir einen bösen Engel unter uns, der über Hügli wacht.«

Schärfe legte sich in Köbis Blick. Zur Abwechslung trank Johanna auch im Dienst. Der Cognac war süß und scharf und brannte im Rachen. Er schmeckte ihr nicht. Sie stellte das Glas neben sich auf den Tisch, lehnte sich zurück und legte den Kopf in den Nacken. Gemeinsam schwiegen sie wieder.

»Ich war einmal dicht an Hügli dran.«

Johanna sagte nichts und schaute an die Decke.

»Es ist lange her.«

Sie hörte, wie Köbi die Flasche auf die Tischplatte stellte und sich eine Zigarette anzündete.

»Der Sauhund ist uns immer wieder entwischt, weil wir ihm letztlich nichts nachweisen konnten. Wir haben ihn beschattet, seine Büros durchsucht, seine Zupfstuben auseinandergenommen, seine Strohmänner bearbeitet, seine Nutten unter Druck gesetzt. Es hat alles nichts genützt. Schließlich haben wir ihm einen Buchhalter untergejubelt.« Köbi machte eine Pause, in der Johanna nichts anderes hörte als das leise Knistern des Tabaks. »Der Huber Jörg. Wir haben zusammen die Polizeischule absolviert. Er hatte eine Bürolehre gemacht und einige Jahre bei einem Treuhänder gearbeitet. Mit Zahlen war er erstklassig, der Jörg.« Eine weitere Pause. Johanna blickte einige Sekunden ins Licht, schloss die Augen und schaute zu, wie die Konturen der Lampen in der Dunkelheit schwächer wurden. »Es hat gut angefangen, ging aber mühsam vorwärts. Wir hatten Angst, zu früh loszuschlagen und dann wieder zu wenig in den Fingern zu haben. Jörg hat immer gesagt, er wolle das ganze Bild sehen. Dann hatte er einen Autounfall.«

Johanna öffnete die Augen und setzte sich auf.

Köbis Blick war ausdruckslos. »Am Albis. Seine Frau war dabei. Beide waren sofort tot. Sie war im siebten Monat.« Er schmiss die Kippe in einen halb vollen Wasserbecher, in dem sich einige andere Stummel langsam auflösten.

Johannas Mobiltelefon klingelte. Es lag auf ihrem Schreibtisch. Sie stand auf, ging hinüber und blickte aufs Display. Martin. Sie ließ es läuten und lehnte sich an den Tisch. Kurz darauf erklang das Piepen, das vom Eingang einer Kurzmitteilung kündete.

»Glaubst du, dass Hügli dahintersteckte?«

Köbi schaute ins Leere. »Wir konnten nichts beweisen. Nicht einmal, dass es kein Unfall war.«

»Machst du dir Vorwürfe?«

Leben schleppte sich in seinen Blick zurück. Er griff zur Flasche. Es wurde ein langer Schluck. Nachdem er die Flasche wieder auf den Tisch zurückgestellt hatte, zog er das Zigarettenpäckchen aus der Hemdtasche, fischte eine Kippe heraus, steckte sie in den Mund und zündete sie an. Alles wie in Zeitlupe.

Johanna wartete.

Köbi rauchte. Er saugte den Rauch in sich hinein, als wollte er das letzte bisschen Gefühl irgendwo tief in sich drinnen vergasen. »Ich wollte weitermachen. Aber irgendwann wurde die Ermittlung von oben als hoffnungslos eingestuft und abgebrochen. Weißt du, was ich damals gedacht habe, als die Untersuchung des Autounfalls abgeschlossen wurde?« Er ließ die Kippe in die schwarze Brühe im Becher gleiten und schaute Johanna an. Diese getraute sich kaum zu atmen und schüttelte vorsichtig den Kopf. »Wenn er das kann, dieser verfluchte Sauhund, kann er alles.« Es schnürte ihr die Kehle ab. »Und weißt du, was ein solcher Gedanke bedeutet, Jo?« Eine Antwort erübrigte sich. »Das Ende eines jedes guten Polizisten.«

Johanna wusste noch weniger als vorher, was sie erwidern sollte. Glücklicherweise klingelte ihr Handy erneut. Sie schaute wieder auf das Display.

»Ich glaube, diesmal sollte ich rangehen.« Sie drückte auf den grünen Knopf und trat in den Gang.

»Johanna, bist du's?« Dem Hintergrundlärm nach zu urteilen, musste Martin in einer Kneipe oder einer Disco sein.

»Ja, klar. Hallo.«

»Ich suche dich seit zwei Tagen verzweifelt. Wo bist du?«

»Ich arbeite wie verrückt. Es tut mir leid, aber ich habe auch jetzt nicht viel Zeit. Wolltest du wegen Dienstagnacht mit mir sprechen? Vielleicht machen wir das besser ein andermal. Wir können uns irgendwo treffen.« Johanna nahm ihre Espressotasse von der Warmhalteplatte der Maschine und stellte sie unter den Kaffeeauslauf.

»Ursprünglich habe ich dich wegen Dienstag angerufen. Ich wollte dich sehen. Aber jetzt geht's um etwas Wichtigeres. Berg recherchiert gegen dich.«

»Das weiß ich doch längst. Der Artikel ist ja heute erschienen!« Sie drückte auf den Knopf der Espressomaschine. Mit dem Lärm der Mühle hatte sie nicht gerechnet. Sie flüchtete einige Meter weiter weg.

»Das meine ich nicht. Er grübelt immer noch.«

»Soll er doch. Ich mache meinen Job und fertig.«

»So einfach ist das nicht. Er wird einige Folgeartikel bringen wollen, so lange, bis du am Boden bist. Erst dann wirst du uninteressant. So läuft das Business.«

Johanna wurde langsam ungeduldig. »Erst muss er etwas rausfinden, das mich zu Boden bringt.«

»Er weiß, dass ihr heute eine Razzia machen wolltet und dass ihr nichts vorgefunden habt als ein leeres Haus. Und dass du die Einsatzleitung hattest.«

Ihr gefror das Herz. »Willst du mich verarschen? Das ist kaum drei Stunden her!«

»Er hat es mir eben unter die Nase gerieben. Wir haben heute ein Firmenfest. Weihnachtsessen und so. Berg brüllt die Geschichte soeben in der Disco rum. Ich sage dir, Johanna, es wird gefährlich.«

Sie setzte sich auf den Schredder und lehnte den Rücken an die Korridorwand. Aus weiter Ferne hörte sie Prince jaulen. Es schien ein charakteristisches Firmenfest zu sein, bei dem die alten Heuler hervorgeholt wurden und die Sekretärin mit dem Chef *Dirty Dancing* spielte.

»In welches Haus seid ihr denn rein?«

»In den verdammten Club, in dem wir vorgestern waren. Du und ich. Und weißt du, was wir gefunden haben? Nichts! Einen leeren Keller. Es ist zum Schreien. Wenn du am Dienstag nicht dabei gewesen wärest, glaubte ich, ich spinne.«

»Wo soll ich dabei gewesen sein?«

Johanna holte tief Luft.

»Kleiner Scherz. Tut mir leid. War echt alles weggeräumt?«

Sie musste sogar lachen. »Wir standen in einem leeren Keller. Es war nichts mehr da. Nicht einmal eine einsame Kerze haben wir gefunden.«

»Shit, shit, shit! Wer sich so viel Mühe macht, dem bist du wirklich zu nahe gekommen. Was machst du jetzt?«

Eine Frage, die Johanna nicht hören wollte. Sie seufzte. »Weitermachen mit dem, was ich habe. Was sonst?«

Durch das Handy hindurch dröhnte eine orgiastische Gitarre. Johanna wettete mit sich selbst, dass der DJ als Nächstes *Sex Machine* auflegen würde.

»Bist du noch dran?«

»Ja, klar.«

»Da ist noch was. Berg sagt, du hättest ein Verhältnis mit dem Ehemann einer Zeugin im Mordfall Dilic. Mit Myriams Mann, genau genommen. Ich weiß nicht, wie gesichert das ist. Auf jeden Fall hat sich mein Kollege in diese Geschichte verbissen. Er will am Samstag einen weiteren Artikel über dich bringen.«

Johanna registrierte, dass am anderen Ende der Leitung ein neuer Song begann. Zunächst erkannte sie ihn nicht, bis sie realisierte, dass sie eben gegen sich selbst verloren hatte. Madonnas Gesäusel heizte die Begehrlichkeiten der Belegschaft an. »Sind wir nun so etwas Ähnliches wie verwandt?«

Martin kicherte. »Logo. Wir werden uns gelegentlich bei Grillpartys in Stäfa begegnen. Das stört dich doch nicht, oder?«

»Nicht im Geringsten, solange wir uns auch weiterhin zu zweit betrinken können.«

»Du verwirrst mich, Johanna. Erst bleibst du tagelang unerreichbar. Darauf denke ich, okay, das war's dann wohl, nehme mich zusammen und versuche, streng geschäftlich zu bleiben, und dann machst du mir eindeutig zweideutige Angebote, die ich nicht ablehnen kann.«

»Entschuldige bitte. Bei mir läuft das Geschäftliche gerade nicht so toll. Deshalb.«

Martin blieb einen Moment still. Sie hörte Gelächter und Schreie im Hintergrund. »Weißt du was, Johanna?« Er klang ernst. »Vielleicht kann ich dir helfen. Ich habe eine Idee, wie ich Berg auf andere Gedanken bringen kann.«

»Ist es etwas Legales?« Sie fühlte sein Grinsen.

»Mehr oder weniger. Kann ich dich morgen anrufen?«

»Klar. Woher hast du überhaupt meine Handynummer?«

»Berufsgeheimnis. Halt die Ohren steif. Ich melde mich. Ciao.«

Sie steckte das Telefon in ihre Hosentasche. Bis auf das Summen der Kaffeemaschine war es still. Von Köbi hörte sie nichts. Sie stand auf. Der Espresso war kalt geworden. Sie goss ihn ins Lavabo neben der Maschine, wusch die Tasse aus und stellte sie ins Regal zurück.

Köbi saß da wie zuvor. Die Flasche war leerer, sein Blick glasiger. Er rauchte.

»Hör mal, Köbi. Ich muss dringend gehen. Es tut mir leid, aber ich halte es nicht mehr aus hier. Irgendwie war das doch zu viel für mich, gestern und heute.« Sie nahm ihre Jacke vom Stuhl, zog sie an und steckte die Zigaretten ein. »Bleibst du noch?«

Er nickte.

»Dann haue ich ab. Wir sehen uns morgen. Trink nicht mehr zu viel.«

Ein gequältes Lächeln.

Draußen hatte der Schnee nicht angesetzt.

Freitag

You'd think I'd give up
after so many tries,
but my finger's on the trigger
and my eyes are on the prize
Kimya Dawson, *Reminders of then*

32.

Sie schreckte auf und war hellwach. Mitten in der Nacht. Draußen fuhr ein Auto vorbei. Sonst war es still.

Der Schein der Straßenlampe zeichnete schemenhafte Konturen des Kastanienbaums im Garten an ihre Zimmerwand. Er war der Grund für manchen Streit gewesen unter den Nachbarn. Die einen störten sich am Schatten, den er warf, und an allem, was er fallen ließ. Die anderen erhoben ihn zur grünen Lunge des Quartiers. Der Hausbesitzer schwankte hin und her, weil sich in beiden Lagern langjährige Mieter befanden.

Furchtbar lange konnte Johanna nicht geschlafen haben. Sie war nach Mitternacht zu Bett gegangen. Merkwürdigerweise war die Leuchtanzeige des Weckers nirgends zu sehen. Einen Augenblick versuchte sie, sich zu entsinnen, woran sie gedacht hatte, als sie aufgewacht war. Es fiel ihr nicht ein. Sie setzte sich auf und schaute dem Lichtspiel zu. Die Bilder bewegten sich in einem gemächlichen Rhythmus. Vermutlich wehte ein leichter Wind. Vor dem Einschlafen hatte sie lesen wollen, sich aber nicht konzentrieren können. Die Ereignisse der letzten Tage plagten sie stärker, als sie sich eingestehen wollte. Kurz nach ihrem Beginn bei der Polizei hatte sie sich vorgenommen auszusteigen, sobald sie Schlafstörungen kriegen würde. Im Halbdunkel tastete Johanna nach dem Buch. Es war noch da und lag aufgeschlagen neben dem Bett am Boden.

Die Sozialarbeiterin! An sie hatte Johanna gedacht! Halb träumend, halb arbeitend. Oder träumend arbeitend. Die verstockte, besserwisserische Sozialarbeiterin, die mit Sicherheit mehr über Vladimir Dilic wusste, als sie mitgeteilt hatte.

Johanna schaltete die Lampe neben dem Bett ein. Ein Globus, der ein warmes gelbliches Licht verströmte. Die Augen geschlossen, fühlte sie mit der Linken, wo der Nordpol war, und versetzte mit der Rechten die Erdkugel in Bewegung. Durch das Tippen des Zeigefingers stoppte sie den Lauf des Globus wieder. Sie hatte ins Meer gelangt. Nahe den USA. Die nächste Stadt war Atlantic City, New Jersey. Damit konnte sie nicht viel verbinden. Ein Film mit diesem Namen kam ihr in den Sinn. Sie hatte ihn vor Jahren gesehen, erinnerte sich jedoch nicht mehr, worum es gegangen war. In den Staaten war sie noch nie gewesen. Es reizte sie nicht. In ihrem bisherigen Leben war sie auf relativ kleinem Raum viel gereist. Am besten hatte es ihr in der Stadt gefallen, deren Namen sie trug. Immer seltener hatte sie das Bedürfnis, wirklich weit weg zu gehen. Ihre Großmutter hatte ihr ganzes Leben im selben Dorf verbracht. So falsch konnte das auch nicht sein.

Johanna stand auf. Als sie die Decke beiseite schob, purzelte der Wecker hervor. Es war kurz nach halb vier. Mehr als drei Stunden hatte sie nicht geschlafen. Sie ging ins Bad, öffnete die Zahnpastatube und drückte sich ein Stück der Creme in den Mund. Unter dem aufgedrehten Hahn nahm sie zudem einen Schluck Wasser und setzte sich anschließend aufs Klo. Schnelle Backenbewegungen wirbelten das Gemisch in ihrem Mund umher. Sie dachte an die Sozialarbeiterin. Wieso nur wachte sie mitten in der Nacht auf und erinnerte sich ausgerechnet an diese Frau? Das war wirr. Vielleicht wuchs ihr die Sache langsam über den Kopf. Nach ein paar Minuten riss sie ein Stück WC-Papier von der Rolle und wischte sich ab. Sie stand auf, betätigte die Spülung und spuckte anschließend die Zahnpasta ins Lavabo. Am Abend zuvor hatte sie zu viel geraucht und es schien ihr, das Zahnputzwasser schmecke stärker nach abgestandenem Tabak als ihr Mund nach Menthol.

Sie lief in die Küche, um sich einen Tee zu machen. So kurz nach dem Aufstehen ertrug sie keinen Kaffee. Neben der Spüle standen die Überreste des Thai-Curry, das sie sich auf dem Heimweg besorgt hatte. Das Plastikgeschirr warf sie weg, die Stäbchen wusch sie ab und legte sie in die Schublade zu den anderen. Johanna fröstelte. Sie holte den Morgenmantel aus dem Bad und wickelte sich ein. Die dampfende Tasse mit dem Tee balancierend, ließ sie sich im Wohnzimmer aufs Sofa gleiten. So saß sie da und fragte sich, wieso sie so jäh erwacht war.

Einer plötzlichen Eingebung folgend, stand sie auf und holte das Notebook aus dem Wandschrank im Gang. Sie schaltete den Computer ein und trank in kurzen Schlucken von dem heißen Tee, bis sich der Bildschirm aufgebaut hatte. In das Online-Telefonbuch gab den Namen der Sozialarbeiterin ein. In Zürich lebten mehr als eine Barbara Schuppisser. Aber nur eine wohnte an der Rotwandstraße, wo sie Vladimir Dilic zum ersten Mal verloren hatten, nachdem Kay ihn beinahe angefahren hatte.

Das konnte Zufall sein. Vielleicht wurde sie auch aus Hoffnungslosigkeit abergläubisch. Jedenfalls hatte sie nicht mehr allzu viel zu verlieren. Johanna fällte einen Entschluss und trank den Tee aus. Anschließend setzte sie neues Wasser auf und ging unter die Dusche. Wie sie es am liebsten hatte, stellte sie das Wasser zunächst brühend heiß ein und danach eiskalt. Als sie sich abtrocknete und eincremte, glänzte ihre Haut rot. Sie zog warme Kleider an und holte ihre Ausrüstung aus dem Schrank. Zurück in der Küche füllte sie den Tee in eine Thermosflasche und packte alles zusammen in die Tasche. Bis sie ihre Fellmütze unter einem Stapel Kleider gefunden hatte, dauerte es länger. Danach war sie startbereit.

Erneut hatte Eisregen eingesetzt. Am Abend zuvor hatte sie die Vespa in der Wache gelassen und war mit dem

Dienstwagen heimgefahren. Er stand mitten auf dem Gehsteig vor dem Haus. Sie startete und stellte die Heizung auf Maximum. Die Straßen waren verhältnismäßig leer. Der Pendlerverkehr ruhte noch. Am Bucheggplatz stand ein Mini Cooper schräg auf den Tramgleisen. Der Fahrer wirkte verzweifelt. Johanna verständigte die Verkehrspolizei und fuhr weiter. An der Langstraße stoppte sie beim *Cherry* und holte sich Kaffee und ein Croissant. Danach fuhr sie unter der Unterführung hindurch in den Kreis 4. Ihr Revier.

Sie fand eine Parklücke und stellte den Motor ab, trank Kaffee, aß ihr Croissant und wartete. Ab und zu hastete jemand an ihrem Auto vorbei. Freier, Junkies, Prostituierte, irgendjemand. Es dauerte vielleicht eine halbe Stunde, bis ein Mann das Haus betrat. Es war nicht Dilic. Nach einer Stunde wurde sie ungeduldig. Bald schon würde in der Umgebung der Morgenbetrieb losgehen. Sie suchte nach einer Alternative. Stundenlanges Observieren hatte sie noch nie ausgehalten.

Nach kurzem Abwägen steckte Johanna die notwendigste Ausrüstung ein, zog Handschuhe und Mütze an und stieg aus. Die Autotür schloss sie so leise wie möglich. Sie huschte über die Straße, stellte sich in einen Eingang neben Schuppissers Wohnhaus und wartete erneut. Kurz darauf wurde sie von einem heimkehrenden Italiener weggejagt. Sie solle gefälligst woanders anschaffen. Eine Weile postierte sie sich auf der gegenüberliegenden Straßenseite, dann ging sie wieder zurück. Jemand verließ das Haus. Weder die Sozialarbeiterin noch Dilic. Johanna schaffte es, unbemerkt in das Gebäude hineinzuschlüpfen, bevor die Tür ins Schloss fiel. Nachdem sie das Licht eingeschaltet hatte, orientierte sie sich hastig. Das Haus hatte einen Fahrstuhl. Eine unangenehme Erinnerung überkam sie. Einen ähnlichen Aufruhr wie beim Zugriff auf Maria Angeles Schönbächler konnte sie sich kaum mehr leisten. Nachdem sie genug gesehen hatte, verließ sie das Haus wieder, legte aber die Fußmatte zwischen Tür und Rahmen.

Sie zog ihr Handy hervor. Es dauerte einige Zeit, bis eine schlaftrunkene Stimme antwortete.

»Spreche ich mit Barbara Schuppisser vom Sozialamt?«

»Äh, ja, warum? Wer sind Sie?«

»Di Napoli, Stadtpolizei. Wir haben glaubwürdige Hinweise, dass Sie Vladimir Dilic verstecken, Frau Schuppisser. Er ist flüchtig.«

Kurzes Schweigen, dann eine Stimme, die sich überschlug vor Wut. »Sind Sie nicht ganz dicht? Wissen Sie, wie spät es ist? Verdammt noch mal, wo leben wir hier eigentlich?!«

Ein Knacken in der Leitung. Sie hatte aufgelegt. Gleich würde sich zeigen, ob Johanna zu hoch pokerte. Sie schlüpfte wieder ins Haus. Diesmal zündete sie das Licht nicht an, sondern tastete sich leise die Treppe hoch in den zweiten Stock, wo sie sich in die Ecke zwischen Fahrstuhl und Schuppissers Wohnungstür stellte. Angespannt. Horchend. Zunächst hörte sie lediglich ihren eigenen Atem. Dann dünkte ihr, als höre sie leise Stimmen und Schritte. Sie verspürte ein klammes Gefühl im Bauch und merkte, wie ihr Puls schneller wurde. Ein Blick auf die Armbanduhr zeigte ihr, dass seit ihrem Anruf eine gute Viertelstunde verstrichen war. Wenn nur nicht plötzlich die Nachbarin auf dem Weg zur Arbeit aus ihrer Wohnung treten würde. Johanna hatte sich noch keine Erklärung zurechtgelegt.

Nach weiteren zehn Minuten wurde unten die Haustür geöffnet und das Licht eingeschaltet. Ihr stockte der Atem. Gleichzeitig hörte sie hinter der Wohnungstür der Sozialarbeiterin Schritte. Als die Haustür zufiel, spürte sie einen kühlen Luftzug durchs Treppenhaus wehen. Unten begann jemand, die Stufen hochzusteigen. Die Schritte erreichten den ersten Stock. Das Klimpern eines Schlüsselbundes erklang. Johanna hielt den Atem an. Die Person ging weiter.

Dass sie nicht ein einziges Mal ein bisschen Glück hatte! Johanna fürchtete, sie würde nächstens in Tränen ausbrechen. Doch plötzlich hielten die Schritte inne. Ein Schlüssel wurde in ein Schloss gesteckt. Eine Tür wurde geöffnet und wieder geschlossen. Stille. Unheimlich lange. Ein Scharren hinter der Tür der Sozialarbeiterin. Wieder Stille. Nach einer Ewigkeit schaltete das automatische Licht aus. Dunkelheit. Plötzlich hörte sie wieder etwas. Kurz darauf wurde Barbara Schuppissers Tür aufgeschlossen. Es hörte sich nicht nach einem Schlüssel an, sondern nach einem Riegel. Johanna hatte zu Hause das gleiche System. Ihre innere Spannung wurde unerträglich. Die Tür der Sozialarbeiterin ging auf. Einen Spalt nur. Wer auch immer auf der anderen Seite war, horchte in den Gang hinaus. Johanna hielt den Atem an. Darin hatte sie mittlerweile Übung. Jetzt war sie sich sicher, dass sie richtig spekuliert hatte. Immerhin. Sie überlegte abermals, wie sie vorgehen wollte. In dem Moment, in dem sie ihren Plan erneut änderte, trat eine Gestalt aus der Wohnung. Ein Mann, wie es schien. Johanna drückte auf den Lichtschalter.

Es war tatsächlich Vladimir Dilic. Er schien ihre Bewegung gehört zu haben, doch das Licht überraschte ihn. Dadurch hatte sie einen kleinen Vorsprung. Mit einem kräftigen Schlag stieß sie ihn zurück in die Wohnung. Er stöhnte, strauchelte und fiel. Hastig trat sie ein und schloss die Tür hinter sich. Im Stürzen rollte er sich auf die linke Seite. Johanna warf sich ihm in den Rücken und fesselte ihn mit den Handschellen. Er war zu überrascht, als dass er nennenswerten Widerstand leisten konnte. Dafür stand die Sozialarbeiterin plötzlich im Korridor und starrte Johanna an. Sie trug einen Herrenpyjama und Pantoffeln. In der rechten Hand hielt sie eine Zahnbürste und die Lippen waren mit Schaum verschmiert. Darum schwieg sie auch. Johanna hatte ein Gekeife erwartet.

Sie erhob sich. Einen Augenblick standen sie sich reglos gegenüber. Die Sozialarbeiterin hatte einen bösen, stechenden Blick. Von der Zahnbürste tropfte weiße Zahnpasta auf den Holzboden. Johanna erinnerte sich daran, wie die Frau zwei Tage zuvor eine psychotische Drogenabhängige angefasst hatte. Ein Handgemenge vermied sie besser. Aus dem

Augenwinkel bemerkte sie, dass Dilic versuchte, aufzusitzen. Er sagte kein Wort.

»Ist sonst noch jemand in der Wohnung?« Es blieb still. »Antworten Sie!« Johanna versuchte, böser zu klingen, als die Frau schaute.

Der grimmige Tonfall schien zu fruchten, denn die andere verneinte schweigend mit dem Kopf.

Johanna zog ihr Handy aus der Hosentasche und hielt es so, dass die beiden es sehen konnten. »Solange Sie beide kooperieren und mit mir auf die Wache kommen, werde ich keine Verstärkung anfordern. Von Ihnen, Frau Schuppisser, brauche ich eine Aussage, weil Sie einen flüchtigen Tatverdächtigen beherbergt haben. Nachher können Sie wieder gehen. Ob danach Strafanzeige erhoben wird, weiß ich jetzt noch nicht. Haben Sie das verstanden?«

Die Frau nickte.

»Wenn Sie kooperativ sind, werde ich keine Gewalt anwenden. Aber ich werde nicht zögern, falls Sie Widerstand leisten. Und dann rufe ich das ganze Überfallkommando, mit allem Drum und Dran. Haben Sie das ebenfalls verstanden?«

Die Frau erwürgte sie mit ihrem Blick, nickte jedoch abermals.

»Dann gehen Sie jetzt ins Bad und ziehen sich etwas an. Die Tür bleibt offen. Ich werde hier stehen und zuschauen. Sollten Sie die Tür schließen, werde ich mit Herrn Dilic weggehen und Sie auf dem Posten sofort zur Fahndung ausschreiben. Ihr Arbeitgeber wird der Erste sein, der die Ausschreibung erhält.«

Ohne weitere Regung ging die Frau ins Bad. Johanna stellte sich so vor den Eingang, dass sie sowohl die Sozialarbeiterin als auch Dilic im Auge hatte.

Barbara Schuppisser spülte ihren Mund aus. »Sie machen das gern, oder?«

Dieses Zischen kannte Johanna. Sie antwortete mit einem Achselzucken. Die andere sagte nichts weiter und wusch sich das Gesicht.

Stattdessen fand Dilic seine Sprache wieder. Inzwischen hatte er sich aufgesetzt und lehnte mit dem Rücken an einem Stahlgestell, auf dem das Telefon stand. »Muss ich unbedingt mit zur Wache?«

Johanna grinste. »Wohin möchten Sie denn sonst mit mir gehen?«

»Ich meine, gibt es keine andere Möglichkeit? Ich muss unbedingt meine Freundin finden. Ist extrem wichtig. Begreifen Sie das nicht?«

»Ich begreife hauptsächlich eines: Dass ich riesengroßen Ärger habe, weil Sie mir entkommen konnten, und dass ich Sie deshalb jetzt einfach abliefern werde. Ohne Faxen und Diskussionen. Verstehen Sie das?«

Er blickte sie seltsam an. Ironisch irgendwie. Im Bad streifte die Sozialarbeiterin ihre Unterwäsche über.

»Es tut mir leid, wenn ich Ärger mache!« Dilic schien das wirklich ernst zu meinen.

»Ach, wie nett von Ihnen! Danke. Nur ändern tut es nichts.« Kaum hatte sie den Satz gesagt, bereute Johanna ihren Sarkasmus.

Dilic schaute sie nun sehr ernsthaft an. Die Frau im Bad nahm gerade Jeans von einer Beige Kleider. Sie war außerordentlich mager.

»Sie waren ja nicht allein. Der andere war dabei. Der Türke mit der Sonnenbrille. Darum sind nicht nur Sie schuld.« Auf seine Art klang Dilic wirklich verständnisvoll.

»Sie meinen Kay. Das mag sein. Trotzdem bin ich es, die in der Tinte sitzt.«

»Weil Sie eine Frau sind?« Das war es also, was ihn vorhin zu diesem seltsamen Blick verleitet hatte.

»Vielleicht. Ganz sicher wohl auch, weil ich weniger pflegeleicht bin als andere.«

Die Sozialarbeiterin blickte sie kurz an. Als Johanna den Blick erfasste, schaute die andere wieder weg und zog ein weißes T-Shirt über. Johanna lächelte. Neben der Badezimmertür hing ein riesiges Plakat vom Frauenstreik im Juni 1991.

»Auf jeden Fall ändert es nichts daran, dass ich Sie nun geradewegs zur Kantonspolizei bringen werde, Herr Dilic. Sie werden dort sehnlichst erwartet.«

»Und wenn ich sage, wer Milan und Vera getötet hat?«

Johanna musterte ihn. Offensichtlich schien er auch dies ernst zu meinen.

»Wenn Sie dabei an Ihren Vater denken, muss ich Sie enttäuschen. Er wurde gestern in Spreitenbach verhaftet.«

Kay hatte das am Abend mitgeteilt, als er von der Kantonspolizei gekommen war und sie sich für die Razzia im Q bereit gemacht hatten. Gestanden hatte der alte Dilic bis dahin allerdings nicht.

»Mein Vater war es nicht. Er hatte Angst vor Milan.«

»Das ist nicht der ungewöhnlichste Grund, jemanden umzubringen.«

»Sie verstehen einfach nichts von Familie.« Dilic wirkte nun traurig.

Barbara Schuppisser kam aus dem Badezimmer. Johanna stellte sich zwischen Dilic und sie.

»Ich muss noch einen Pullover aus dem Schlafzimmer holen.« Die Frau war immer noch wütend.

»Also gut, aber lassen Sie die Tür offen stehen.« Johanna stellte sich auf die andere Seite des Ganges vor das lila Plakat, sodass sie weiterhin beide im Auge hatte. Bevor sie sich richtig platziert hatte, öffnete die Sozialarbeiterin die Schlafzimmertür. Johanna hörte ein Geräusch und bemerkte einen Schatten im Augenwinkel. Sie erwartete, dass ihr jemand mit einer Nachttischlampe eins überziehen würde, und drehte sich hastig um. Eine große getigerte Katze huschte durch den Korridor und sprang im Wohnzimmer auf ein Sofa. Das erklärte den eigenartigen Geruch, der Johanna aufgefallen war, als sie die Wohnung betreten hatte.

»Schalten Sie bitte das Licht ein, Frau Schuppisser.«

Diese tat, wie ihr geheißen. Johanna entspannte sich und schaute zu, wie die Frau im Schlafzimmer in einem Schrank wühlte.

»Wollen Sie den Mörder nicht fangen? Letztes Mal waren Sie neugieriger.«

Johanna ließ die Sozialarbeiterin nicht aus dem Auge. Wer wusste, was sie alles aus dem Kasten nehmen würde. »Das ist nicht mehr mein Fall, Herr Dilic. Ich wurde aus der Ermittlung ausgeschlossen.«

Sie hörte ihn kichern. »Das heißt aber doch nicht, dass Sie den Mörder nicht finden dürfen, oder?«

Er war gewieft, der verflixte Junkie. »Also gut. Wer war's?«

Barbara Schuppisser zog einen dunkelgrünen Wollpullover an. Das passte gut zu ihren Haaren und zu den Jeans. Johanna fragte sich, welche Augenfarbe sie hatte. Entgegen ihrer sonstigen Gewohnheit hatte sie sich diese nicht eingeprägt. Sie sah zu Dilic hinüber. Die Ironie war weg.

»Kägifret. Er war eifersüchtig auf meinen Bruder. Wegen Vera, wegen dem Geschäft, wegen allem. Er hat beide schikaniert.«

Die Sozialarbeiterin löschte das Licht im Schlafzimmer und trat in den Gang hinaus. Die Tür zog sie hinter sich zu. Sie hatte stahlblaue Augen. Johanna deutete ihr, stehen zu bleiben. »Ich gehe nicht davon aus, dass Sie das beweisen können, Herr Dilic. Oder?«

»Aber ich kann vielleicht helfen, es zu beweisen.« Er schien Johannas Gesichtsausdruck richtig zu lesen. »Wenigstens hören Sie mir jetzt zu.«

Sie schaute ihn an und seufzte. Einen Moment des Zögerns brauchte sie trotzdem noch. »Na gut. Frau Schuppisser, Sie gehen ins Wohnzimmer und hocken sich aufs Sofa. Die Hände legen Sie auf die Knie, sodass ich sie sehen kann. Sobald Sie ruhig sitzen, wird sich Herr Dilic neben Ihnen platzieren.«

»Finden Sie das nicht langsam lächerlich?«

»Was ich wie finde, können Sie mir überlassen. Tun Sie einfach, was ich sage. Später haben Sie noch viel Zeit zum Reden.«

Die andere warf ihr einen bösen Blick zu und begab sich ins Wohnzimmer. Johanna wollte das Pfefferspray aus der

Jacke nehmen und realisierte, dass sie immer noch das Mobiltelefon in der Hand hielt. Auf dem Display war die Nummer der Wache eingestellt. Sie steckte das Handy weg, ohne die Anzeige zu verändern, und holte das Spray hervor. Die Sozialarbeiterin war bereits beim Sofa angelangt und ließ sich darauf nieder. Die Katze hüpfte herunter und verschwand irgendwo im Raum.

»Sie sind an der Reihe, Herr Dilic.« Johanna stellte sich hinter ihn und half ihm aufzustehen. Danach führte sie ihn an den Handschellen ins Wohnzimmer. Vor dem Sofa stand ein runder Beistelltisch aus Glas und daneben ein dunkelgrüner Schalensitz aus Kunststoff. An einer Seite des Raums öffnete sich das Wohnzimmer zur Küche hin. Darin stand ein großer schwerer Holztisch, um den Johanna Barbara Schuppisser beneidete. Darunter lag jetzt die Katze und blickte misstrauisch.

Johanna wartete, bis Dilic neben der Sozialarbeiterin Platz genommen hatte. Dann nahm sie den Schalensessel und stellte ihn auf die andere Seite des Tischchens, sodass sie den Gang schräg im Blickwinkel hatte und mit dem Rücken zur Wand saß. Erst jetzt fiel ihr auf, dass sie immer noch ihre Fellmütze trug. Sie zog sie vom Kopf.

»Was haben Sie mir zu erzählen, Herr Dilic?«

Er war sauberer als bei ihrer letzten Begegnung. Die Platzwunde an seiner Schläfe schien zu heilen. Sein Blick war klar. Und er hatte Socken an.

»Hätten Sie vielleicht eine Zigarette?«

Johanna zog die Schachtel aus der Jacke und fragte Barbara Schuppisser, ob sie auch eine wolle. Diese schüttelte verneinend den Kopf.

Die Kommissarin zündete zwei Zigaretten gleichzeitig an und steckte Dilic eine in den Mund. Er dankte mit zusammengekniffenem Auge.

Sie setzte sich wieder. Auf dem Tisch stand kein Aschenbecher, nur ein leeres Glas mit einem Rest Orangensaft drin. Johanna war sich sicher, dass in dieser Wohnung sonst nicht geraucht wurde. Umso mehr genoss sie ihren ersten Zug. Sie schaute Dilic an.

»Mein Bruder hat mir immer geholfen. Obwohl ich ihn gelinkt habe, hat er zu mir gehalten.«

Sie blies den Rauch durch ihre Nase und schwieg.

»Ich hatte keinen Grund, ihn zu töten. Jetzt, wo er tot ist, stecke ich erst recht in der Scheiße.«

Johanna tippte die Zigarette auf den Rand des Glases und ließ die Asche in den Saft fallen. Daraufhin genoss sie den bestürzten Blick Barbara Schuppissers.

»Jetzt kann ich das Kind vergessen.«

Sie zwang sich dazu, Dilic Zeit zu lassen.

»Das Kind sollte Milan nehmen. Mit Vera zusammen. Lili ist zu kaputt für ein Kind. Ich auch.« Dilic wandte sich an die Sozialarbeiterin. »Die beiden waren einverstanden. Lili auch. Wenigstens das letzte Mal, als ich sie gesehen habe.« Er zog eine Grimasse. Der Rauch schien ihm in den Augen zu brennen. Vorn an der Zigarettenspitze bereitete sich ein großes Stück Asche darauf vor, aufs Ledersofa zu fallen. »Kannst du mir bitte die Asche abklopfen, Babs?«

Sie tat es und steckte ihm die Zigarette zurück zwischen die Lippen. Offensichtlich angewidert.

»Kägi hat gesagt, die Idee sei gut. Trotzdem hat es ihm nicht gepasst. Das habe ich gespürt. Tief in seinem Inneren wollte er nicht, dass mein Bruder mir half.«

Johanna betrachtete die Tätowierung an Dilic' Hals. Sie war sexy.

»Letzte Woche ist Lili total abgestürzt. Babs hat es erzählt, als ich angerufen habe. Lili ist mit einem Freier verschwunden. Er macht sie kaputt. Immer ist sie am Ende, wenn sie bei diesem Dreckskerl gewesen ist. Deshalb bin ich abgehauen. Seither suche ich sie. Zuerst dachte ich, dass ich nur Lili finden muss. Jetzt, wo Milan tot ist, muss ich von vorn anfangen.«

Während er sprach, war seine Stimme immer monotoner und kraftloser geworden. Nun schaute er Johanna traurig an und schwieg so intensiv, als würde er nie mehr etwas sagen wollen.

»Liliana hat heute Morgen einen Termin bei der Gynäkologin.« Barbara Schuppisser schaltete sich ein. »Dort wollten wir sie treffen.«

Johanna di Napoli sah Dilic lange an, bis die Stille unerträglich wurde. »Damit ich das richtig verstehe: Sie glauben, dass Alfred Kägi Ihren Bruder und Ihre Schwägerin ermordet hat, weil er nicht wollte, dass diese das Kind Ihrer Freundin adoptierten? Und das, obwohl Kägi selbst Sie in dieser Idee unterstützt hat? Und obschon er das garantiert viel einfacher hätte verhindern können als ausgerechnet durch einen Doppelmord?«

Dilic zuckte resignierend mit den Schultern. »Ist mein Gefühl.«

Das war eine abenteuerliche Theorie. Eine, mit der sie sich definitiv den Stempel der Verrückten auf die Stirn drücken würde.

Langsam rauchend überlegte Johanna, wieso sie trotzdem zögerte, Dilic sofort mitzunehmen. Das hatte wohl weniger mit Kägi zu tun als mit Dilic. Zwar war Neid ein starkes Motiv. Eines, das enthemmte. Nachdem sie bei der Spezialeinheit gegen häusliche Gewalt gearbeitet hatte, hatte Johanna geglaubt, dass narzisstische Kränkung das häufigste Motiv für Gewalttaten wäre. Seit sie Revierdetektivin war, hielt sie Neid und Missgunst für stärker. Gleichwohl konnte sie sich Kägi nicht als Mörder vorstellen.

»Glauben Sie, dass Herr Dilic seinen Bruder und seine Schwägerin ermordet hat, Frau Schuppisser?«

Die Angesprochene wirkte entsetzt. Johanna überlegte, was dazu führen mochte, dass Abscheu tiefe Furchen in das Gesicht der Frau grub. Ihre unverblümte Frage oder der Umstand, dass sie die Zigarettenkippe in das Saftglas hatte fallen lassen, wo der Filter nun langsam den Rest der schmutzig grauen Flüssigkeit aufsog. Bevor sie sich wieder in ihren Stuhl zurücklehnte, nahm Johanna Dilic seinen

Zigarettenstummel aus dem Mund und warf ihn ebenfalls in das Glas.

»Das zu beurteilen ist nicht meine Aufgabe! Ich bin Sozialarbeiterin, keine Polizistin. Außerdem bleibt er unschuldig, solange das Gegenteil nicht bewiesen ist!« Sie blickte beinahe noch stechender als Charlie Brunner.

»Darum geht es mir nicht, Frau Schuppisser. Sie wissen so gut wie ich, dass es nicht sehr professionell ist, einen Klienten privat zu beherbergen. Und ich weiß auch, dass ich ab und zu ein bisschen weit gehe. Ersparen wir uns also dieses Professionalitätsgelaber. Mich interessiert Ihre persönliche Meinung. Würden Sie Herrn Dilic auch beherbergen, wenn Sie davon überzeugt wären, dass er ein Mörder ist?«

Barbara Schuppissers Blick wurde noch spitzer. Plötzlich schoss die Katze unter dem Tisch hervor und sprang Dilic in den Schoß. Instinktiv versuchte er, die rechte Hand hinter dem Rücken hervorzunehmen, um das Tier zu streicheln. Die Handschellen hinderten ihn daran. Die Katze schien trotzdem zufrieden.

Nach einigen stillen Sekunden entspannte sich die Sozialarbeiterin sichtlich. »Ich glaube nicht, dass Vladimir zwei Menschen umgebracht hat. Ich bin mir sicher, dass er nicht der Mörder ist, obwohl ich es genauso wenig beweisen kann wie Sie das Gegenteil.«

Johanna schaute die Sozialarbeiterin lange an. Sie hielt ihrem Blick stand. Er war nach wie vor nicht freundlich, aber die Aggressivität war verschwunden. Nach einer Weile steckte Johanna ihr Handy und das Pfefferspray ein, erhob sich und zog Jacke und Kappe an. Die beiden schauten ihr überrascht zu.

»Ich bin nicht hierher gekommen, weil ich Herrn Dilic für den Mörder halte, sondern weil er mich durch seine Flucht gewaltig in Bedrängnis gebracht hat. Ich dachte, ich könnte mir Luft verschaffen, wenn ich ihn wieder einfange. Wahrscheinlich ist dies aber gar nicht so. Passiert ist passiert. Stehen Sie auf, Herr Dilic.«

Er erhob sich. Die Katze suchte das Weite.

Johanna trat hinter ihn und nahm ihm die Handschellen ab. »Ich verlasse mich darauf, dass Sie beide mir nicht in den Rücken fallen. Jetzt nicht und auch später nicht.«

»Warum tun Sie das?« Barbara Schuppisser wirkte irritiert.

»Weil ich glaube, dass Herr Dilic schnellstmöglich seine Freundin finden sollte.«

Johanna beeilte sich, aus der Wohnung zu kommen, bevor sie es sich anders überlegen konnte.

Draußen war es bitterkalt. Im Auto drehte sie die Heizung auf und zirkulierte das Fahrzeug an einem riesigen Geländewagen und einem Cabrio vorbei auf die Straße hinaus. Am Helvetiaplatz kam sie ins Schleudern. Wie in Zeitlupe driftete sie über die Tramgleise auf die andere Straßenseite zu. Nach einigen Metern konnte sie den Wagen stabilisieren und zurück in ihre Fahrspur lenken. Ein aufmerksamer Fahrer stoppte vorsichtig und ließ sie einscheren. Es regnete nicht mehr. Der Platz schien spiegelglatt. Sie bog in die Langstraße ein und fuhr langsam Richtung Wache. Die üblichen Verdächtigen irrten das Trottoir entlang. Ein Polizeiposten war das Letzte, wonach sich Johanna nun sehnte. Sie blickte an den beschlagenen Fenstern der Clubs und Kneipen vorbei. Einen kurzen Moment lang dünkte ihr, Metzger säße an einem der Tische beim türkischen Bäcker. Ehe sie ein zweites Mal hinsehen konnte, stand sie an der Abzweigung zur Militärstraße, wo sie zwei Tage zuvor mit Köbi Furrer bereits einmal eine andere Richtung eingeschlagen hatte als geplant. Sie sah die Ampel an und überlegte, was sie nun tun sollte.

33.

Jasmin Glatt hatte Ringe unter den Augen und Schaum um den Mund. Natürlich hatte sie einen Latte macchiato bestellt. Was sonst? Sie lächelte. Ein Lächeln, das offenließ, ob sie die Situation lustig fand oder belustigend. Ein Frühstück in der Langstraße nach durchzechter Nacht und vorangegangenem Firmenfest war Stoff genug für ein paar amüsante Kolumnen.

Martin Metzger hatte für ein bisschen Ernsthaftigkeit gekämpft. Er hatte seinen Blick an ihre Lippen geheftet und an die anderen Rundungen ihres Körpers gedacht. Für einen Kuss hätte er in die Wirtschaftsredaktion gewechselt. Für einen, der sich nicht mit einem kessen Lachen abwischen ließ.

Draußen dämmerte es. Noch vor Kurzem hatten sie miteinander getanzt. Er erinnerte sich an ihre Brüste auf seiner Brust, an seine Hand in ihrem Kreuz. Wie sie ihn mit brennenden Augen angesehen hatte, was ihm eine Erektion beschert hatte. Ihr Blick verriet nicht, ob sie es gemerkt hatte. Was sie deshalb empfunden hätte? Er fürchtete, dass er es demnächst aus der Zeitung erfahren würde.

Hinter Martin las ein junges Mädchen jemandem die Leviten. Sie hatte nach ihnen den Laden betreten und zu telefonieren begonnen, sobald sie sich gesetzt und einen versprayten weißen Pelzmantel über den Stuhl gegenüber gelegt hatte. Die Bestellung gab sie per Handzeichen auf. Martin hatte noch nicht herausgefunden, mit wem sie derart schimpfte. »Nur weil sie es gerne hart mag, musst du sie noch lange nicht behandeln wie den letzten Dreck!« Ihr Bruder vielleicht oder ein Freund? Martin drehte sich um, ihre Blicke trafen sich und er fühlte ein Kräuseln in der Oberlippe. Sie rollte mit den Augen und wandte sich ab. Sein Lächeln sah sie nicht mehr. Sie hatte wilde, rot gefärbte Haare und Piercings im Gesicht.

Es war nun schon das zweite Mal diese Woche, dass er mit einer Frau die Nacht durchgezecht hatte, ohne mit ihr ins Bett zu gehen. ›Herzensbrecher‹ hatte Milan ihn genannt, was Vera zum Lachen gebracht hatte. Sie hatte wohl gewusst, dass es vielmehr sein eigenes Herz war, das immer wieder in Gefahr geriet.

Der Kellner stellte die Tassen auf den Tresen und Martin legte ihm das Geld hin. Der Mann hatte blond gefärbte Streifen im Haar. Er grinste. Ein aufgedunsenes Gesicht und fettige Haut. Martin nahm die Tassen und versuchte, nichts zu verschütten. Als er sich zu Jasmin Glatt umdrehte, merkte er, dass sie ihn beobachtet hatte, sich jetzt abrupt abwandte und in einem Magazin blätterte. Es war ein Blick gewesen, den er niemals würde deuten können.

34.

Stefan Mann war klein, drahtig und in wohltuende Farbtöne gekleidet. Er trug einen sportlich geschnittenen, dunkelbraunen Anzug, der in einem leichten Grün schimmerte, wenn er sich bewegte. Das tat er auf seinem rollenden Bürostuhl häufig. Mit einem sympathischen Lächeln auf den Lippen. Es mochte antrainiert sein, wirkte aber authentisch. Den ruhenden Pol seines Outfits bildete ein Hemd in intensivem Fernwehblau. Wenn er sich zurücklehnte, zeichneten sich darunter straffe Brustmuskeln ab. Die Krawatte war bordeauxrot mit gelben Streifen und hüpfte über seinen Waschbrettbauch wie ein Kanarienvogel über das Käfiggitter.

Auf dem Schreibtisch vor ihm lag ein olivgrüner Manschettenknopf in einem Beutel aus transparentem Plastik. Es war Manns Knopf. Ziemlich sicher. Bestimmt würde die DNA, die sie darauf gefunden hatten, mit der seinen übereinstimmen. Nur beweisen würde dies nichts. Stefan Mann hatte eine Begründung dafür, dass er Spuren in der Kinderkrippe hinterlassen hatte, in der Alejandra Knupp vergewaltigt worden war. Er holte dort jeden Donnerstagabend seine Tochter ab und brachte sie am Freitagmorgen wieder hin. Die Krippe lag in der Nähe der Wohnung, in der seine Exfrau und Tochter lebten. Sie wohnten in Wiedikon, er in Kilchberg. Direkt am See. Von seiner Wohnung aus war er in zwei Minuten am Wasser. Im Sommer sprang er jeden

Morgen hinein, bevor er nach Glattbrugg zur Arbeit fuhr. Mit einem geleasten Audi Quatro der Firma, nicht mit einem BMW Z3 aus der Liebhaberschatulle. Autos waren für ihn etwas Praktisches, nichts weiter. Seine Erscheinung hätte etwas anderes vermuten lassen.

Johanna di Napoli hatte Mühe, Stefan Manns Redefluss zu lenken. Eloquent tänzelte er an ihren Fragen vorbei. Sie überlegte, ob er taktisch vorging, und kam zu dem Schluss, dass es Routine war. Er war es gewohnt, nur das auszusprechen, was er unbedingt sagen wollte, und trotzdem nicht zu schweigen. Das war sein Job. So erfuhr sie, dass Blutfett und Blutdruck senkende Medikamente der Renner waren auf dem Schweizer Markt. Der Traum jeder Pharmafirma, weil die Leute nicht wirklich krank waren, sie aber trotzdem mit gutem Gewissen der Auffassung sein konnten, dass es ihnen nicht gut ging. Ein Riesenpotenzial.

Johanna saß auf einem schwarzen Ledersofa, hörte interessiert zu und zwang sich, weder die Beine übereinanderzuschlagen noch die Knie zusammenzuklemmen. Im Schutz seiner ausschweifenden Gestik besichtigte er ihren Körper. Sie spürte, wie sein Blick ihren Oberschenkel hochkroch, und stand es freundlich lächelnd durch. Ob sie es ihm übel nehmen wollte, hatte sie noch nicht entschieden.

Als sie es nicht mehr aushielt, schenkte sie sich Tee aus einer weißen Porzellankanne nach. Der Samowar im Vorzimmer war ihr gleich aufgefallen, nachdem sie die Halle voller flimmernder Bildschirme und geschäftiger Angestellten durchquert hatte. Die Mitarbeiter saßen in Gruppen beieinander. Den Laptop vor sich und den Schubladenstock auf Rollen neben sich. Wahrscheinlich saßen sie nach Produkten geordnet zusammen. Johanna kannte solche Büros aus der Zeit, als sie noch Bedienungsanleitungen und Werbekampagnen übersetzt hatte. Die hohe Anzahl an Mitarbeitern in überteuerten Klamotten diverser Outdoorfirmen ließ vermuten, dass heute *casual friday* war. Für den Chef galt dies offensichtlich nicht.

Die Russen hätten auch noch andere Exportartikel anzubieten als Frauen, Waffen und Drogen, war sein Kommentar zum Samowar gewesen, nachdem die Sekretärin den Tee gebracht hatte. Dem Stil ihres Chefs angemessen, trug sie keine Survivalklamotten, sondern einen engen, knielangen Rock. Möglicherweise war dies in ihrem Fall die effektivere Überlebensstrategie.

Für die Tatzeit fehlte Mann ein Alibi. Wenigstens ein offensichtliches, da er angab, dass er bis spät nachts gearbeitet habe und anschließend mit einem kurzen Halt bei McDonald's nach Hause gefahren sei. Es war nicht auszuschließen, dass die Überwachungsvideos dies bestätigen würden, eventuell auch ein Hamburgerverkäufer oder eine Putzfrau. Vielleicht aber auch nicht. Einstweilen bestand kein Grund, dem nachzugehen. Leider, denn Johanna hatte beschlossen, dass sie ihm seine Glotzerei nicht verzeihen und ihn zu den Verdächtigen zählen würde. Sie nahm einen Schluck Tee und schaute sich die Fotos auf dem Regal gegenüber an. Mann mit Männern aus aller Welt. Auch mit einigen Frauen. Ein Foto seiner Tochter fehlte. Beruf ist Beruf.

Das Regal war aus poliertem Stahl und schwarzem Kunststoff und etwa einen Meter hoch. Darüber hing ein Bild in düsteren Farbtönen – ein Basquiat. Ein Original. Zu Hause hatte Johanna einen Kunstband, in dem sie dieses Bild von Zeit zu Zeit anschaute. Das Original wirkte beklemmender als die Reproduktion. Wohl wegen der Größe. Ihr kam die Kinderzeichnung in Alejandra Knupps Vagina in den Sinn. Energischer als notwendig stellte sie die Tasse auf das Glas.

Mann hielt inne. »Langweile ich Sie?«

»Das Bild hat mich gerade daran erinnert, weshalb ich hier bin. Wegen eines Verbrechens, das ich aufklären werde, was auch immer ich dafür tun muss.«

Er wirkte betroffen. »Ihre Entschlossenheit ist wirklich beeindruckend.«

Dazu gab es nichts zu sagen. Johanna schaute zur Tür, an welcher eine japanische Urkunde hing. Einzig Stefan Manns

Name war in lateinischer Schrift geschrieben. Damit hatte sie alles gesehen, was es in seinem Büro zu sehen gab. »Waren Sie letztes Wochenende auch beim Training dieses norwegischen Verkaufsgurus?«

Ein verächtliches Lächeln umspülte Manns Lippen. »Nein. Thorstein verkauft vor allen Dingen sich selbst. Darin ist er Spitze.«

»Und er sieht gut aus. Beneiden Sie ihn?«

Manns Verachtung wurde intensiver. »Ich hatte meinen eigenen Workshop auf dem Kongress. Aber ich mache das nur, damit meine Firma präsent ist. Das ist rein geschäftlich. Eigentlich halte ich diese Verkaufstrainings für provinzielle Wichserei, wenn Sie mir diese Ausdrucksweise verzeihen.«

Johanna lachte. Sie hätte gerne gewusst, ob ihm das W-Wort unabsichtlich herausgerutscht war oder ob er es bewusst platziert hatte. Dass er an dem Kongress teilgenommen hatte, wusste sie bereits. Seinen Namen hatte sie auf der Teilnehmerliste angestrichen. Erst recht aufgefallen war er ihr, als Köbi ihr die Aufstellung mit den Namen jener Personen gegeben hatte, die im *Globus* die grünen Manschettenknöpfe mit Kreditkarte bezahlt hatten. »Kein Problem. Ich bin diese Ausdrucksweise gewohnt.«

Er lächelte etwas unverfänglicher. »Meine Mitarbeiter sind schockiert wegen meines Vokabulars. Ich bin auf einem Bauernhof aufgewachsen. Das prägt fürs Leben.«

»Und wo genau sind Sie aufgewachsen?«

»Im Taunus. Das liegt am Ende der Welt. Von da aus bin ich zuerst nach Frankfurt gegangen. Dann in die USA und später nach Asien.«

»Und nun sind Sie in der Schweiz gelandet. Das ist nicht so weit vom Ende der Welt entfernt.«

Er wechselte in einen Konversationston, dem anzumerken war, dass er nicht zum ersten Mal sagte, was er sagte. »Sehen Sie, das ist das Problem an den Schweizern. Sie haben ein neurotisches Verhältnis zu sich selbst. Entweder verfallen sie in krankhafte Selbstzerfleischung oder in bornierten Nationalismus. In beiden Fällen verkennen sie das Potenzial, das dieses Land hat.«

Er sagte dies sehr routiniert. Trotzdem schien es mit das Ehrlichste zu sein, was Johanna bisher von ihm gehört hatte. »Glauben Sie, dass Ihre Tochter in Zürich glücklicher aufwächst als in New York oder Tokio?«

Die Frage schien ihn doch ein bisschen zu überraschen. Er überlegte einen Augenblick. »Ja, unbedingt. Wir leben hier ziemlich genau in der Mitte der Welt. Das kann sich zwar ändern. Aber dann können wir wegziehen.«

»Es sprachen der Bauer und der Topmanager?«

Mann lächelte und blickte unauffällig auf seine Uhr. »Sie haben es erfasst. Leider zwingt mich meine Agenda, diese Unterhaltung abzubrechen. Ich hoffe, Sie verzeihen mir diese abermalige Unflätigkeit.«

Johanna erhob sich. Sie hatte eine halbe Stunde Zeit gehabt, um herauszufinden, ob dieser Mann fähig war, eine Frau ins Koma zu prügeln. Sie war zu keinem eindeutigen Schluss gekommen. »Eine Frage habe ich noch. Sie leisten sich einen Basquiat und kaufen Manschettenknöpfe im *Globus?*«

Mann hatte sich ebenfalls erhoben und gab ihr die Plastiktüte mit dem Knopf zurück. »Stil ist keine Frage des Preises, Frau di Napoli.«

Dass er dies sagen würde, hätte sie wissen müssen. Trotzdem kränkte es sie, dass er ihr solche Plattitüden auftischte.

Als er ihr die Tür aufhielt, deutete sie auf die japanischen Schriftzeichen. »Ein Verkaufstraining?«

»Karate.« Er schloss die Tür hinter ihr. Die Sekretärin erhob sich und kam ihr entgegen. Sie hatte auch Stil. Und lange Beine.

35.

Die Augen brannten, an der linken Schläfe pochte ein spitzer Schmerz. Mit einem emotionslosen Surren stapelte der

Drucker die Blätter direkt vor Martins Bauch. Unwillkürlich hielt er die Luft an. Er nahm das oberste Blatt vom Papierstapel und betrachtete das Bild. Es war grobkörnig, übertrieben farbig und erinnerte an die Polaroidfotos der ersten Generation. Hauptsache, alles war erkennbar.

Martin nahm das Papier und verließ den Druckerraum. Außer ihm arbeitete lediglich die Sekretärin. Sie lächelte müde, als er an ihrem Tisch vorbeiging. Die anderen schliefen wahrscheinlich ihren Rausch aus.

Jasmin Glatts Schreibtisch war leer. Dani Bergs Arbeitsplatz ebenfalls. Andere stellten Trophäen auf das Pult oder hängten Erinnerungen an die Wand. Fotos, Schlagzeilen, die Urkunde eines Preises, den sie in ihren besten Tagen gewonnen hatten. Dani Berg hängte jeden Montag seinen persönlichen Lieblingsartikel der vergangenen Woche an die Wand über seinem Tisch. In einem Goldrahmen. Es erinnerte an den *Mitarbeiter des Monats* bei McDonald's. Momentan hing dort sein erster Artikel über Johanna di Napoli vom letzten Samstag. Darüber hatte er den zweiten vom Donnerstag geklebt. Martin hatte lediglich ein Bild von Sophie mit in die Lokalredaktion gebracht. Das Foto, das ihn zusammen mit dem aufgedunsenen Maradona zeigte, hatte er in der Schublade verstaut, als er seinen Schreibtisch im Sport vorübergehend geräumt hatte.

Es war ein nüchterner Abschied von Jasmin Glatt gewesen. Kein Kuss, kein Herzflattern, kein doppelsinniger Blick. Vielleicht hätte er versuchen müssen, mehr herauszuholen. Doch es wäre wahrscheinlich stumpf und seelenlos gewesen. Deshalb war er nach Hause gegangen, wo seine Mutter bereits in der Küche gestanden war und das Frühstück für Sophie zubereitet hatte. Sie hatte ihn zweideutig angeblickt, sein spätes Heimkommen aber nicht kommentiert. Soviel er wusste, hatte sie ein reges Liebesleben, seit sie sich von seinem Vater getrennt hatte. Ihr Nasenrümpfen beim Begrüßungskuss hatte ihn schnurstracks unter die Dusche getrieben. Danach hatte er zwei Alka-Seltzer hinuntergespült, frische

Kleidung angezogen und mit seiner Mutter und Sophie gefrühstückt. Anschließend hatte er Sophie in die Krippe gebracht und sie beim Abschiedskuss ermahnt, lieb zu den Jungs zu sein. Seine Tochter hatte artig genickt und war in den Aufenthaltsraum zu den anderen Kindern gerannt. Er hatte die Krippe rasch verlassen, weil er nicht zugegen sein wollte, wenn sie den ersten Bub aufs Kreuz legte. Seine Mutter war zu Hause geblieben, um abzuwaschen und aufzuräumen. Martin hatte es aufgegeben, ihr dies auszutreiben. Im Grunde kam es ihm sogar gelegen. So gediegen ihre Erscheinung auch war, so selbstbewusst sie seit der Scheidung auftrat, so sehr verwandelte sie sich in das Hausmütterchen seiner Kindheit, sobald sie seine Wohnung betrat.

Im Büro angekommen, hatte sich Martin vor den Bildschirm gesetzt und die Fotos aus dem Q bearbeitet. Worauf sich augenblicklich Augenbrennen und Kopfweh eingestellt hatten. Trotzdem hatte es sich gelohnt. Nach anderthalb Stunden hatte er einige Bilder so weit hingekriegt, dass Hügli und der Polizeivorstand einwandfrei erkennbar waren. Inklusive leicht geschürzter Begleitung. Auf einem der Fotos hatte Martin sogar einen Ausschnitt aus der Bühnenshow im Hintergrund heranzoomen können. Danach war er zum Drucker gerannt, damit ja niemand anderes seine Bilder sah.

Nun ließ er sich wieder in seinen Bürostuhl fallen. Die Fotos legte er auf den Tisch und aktivierte den Bildschirm. Seit Jahren benutzte er dasselbe Passwort. Und denselben Kreditkartencode. Manchmal hatte er ein schlechtes Gewissen deswegen.

Sicherheitshalber schickte er eine Version der Datei mit den bearbeiteten Fotos an seinen privaten Mail-Account. Eine weitere Kopie speicherte er auf der Festplatte. Die ursprüngliche Version lag auf dem Server. Zuletzt kopierte er das Ganze noch auf den USB-Stick an seinem Schlüsselbund. Sicherheitshalber. Vor dem Verlassen seiner Wohnung musste Martin jeweils mindestens zwei Mal sicherstellen, dass der Küchenherd ausgeschaltet war. Damit musste er leben.

Der Chef war bei der Arbeit und antwortete, noch bevor das erste Klingelzeichen des Telefons vorbei war. Martin musste ihn drängen, damit er gleich zu ihm konnte. Zugänglichkeit war nicht die herausragendste Tugend des Chefs. Wenn er seine Leute nicht mit seinen Wutausbrüchen dirigierte, dann kommandierte er sie per E-Mail herum.

Martin legte die Bilder in eine gelbe Plastikmappe und machte sich auf den Weg in die Chefetage. Auch etwas, was die Neue abschaffen wollte. Die Ressortleiter gehörten in ihre Ressorts und zu ihren Leuten, hatte sie in der Hauszeitung verkündet. Der Umzug war zum Jahreswechsel hin geplant. Die Chefs versuchten nun, ihren Status auch in den räumlich tiefer gelegenen Etagen zu halten, indem sie sich dort feudale Einzelbüros einrichteten. Ein Unterfangen, das die Neue mit restriktiven Umzugsbudgets behinderte. Sie machte es ihren Mitarbeitern nicht leicht. In den Redaktionen war die Reaktion auf diese Maßnahmen durchwachsen. Die Schadenfreude über den räumlichen Absturz der Bosse wurde gleichzeitig überlagert von der Angst, bald größerer Kontrolle ausgesetzt zu sein.

Im Aufzug traf Martin einen Kollegen von der Sportredaktion. Bürer betreute den Wintersport. Skirennen, um genau zu sein. Das ganze Jahr über. Er war mit allen Funktionären des Skiverbandes per Du, fuhr einen dicken BMW und hatte seine Familie gegen ständig wechselnde Freundinnen eingetauscht, die im gleichen Maß jünger wurden wie sein Alkoholproblem größer. Er war schon so lange dabei, dass sich niemand erinnern konnte, ob er jemals ein junger, draufgängerischer Journalist gewesen war oder schon immer das Wrack, als das ihn alle kannten. In der Redaktion war er kaum je zu sehen, weshalb Martin erschrak, als er ihm so unvermittelt gegenüberstand. »Salut, Peter. Lange nicht gesehen.«

Bürer nickte mürrisch.

Martin war sich nicht sicher, ob der Kollege ihn überhaupt erkannte. Er wollte den Etagenknopf drücken und stellte fest, dass sie dasselbe Ziel hatten. »Auch unterwegs in den

Olymp?« Martin versuchte unauffällig, eine Fahne zu riechen, erfasste aber lediglich eine Wolke aus Aftershave und Zigarettenrauch.

Bürer hatte dicke Tränensäcke unter den Augen und eine großporige Nase. »Neuerdings gibt es jeden Monat ein Standortgespräch. So ein birnenweicher Scheißdreck! Das kommt davon, wenn man die Weiber ans Ruder lässt!«

Martin Metzger unterdrückte ein Grinsen. Wenn die Neue es schaffen würde, altgedienten Fürsten wie Bürer ihre Pfründe wegzunehmen, würde er ihr sogar die Versetzung in die Lokalredaktion verzeihen.

Als sie zuoberst angekommen waren, ließ er dem Älteren den Vortritt. Ohne Abschiedsworte trollte sich dieser von dannen. Martin folgte ihm. Der Korridor war gediegen eingerichtet, die Wände in dezenten Rottönen gestrichen, der Bodenbelag ein mattes Grau-Schwarz. An der Seite hingen die preisgekrönten Pressefotografien aus dem eigenen Haus. Während Martin an der Tür mit der Aufschrift *Ressortleiter Lokalredaktion* klopfte, verschwand Bürer weiter vorn in demjenigen Büro, das Metzger für einen Termin mit seinem Vorgesetzten vorgezogen hätte. Der Sportchef winkte seinem ehemaligen Mitarbeiter schmunzelnd zu, bevor er hinter Bürer und sich die Tür schloss.

Aus dem Zimmer des Ressortleiters der Lokalredaktion kam keine Antwort. Ohne ein weiteres Mal zu klopfen, öffnete Martin vorsichtig und blickte in den Raum. Der Chef telefonierte. Er hatte das Telefon zwischen Ohren und Schultern eingeklemmt, die Füße auf dem Tisch und die Hände hinter dem Nacken verschränkt. Mit einem Kopfnicken deutete er Martin reinzukommen. Dieser setzte sich an den Besprechungstisch und legte die Mappe ab. Das Telefonat war offensichtlich ein privates Gespräch. Die Stimme des Chefs klang fürsorglicher und weicher als sonst. Metzger tippte auf eine schlechte Note und einen Vater, der versuchte, sein motivationsförderndes Chefwissen wenigstens in der eigenen Familie anzuwenden.

Ohne abrupt zu werden, brachte der Chef-Vater das Gespräch zu einem raschen Ende. Als er den Hörer auflegte, lächelte er. »Mein Sohn hat eine Mathe-Prüfung verhauen. Na ja, er wird es verkraften.« Damit waren seine menschlichen Regungen ausgeschöpft. Er stand auf und trat zum Besprechungstisch. »Mach's kurz, Metzger. Ich muss weiterarbeiten.«

Ohne kostbare Worte zu verlieren, nahm Martin die Bilder aus der Mappe und breitete sie auf dem Tisch vor dem Chef aus. Dieser überflog sie kurz und blickte Metzger scharf an. Er schien nicht sonderlich überrascht zu sein. »Was willst du mit diesen Fotos tun, Metzger? Machst du jetzt auf Provinz-Wallraff?«

Martin hatte eine andere Reaktion erwartet. Größeres Erstaunen, mehr Interesse, aufblitzendes Jagdfieber vielleicht. Er gab sich Mühe, keine Irritation zu zeigen. »Was du hier siehst, ist ein Aufmacher, der länger als eine Woche hinhält. Das ist der absolute Reißer!«

Der andere schaute die Fotos genauer an. Er brauchte einen Moment. »Ist das echt? Das sind keine bescheuerten technischen Spielereien?«

»So wie es aussieht, ist es auch geschehen. Diese Woche in Zürich.«

Der Chef versuchte, in Martin hineinzuschauen. Erstaunlicherweise beruhigte Martin das. Er dachte an die Redaktionskonferenz vom letzten Montag und beschloss, dieses Büro als Sieger zu verlassen.

»Und was denkst du, soll ich mit diesen Bildern machen?«

»Ich denke, du landest damit die Story des Jahres. Ich schenke sie dir. Ich will das nicht zwingend selbst machen. Du kannst es meinetwegen Berg geben. Eine Bedingung habe ich allerdings.«

»Die da wäre?« Der Ton wurde eine Spur aggressiver.

»Du stoppst diese Geschichte über die Polizistin und sagst Berg, er soll aufhören zu recherchieren.«

Damit hatte der Chef kaum gerechnet. Jedenfalls wirkte er einen Augenblick perplex. »Wie bitte? Warum setzt du dich für diese Quotenpolizistin ein? Ich dachte, du seiest scharf auf Jasmin?«

Martin zwang sich, ruhig zu bleiben. Eigentlich war er für solche Situationen nicht geschaffen. »Ich kann die Bilder jemand anderem geben. Der Konkurrenz zum Beispiel. Oder der Polizistin.«

Der Blick vis-à-vis wurde düster. »Überspann den Bogen nicht, Metzger! Das ist eine Nummer zu groß für dich.«

Unter höchster Anstrengung versuchte Martin, so ungerührt wie nur möglich zu erscheinen. Er stand auf. »Wie du siehst, lassen sich diese Ausdrucke schlecht verwenden. Deshalb habe ich eine druckreife Version gespeichert. Du musst es nur sagen, wenn du sie brauchst. Die Bedingung kennst du.«

Nun war es höchste Zeit abzuhauen. In seinem Bauch lag ein schwerer Klotz und die Stimme konnte ihm jeden Moment den Dienst versagen. Martin ging zur Tür. Aus dem Augenwinkel sah er, wie dem Chef die Wut ins Gesicht fuhr. Das allein war es wert gewesen. Beim Hinausgehen hielt er inne. »Ich brauche die Antwort bis heute Abend. Wenn morgen Bergs Artikel erscheint, ist das auch eine.«

Seine drängende Hast unterdrückend, öffnete Martin die Tür und schlüpfte hinaus. Im Gang draußen war er allein. Zum Glück, denn er zitterte am ganzen Leib. Nach einigen Sekunden Luftholen machte er sich auf den Weg zurück an seinen Arbeitsplatz.

Mittlerweile war Berg erschienen. Martin nickte flüchtig, als er an ihm vorbeiging. Einige andere Arbeitsplätze waren inzwischen ebenfalls besetzt. Jasmin Glatt fehlte. Martin schickte nochmals eine Kopie der Fotos an seine private Mailadresse und löschte danach die Datei auf dem Server. Anschließend öffnete er seinen Posteingang. Vier neue Mails aus Priština schrien um Hilfe. Das war das richtige Entspannungsprogramm. Er machte sich daran, seine allmählich verzweifelnde Stellvertreterin zu beraten. Ab und an blickte er erwartungsvoll zu Berg hinüber. Irgendwann einmal musste dort das Telefon klingeln.

36.

»Der Fall Dilic ist gelöst!«

Die Musikbox spielte *Ace Of Spades* von Motörhead. Johanna konnte sich nicht erinnern, jemals hier gewesen zu sein, ohne dass dieser Song gespielt worden wäre.

»Jedenfalls sieht das Fédier so.« Kay legte einen eleganten neuen Wollmantel auf die Fensterbank neben der Jukebox und setzte sich zwischen Johanna und Köbi an die Bar. »Wir haben heute nochmals Kägi befragt, René und ich. Er ist ganz schön durch den Wind, der Gute. Hat uns ein Arztzeugnis gezeigt.«

»Und, ist Kägi der Mörder?« Ausnahmsweise war Köbi gesprächiger als Johanna. Sie schaute zu, wie er beim Sprechen mit der Kippe im Mund seine Zigarettenasche auf dem Tresen verteilte.

»Der ist zu weich dafür.« Kay grinste und steckte sich eine Zigarette an.

»Salut, Polizist. Habe dich schon vermisst.« Die Serviererin stellte ihm ein Bier hin.

»Rita, mein Engel! Du gibst diesem trüben Tag einen Sinn!«

Rita lächelte und schickte einen imaginären Kuss auf Reisen. Sie hatte die letzten zwanzig Jahre hinter dieser Theke gestanden. Reichlich Zeit, um sich einen Lieblingsgast auszusuchen. Kay hatte die Wahl mit Bravour gewonnen. Köbi winkte ihr mit der leeren Flasche. »Ein Bierchen, Köbi? Sofort. Hat die Dame auch noch Durst?«

Johanna deutete auf ihre halb volle Flasche und schüttelte den Kopf. Sie kam nun auch bereits seit einer Weile hierher. Trotzdem duzte Rita sie als Einzige nicht.

»Es ist immer noch Dilic, Jo. Dein Dilic, unser Dilic. Wir haben zwar nach wie vor keinen Beweis, aber seit heute ein Motiv. Immerhin.« Kay blies den Rauch durch die Nase und setzte die Flasche an, die ihm Rita mit einem Augenzwinkern hingestellt hatte.

Köbi stellte die seine mit einem mürrischen Grummeln auf die Theke und zündete die nächste Zigarette an. Seine Flasche war bereits wieder halb leer. Als sein Feuerzeug nach mehreren Versuchen immer noch nicht funktionierte, fluchte er heftig und deutete Rita, ihm Streichhölzer herüberzuwerfen.

»Kägi hat zu Protokoll gegeben, dass Dilic seinen Bruder überreden wollte, sein zukünftiges Kind in Pflege zu nehmen. Anderenfalls wäre es zur Adoption freigegeben worden.« Kay schob Köbi sein Feuerzeug rüber. »Kägi hat als Vladimirs Vormund mit dem älteren der beiden Brüder verhandelt. Am letzten Samstag hat dieser definitiv abgelehnt. Daraufhin sei Vladimir ausgeflippt. Mindestens am Telefon.«

Die Erinnerung daran, wie sie Vladimir Dilic am Morgen hatte gehen lassen, fuhr Johanna durch den Kopf. »Das widerspricht Vladimirs Aussage, die er letzte Woche uns gegenüber gemacht hat. Bevor er befreit worden ist.«

Kay drückte die Kippe im Aschenbecher aus. Er tat dies mit einer Hingabe, als wollte er jeden einzelnen Funken persönlich ersticken. »Das stimmt, einer lügt. Dreimal darfst du raten, auf wen Fédier tippt.«

»Pah, dieser eingebildete Stenz!« Köbi hustete und schluckte den Rotz hinunter. Er stierte auf das Thekenholz. Es war von der Asche grau gesprenkelt.

»Welche Strategie verfolgt Fédier denn nun?«

Kay zuckte mit der Schulter. »Er glaubt, dass er Dilic nageln kann, wenn er ihn in die Hände kriegt.«

Johanna lief ein Schauer den Rücken hinunter. Köbi blickte sie an, sagte aber nichts, sondern bestellte ein weiteres Bier.

Kay grinste. Er nahm eine neue Zigarette aus einer silbernen Dose. Ein Geschenk seiner Frau zum Vierzigsten. »René kann einen ziemlich fertigmachen, wenn es sein muss. Ich kenne das von früher. Befragungen sind seine Spezialität. Er mag das.«

Glücklicherweise meldete Johannas Mobiltelefon piepsend den Eingang einer Kurzmitteilung, was ihr die Gelegenheit gab, sich anderem zuzuwenden. Sie ging zur Fensterbank und zog ihre Jacke unter Kays neuem Mantel hervor. Der Stoff fühlte sich wunderbar weich an. Das Handy befand sich in der Innentasche ihrer Daunenjacke. Sie öffnete die Mitteilung auf der Leuchtanzeige ihres Telefons.

Lust auf Abtanzen heute Abend? Grazia.

Es war keine schlechte Idee, ihre Freizeit mit einer Person zu verbringen, die nicht unter Mordverdacht stand. Johanna lächelte und tippte eine Antwort ein.

»Grüß ihn auch von mir!« Scheinheilig blies Kay Rauchringe in die Luft, die sich im Tabakdunst verloren.

Johanna schaute vom Display auf. Köbi starrte nach wie vor ins Leere. Rita wischte die Theke vor ihm sauber und stellte eine neue Flasche hin.

»Das Motiv wäre also Wut, weil ihm der Bruder nicht helfen wollte? Oder Enttäuschung?« Johanna kehrte an den Tresen zurück. Köbi schaute Rita nach. Sie hatte dürre Beine und trug einen unglaublich kurzen, schwarzen Jupe.

»Das Motiv wäre Rache. Das ist ab und zu für einen Mord gut. Vor allem, wenn man selbst nichts mehr zu verlieren hat. So verkehrt ist diese Theorie nicht, Jo!«

»Solange die Tatwaffe fehlt, ist das alles hypothetischer Scheißdreck«, knurrte Köbi.

Die beiden Kollegen schauten ihn an. Doch sein Blick verlor sich in der Kneipe. »Es war doch eine Ordonnanzwaffe, oder?«

Kay machte eine relativierende Handbewegung. »Sicher ist nur, dass mit Ordonnanzmunition geschossen wurde. Das geht aber auch mit anderen Waffen.«

»Trotzdem: Woher soll ein Jugo, der fixt, seit er denken kann, eine Armeepistole oder auch nur Armeemunition herhaben?« Köbi lachte triumphierend und nestelte eine Zigarette aus einem zerknitterten Paket *Brunette* hervor. »Er ist ja nicht eingeschweizert, oder?«

Kay gab sich gelangweilt. »Von einem Einbruch natürlich. Die meisten Armeewaffen auf dem Schwarzmarkt wurden aus einem Kleiderschrank irgendeines Einfamilienhauses entwendet. Das ist nun wirklich das kleinste Problem.«

»Dilic ist Bosnier, Köbi!«

»Das weiß ich, Jo. Es war auch nur eine rhetorische Frage, weil mir dieser Kantönler auf die Nerven geht.« Einen Moment verließ er seine Rolle als dumpfer Prolo.

Das Handy piepste wieder.

Brauche eine halbe Stunde. Freue mich auf dich.

Johanna tippte eine Antwort und schickte sie ab. Anschließend deutete sie auf ihr Handy und ging auf die Straße hinaus. Draußen war es feucht und kalt.

Sie rief Katja Weiss an. Die alte Dame nahm erst nach dem zweiten Versuch ab. Sie hatte das Klingeln des Telefons zunächst nicht gehört, da sie gerade einer Lesung von Fontanes *Effi Briest* lauschte. »Immer wieder ein besonderes Vergnügen!«

Danach wählte Johanna die Nummer der Sozialarbeiterin. Barbara Schuppisser war nicht erreichbar. Während das Telefon Signale in die Leere sandte, schaute Johanna zu, wie die Junkies über das Trottoir hetzten. Von Dilic hatte sie keine Nummer. Sie hoffte, dass er nicht gefasst wurde, und erschrak sogleich über diesen Gedanken.

Johanna steckte das Handy ein und öffnete die Tür zur Bar wieder. Rauch und Hardrock begrüßten sie frenetisch, als wäre es die lang ersehnte Rückkehr der verlorenen Tochter.

Kay und Köbi sprachen nicht miteinander, als sie zu ihnen trat. Sie zogen an ihren Zigaretten.

Johanna nahm ihre Jacke und legte einen Fünfliber neben ihre leere Flasche. »Ich muss jetzt gehen. Tschüss. Bis am Montag!«

»Halt dich von Mördern und Kantonspolizisten fern, Jo!« Kay grinste.

Köbi schaute sie verlegen an. »Warte mal, Jo. Was ist mit morgen?«

Sie hatte völlig vergessen, Köbi zu informieren. »Sorry, Köbi. Es ist alles organisiert. Ich hole deine Mutter um zwei bei dir ab.«

Er lächelte dankbar, sagte aber nichts. Offensichtlich war ihm die Situation peinlich. Kay blickte beide neugierig an. Johanna überließ Köbi die Erklärungen und ging.

Durch die Langstraßenunterführung war es ein Katzensprung bis zum *Cherry*. Grazia wartete bereits hinter einem Glas Pfefferminztee. »Du siehst gut aus!«

»Das täuscht. Es könnte sein, dass ich heute den größtmöglichen Blödsinn eines Polizistinnenlebens begangen habe.«

Grazia hob die Augenbrauen und legte ihr eine Hand auf den Unterarm. »Erzähl.«

»Später vielleicht. Erst muss ich etwas essen.«

Baran näherte sich mit einem warmen Lächeln. Grazia bestellte eine Falafel, Johanna Kebab mit Gemüse und Kartoffeln. Tee war keine schlechte Idee. Baran brachte einen Krug.

Grazia kam nicht wieder auf Johannas Verfassung zu sprechen, schaute die Kollegin jedoch von Zeit zu Zeit besorgt an.

Diese allerdings steckte sich zum Nachtisch fröhlich eine Baklava in den Mund, die ihnen Baran offeriert hatte. Sie deutete auf die andere, die Grazia noch nicht angerührt hatte. »Da ist viel Honig drin. Das gibt große Brüste.«

Grazia schaute auf ihren Vorbau hinunter. Einen Augenblick schien sie sprachlos. Dann lachte sie laut und hell auf und nahm ihre Baklava vom Teller. Johanna reichte ihr eine Serviette.

Sie verließen das Lokal und gingen in Richtung Whiskeybar. Vor dem Kino um die Ecke standen Marc und eine Frau mit Bauch. Johannas Magen drohte zu explodieren.

Marc grüßte verlegen. »Hallo, Jo. Was für ein Zufall. Darf ich dir Céline vorstellen?«

Céline war hübsch. Das aber war es nicht. Sie schien um einiges jünger als Johanna. Auch das war es nicht, was Johanna die Kehle zuschnürte. Sie brachte nichts als ein gequältes Lächeln hervor. Grazia vorzustellen, vergaß sie vollständig.

Marc versuchte zu plaudern. Er erzählte vom Film, den sie sehen wollten, und von der Wohnung, die noch nicht eingerichtet war.

Als sie sich wieder gefasst hatte, unterbrach ihn Johanna. »Ich habe dir noch nicht Bescheid gegeben wegen der Patenkindfrage.«

Marc wirkte etwas verwirrt. »Ja, ich weiß. Lass dir ruhig Zeit.«

»Nicht nötig. Ich mache es nicht. Viel Spaß noch!« Sie ließ die beiden stehen und zog Grazia am Ärmel mit sich.

»Was ist los, Jo? Ist das dein Ex? Bist du eifersüchtig?«

Johanna blieb stehen und schaute Grazia mit wässrigem Blick an. »Hast du gesehen, wie die aussieht?«

Grazia suchte nach Worten. Einige Sekunden lang blickte sie ins Leere. Danach gab sie sich einen Ruck und schaute Johanna an. »Wie du. Nur jünger.«

»Eben«, fauchte Johanna. »Jetzt brauche ich einen Drink.«

»Klar doch, Schwester.« Grazia hakte sich bei Johanna ein und sie steuerten auf die Bar zu.

Samstag

I felt my life with both my hands
to see if it was there
Carla Bruni, *I felt my life with both my hands*

37.

Er hatte gewonnen. Der Artikel war nicht erschienen. Bis zuletzt war er sich nicht sicher gewesen, ob es funktionieren würde. Von Berg hatte er nichts erfahren. Auch der Chef hatte sich nicht mehr gemeldet. Deshalb war er frühmorgens ins Café an der Langstraße geeilt und hatte sich die Zeitung gegriffen. Martin bestellte einen hellen Milchkaffee und blätterte die Ausgabe durch. Sicherheitshalber gleich nochmals. Die Kolumne des krummbeinigen Sommerkleides übersprang er geflissentlich. Es stand nirgends etwas über die Polizistin. Nicht einmal auf der Leserbriefseite. Martin war sich nicht sicher, ob er Johanna dies mitteilen sollte. Für sie hatte er es getan. Weil er sie mochte, würde er sagen. Weil er scharf auf sie war, wären die Worte des Chefs.

Ein Junge im bauchnabelfreien T-Shirt brachte einen Cappuccino mit viel Schokostreuseln. Damit war zu rechnen gewesen. Die schlechteste Bedienung weit und breit war das Markenzeichen dieser Lokalität. Morgens wurden die Bestellungen nach dem Zufallsprinzip verteilt. Mittags warteten die Gäste geduldig auf ihr Menü, um schließlich das des Tischnachbarn zu verzehren. Es funktionierte. Das Lokal war voll.

Martin nahm den Cappuccino kommentarlos entgegen und erinnerte den Jungen daran, dass er auch eine Laugenbrezel bestellt hatte. Hierbei würde er nicht lockerlassen. Bei Brezeln verstand er keinen Spaß. Der Junge auch nicht. Kommentarlos machte er sich davon.

Wahrscheinlich würde er es ihr nicht sagen. Echte Bescheidenheit war eine Tugend. Außerdem könnte sie meinen, dass er sich bei ihr einschleimen oder mit ihr ins Bett wollte.

»Die letzte Brezel ist schon vergeben.«

»Wie bitte?« Martin blickte von der Zeitung auf, die er als Kulisse für seine Gedankenflüge benutzt hatte.

Der Junge deutete mit dem Kopf auf eine Frau, die zwei Tische weiter saß und telefonierte. »Die Dame hat die letzte Brezel bestellt.«

Erst jetzt fiel Martin Metzger auf, wie blass der Servierboy war. So blutarm und so blasiert auszusehen war eine Kunst. Die Blässe fiel ihm auf, als er die Farben der Frau gewahrte. Sie hatte buschige dunkelrote Haare und trug einen eleganten dunkelgrünen Pullover und schwarze Lederhosen. Martin war sich sicher, dass sie überdies strahlend blaue Augen hatte. Auf dem Tisch vor ihr standen eine Tasse und ein Korb mit der Butterbrezel. Was sie sagte, konnte er nicht verstehen. Die Frau flüsterte und schirmte mit der freien Hand das Telefon ab.

Sie erinnerte ihn an Myriam Camenzind. Beide waren ungefähr gleich alt. Die Haarfarbe war ebenfalls die gleiche. Auch die Vorliebe für Lederklamotten schienen sie zu teilen. Ein klarer Fall von Siebzigerjahre-Powerfrau. Eine mit Patina besetzte Speerspitze des Primärfeminismus. Ihr die Brezel abzuluchsen, würde nicht einfach werden. Sicherlich war sie stur. Ihre instinktive Reaktion auf Anliegen männlicher Artgenossen konnte nur Zurückweisung sein. Auf Charme würde sie aggressiv reagieren, auf rationale Argumente formalistisch.

»Sie hat zuerst bestellt? Aber sie ist doch nach mir gekommen!«

Mit unendlicher Langsamkeit löste der Junge seinen Blick vom Fenster zur Langstraße und wandte seinen goldgelb gelockten Bubenkopf Martin Metzger zu. Das Gespräch musste den Burschen unglaublich anwidern. Eine Antwort jedenfalls war es ihm nicht wert. Er zuckte die Schultern und schlurfte davon.

Einen Augenblick lang glaubte Martin, dass er aufspringen und den Jungen in seinen Modelarsch treten würde. Als dieser Moment vorbei war, schaute er sich um. Niemand schien sich für den Disput um die Laugenbrezel zu interessieren. Die Frau hatte auch nichts mitbekommen. Das Telefongespräch musste sehr wichtig sein.

Myriam war nicht geblieben, sondern nachts noch nach Hause gefahren. So wie sie es vor dem Mord an Vera und Milan immer getan hatte.

Die Frau mit der Brezel senkte ihren Arm und legte das Handy auf den Tisch. Einige Sekunden lang blickte sie zum Fenster hinaus. Danach drehte sie sich zu Martin um. Er erschrak. Sie schaute ins Leere. Sorgenvoll. Er bemerkte, dass sie einen verhärmten Zug um den Mund hatte. Darin war sie Myriam nicht ähnlich. Endlich ergriff sie die Brezel. Das Zellophanpapier entfaltete sie überaus sorgsam und legte es neben den Aschenbecher. Und dann biss sie ab.

Martin Metzger zog den Geldbeutel aus der Gesäßtasche, fischte die größte Note heraus, die er darin fand, winkte dem Kellner und ließ ihn das Wechselgeld abzählen.

38.

Der Wagen roch nach frischem Gemüse. Es gab wenig, was sie lieber mochte als den Gang über den Markt in Oerlikon. Vielleicht noch Einkaufen im *Schwarzenbach.* Dort war die Spannung intensiver. Die Spannung zwischen dem Augenblick, in dem sie die Verkäuferin nach etwas fragte, Safran etwa, bis zu dem Moment, in dem diese eine Dose oder Flasche öffnete und sich der darin enthaltene Geruch ausbreitete. Das war wie Sex. Manchmal.

Die Faszination eines Kolonialwarenladens hatte der Markt in Oerlikon nicht. Er war prosaischer, berechenbarer. Trotzdem liebte Johanna ihn. Selbst im Winter, wenn sich die Reihen der Marktstände gelichtet hatten. Sie begann bei den Gemüseständen, ging zum Fischhändler, besorgte sich einige andere Notwendigkeiten wie Gewürze oder Honig und ließ sich zu guter Letzt einen Blumenstrauß zusammenstellen. Am gleichen Stand wie sonst auch immer. Die Gärtnerin war taub. Sie las ihren Kundinnen den Wunsch von den Lippen ab. Mit Johannas Dialekt allerdings hatte sie Mühe. Um ihr mitzuteilen, wie der Strauß aussehen sollte, schrieb Johanna Stichworte auf einen Zettel. Wild, traurig, romantisch. Einmal war die Verkäuferin errötet, nachdem sie das Wort gelesen hatte. Als sie sich ihrer Schamröte bewusst geworden war, hatte sie gekichert. Johanna hatte es in ihren Augen gesehen, gehört hatte sie ein tonloses Glucksen.

Sie bog langsam in die Einfahrt ein. Köbi wohnte in einem Mehrfamilienhaus in Schwamendingen. Die Parkplätze waren besetzt. Ein aufgemotzter Golf, ein alter Renault Kastenwagen und ein japanischer Vierradantrieb. Sie stellte ihr Auto hinter den Subaru-Jeep, legte das Polizeischild unter die Windschutzscheibe und stieg aus. Rechts neben den Parkplätzen befand sich ein kleiner Flecken eingezäunten Rasens, auf dem eine einsame Schaukel stand.

Johanna klingelte und wartete auf das Knacken der Gegensprechanlage. Das Gerät blieb stumm. Stattdessen hörte die Polizistin, wie ein Fenster geöffnet wurde.

»Jo? Wir kommen runter!«

Johanna trat auf den Vorplatz hinaus und schaute die Fassade hoch. Köbis Kopf war bereits verschwunden. Sie sah gerade noch, wie die Vorhänge zugezogen wurden. Also lehnte sie sich an ihr Auto und wartete. Es war einer der seltenen schönen Novembertage. Kalt, trocken und sonnig. Die grimmige Feuchtigkeit des Vortages war weggeblasen.

Sie erschienen gemeinsam in der Haustür. Köbi zuerst, danach seine Mutter. Die Frau, die zuhinterst folgte, musste die Schwester sein. Sie glich ihrem Bruder überhaupt nicht. Köbi trug sein ewig weißes Hemd, dessen oberste drei Knöpfe nicht zum Zuknöpfen da waren. Außerdem verwaschene Jeans und Hausschlappen ohne Socken. Die beiden

Frauen dagegen waren zum Ausgehen angezogen. Offensichtlich kaufte Köbis Schwester die Kleider für die Mutter. Die alte Dame trug einen schlank geschnittenen, dunkelblauen Mantel, unter dem ein brauner Rock hervorlugte. Die Füße steckten in warmen Winterstiefeln. Die Schwester hatte ein olivgrünes Hosenkleid an und darüber eine schwarze Filzjacke. Beide wirkten weniger proletenhaft als ihr Bruder und Sohn. Sogar urbaner.

Die Vorstellungsrunde war nicht so peinlich, wie Johanna befürchtet hatte. Zwar war Köbi erwartungsgemäß nicht besonders hilfreich. Dafür war seine Schwester lockerer und gesprächiger. Die alte Frau Furrer schließlich begrüßte Johanna mit einem warmen Händedruck und dankte ihr dafür, dass sie ihr Zürich zeigen wollte. Offenbar entsprach das Köbis Ankündigung. Johanna öffnete die Tür zum Beifahrersitz. Frau Furrer stieg ein und legte die Handtasche auf die Knie. Johanna schloss die Tür hinter ihr und verabschiedete sich von den beiden Geschwistern.

»Sag mal, Jo, was machst du eigentlich mit ihr?«

Johanna lachte. »Frag hinterher deine Mutter, Köbi. Ich bringe sie dir um zweiundzwanzig Uhr zurück.«

Die Schwester grinste und holte ihren Autoschlüssel aus der Jackentasche hervor. »Wahrscheinlich geht Mutter jetzt in die Lokale, die du Monika verboten hast, Bruderherz.«

Köbi brummte etwas Unverständliches.

Seine Schwester hatte Johannas fragenden Blick bemerkt. »Monika ist seine Tochter. Mein Bruder war überfordert mit ihrer Erziehung. Er ist zu altmodisch, nicht wahr?«

Köbi sah nicht aus, als ob er sich auf diese Diskussion einlassen würde.

Seine Schwester drückte auf den Autoschlüssel. Der Golf blinkte und piepste wild. »Der Schlitten meines Sohnes«, meinte sie erklärend.

Johanna stieg ein. Sie startete und fuhr rückwärts auf die Straße hinaus. Die Kinder winkten ihrer Mutter zum Abschied. Diese lächelte.

39.

Katja Weiss war eine ganz hervorragende Vorleserin. Sie tat es mit Stil und Leidenschaft. Anton Tschechows *Krankenzimmer Nr. 6* bereitete ihr offenkundig großes Vergnügen. Ohne zu unterbrechen, blinzelte sie verschmitzt Johanna zu, die in der Küchentür stand und gebannt zuhörte. Die halb geschälte Karotte in ihrer Hand hatte sie völlig vergessen. Erst Katja Weiss' Augenzwinkern brachte sie in die Realität zurück.

Sie besann sich auf ihre Aufgabe. Das Gemüse musste fertig zubereitet werden. Dann musste sie die Fische ausnehmen, zerteilen und marinieren. Den Sud für die Suppe hatte sie gleich zu Beginn ihrer Vorbereitungen aufgesetzt. Die Wohnung roch bereits intensiv nach Fisch.

Johanna kannte die Novelle nicht. Überhaupt hielt sie sich nicht für sehr belesen. In die Auswahl der Lektüre hatte sie sich nicht eingemischt.

Dreinreden hätte Katja Weiss auch kaum geduldet. Sie hatte keinen Zweifel darüber aufkommen lassen, dass sie Tschechow für das Passendste hielt. »*Dass ich ein Arzt bin und Sie ein Geisteskranker sind, beruht weder auf Moral noch Logik, nur auf einem reinen Zufall.* Allein dieser Satz ist eine Offenbarung! Den muss man einfach einmal im Zusammenhang gehört haben.«

Johanna hatte gelacht. »Das lässt sich genauso gut über Polizisten und Verbrecher sagen.«

Ein Schatten war über Martha Furrers Gesicht gehuscht. Gesagt hatte sie aber nichts, sondern sich stumm auf das Sofa gesetzt, das ihr Katja Weiss angeboten hatte.

»Was hast du gesagt?«

Johanna hatte vergessen, dass Katja Weiss schlecht hörte, und ihr ihren Spruch nochmals ins Ohr gebrüllt. Katja Weiss hatte den Kopf geschüttelt, sodass ihre weiße Mähne wild herumgetanzt war. Ihr Haarschnitt war etwas zu jugendlich. »Ich bin nicht schwerhörig, Kind. Aber du bist noch zu jung, um so zynisch zu sein. Pass auf, dass dich dein Zynismus nicht gefühllos macht.«

Johanna hatte es dabei bewenden lassen und sich die Schürze umgebunden, die ihr die Schauspielerin gereicht hatte. Dann war sie in die Küche gegangen und hatte die Einkäufe ausgepackt. Aus den Augenwinkeln hatte sie beobachtete, wie sich Katja Weiss in ihren Lesesessel gesetzt und ein Buch vom Beistelltisch aufgehoben hatte. Johanna schnetzelte die Karotten mit einem riesigen Tranchiermesser. Ein Erbstück, ohne das ihr Kochen keinen Spaß machte. Dabei hörte sie weiter zu.

»Kennen Sie zufällig den Todesort von Tschechow, Katja? Im Schwarzwald?« Martha Furrer hatte eine feste Stimme, sprach jedoch sanft und leise. Überhaupt war sie sehr zurückhaltend. Besonders im Vergleich mit ihrer wirbligen Vorleserin.

»Badenweiler? O ja! Das kenne ich gut. Dort habe ich gespielt. Das ist wahnsinnig lange her. Ich kann mich nicht einmal mehr an das Stück erinnern. Es war nicht Tschechow. Darin bin ich mir sicher. Später war ich dann nochmals dort. Mit einem Liebhaber.« Wieder eine Gelegenheit, Johanna zuzuzwinkern, hätte diese hingesehen. »Es ist nichts daraus geworden.« Vermutlich hätte sie dies nicht extra betonen müssen.

»Ich war mit Barbara dort. Meiner Tochter. Sie hat im römischen Bad gearbeitet. Bevor sie geheiratet hat, wollte sie Archäologin werden.« Martha Furrer saß kerzengerade auf dem Sofa und hatte die Hände über der Brust verschränkt. »Sie hat gearbeitet und ich habe im Thermalbad gebadet.« Es schien fast, als wäre es ihr peinlich, dass sie Ferien gemacht hatte, während ihre Tochter arbeitete. »Das Studium hat sie nicht beendet. Wir hatten nicht genug Geld.«

Johanna legte den Fisch beiseite und horchte. Schweigen folgte, bis Katja Weiss unvermittelt zu lesen begann. Und so hörte Johanna ihr kochend zu, ließ sich vom Rhythmus der Sprache tragen und lauschte den Spannungsbögen ihrer

Stimme. Das Ganze kam Johanna vor, als würde sie die Märchenkassetten aus ihrer Kindheit hören. Nur dass sie nun ab und zu zwischen den Türpfosten stehen und zuschauen konnte.

Martha Furrer folgte dem Vortrag aufmerksam. Beinahe andächtig. Sie war eine zierliche Frau mit silbergrauen Haaren, die sie hinter dem Kopf zusammengeknotet hatte. Zum braunen Rock trug sie eine stahlblaue Bluse aus einem festen Baumwollstoff mit einem fein gezeichneten Muster. Die gefütterten Stiefel hatte sie gegen Pantoffeln der Hausherrin ausgetauscht. Im Verhältnis zu ihrem grazilen Körper wirkten ihre Hände grob und riesig. Sie ruhten jetzt gefaltet in ihrem Schoß. Ab und zu deutete sie ein verschwiegenes Lächeln an. Sie schien die Lesung sehr zu genießen.

Als Johanna soweit alles vorbereitet hatte, goss sie den Fischsud in eine Schüssel und warf die ausgekochten Fischgräten und Gemüsestücke weg. Danach erhitzte sie Olivenöl und dünstete darin das sorgsam zerkleinerte Gemüse. Darüber schüttete sie den Sud, deckte die Pfanne ab und setzte sich dann zu den beiden Frauen ins Wohnzimmer. Katja Weiss machte eine kurze Pause, in welcher die drei Frauen Tee und Kekse verschlangen und plauderten.

Langsam taute Köbis Mutter auf. Sie erzählte von ihrer Familie, dem früh verstorbenen Mann, den Enkelkindern. Das war die Gelegenheit, sich nach Köbis Tochter zu erkundigen. Eine Frage, die Johanna seit dem Nachmittag auf der Zunge brannte.

Martha Furrer seufzte und betrachtete die Hand, in der sie einen Keks hielt. »Ach, Monika ist ein liebes Kind. Sie besucht mich häufig. Manchmal bringt sie eine Freundin mit. Aber mit dem Vater funktioniert es nicht. Sie finden einfach nicht den richtigen Draht zueinander. Vielleicht sind sie beide zu starke Persönlichkeiten. Wer weiß.«

Sie schob den Keks in ihren Mund und faltete ihre Hände wieder zusammen. Das schien das Signal zu sein für Katja Weiss, die das Buch aufnahm und weiterlas. Johanna hörte noch eine Weile zu und ging in die Küche, als sie glaubte, die Geschichte nähere sich ihrem Ende.

Die Suppe schmeckte bereits gut. Nun zog Johanna das eingelegte Brot aus der Milch und verrührte es mit Knoblauch und Olivenöl zu einer Rouille, die sie mit Rücksicht auf die beiden älteren Damen etwas weniger scharf machte als gewöhnlich. Nachdem Katja Weiss die Buchdeckel zusammengeklappt hatte, nahm Johanna die Fischstücke und ließ sie vorsichtig in die Suppe gleiten. Danach hieß sie die beiden Damen, sich zu setzen, und servierte die Suppe.

Für Köbis Mutter war eine Bouillabaisse etwas Aufregendes. Sie studierte die verschiedenen Ingredienzien und befragte Johanna eingehend über die Zubereitungsart. Für Katja Weiss war die Suppe weniger spektakulär. Ihre Ausführungen erweckten den Eindruck, als wäre sie bei deren Erfindung dabei gewesen. Obschon sie Johannas Kochkünste ununterbrochen lobte, hörte sie nicht auf, laufend Hinweise zu geben, wie man die Suppe noch verfeinern könnte. Was sie zu den regional unterschiedlichen Zubereitungsarten führte. Ein Buch für sich.

Johanna hörte geduldig zu und strich sich Extraportionen Rouille aufs Brot. Vorsichtig versuchte sie, Katjas Redefluss in eine andere Richtung zu lenken, und brachte Alfred Kägi ins Spiel. Sie hatte sich zwar vorgenommen, die Arbeit beiseite zu lassen, konnte sich aber nicht zusammenreißen.

Katja nahm das neue Thema dankbar und redselig auf. »Fredi war ein guter Junge. Fleißig, sehr fleißig. Er hat seinem Vater immer in der Bäckerei geholfen. Ich habe ja schon damals hier gewohnt. Mitten in der Nacht aufzustehen war kein Spaß für einen Buben. Sie wissen ja, wie das früher war, Martha. Das Leben bestand aus Arbeit. Aus nichts als aus Arbeit.« Die Angesprochene nickte still. »Sein Vater allerdings war ein Tyrann. Mit dem hätte ich es keine Minute ausgehalten.« Katja Weiss biss grimmig in ein Stück Brot. »Sie müssen wissen, Martha, dass Fredi ein Junge war, den man sich als Mutter nicht besser wünschen kann.« Sie lächelte wieder und reichte Köbis Mutter die Schale mit der Rouille. »Er hat seine Mutter gepflegt, bis sie gestorben ist. Sie hatte Blutkrebs und es hat sich lange hingezogen, bis sie endlich gehen durfte. Das war eine harte Zeit. Der alte Kägi hat Fredi kein bisschen geholfen. Dabei hätte Fredi Unterstützung bitter nötig gehabt.«

Johanna blickte fragend in die Runde, bereit, ein zweites Mal zu schöpfen. Martha Furrer hielt ihr ihren Teller hin.

»Weil sich Fredi so sehr um seine Mutter gekümmert hat«, fuhr Katja Weiss fort, »hat er sein Geschäft vernachlässigt.« Johanna füllte auch Katjas Teller ein zweites Mal. Diese nickte lächelnd, ohne ihre Erzählung zu unterbrechen. »Und dann hat ihn sein Kompagnon hintergangen. Das war eine gemeine Geschichte. Fredi ist aus der Firma gedrängt worden und hat viel Geld verloren. Man muss sich das vorstellen: Der Bub hat das Geschäft verloren, nur weil er für seine Mutter gesorgt hat. Und der Alte hat keinen Finger krumm gemacht! Nichts. Nur seine Häuser hat er Fredi schließlich vererbt. Immerhin. Wer weiß, wie schlimm es sonst geworden wäre.«

Gedankenverloren steckte sich Katja Weiss ein Stück Tintenfisch in den Mund. Einen Augenblick lang waren lediglich Essgeräusche zu hören. Das Kratzen der Löffel auf dem Tellerboden vor allem.

»Fredi hat kein Glück gehabt im Leben. Er hat sein Geschäft verloren, seine Mutter ist viel zu früh gestorben und die Frau und das Kind sind ihm weggelaufen. Dabei war es nicht einmal sein Kind. Paola hat es aus Brasilien mitgebracht. Aber er hat für die Kleine gesorgt, als wäre sie sein eigenes.« Martha Furrer löffelte schweigsam ihre Suppe und Johanna ließ Katja reden. »Wenn ich Fredi nicht persönlich kennen würde, glaubte ich gar nicht, dass Männer so fürsorglich sein können. Oder haben Sie so etwas schon erlebt, Martha?«

Fast unmerklich zuckte die Angesprochene zusammen. Johanna dachte an Köbi und schaute besorgt seine Mutter an. Diese verneinte stumm und löffelte weiter ihre Suppe.

»Heute ist Fredi ein gebrochener Mann.« Katja Weiss machte eine theatralische Pause. »Ein gekränkter Mann ist ein kranker Mann. Das wissen wir Frauen nur zu gut.«

Plötzlich war es sehr still. Unvermittelt fiel Johanna auf, dass keine der beiden Frauen ihre Suppe schlürfte. Das war erstaunlich für ältere Damen. Sie hatte noch das Schlürfkonzert im Altersheim ihrer Großmutter im Ohr. Das hatte sie nicht ausstehen können. Aus diesem Grund hätte sie sich beinahe gegen die Bouillabaisse entschieden. Fehlalarm. Die beiden aßen ihre Suppe sehr sittsam und nahezu geräuschlos.

»Apropos Männer. Heute stand eine irrsinnig lustige Kolumne in der Zeitung!« Katja Weiss hatte ein fröhlicheres Thema gefunden. »Die Schreiberin macht sich über Fußballfans lustig. Und über Sportreporter. Sie erzählt von einem Abend in einer Fußballbar. Ich glaube, Martin geht dort auch häufig hin. Ich hoffe nur, er nimmt es nicht persönlich.« Sie kicherte wild, stand auf und holte die Zeitung unter einem Stapel Papier hervor. »Hier. Das ist sie.«

Zu sehen war das Foto einer Frau mit großer Nase und keckem Blick. Weder kannte Johanna ihren Namen noch hatte sie jemals etwas von ihr gelesen. Sie überflog den Text. Es war deftig, aber witzig. Trotzdem bezweifelte sie, dass jemand dies nicht persönlich nehmen konnte. Sie dachte daran, wie sie selbst in die Pfanne gehauen worden war.

»Ich liebe diese Journalistin wirklich! Ihre Kolumne zu lesen ist das Erste, was ich samstags mache. Heute ist sie wieder umwerfend.«

Johanna legte die Zeitung beiseite und wandte sich Martha Furrer zu, die während des Zwiegesprächs der beiden anderen sichtlich mit ihren Gedanken abgedriftet war. Wahrscheinlich war sie müde.

Dieser Eindruck bestätigte sich wenig später. Nachdem Johanna abgeräumt und Katja einen Dessertwein aufgetischt hatte, dauerte es nicht lange, bis Köbis Mutter die Augenlider zufielen. Johanna stand auf und wusch das Geschirr ab. Anschließend rüstete sie zum Aufbruch.

Erst beim Abschied fiel ihr auf, dass sich die beiden Frauen beim Vornamen nannten, jedoch siezten. Das wirkte altmodisch, aber stilecht.

Außerdem merkte sie, dass sich die beiden zu mögen schienen. Sie verabschiedeten sich herzlich voneinander. »Sie müssen mir versprechen, dass Sie mich in zwei Wochen wieder besuchen, Martha. Ich werde uns wieder eine hübsche Geschichte aussuchen. Diesmal vielleicht etwas Schweizerisches.«

Als sie die Treppe hinunterstiegen und an Metzgers Tür vorbeigingen, hörte Johanna drinnen den Fernseher laufen. Das Länderspiel lief auf Hochtouren. Sie lächelte und führte Martha Furrer zu ihrem Wagen. Die Heimfahrt war mühsam, weil in der Innenstadt die Straßen mit Autos zugestopft waren.

»Das war ein wunderbarer Tag, Johanna. Vielen herzlichen Dank.«

Johanna schaute Köbis Mutter an.

Diese blickte sehr ernsthaft zurück. »Ich wusste gar nicht, dass Zuhören so schön sein kann.«

Johanna schaute ein zweites Mal hin. Beinahe zu lange. Im letzten Moment merkte sie, dass ihr Vordermann gebremst hatte, und trat ebenfalls auf die Bremse. Als sie zum Stehen gekommen waren, sah sie wieder zu Martha Furrer. Diese verzog keine Miene. Es war einfach nicht ersichtlich, ob sie die Sache mit dem Zuhören ernst gemeint hatte.

In Schwamendingen stellte Johanna ihren Wagen wieder hinter den Subaru. Köbi kam sogleich die Treppe herunter. Erstaunlicherweise hatte er keine Fahne. Als er seine Mutter in Empfang nahm, druckste er verlegen herum und wusste nicht, was er sagen sollte. Johanna verabschiedete sich rasch und lenkte den Wagen zurück in Richtung Oerlikon.

Nach fünfminütiger Autofahrt überfiel sie die Einsamkeit. Richtig klar wurde ihr dies, als sie an ihrer Wohnung vorbeifuhr.

40.

Sie roch nach Knoblauch. Genau genommen stank sie.

»Ich arbeite.«

»Ich nicht.«

»Das riecht man.«

Sie lachte. »Das Beste an der Bouillabaisse ist die Rouille.«

»Na dann, Madame Gourmet, treten Sie ein. Bier zum Spülen ist im Kühlschrank.« Martin Metzger ging ins Wohnzimmer und setzte sich wieder in den Sitzsack. Das Spiel dauerte noch zwanzig Minuten. Seine Kollegin in Priština war am Verzweifeln und schrie etwas Unverständliches ins Handy.

Er nahm das Telefon wieder auf. »Ganz ruhig, Sabine. Wir haben alles im Griff. So wie es aussieht, verlieren wir.«

Die Polizistin kam ins Zimmer. Eine Bierflasche in der Hand. Sie schaute sich um, räumte anschließend Papier vom Sofa auf den Boden und setzte sich.

»Ich schreibe dir den Spielbericht fertig. Du machst dich parat für die Interviews. – Hallo, Sabine! Hörst du zu?« Nach einigem Rauschen und Knacken war ihre Stimme wieder so präsent, dass er ihre Nervosität quasi körperlich spüren konnte. »Und zwar gehst du runter und suchst dir als Erstes einige der jungen Spieler aus, wenn sie vom Platz kommen. Die sind mit Medien unerfahren und direkter. Authentischer. Hast du verstanden? Den Trainer und den Kapitän lässt du stehen. Sollen die anderen sich um die Diven balgen. Die kannst du nach der Pressekonferenz noch lange genug interviewen.«

Die Polizistin hörte aufmerksam zu. Bier trinkend.

»Alles klar? Dann leg los. Ich sende dir den Spielbericht. Das schaffen wir locker. Bis dann!« Er legte das Telefon auf den Boden und verdrehte die Augen.

»Interessantes Geschäft! Wer gewinnt das Spiel?« Ihr Lächeln war unglaublich sexy.

»Wir liegen mit einem Tor hinten und spielen, als hätten wir die Krätze am Fuß.« Dieser Spruch verlängerte die Dauer ihres Lächelns. Zauberhaft! »Tut mir leid. Ich muss dringend diesen Artikel fertig schreiben. Auf meinen Schultern lastet eine große Verantwortung. Schau doch das Spiel an! Oder lies ein paar Leserbriefe! Das ist das, was hier überall rumliegt. Das Zeug ist ganz amüsant, solange man es nicht beantworten muss.«

Metzger hackte den Artikel in die Tasten. Die Vorarbeit aus Priština war ganz brauchbar. Eigentlich könnte Sabine den Job auch allein erledigen. Wenn sie sich nur nicht so verunsichern ließe. Von dem ganzen Rummel, den Verbandsheinis, den anderen Journalisten, die einen wie Hyänen umkreisten. Das war sie nicht gewohnt. Aber sie war eine richtig gute Journalistin. Ohne Frage. Er selbst konnte nichts anderes als Sportjournalismus. Das war sein Geschäft. Sein einziges.

Als der Abpfiff erfolgt war und die Kameras an den Spielfeldrand schalteten, dem sich die Schweizer Spieler wie Ertrinkende näherten, die sich nicht sicher waren, ob sie das rettende Ufer wirklich erreichen wollten, beobachtete Martin im Hintergrund, wie sich Sabine einige der Gestrandeten fischte. Braves Mädchen. Drum herum tobte das Stadion. Die Albaner drehten eine Ehrenrunde nach der anderen. Dann blendete das Fernsehen die Werbung ein und Martin schaltete den Ton aus. Wenig später sandte er den Bericht nach Priština. Er beförderte eine SMS hinterher, damit Sabine wusste, dass sie den Artikel wieder in die Schweiz zurückschicken musste. Es sollte ja echt aussehen. Nun konnte er sich endlich der Polizistin zuwenden. Er war gespannt, wie er die Mischung aus Knoblauch und Bier ertragen würde.

Johanna di Napoli saß da und las. Er fragte sich, wieso sie ihm eigentlich gefiel. Wirklich schön war sie nicht. Vielleicht fand er alle Frauen attraktiv, die in seine Reichweite kamen. Diese Interpretation war zwar nicht falsch, tat Johanna aber Unrecht. Denn sie war auch nicht hässlich. Es war das Verwegene, das sie ausstrahlte und das einen um den Verstand bringen konnte. Jedenfalls das Biest in ihm. Dieses Tier sollte er vielleicht näher kennenlernen. Seine Ex hatte eine Psychoanalyse begonnen, nachdem sie sich getrennt hatten.

Martin stand auf und holte sich ebenfalls ein Bier. Johanna beachtete ihn nicht, als er an ihr vorbeiging, sondern blieb in ihre Lektüre vertieft. Mit einem lauten Stöhnen ließ er sich wieder in den Sitzsack fallen und zündete eine Zigarette an. Er rauchte sie zu Ende, ohne dass Johanna auch nur aufschaute, ohne dass das Telefon klingelte oder eine E-Mail eintraf. Es kam ihm wie eine Ewigkeit vor. Danach nippte er eine weitere Ewigkeit an dem Bier.

»Kägi ist ein chronischer Leserbriefschreiber. Der schreibt bestimmt zwei pro Woche. Unglaublich.«

Halleluja. Sie lebte noch. »Ja, chronisch ist nicht schlecht ausgedrückt. Man könnte auch pathologisch sagen. Und wir sprechen hier lediglich von meinem Intelligenzblatt. Wie viele Briefe er bei der Konkurrenz einreicht, können wir nur vermuten. Gefällt dir sein Stil?«

Sie schaute Martin an. Zum ersten Mal seit langer Zeit. »Er argumentiert sehr vernünftig. Es fällt einem schwer, anderer Meinung zu sein.«

»Du bist ungeheuer freundlich.« Er überlegte, wann sie eigentlich angefangen hatten, sich zu duzen. Es kam ihm nicht mehr in den Sinn.

»Wie würdest du es denn ausdrücken, Mr Spitzzunge?«

»Er ist ein notorischer Besserwisser. Ein Bünzli. Ein verklemmter Sonntagsschullehrer. Ein Streber, den es krank macht, dass er nicht gebührend zur Kenntnis genommen wird. Er ist widerlich.«

»Was macht dich so aggressiv, wenn du an ihn denkst?«

»Sollten wir vielleicht den Platz tauschen, Fräulein Freud? Normalerweise benutzt der Patient die Couch, soviel ich weiß.«

Auf die Provokation stieg sie nicht ein. Stattdessen verstrahlte sie wieder dieses unglaubliche Lächeln. »Im Ernst. Das ist interessant. Mir geht es nämlich genau gleich wie dir. Er argumentiert vernünftig, ist nach allen Seiten korrekt, macht alles richtig. Und trotzdem provoziert er eine aggressive Gegenreaktion. Das ist doch spannend, oder?«

»Nicht trotzdem, sondern deswegen. Es ist das Korrekte, das einem auf den Wecker geht. Mir jedenfalls. Kein Wunder, dass Kägi Hobbysozialarbeiter geworden ist, nachdem er es in der Firma versiebt hat. Hoffentlich werde ich nie zum Sozialfall. Leute wie den würde ich nicht aushalten.«

Johanna war bereits wieder in einen Brief vertieft und antwortete nicht. Martin steckte sich eine neue Zigarette in den Mund und überlegte, wie sie sich näher kommen könnten. Wenn sie schon da war, sollten sie auch etwas aus der Situation machen. Er war keine öffentliche Bibliothek. Platonische Freundschaften konnten zwar auch ganz spannend sein, nur störte ihn das Platonische daran. Vielleicht sollte er Musik machen. Whiskey auftischen. Das Licht herunterdimmen, wenn er denn einen Dimmer hätte. Neben ihr auf dem Sofa sitzen. Ihr sagen, dass er sie gerettet hatte. Dass Berg sie wegen ihm nicht weiter durch den Kakao ziehen würde. Das sollte er ihr jetzt sagen.

Sonntag

One man, so dark, so sad
Eleni Mandell, *Just a dream*

41.

»Du lächelst, wenn du schläfst.«

Sie stand in der Tür zum Gang. Wenn er sich nicht täuschte, trug sie lediglich Hosen und Unterhemd und hatte nasse Haare. Um den Hals hatte sie ein Handtuch gelegt. Und es roch nach Kaffee.

»Ich habe mir erlaubt, dein Bad zu benutzen. Ich musste den Knoblauchgeschmack loswerden.« Sie frottierte sich die Haare. Es sah umwerfend aus. »Du hast eine beeindruckende Parfumsammlung.«

Martin Metzger blickte sich um. Er lag in seinem Sitzsack. Das Fenster stand offen. Darum fröstelte ihn. Draußen schien es zu tagen. Plötzlich merkte er, wie sehr ihn der Nacken schmerzte. Er raffte sich auf und setzte sich gleich wieder. Diesmal auf die Couch. Johanna di Napoli grinste. Mit den Zehen zog Martin das Zigarettenpäckchen zu sich her. Rauchend versuchte er, sich zu erinnern, was eigentlich geschehen war. Vermutlich nicht viel.

Er hörte, wie sie in der Küche mit allerlei Geschirr hantierte. Was genau sie dort trieb, war aus diesen Geräuschen nicht zu eruieren. Glücklicherweise hatte er keinen Fisch im Kühlschrank.

»Habe ich geschnarcht?«

»Ja.«

»War es schlimm?«

»Ja.«

»War es kein bisschen schön für dich?«

Anstelle einer Antwort hörte er sie lachen. Immerhin. Er stand auf und ging zur Toilette. Da eine Frau im Haus war, setzte er sich. Hinterher gab er sich Mühe, den Rand abzuwischen. Während er dies tat, spülte er sich den Mund mit Zahnpasta aus. Man konnte nie wissen. Danach öffnete er den Schrank, sah sich die verschiedenen Fläschchen an und überlegte, welches Parfum sie benutzt haben mochte. Er tippte auf *Knize.* Das Geheimnisvolle.

Als er ins Wohnzimmer zurückkam, stand das Frühstück auf dem Tisch. Aus der Stereoanlage summte Billie Holiday. Die Leserbriefe lagen schön gestapelt neben dem Laptop auf dem Boden. »Ich könnte mich daran gewöhnen.«

»Woran? Bedient zu werden?«

»Nein, daran, mit Frauen zu frühstücken, ohne dass ich zuvor mit ihnen geschlafen habe.« O Gott, wieder dieses Lächeln.

»Du lügst.«

»Unter der Voraussetzung, dass wir hinterher zusammen schlafen.«

Sie köpfte ihr Ei und grinste nur. Martin löste von seinem die Schale und stach vorsichtig hinein. Es war perfekt. So wie er selbst es nie hinkriegte. Festes Weiß und weiches Gelb.

»Hast du sie alle gelesen?« Er deutete mit dem Kopf auf den Stapel Briefe.

Sie nickte. »Ich finde das extrem spannend. Bisher habe ich die Leserbriefseite immer übersprungen.«

Er salzte sein Ei. »Mich deprimiert es zu sehen, wie borniert und intolerant die Menschen sind. Wenn du diese Ergüsse liest, verlierst du den Glauben an die Demokratie. Gnade uns Gott, wenn diese Leute tun und lassen könnten, was sie wollten.«

Johanna stand auf, verschwand in der Küche und kehrte mit einem Körbchen Toast zurück. »Ich glaube nicht, dass die Leute wirklich alles so meinen, wie sie es schreiben.« Martin schaute sie fragend an. »Sie übertreiben, weil sie befürchten, nicht gehört zu werden. Sie sind grundsätzlich der Meinung, dass die Mächtigen sie nicht zur Kenntnis nehmen. Deshalb überspitzen sie alles.« Martin schaute ihr zu, wie sie ein Stück Käse abschnitt und es mit Marmelade beschmierte. Endlich tat sie etwas, was er hasste. »Und dass die Medien die Macht haben, solltest du wissen, als Journalist.«

»Ach was. Das war vielleicht vor zwanzig Jahren so. Heute ist es genau umgekehrt. Die Medien schreiben dem Stammtisch nach dem Maul. Alles andere fällt durch. Die wirklich Mächtigen sind jene, die vorgeben, ohnmächtig zu sein. Das ist zwar absurd, aber es ist so. Demokratie ist die Diktatur der Dummheit!«

Johanna schaute ihn an, schwieg und aß. »Ich hatte diese Woche nicht das Gefühl, besonders viel Macht zu haben gegenüber den Medien.«

Das war die Gelegenheit, jetzt musste er es ihr sagen! Stattdessen strich er Butter auf eine Toastscheibe und schwieg.

»Gehst du eigentlich auch in die Bar im Stadion?«

»Ja, klar. Als Fußballreporter kannst du dort nicht fehlen. Wir machen alle ab und zu Tresendienst. Das gehört sich so. Außerdem finde ich die Bar cool.« Das Sommerkleid zog an seinem geistigen Auge vorbei. »Wie kommst du darauf?«

»Nur so. Weil ich davon gelesen habe. Und wegen deines Berufes.«

»Bist du eigentlich nicht müde?«

»Nicht besonders. Und du?«

Er spürte eine wohlige Schwere in sich aufsteigen. »Doch. Aber immerhin habe ich geschlafen. Du nicht, oder doch?«

Johanna verneinte kopfschüttelnd und wischte sich mit einer Serviette den Mund ab. Offensichtlich hatte sie in seiner Küche Dinge gefunden, von denen er gar nicht wusste, dass sie da waren. Sie stand auf und begann abzuräumen. Martin half ihr. Gemeinsam stapelten sie das Geschirr in die Spülmaschine. Ab und zu berührten sie sich zufällig. Als sie mit Einräumen fertig waren, verschwand sie irgendwo in der Wohnung. Nach langen fünf Minuten, in denen er die Zeitungen auf seinem Küchentisch ordnete, ohne die geringste

Ordnung hineinzubringen, kam sie angezogen in die Küche zurück.

»Du willst gehen?«

»Ja. Es ist Zeit.« Sie küsste ihn auf die Wange. Es war nicht sein *Knize,* sondern *Chanel No 5.* Myriams Flasche.

»Gehen wir wirklich nicht zusammen ins Bett?«

Sie lächelte. »Nein, das tun wir nicht. Schlaf gut!« Sie küsste ihn abermals. Diesmal auf den Mund. Dann schlug sie die Wohnungstür hinter sich zu.

Martin setzte sich auf den Küchentisch und wartete darauf, dass sie zurückkam. Irgendwann klingelte das Telefon. Er schreckte auf und rannte ins Wohnzimmer. Falsch, hier lag nur sein Handy. Er rannte zurück in die Küche. Da war es auch nicht. Schließlich fand er es im Schlafzimmer unter seinem FCZ-T-Shirt. Atemlos schnappte er sich das Teil und drückte auf den grünen Knopf. Das musste sie sein, Johanna.

»Guten Morgen, Herr Metzger. Hier spricht Werner Hügli. Ich habe Sie hoffentlich nicht geweckt?«

So musste es sich anfühlen, wenn es einem die Sprache verschlug.

»Herr Metzger? Sind Sie noch dran?«

»Ja, hallo. Worum geht es?«

»Aha, Sie kommen gleich zur Sache. Ich dachte schon, es hätte Ihnen die Sprache verschlagen. Das wäre fatal in Ihrem Beruf.« Am anderen Ende gluckste es.

»Nein, ich bin voll da.«

»Das freut mich. Sie haben etwas, was Sie mir verkaufen könnten. Zu einem guten Preis, versteht sich.«

Das war sie also. Die Rache des Chefs. »Ich verstehe nicht genau, wovon Sie sprechen.«

Ein Seufzer am anderen Ende. »Nun enttäuschen Sie mich, Herr Metzger. Wo ist Ihre Gradlinigkeit geblieben? Wollen Sie tatsächlich Verstecken mit mir spielen?« Die Stimme klang weiterhin belustigt. Dahinter lauerte Aggressivität.

»Sie meinen vielleicht bestimmte Fotos, die ich aus beruflichen Gründen gemacht habe?«

»Genau. Ich bin sicher, dass wir miteinander ins Geschäft kommen.«

Martin überlegte fieberhaft. »Und wenn ich nicht verkaufen möchte?«

»Wie ich schon sagte, Herr Metzger. Ich bin sicher, dass wir miteinander ins Geschäft kommen. Ich schlage vor, wir treffen uns bei Gelegenheit. Was halten Sie davon, mit mir zu Mittag zu essen?«

Martin spürte einen Stich im Magen.

»Wir treffen uns um zwölf in der *Seerose.* Bei diesem Wetter ist die Aussicht auf den See wunderschön. Ich schicke Ihnen einen Wagen.«

Da war wohl nichts zu machen.

»Meine Tochter wird uns Gesellschaft leisten. Sie führt meine Geschäfte. Nach allem, was ich von Ihnen höre, haben Sie nichts gegen Damengesellschaft einzuwenden, Herr Metzger, oder?« Abermals dieses Glucksen. Wenigstens amüsierte sich einer bei diesem Gespräch.

»Also gut, ich werde kommen.«

»Das freut mich ungemein, Herr Metzger. Das könnte durchaus der Beginn einer erfolgreichen Geschäftsbeziehung werden. Ach, und übrigens. Die Polizistin lassen wir beiseite! Wir möchten beide nicht, dass sich die junge Frau in etwas verrennt. Nicht wahr?«

Dieser Dreckskerl! »Okay.«

»Gut. Dann ist alles klar. Bis später, Herr Metzger.«

Martins Herz raste. Er hörte ein Knacken am anderen Ende und danach das Summen der toten Leitung. Nach einiger Zeit ertönte das Besetztzeichen.

Es dauerte einige weitere Minuten, bis Martin so weit war, dass er aufstehen konnte.

Er schaltete das Telefon aus und ging ins Wohnzimmer. Die Zigaretten lagen auf der Couch. Er griff sich eine und ließ sich in den Sitzsack fallen.

Das war es also. Zurück zum Start, Herr Metzger!

42.

»Du steckst in der Scheiße, di Napoli. Du lässt den Hauptverdächtigen in einem Mordfall entkommen, fängst ihn wieder ein und lässt ihn freiwillig gehen. Du legst dich mit dem Leiter der Sonderkommission an und wirst von den Ermittlungen ausgeschlossen, was dich nicht daran hindert, weiterzuforschen. Du schläfst mit dem Ehemann einer Zeugin. Du tändelst wie ein Teenager mit einem der Hauptzeugen herum, der zufälligerweise mit der Ehefrau deines Liebhabers ins Bett geht, wobei noch nicht ganz sicher ist, ob er wirklich nur Zeuge ist oder vielleicht nicht doch auch ein bisschen verdächtig. Du lässt dich von den Medien zur Vorzeigepolizistin hochstilisieren und lieferst ihnen anschließend selbst den Anlass, dich am Boden zu zertreten. Du kommst in deinem eigenen Fall keinen Zentimeter vorwärts und mischst dich in Untersuchungen ein, aus denen du rausgeschmissen wurdest. Die Leute, die dich noch mögen, fallen um wie Kegel. Du bist eine Katastrophe, di Napoli. Ich möchte lieber nicht wissen, was du als Nächstes tust.«

43.

Seit geraumer Zeit saß sie in ihrem Auto und schaute zu, wie die Stadt erwachte. Ein Zeitungsbote zog seinen Anhänger von Haus zu Haus und stopfte dicke Bündel in die Briefkästen. Er war in eine voluminöse Daunenjacke gehüllt und hatte sich eine Kappe tief über die Ohren gezogen. Aus einem der Hauseingänge kroch ein Penner. Der Zeitungsmann zuckte zusammen. Der Obdachlose huschte rasch an ihm vorbei. Er war in einen grünen Militärschlafsack gewickelt. Als er Johanna di Napolis Wagen passierte, streifte sie ein trotziger Blick aus tiefen Augenhöhlen. Der Typ war kaum über zwanzig. Sie beobachtete im Rückspiegel, wie er die Straße hochschlurfte und in die Langstraße einbog.

Vor einer Woche war sie wie eine Wahnsinnige um diese Ecke gerast. Begierig zu erfahren, was sie in dem Haus erwartete, aus welchem ein Mord gemeldet worden war. Was nachher folgte, war eine Kette von Ereignissen, die ihr umso rätselhafter erschienen, je länger sie darüber nachgrübelte. Hartnäckig wie eine Endlosschlaufe liefen die Geschehnisse der letzten Woche vor ihrem geistigen Auge ab. Ihr war, als träumte sie mit weit geöffneten Augen.

Johanna schaute den Brief an, den sie bei Metzger hatte mitlaufen lassen. Was sie sorgsam entfaltete, war eines von Alfred Kägis zahlreichen Schreiben an die Welt. Auf ein edles Papier gedruckt, mit Wasserzeichen und schickem, zweifarbigem Briefkopf. Ein weiteres Mal ging sie ihn durch.

Es war eine Replik auf einen Artikel über Kindesentführungen, den sie nicht kannte. Offenbar ging es um einen Vater, der seine bei der Mutter in der Schweiz lebenden Kinder entführt hatte. Johanna kannte den Fall nicht, erinnerte sich aber an die Diskussion darüber. Kägi argumentierte wie immer gepflegt und differenziert hin und her, bis er schließlich zur Sache kam und seine Sympathie für den Entführer äußerte. Es war ein einziger Satz, der Johanna nicht mehr losließ: *Tagtäglich dem Glück zuzuschauen, dessen man selbst beraubt worden ist, kann aus einem Bettelmönch einen Raubritter machen.* Diesen Satz hatte sie hundertmal gelesen. In der Nacht, während Metzger geschlafen und geschnarcht hatte. Seit sie im Auto saß. Nur wie sie ihn verstehen sollte, darüber war sie sich nicht sicher. Der Satz ließ alles zu. Es konnte ein distanzierter Kommentar sein oder ein persönliches Bekenntnis. Und wenn Kägi tatsächlich von sich selbst sprach, wie weit würde er in seinem Raubrittertum gehen? ›Ein gekränkter Mann ist ein kranker Mann‹, hatte Katja Weiss gesagt.

In Kägis Wohnung brannte Licht, seit Johanna das Haus verlassen hatte. Auch bei Metzger war es noch hell. Vor einer Woche waren ungefähr um diese Zeit in demselben Haus zwei Menschen erschossen worden. Sie sah sich die Tür aufdrücken und Kägi in sein gestyltes Wohnzimmer drängen, nachdem sie ihn unter irgendeinem Vorwand an den Eingang gelockt hatte. Danach würde sie ihn unter Druck setzen und das Geständnis aus ihm herauspressen. Mit blutender Nase würde er vor ihr auf dem Sofa sitzen.

Johanna ließ den Brief in den Schoß sinken und blickte dem Zeitungsboten nach, der in eine Seitenstraße einbog. In Gedanken folgte sie ihm und versuchte, sich vorzustellen, wie er auf einen Hauseingang zuging und die Briefkästen anschaute. Vielleicht wusste er ganz genau, welche Zeitung in welchen Schlitz kam. Vielleicht musste er aber auch zuerst die Namen lesen und überlegen. Möglicherweise war er manchmal unsicher, welches Blatt zu welchem Namen gehörte. Was tat er dann? Stopfte er einfach irgendeine Zeitung rein? Oder kombinierte er? Das Intelligenzblatt für Kägi, das mit vielen farbigen Bildern für di Napoli?

Das Klügste, was sie tun konnte, war schnurstracks nach Hause zu fahren und zu schlafen.

Im Rückspiegel blitzte ein Licht auf. Johanna sah genauer hin. Ein Taxi bog in die Straße ein. Es fuhr langsam an ihr vorbei und hielt weiter vorn am linken Straßenrand direkt vor Metzgers Haus. Vor Kägis Haus. Die Fahrertür wurde geöffnet. Eine Frau stieg aus. Um die fünfzig mit langen blonden Haaren. Sie rieb sich die Hände, während sie zum Hauseingang ging. Dort schien sie einen Moment das Klingelschild zu betrachten, dann drückte sie auf einen Knopf. Johanna sah nicht, welchen. Die Fahrerin kehrte ins Taxi zurück. Den Motor hatte sie laufen lassen. Sie wartete. Nach einigen Minuten kam Kägi aus dem Haus. Der Mann sah aus wie aus dem Ei gepellt. Er trug die schwarzen Schnallenschuhe, die Johanna bereits letzten Sonntag aufgefallen waren, einen schwarzen Anzug mit Rollkragenpullover und darüber einen Trenchcoat, dessen Gürtelenden seitwärts herunterbaumelten. Sein Gesicht allerdings wirkte weniger schick. Es war eingefallen und unter den Augen hatten sich tiefe schwarze Ringe eingegraben. Instinktiv blickte Johanna in den Rückspiegel und prüfte ihre eigenen Augenringe. Sie sah besser aus. Wenigstens ein bisschen. Kägi schien die Bewegung bemerkt zu haben und starrte in ihre Richtung. Einige Sekunden lang. Endlich ging er zum Taxi und stieg ein. Es war nicht auszumachen, ob er sie erkannt hatte.

Das Taxi fuhr los. Ohne weiter zu überlegen, startete Johanna den Motor ihres Wagens und fuhr hinterher. In einigem Abstand. Der Verkehr floss spärlich, weshalb sie das Taxi problemlos aus größerer Distanz verfolgen konnte. Der Wagen fuhr in Richtung Triemlispital. Dort lag Alejandra Knupp immer noch im Koma. Johanna fröstelte, als sie an ihren Besuch in der Notaufnahme dachte. Sie drehte die Heizung hoch. Am Goldbrunnenplatz stoppte das Taxi abrupt und rollte auf den Gehsteig. Johanna bemerkte es zu spät, um in ausreichend großem Abstand anhalten zu können, und fuhr an dem Wagen vorbei. Zwanzig Meter weiter vorn bog sie rechts in eine Einfahrt ein und stoppte vor einem Elektrogeschäft. Was Kägi genau machte, konnte sie nicht erkennen. Doch er hatte das Taxi verlassen. Sie sah ihn vor einem Gebäude stehen und irgendetwas an seinem Mantel nesteln. Nach einigen Sekunden drehte er sich um, lief zurück zu dem wartenden Taxi und setzte sich wieder hinein. Johanna war sich nicht sicher, glaubte aber, das Gelb eines Briefkastens an der Wand des Gebäudes zu erkennen, vor dem Kägi zuvor gestanden war.

Nachdem das Taxi an ihr vorbeigefahren war, kurvte sie viel zu schnell rückwärts aus dem Parkplatz heraus und nahm die Verfolgung wieder auf. Sie fuhren nicht zum Triemlispital, sondern schlängelten sich bedächtig durch ein Wohnquartier den Berg hinauf. Langsam ahnte sie, wohin Kägi wollte, konnte sich aber keinen Reim darauf machen. Tatsächlich bog das Taxi einige Minuten später in die Einfahrt zum Friedhof Uetliberg ein. Möglicherweise waren Kägis Eltern hier begraben.

Johanna hielt an, stellte den Motor ab und wartete. Mittlerweile war es ganz hell geworden. Der Himmel war bewölkt. Sie drehte die Scheibe herunter. Es war kalt und roch nach Schnee. Kurze Zeit später kehrte das Taxi wieder zurück und fuhr links neben Johanna den Berg hinunter. Sie startete den Motor und bog in die Friedhofseinfahrt ein. Alfred Kägi war nirgends zu sehen. Johanna stellte ihren Wagen auf einen der vielen freien Parkplätze und stieg aus. Es war bitterkalt. Ihre Daunenjacke lag auf dem Beifahrersitz. Sie öffnete die Tür, nahm die Jacke heraus und zog sie zähneklappernd an. Anschließend stieg sie die Treppe zu dem Friedhof hoch. Ein Kiesweg führte unter kahlen Bäumen her zu den Gräberreihen. Kägi blieb verschwunden. Handschuhe hatte Johanna nicht dabei. Deshalb steckte sie ihre Hände in die Hosentaschen und marschierte die Wege ab. Langsam bezweifelte sie, dass Kägi hier war. Nur wo er sonst hingegangen sein könnte, war ihr ein Rätsel. Sie ging links zur Friedhofsmauer hinunter, von wo aus man die Stadt überblicken konnte. Da bemerkte sie ihn.

Kägi saß ungefähr zwanzig Meter weiter vorn auf einer Bank und starrte Zürich an. Johanna näherte sich langsam. Er machte keine Bewegung, aus der sie hätte schließen können, dass er wusste, dass sie da war. Seinen Mantel hatte er inzwischen zugeknöpft. Handschuhe trug er auch. Die Hände konnte sie zwar nicht sehen, da er sie zwischen den Knien eingeklemmt hatte, aber das schwarze Leder hob sich deutlich von den beigefarbenen Ärmeln seines Mantels ab. Als sie noch einen weiteren Schritt getan hatte, sah sie, dass er weinte. Die Tränen liefen ihm die Wangen hinunter. Eine Spur kälter und sie würden ihm an der Haut anfrieren. Sachte lief sie weiter. Erst als sie praktisch vor ihm stand, blickte er sie an. Verzweifelt. Erst jetzt gewahrte sie die Pistole, die er mit beiden Händen zwischen seinen Knien umklammerte.

44.

»Es gibt diese Spinne, die ihre Eier in eine Fliege hineinlegt. Wenn die Larven schlüpfen, fressen sie das Tier von innen auf. Jedes Mal, wenn ich sie gesehen habe, hat es mir die Eingeweide zerrissen. Wenn ich zuschauen musste, wie sie sich geliebt haben, wie sie die Kleine umsorgt und wie sie geschuftet haben. Wie habe ich doch gegen dieses Gefühl angekämpft! Doch es war schon zu tief drin. Es wütete in mir. Immer und immer wieder. Ich brachte es einfach nicht weg. Eine eklige Riesenspinne hat ihre giftige Brut in mich hineingepflanzt und ich werde sie nie mehr los. Nicht in diesem Leben. Verlust und Eifersucht! Man müsste meinen, dass ein erwachsener Mann damit umgehen kann. Aber es war stärker als ich. Sie waren stärker. Sie waren zu perfekt. Sie haben alles richtig gemacht. Viel zu richtig. Dabei hatten sie es nicht einfach. Wenn ihnen wenigstens das Glück in den Schoß gefallen wäre! Aber sie haben es sich erkämpft. Dann kam der Junkie und hat es ihnen gleichgetan. Ich glaube, dass er es diesmal geschafft hätte. Er war entschlossen und sein Bruder hätte ihm geholfen. Obschon der Drögeler ihn um Tausende von Franken betrogen hatte. Die beiden hätten das Kind in Pflege genommen. Und es hätte funktioniert. Auch ich habe gekämpft, auch ich habe geliebt. Für mich war Isabella mein Kind. Ich glaube nicht, dass jemals jemand so für sie gesorgt hat wie ich. Zumindest kein Mann. Trotzdem ist Paola mit ihr weggegangen. Einfach so. Auf einmal waren sie nicht mehr da. Dann kam diese Nacht. Ich konnte nicht schlafen. Die Waschmaschine hat die ganze Zeit gerattert. Tausendmal hatten wir das diskutiert. Zwar hielten sie sich an die Nachtruhe, die wir vereinbart hatten. Natürlich taten sie das. Sie hielten immer alle Vereinbarungen ein. Trotzdem arbeiteten sie durch. Ich konnte es hören, denn ich habe kein Auge zugetan. Auch ich nicht. Pünktlich zur vereinbarten Zeit haben sie die Maschine wieder angestellt. Die Kleine hat geschrien wie am Spieß. Das war es. Das war genug. Ich bin runtergegangen. Und dann waren sie so verständnisvoll! So korrekt. Er hätte doch wenigstens explodieren können! Er hätte gewalttätig werden können. Aber nein: Er hatte Verständnis. Das brauche ich aber nicht.

Ich will das nicht. Und dann bin ich in den Keller gegangen und habe die Pistole ausgepackt. Ich habe sie geladen, bin wieder hochgegangen und habe abgedrückt. Bis nichts mehr drin war. Im Magazin. In mir. So ist es gewesen.«

Er starrte durch sie hindurch. Die Tränen waren versiegt. Er hatte ruhig gesprochen. Abgehackt und tonlos, aber unaufgeregt.

Sie stellte sich die Stadt in ihrem Rücken vor. Seit sie vor ihm stehen geblieben war, hatte Johanna sich nicht mehr bewegt. Sie gab sich Mühe, nicht mit den Zähnen zu klappern und nicht die Waffe anzuschauen. Dass der Schlaghammer gespannt war, hatte sie gleich zu Beginn festgestellt. Bei der geringsten Bewegung würde sie sich auf ihn stürzen.

»Ich sollte mich schämen. Es sollte mir vor mir selbst grauen. Aber wissen Sie was, Frau di Napoli?« Zum ersten Mal sprach er sie direkt an. Sie blieb regungslos. »Ich fühle nichts. Gar nichts. Ich bin leer.«

Nun schaute er sie an.

Johanna realisierte, dass das nervöse Zucken in seinem Gesicht weg war. Ein Schauer lief ihr den Rücken hinab. Sie versuchte, ihn anzusehen, ohne ihn allzu fest zu fixieren, und streckte langsam ihren rechten Arm aus. »Bitte geben Sie mir die Pistole, Herr Kägi.«

45.

Charlie Brunner war gerade von einer Motorradtour nach Hause gekommen und hatte keine Ahnung, was geschehen war. Er hörte ihr geduldig zu und ließ sich nichts anmerken. Wie immer. Nur sie konnte den Stein plumpsen hören, der Charlie vom Herzen fiel, nachdem Johanna ihm erzählt hatte, dass der Fall Dilic gelöst sei. Und dass sie ihn gelöst hatte. Mehr oder weniger. Er sagte, sie solle sich einen Tag ausruhen und danach mit Vollgas am Vergewaltigungsfall weiterarbeiten.

»Alles klar, Chef. Am Dienstag stehe ich wieder auf der Matte. Schönen Abend.« Johanna steckte das Handy ein und ging zum Fahrstuhl. Aus dem Korridor links hinter ihr hörte sie die Stimme der Kommandantin näher kommen. Sie drückte nochmals auf den Knopf. Als die Chefin am Lift vorbeieilte, sah Johanna durch den kleiner werdenden Spalt der Aufzugtür gerade noch ein Stückchen cremefarbenen Kaschmirmantel vorbeiwehen.

Mit Sicherheit steuerte die Kommandantin auf den Raum zu, aus dem herauszukommen sich Johanna während der letzten drei Stunden so sehr herbeigesehnt hatte. Fédier und die beiden Pressesprecher saßen darin. Die drei hatten sie in die Mangel genommen. Nachdem Johanna die Einsatzzentrale verständigt und Kägi auf den Posten begleitet hatte. Nachdem sie den Rapport geschrieben und allen möglichen Leuten ihre Erklärungen abgegeben hatte. Als sie todmüde war und nur noch schlafen wollte, hatten ihr die drei Lackaffen die Sprachregelung für die interne und externe Kommunikation eingebläut. Sie hatte es über sich ergehen lassen und in regelmäßigen Abständen brav genickt. Sie hatte ans Meer gedacht. Versucht, die Wellen auf der Haut zu spüren, das Rauschen zu hören. Irgendwann hatte Fédier sie aufgefordert, die Kernbotschaften zu wiederholen. Da war sie aufgestanden und hatte den drei Herren versichert, dass sie gar nichts sagen würde. Zu niemandem. Dass sie davon ausgehe, dass ihr Name in der Kommunikation zum Fall Dilic nicht erwähnt werde, weder in der externen noch der internen. Dass sie es dabei belassen werde und der Fall für sie damit definitiv abgeschlossen sei.

Danach hatte Johanna sich umgedreht und war gegangen. Sie schienen es zu schlucken. Jedenfalls war ihr niemand gefolgt. Daraufhin hatte sie Charlie angerufen und in Ruhe das Versprechen gebrochen, das sie kurz zuvor abgegeben hatte. Das hatte sie erleichtert.

Als der Lift in der Tiefgarage ankam, hatte Johanna das Gefühl, frei zu sein. Sie lief zu ihrem Wagen, wählte eine

CD, startete und schraubte sich aus dem vierten Untergeschoss in die Abenddämmerung hoch.

Das Telefon klingelte, als sie in die Langstraßenunterführung hinunterrollte. Die Sozialarbeiterin klang extrem angespannt. »Ich möchte Ihnen etwas erklären, Frau di Napoli. Wegen Vladimir.«

Johanna presste mit der Linken das Handy ans Ohr und steuerte rechts. Sie hatte keine Hand frei, um die Musik leiser zu stellen.

»Er hat seinen Bruder und seine Schwägerin nicht umgebracht. Er kann es nicht gewesen sein.«

Johanna fuhr auf der anderen Seite wieder aus der Unterführung heraus und brauste über die Kreuzung, als die Ampel gerade von Orange zu Rot wechselte. Vor ihr fuhr ein riesiger Rover mit Aargauer Nummernschild. Der Wagen verlangsamte.

»Entschuldigung, das habe ich nicht ganz verstanden.« Sie drückte die Bremse, ließ das Steuer los und schaltete einen Gang tiefer. Danach ergriff sie das Lenkrad wieder.

»Vladimir kann die beiden nicht ermordet haben, weil er letzten Sonntagmorgen mit mir zusammen war. Wenn es sein muss, werde ich das aussagen.«

»Einen Moment. Bleiben Sie bitte dran.« Johanna nahm die linke Hand vom Ohr weg und steuerte den Wagen in eine Seitengasse. Am rechten Straßenrand hielt sie an, stellte die Musik ab und drückte das Handy dann erneut ans Ohr. »Okay. Ich bin wieder da. Was haben Sie gesagt?«

Sofort kehrte eine Spur vertraute Aggressivität in Barbara Schuppissers Stimme zurück. »Machen Sie das eigentlich absichtlich?«

Damit hatte sie recht. »Tut mir leid. Ich glaube, ich weiß, was Sie meinen.«

Johanna stand einem Mann mit Kinderwagen im Weg. Er musste den Gehsteig verlassen und lief auf der Straße an ihrem Auto vorbei. Dabei blickte er sie böse an. Er erinnerte sie an Marc von Wartburg und sie streckte ihm die Zunge heraus. »Wissen Sie was, Frau Schuppisser? Der Fall ist erledigt. Vladimir ist entlastet, und wo er letztes Wochenende übernachtet hat, behalten Sie am besten für sich. Einverstanden?«

Am anderen Ende blieb es lange still. Johanna schaute zu, wie auch andere Fußgänger um ihr Auto herumgingen. Es war einiges los für einen kalten Sonntagabend im November.

»Wer ist es gewesen?«

»Das lesen Sie morgen in der Zeitung. Vladimir war's nicht und sein Vater auch nicht.« Valentina kam ihr in den Sinn. »Sagen Sie, hat Vladimir seine Freundin endlich gefunden? Hat sie ihr Kind schon geboren?«

Barbara Schuppisser seufzte. »Sie ist verschwunden. Vladimir übrigens auch. Ich habe ihn seit Freitag nicht mehr gesehen.«

»Schade.« Es schien, als bliebe Alfred Kägi erfolgreich. »Ich denke, wir sehen uns gelegentlich bei der Arbeit.«

»Ja, natürlich.«

»Machen Sie's gut.«

»Auf Wiedersehen.«

Johanna startete den Motor und fuhr nach Hause.

46.

Marianne Schwegler bereitete das Abendessen vor. Sonntagabend war das immer etwas Besonderes, weil die Kinder nach Hause kamen. Wenn sie kamen. Für diesen Abend waren die Tochter mit ihren beiden Buben angemeldet und der ältere Sohn mit seiner Familie. Der jüngere Sohn tanzte ab und zu aus der Reihe. Vielleicht würde er auch heute unvermittelt auftauchen, wie er dies schon öfters gemacht hatte. Wenn alles angerichtet war und die Familie sich um den Tisch versammelt hatte, platzte ihr Jüngster rein, setzte sich irgendwo dazwischen und fing zuerst mit dem Vater Streit an, dann mit seinem Bruder. Sie konnte die Auseinandersetzungen zwar immer schlichten. Trotzdem verließ der Junge die Familienrunde meistens vorzeitig. Nicht ohne ihr einen Kuss auf die Augen zu geben. Er war der Einzige, der das tat.

Für diesen Abend bereitete sie Raclette vor. Das hatten ihre Enkel am liebsten. Und es gab nicht so viel zu tun. Sie hatte lange gelesen und war froh gewesen, nicht den ganzen Tag in der Küche stehen zu müssen. Ihr Mann hatte gegen Mittag einen geschäftlichen Anruf erhalten und weggemusst zu einer kurzfristig einberufenen Pressekonferenz der Polizei. Das war nichts Außergewöhnliches für einen Stadtrat. Daran hatte sie sich in all den Jahren seiner Politikerkarriere gewöhnt. Das war auch nicht so schlimm wie die repräsentativen Anlässe. Diese waren ihr zuwider und würden es immer bleiben.

Die Musik stoppte. Sie legte den Käse und das Messer zur Seite, wusch sich die Hände und ging ins Wohnzimmer, um eine neue Disc einzulegen. Zurück in der Küche schnitt sie den Käse weiter in Scheiben und schichtete ihn auf die Platten. Es war unglaublich, welche Mengen sie jeden Sonntag auftischen musste, wenn die Kleinen kamen. Das war wie Raubtierfüttern.

Plötzlich schien es ihr, als hätte sie die Türklingel gehört. Sicher war sie sich nicht. Es war auch noch zu früh für die Kinder. Sie würden frühestens in einer Stunde auftauchen. Außerdem klingelten sie selten. Eigentlich nur, wenn sie ein schlechtes Gewissen hatten.

Sie lief ins Wohnzimmer zurück und stellte die Musik leiser. Nichts war zu hören. Vielleicht hatte sie sich auch getäuscht. Sicherheitshalber ging sie nachsehen und öffnete die Haustür. Es war ein besonders grauer Tag. Beim Morgenspaziergang mit dem Hund war ihr das schon aufgefallen. Daran hatte sich in der Zwischenzeit nichts geändert.

Vor der Schwelle lag ein gelber Briefumschlag. Er war nicht beschriftet. Sie hob in auf und begab sich wieder zurück ins Haus. Er war zwar recht dick, ließ sich aber biegen.

Anonyme Schreiben an ihren Mann waren nichts Außergewöhnliches. Meistens auch nichts Erfreuliches. Normalerweise waren sie allerdings adressiert. Dieser Umschlag war es nicht.

Nachdem sie ihn auf den Wohnzimmertisch gelegt hatte, stand sie einige Minuten da, starrte den Brief an und überlegte, ob sie ihn öffnen sollte. Sie hatte ein schlechtes Gefühl. Was auch immer sich in diesem Kuvert befand: Wer einem auf diese Weise etwas zuschickte, tat dies kaum in guter Absicht.

Sie ging in die Küche zurück und öffnete ein Gurkenglas. Die Uhr über dem Herd zeigte zwanzig nach fünf. Ihr Mann müsste gegen sechs zu Hause sein. Während das Gurkenwasser zwischen ihren Fingern hindurch in den Schüttstein tropfte, schaute sie zum Fenster hinaus und versuchte, an nichts zu denken. Dunst lag über dem See. Sie gab die Gurken in eine Schüssel und wischte sich die Hände an der Schürze ab. Daraufhin betrat sie das Wohnzimmer wieder und riss den Umschlag auf. Heraus zog sie einen Stapel Fotos.

Ihr kamen die Tränen. Sie setzte sich aufs Sofa.

Ob sie den Umschlag besser ungeöffnet ihrem Mann gegeben hätte, konnte sie nicht sagen. Manchmal war es genauso schlimm, etwas nicht zu wissen, wie es zu wissen. Jedenfalls hatte sie das getan, was der anonyme Absender erwartet hatte. Das war schlimm genug.

Montag

There'll be a golden ladder reaching down
when the man comes around
Johnny Cash, *The man comes around*

47.

Das Blut raste durch ihre Adern. Bei jedem Pulsschlag schien die Erde zu beben. Das Haus über dem feuchten Kellerloch drohte zusammenzustürzen. So hartnäckig war der Rhythmus, dass er sie aus ihrer Agonie riss. Unter dem Trommelfeuer ihres Pulses formten sich Bilder. Mehr und mehr. Sie spielten miteinander, legten sich übereinander, nebeneinander, brachten alles durcheinander. Dass Licht brannte, realisierte sie, als sie an ihren Armen verkrustete Einstiche erkannte. Plötzlich waren auch die rauen Wände wieder da. Bloß nicht sehen, was sonst noch.

Ohne hinzuschauen, befühlte sie vorsichtig ihren Unterkörper. Da war viel Nässe. An ihren Oberschenkeln fühlte sie Krusten. Der Bauch war wieder flach. Angstvoll tastete sie weiter, bis sie es spürte. Sie hatte es nicht geschafft, es wegzuwünschen. Ihr grauste vor sich selbst. Wenn sie wenigstens weinen könnte! Sie schloss die Augen und beugte ihren Kopf zwischen beide Knie. Sie versuchte, nichts zu schmecken, und würgte leer. Danach lehnte sie sich zurück und döste wieder ein.

Nach einer Ewigkeit schreckte sie auf. Schüttelfrost durchfuhr ihren Körper. Auf der Stirn fühlte sie kalten Schweiß. Mit dem Rücken zur Wand versuchte sie, auf die Beine zu kommen. Nach einer weiteren Ewigkeit erste Gehversuche. Leise, leise. Die Tür am Ende der Treppe führte in eine Küche. Eine, die nach Müll roch. Dunkel war's. Draußen und drinnen. Etwas lag über einem Stuhl. Ein Mantel. Sie zog ihn über und schlich davon.

Um die Ecke, etwas versteckt von der Straße, war ein Spirituosengeschäft. Kein passender Gegenstand weit und breit. Den Mantel um die rechte Hand gewickelt, musste sie dreimal zuschlagen, bis sie eine Flasche ergattern konnte.

Ein neuer Hauseingang, ein leeres Würgen, ein neues Kellerloch. In der Flasche war Gin. Er nahm die Schmerzen. Mit kleinen, regelmäßigen Schlücken hielt sie sich wach. Lange. Es half. Nahm ihr die Angst. Brachte ihre Entschlusskraft zurück.

Sie kroch aus dem dunkelsten Winkel hervor, in dem sie je gelegen hatte. Ein gleichmäßiger Wind wehte. Der kürzeste Weg führte durch einige Hinterhöfe über eine Straße an den Fluss. Durch Gras und Büsche die Böschung hinab. Blut tropfte von ihrer Hand.

Sanft, wie sie ins Wasser glitt.

48.

Martin Metzger hatte ein mulmiges Gefühl. Diesmal fuhr er allein in die Chefetage hoch. Das allerdings war nicht der Grund. Nervös war er das letzte Mal auch gewesen. Trotzdem war es nicht dieselbe Empfindung. Am Freitag war es seine Inszenierung gewesen. Heute hielt jemand anderer die Fäden in der Hand.

Am Morgen nach der Redaktionskonferenz hatte ihn der Chef zur Seite genommen und ihm mitgeteilt, dass er ihn nach der Mittagspause in seinem Büro erwarte. Das war's gewesen. Eine Begründung hatte er nicht für nötig gehalten, sondern er hatte Martin nach dieser Mitteilung stehen gelassen und war den anderen gefolgt, die schwatzend zu den Fahrstühlen geschlendert waren. Nach der wöchentlichen Teamsitzung gingen sie jeweils zusammen in die Cafeteria.

Das Thema des Tages war der Doppelmord. Kägis Geständnis genau genommen. Nach der Pressekonferenz am Vorabend hatten sie bereits einen Zehnzeiler in der aktuellen

Ausgabe platziert. Der Chef wollte allerdings mehr. Er hatte Dani Berg und Jasmin Glatt auf die Geschichte angesetzt. Sie sollte groß werden. Und ›touchy‹. Das Problem war nur, dass sich der Insider innerhalb der Lokalredaktion hartnäckig weigerte, an dem Artikel mitzuarbeiten. Oder Informationen preiszugeben. Verbissen hatte Martin nahezu die gesamte Sitzung über den Kopf geschüttelt, Jasmin Glatts Dekolleté ignoriert und an Johanna di Napoli gedacht. Der Chef hatte geschäumt.

Nach seinem Zusammenstoß mit dem Chef vor einer Woche war Martin Metzger nicht mit den anderen in die Cafeteria gegangen. Auch an diesem Morgen war er allein zurück an seinen Arbeitsplatz getrottet. Dort hatte er versucht, sich auf seine Mails zu konzentrieren. Das hatte nicht funktioniert. Sein Blick war immer wieder zu Sophies Foto auf dem Schreibtisch gewandert. Auf einmal war alles sehr existenziell geworden.

Während er zuschaute, wie die Leuchtschrift über der Tür die Stockwerknummern anzeigte, ging ihm das Treffen mit Hügli durch den Kopf. Sie waren am See in der Sonne gesessen und es war eine filmreife Szene gewesen. Hügli in aufgeräumter Stimmung und hungrig. Seine Tochter schön, charmant und geheimnisvoll. Metzger verunsichert und gespannt. Wie es Marlon Brando im *Paten* seinen eingeschüchterten Vasallen ins Ohr zu flüstern pflegte, hatte ihm Hügli ein Angebot gemacht, das Metzger nicht ablehnen konnte. Zuvor hatten sie einen Loup de Mer gegessen. In der Salzkruste zubereitet. Hügli hatte für alle das Gleiche bestellt. Eine Spezialität des Hauses. Während der Kellner mit manikürten Fingern die Kruste vom Fisch geklopft hatte, hatte sich Martin gefragt, vor wem er größere Angst hatte. Vor Hügli oder seiner Tochter.

Nach dem Dessert hatte es Kaffee und Schokolade gegeben und danach war ein Whiskey aufgetischt worden, der vor siebenundzwanzig Jahren auf der Insel Arran vor der Westküste Schottlands gebrannt worden war. Das Zeug war das Beste, was Metzger in seinem bisherigen Leben im Mund gehabt hatte. Eine der riesigen Zigarren, die Hügli sich zwischen die Lippen geklemmt hatte, hatte er dankend abgelehnt. Stattdessen hatte er sich eine Zigarette angezündet und gierig daran gezogen.

Nachdem Werner Hügli einige Rauchschwaden in die Welt hinausgeblasen hatte, war er zur Sache gekommen.

Später war Martin Metzger von der Tochter im Jaguar-Coupé nach Hause gefahren worden. Der Wagen war zu kurz für ihre Beine. Sie war mit ihm in die Wohnung gegangen, wo er ihr die Fotos überreicht hatte. Sie hatte freundlich gelächelt und sich bedankt, als hätte er ihr gerade eine Sammlung Fußballerfotos für das Album ihrer Kinder übergeben. Nachdem sie sich verabschiedet hatte, war ein Hauch ihres Parfums in seiner Wohnung zurückgeblieben. Er fürchtete, dass dieser sich nie mehr verflüchtigen würde.

Das Liftsignal riss ihn aus seinen Erinnerungen und deutete ihm an, dass er auf die nächste Ungewissheit zuging. Die Tür öffnete automatisch und er steuerte schnellen Schrittes auf das Büro zu, in dem er vor drei Tagen seinen großen Triumph errungen hatte. Etwas, was er aller Voraussicht nach nun büßen würde.

Er klopfte und trat ein. Am Besprechungstisch warteten beide. Sein jetziger Chef und sein eigentlicher Vorgesetzter, der Leiter der Sportredaktion. Dessen verlegenes Lächeln verhieß nichts Gutes.

»Komm rein, Metzger. Hugo und ich erwarten dich sehnsüchtig.«

Hugo Meier rückte seinen Blazer zurecht. Dazu trug er ein violettes Hemd mit dunkelgrünen Streifen. Er hatte einen besorgten Blick. Sie mochten sich und hatten nie Probleme miteinander gehabt. Martin war einer der zuverlässigeren Mitarbeiter in der Sportredaktion. Auch einer der anspruchslosesten. Neben ihm tummelten sich gescheiterte Existenzen, die im Sport gestrandet waren und nur mit Glück und Alkohol eine seriöse Recherche zustande brachten. Wenn überhaupt. Als Gegenleistung für seine Zuverlässigkeit genoss Martin einige Freiheiten, die er anderswo nicht gehabt hätte. Vor allem was die Arbeitszeiten anbelangte. Aber auch beim Schreiben. Meier redete ihm nie derart rein, wie dies sein momentaner Boss zu tun pflegte. Hugo Meier war allerdings keine starke Persönlichkeit. Im Haus war er als Feigling verschrien. Der Sportchef war eine Makrele, die sich im untiefen Wasser durch den Haifischteich mogelte. Ganz anders der Leiter der Lokalredaktion. Ein Raubtier durch und durch. Martin bildete sich ein, er hörte ihn mit den Zähnen fletschen, als dieser ihn nun mit kaltem Blick anschaute. Martin hatte vorsichtshalber einen Notizblock mitgebracht, den er vor sich auf den Tisch legte. Der Kugelschreiber steckte in seiner Hosentasche. Vor Hugo Meier lag seine lederne Schreibmappe, ohne die er zu keiner Sitzung ging. Der andere hatte nichts als die leere Tischfläche vor sich.

»Lass uns zur Sache kommen, Metzger. Wir haben es beide gern direkt, soviel ich weiß.« Sein Gegenüber schaute Martin ungerührt an. Hugo Meier nestelte an seinem Hemd herum. »Wie du vielleicht mitgekriegt hast, stehen wir vor schwierigen Entscheidungen. Es wird einen Stellenabbau geben. So viel ist sicher. Anders schaffen wir es auf keinen Fall, wieder in die schwarzen Zahlen zu kommen. Entlassungen sind noch nicht beschlossen, aber wohl kaum zu vermeiden.«

Martin fragte sich, welche Wende sein Leben nun nehmen würde. Etwas Bedeutendes musste geschehen.

»Wir versuchen natürlich, so viele Kündigungen wie möglich zu vermeiden. Dabei werden wir auch soziale Kriterien berücksichtigen. Betreuungspflichten beispielsweise.«

Hugo Meier überließ das Sprechen seinem Kollegen und legte seine Hände flach auf die Schreibmappe, als wollte er Martin zeigen, dass er nichts in seinen Fäusten verborgen hielt.

»Weil du zur Hälfte für deine Tochter sorgen musst, Metzger, genießt du höhere Priorität als andere, wenn es darum geht, eine Kündigung zu vermeiden. Deshalb habe ich mich mit Hugo zusammengesetzt und wir haben uns überlegt, was wir für dich tun können.«

Martin versuchte, in Hugo Meiers Augen herauszufinden, was dies bedeutete. Dieser wich seinem Blick aus und starrte die braune Mappe an, von dessen rauem Leder sich seine blassen und zierlichen Finger in fast aufreizender Weise abhoben.

»Wir können dir tatsächlich ein Angebot machen, das du dir nicht entgehen lassen solltest, Metzger. Es ist eine Chance, die Kündigung zu verhindern. Eine Chance, die nicht alle haben.«

Hugo Meier drehte seine Mappe um die eigene Achse, richtete sie waagrecht vor sich aus und legte seine Hände wieder darauf.

»Kurzum: Wir bieten dir die Betreuung der Leserbriefe an. Wie deine jetzige Tätigkeit ist dies ein Teilzeitjob, sodass du weiterhin deine Tochter betreuen kannst. Der Lohn bleibt gleich. Erfahrung mit Leserbriefen hast du mittlerweile auch.«

Martin Metzger schaute den Lokalchef an. Dieser lächelte brutal. Der arrogante Idiot war aus dem Verlag in die Redaktion gekommen und stellte mit einer lockeren Handbewegung und einem lässigen Grinsen alles auf den Kopf. »Und was macht ihr mit Jens?«

»Der hat gekündigt. Das hat uns auf die Idee gebracht, wie wir dir entgegenkommen können, Metzger. Jens versucht ein Comeback als Musiker. Das Besondere daran ist, dass ihm seine Kinder dies ermöglichen. Sie haben seinen alten Hit als Technoversion herausgebracht. Und das scheint tatsächlich abzugehen. Toll, was?«

Martin blickte ein weiteres Mal zu Hugo Meier. Diesmal lächelte dieser gequält. »Und wenn ich ablehne?«

»Das würde ich mir sehr gut überlegen, Metzger. Du musst mit einer Kündigung rechnen. In einem solchen Fall wären wir übrigens nicht verpflichtet, dir eine Abfindung zu zahlen, da du unser Angebot abgelehnt hast.«

Das war es wohl. Sie hatten ihm die Schlinge um den Hals gelegt und warteten darauf, den Stuhl unter seinen Beinen wegzustoßen. Martin Metzger wusste immer noch nicht, wer mit wem zusammenklüngelte. Irgendetwas mussten Hügli und der verdammte Obermacker auf der anderen Seite des Tisches miteinander zu tun haben. Jemand hatte Hügli etwas von den Fotos verraten. Doch wie Martin es auch drehte und wendete, er konnte sich keinen Reim darauf machen. Der Milieukönig und der ehrgeizige Zeitungsmanager passten nicht zusammen. Am wahrscheinlichsten war, dass sich der Chef dafür rächte, dass Metzger ihn erpresst hatte. Viel mehr würde nicht dahinterstecken. Und selbst wenn es anders wäre, würde dies für ihn nichts ändern. »Ich habe also keine Wahl?«

»Selbstverständlich hast du das. Das hat man immer. Es ist deine Entscheidung, Metzger.«

Er hielt es nicht mehr aus und stand auf.

»Es tut mir leid, Martin.« Hugo Meiers Stimme war kaum zu hören. Wie wenn er versuchte, etwas zu sagen, was nur Martin verstehen sollte.

Dieser war bereits zur Tür gegangen, als der Lokalchef ihn an der Schulter fasste. Erschrocken drehte Martin sich um. Der andere hielt ihm den Kugelschreiber hin, der ihm offenbar aus der Hosentasche gefallen war. »Vergiss deinen Stift nicht, Metzger. Du hast bis morgen Mittag Zeit, uns deine Entscheidung mitzuteilen.«

Martin steckte den Kuli wieder in seine Gesäßtasche und lief hinaus zum Fahrstuhl. Der Flur war leer. Er fuhr direkt ins Erdgeschoss und verließ das Haus. Der Pförtner grüßte freundlich. Martin Metzger fror. Seine Jacke hing oben im Büro über seinem Stuhl. Am Stauffacher schaute er die Straßenbahnen an. Er stieg in die nächstbeste ein und setzte sich. Als sie abfuhr, war es ihm, als sähe er durch das Fenster auf der anderen Seite Vladimir Dilic um eine Hausecke huschen.

Quietschend bog das Tram in die Badenerstraße ein. Er hatte die Linie erwischt, die zum Stadion fuhr. Und nicht weit an seinem Zuhause vorbei. Er war gespannt, ob jemand ganz hinten im Tram auf den Klingelknopf drückte. So wie Sophie es immer tat. Nichts geschah.

An der zweiten Haltestelle wäre es Zeit gewesen auszusteigen. Er blieb sitzen und beobachtete sein Spiegelbild im Fenster an. Es dämmerte bereits. Alfred Kägi kam ihm in den Sinn. Kägi war ein zutiefst unglücklicher Mensch. Im Grunde war er, Martin Metzger, das auch.

49.

Johanna di Napoli schaute die Standbilder in der Auslage des Kinos an. Die Frauen standen in einer Reihe knöcheltief im Wasser und blickten in die Kamera. Übermütig, trotzig, aufmüpfig. Einige winkten. Sie hatten die Hosen so weit hochgerollt, dass die Oberschenkel unter dem Stoff hervorquollen, was den Eindruck vollendete, den die prallen Silhouetten angedeutet hatten. Der Effekt war eindeutig. Dabei waren die Frauen in diesem Film die mehrdeutigen Figuren. Gespalten, zerrissen. Die männlichen Rollen waren durchsichtig und berechenbar.

Das Licht der Straßenbeleuchtung spiegelte sich im Glas der Vitrine. Wenn sie ihren Kopf etwas zur Seite neigte, erschien ihr eigenes Gesicht in der Scheibe. Einen Moment lang musterte sie ihre eigene Erscheinung und überlegte, was sich an ihr verändert hatte, seit sie vor einer Woche an diesem Ort gestanden war. Dann schob sie ihren Kopf so weit zurück, bis das Spiegelbild ihres linken Auges deckungsgleich war mit der Spiegelung der Straßenlampe.

Natürlich war sie am Morgen zur Arbeit gegangen. Obschon ihr Charlie freigegeben hatte. Zwar war sie von der Nachbearbeitung und medialen Ausschlachtung des vormaligen Falles Dilic, den die vereinigten Pressesprecher von Stadt- und Kantonspolizei inzwischen zum Fall Kägi umbenannt hatten, ausgeschlossen. Trotzdem hatte sie es nicht ausgehalten, zu Hause zu sitzen. Nach dem Aufwachen hatte sie darüber nachgedacht, in die Berge zu fahren. Die Nebelgrenze zu überschreiten. Es wäre ihr wie eine Flucht vorgekommen. Also war sie nach ausgiebigem Frühstück im Büro erschienen.

In der Wache war der Teufel los gewesen. Allerdings nicht wegen des Falls Kägi. Dieses Theater hatten sie im Hauptquartier der Kantonspolizei aufgeführt. Vielmehr waren in der Nacht und am frühen Morgen zwei Leichen gefunden worden. Charlie Brunner hatte die jüngsten Ereignisse für sie zusammengefasst, als er Johanna bei der Kaffeemaschine angetroffen hatte. Mit keiner Silbe hatte er dabei erwähnt, dass sie eigentlich freigehabt hätte. Nicht vergessen hatte er dafür die Ermahnung, dass sie sich aus dem Fall Kägi heraushalten und unter keinen Umständen mit Journalisten sprechen solle. Danach war Charlie zum Abteilungsrapport geeilt.

Nach diesem Gespräch war sie zu ihrem Arbeitsplatz gegangen, hatte den Bildschirm angestarrt und überlegt, was sie an diesem Tag eigentlich tun sollte. Auf einmal war sie sich sehr allein vorgekommen.

Köbi und Kay waren bereits unterwegs gewesen, als Johanna in der Wache erschienen war. Die beiden hatten sich um eine der Leichen gekümmert. Ein neugeborenes Mädchen, das tot im Keller eines Wohnblocks nahe der Bahngleise gefunden worden war. Es war eine heruntergekommene Betonsiedlung, in welcher sie regelmäßig zu tun hatten. Gefunden hatte das Kind der Hauswart, nicht die Polizei. Die entscheidende Frage für die Bestimmung des Straftatbestandes war, ob das Mädchen nach der Geburt noch gelebt hatte. Dass es zu einer Anklage kommen würde, war allerdings fraglich, denn bei der zweiten Leiche handelte es sich um eine Frau, die aus der Limmat gefischt worden war und die sehr wohl die Mutter sein konnte. Obschon der Leichnam einige Stunden im Wasser gelegen hatte, deutete einiges darauf hin, dass die Frau vor nicht allzu langer Zeit niedergekommen war. Dass sie drogenabhängig gewesen war, war ganz offensichtlich. Auch ohne eine gerichtsmedizinische Untersuchung.

Wie lange Johanna regungslos vor ihrem Computer gesessen war, wusste sie nicht mehr, als sie nun das Glas der Kinoauslage vor Augen hatte. Sie erinnerte sich, dass ihr sofort klar gewesen war, dass die beiden Toten Vladimir Dilic' Freundin und Tochter waren. Zwar hatte sie sich gewünscht, dass es anders gewesen wäre, doch war es ihr trotz aller Mühe nicht gelungen, dies auch zu hoffen. Es war einfach die naheliegendste Folgerung. Der Gedanke hatte sie gelähmt. Schließlich hatte sie versucht, die Sozialarbeiterin zu erreichen. Nach einigen unbeantworteten Anrufen hatte Johanna das Telefon beiseite geschoben und das Handy ausgeschaltet. Seitdem lag das Gerät in ihrer Jackentasche und fühlte sich stumm an. Sie hatte sich vorgenommen, es innerhalb der nächsten vierundzwanzig Stunden unter keinen Umständen einzuschalten. Die Hälfte dieser Zeit war beinahe abgelaufen. Einige Male hatte sie während des Tages überlegt, wer angerufen haben könnte. Metzger? Camenzind? Der Leichenfledderer von Metzgers Zeitung? Niemand?

Johanna betrachtete die Menschen, die sich vor der Kinokasse stauten, und war froh, dass ihre Sozialkompetenz an diesem Tag vor keine besondere Herausforderung gestellt worden war. Dass sie die Sozialarbeiterin nicht erreicht hatte. Dass nicht sie Vladimir Dilic die Nachricht überbringen musste. Oder den Eltern der toten Drogenabhängigen. Kay und Köbi hatten am Nachmittag die Leiche mithilfe einer Streetworkerin identifiziert. Es war einfach gewesen. Liliana Dos Santos war bekannt in der Szene. Am späteren Nachmittag hatten die beiden Kollegen es den Eltern mitgeteilt. All dem hatte Johanna entgehen können. Weil sie freiwillig im Büro gewesen war, hatte sie sich die Freiheit genommen, selbst zu bestimmen, woran sie arbeiten wollte. Sich aus freiem Willen aus Ermittlungen rauszuhalten, war um einiges einfacher, als davon ausgeschlossen zu werden. So hatte sie sich in jenen Bericht vertieft, der sie zurück zu ihrem eigenen Fall geführt hatte.

Es war ein dickes Bündel Unterlagen, das sie von der Bundeskriminalpolizei erhalten hatte. Die Informationen, die sie angefordert hatte, um herauszufinden, ob die beiden Scheißkerle, die Alejandra Knupp die Seele tiefgefroren hatten, dies so oder ähnlich andernorts auch schon getan hatten, entstammten der internationalen Serientäterdatenbank VICLAS. Das unscheinbare Kürzel passte schlecht zu den Verbrechen, deren schockierende Details das System mit digitaler Sachlichkeit speicherte. Die Papiere waren ein fetter Packen voller Hass und Bosheit. Ungeheuerlich, mit welcher Brutalität vergewaltigt wurde. Unbegreiflich, welche Gegenstände dazu benutzt wurden. Unfassbar das Kalkül und die Konzeption, die manche Taten offenbarten. Unerklärlich die Wut, die anderen der Antrieb war. Unbeschreiblich und nur mit Überwindung zu lesen die Einzelheiten. Mehr als einmal war Johanna im Lauf dieses Vormittags aufgestanden und Luft schnappen gegangen.

Bis zum Mittag hatte sie sich durch das Material gequält, ohne etwas Brauchbares gefunden zu haben. Keine offensichtlichen Übereinstimmungen anderer Fälle mit der Tat an Alejandra Knupp. Weder hinsichtlich des vermuteten Tathergangs noch in den Rahmenbedingungen oder den Details. Es gab zwar einige wenige Fälle, bei denen die Vergewaltiger etwas anderes als ihren Schwanz verwendet hatten. Diese unterschieden sich aber wesentlich von Johannas Fall. Insbesondere darin, dass es bei allen im Bericht aufgeführten Taten zu einer Verurteilung gekommen war. Außerdem schien die Dominikanerin das einzige Vergewaltigungsopfer zu sein, dem man eine Kinderzeichnung in die Vagina gestopft hatte. Andere kranke Hirne hatten sich andere Scheußlichkeiten ausgedacht. Alejandra Knupp war auch die Einzige, welche infolge der Verletzungen in ein Wachkoma gesunken war.

Die Unterlagen der Bundeskriminalpolizei waren mit Sicherheit unvollständig. Erfasst waren nur die bekannten und strafrechtlich untersuchten Delikte. Die Dunkelziffer von unbekannten Fällen oder unvollständig erfassten oder falsch interpretierten war vermutlich hoch. Auch deckte der Bericht nicht alle europäischen Länder ab. Aber er war alles, was Johanna zu ihrer Unterstützung erhalten konnte.

Und am Ende stand fest: Der Bericht half ihr nicht weiter. Außer dass sie ihre These bestätigt sah, dass es sich bei der Vergewaltigung von Alejandra Knupp weder um ein geplantes Delikt noch um die Tat eines Serientäters handelte.

Diese Gewissheit war die karge Ausbeute des Vormittags gewesen. Mit diesem Gedanken war sie mit Kay und Köbi essen gegangen. Die Kantine in der Hauptwache hatten sie außen vor gelassen. Stattdessen hatten sie sich einen Italiener in der Nähe der Zeughäuser gegönnt, wo Johanna vor knapp einer Woche Vladimir Dilic zum zweiten Mal gesehen hatte. Zu den Spezialitäten des Hauses gehörte ein ausgezeichneter Brasato. An diesem Tag hatte Johanna sich allerdings für das Kaninchen mit Polenta entschieden. Kay hatte den Wein übernommen, Köbi den Grappa. Zur Feier von Johannas Triumph über Fédier und den Rest der Welt. Nach dem Mittagessen waren die beiden im Institut für Rechtsmedizin mit der Streetworkerin verabredet gewesen, die Liliana Dos Santos identifizieren konnte.

Nachdem Kay mit quietschenden Reifen an der Stelle vorbeigerast war, an welcher er vor einer Woche um ein Haar Vladimir Dilic überfahren hatte, war Johanna zu Fuß in die Wache zurückgegangen, um sich wieder in ihren Fall zu vertiefen. Sie war nochmals sämtliche Unterlagen und Notizen durchgegangen. Es war ihr vorgekommen, als hätte sie durch ein Mikroskop geblickt, das einfach nicht scharf zu stellen war, wie sehr sie auch drehte und schraubte. Irgendwann an diesem Nachmittag war sie sich nicht sicher gewesen, ob ihre Augen wirklich schmerzten oder ob sie sich das nur einbildete. Einen Augenblick hatte sie daran gedacht aufzugeben. Wenigstens für heute. Es war ein Gedanke geblieben, den Johanna nicht umgesetzt hatte. Stattdessen hatte sie eine Kaffeepause gemacht und danach einen weiteren Versuch unternommen, die richtige Optik zu finden. Sie hatte sich nochmals Stefan Mann vorgenommen und alles überprüft, was sie von ihm wusste. Soweit sie die Stationen seiner Biografie kannte, hatte sie sie mit den Orten verglichen, an welchen laut Bericht der Bundespolizei in den letzten zehn Jahren Vergewaltigungen und schwere Körperverletzungen begangen worden waren. Die einzige Übereinstimmung, die sie fand, bezog sich auf einen ungelösten Fall in Frankfurt. Das war allerdings eine sehr schwache Spur. Jedes Jahr gab es Vergewaltigungen in Frankfurt und aus den Angaben der Bundespolizei gingen keine Parallelen zu ihrem Fall hervor. Auch kein Hinweis zu einem eventuellen Täterprofil.

Nur damit sie sich hinterher nicht vorwerfen musste, etwas außer Acht gelassen zu haben, hatte sie ein Gesuch um Amtshilfe und Akteneinsicht nach Frankfurt geschickt. Dessen Reise durch die Amtsstuben würde seine Zeit dauern, umso mehr, als sie sich nicht direkt an die deutschen Behörden wenden durfte, sondern alles über die Bundeskriminalpolizei laufen musste. Sie stellte sich vor, wie ihr Brief von Beamtenhand zu Beamtenhand weitergereicht wurde. Wie Ellbogenschoner auf Schreibunterlagen gepresst wurden, während Beamtenaugen unter faltiger Stirn ihr Ansinnen prüften. Vielleicht würde ein scharfes Beamtenhirn eine Unklarheit in ihren Ausführungen entdecken und eine Präzisierung verlangen. Mit einem abermaligen Schreiben ihrerseits gelänge es ihr möglicherweise, den entscheidenden Reflex auszulösen, damit die Beamtenfinger den Stempel umklammern, auf ihren Brief drücken und diesen dann der nächsten Beamtenhand weiterreichen würden. Inzwischen liefen die beiden Täter nach wie vor frei herum. Unbehelligt und ungebremst in ihrer Arroganz.

Johanna wusste, dass sie es kaum aushalten würde, müsste sie diesen Fall ungelöst ad acta legen. Das vorgesehene Zeitbudget war bald aufgebraucht. In der nächsten, spätestens übernächsten Woche. Zwar war sie zuversichtlich, dass ihr

Charlie einen abermaligen Aufschub geben würde. Dazu brauchte sie aber einen offensichtlichen Fortschritt. Eine Spur, einen begründeten Verdacht, einen Verdächtigen womöglich.

Das Beste, was passieren konnte, war, dass Alejandra Knupp aus dem Wachkoma auftauchen würde, vernehmungsfähig wäre und sich dann auch noch an die Ereignisse erinnern würde und eine Täterbeschreibung geben könnte. Oder die Namen. Dass dies vorerst wenig wahrscheinlich war, hatte ihr die Ärztin am frühen Abend mitgeteilt. Sehr bestimmt und in einem belehrenden Tonfall hatte sie die Natur des Wachkomas erklärt. Das Fazit war, dass die weitere Entwicklung der Patientin nicht vorhersehbar sei und Johanna einfach warten müsse. Und je länger Alejandra Knupps Zustand unverändert bliebe, desto geringer stünde die Chance, dass ihr Hirn jemals wieder normal funktionieren würde. Nach einem halben Jahr werde man eine Genesung mit hoher Wahrscheinlichkeit endgültig ausschließen können, war die verbindlichste Auskunft, die Johanna der Ärztin hatte entlocken können.

Nach diesem Telefongespräch hatte Johanna das Handtuch geschmissen. Als sie in den kalten Abend hinausgetreten war, hatte sich ihr Kopf angefühlt wie nach einem Knock-out. Sie war zu Fuß ins Niederdorf gegangen und hatte unterwegs einige Kleidergeschäfte besucht. In einem kleinen Laden in der Altstadt hatte sie einen Rock probiert. Das Design hatte sie an die Sechzigerjahre erinnert. Sie war lange unentschlossen vor dem Spiegel gestanden und hatte sich in dem ungewohnten Outfit betrachtet. Die Verkäuferin hatte versucht, ihr Mut zu machen. Dass das exklusive Stück an Johannas Körper supersexy aussähe, hatte sie mehrmals angefügt. Am Ende hatte Johanna trotzdem das notwendige Quäntchen Selbstvertrauen gefehlt. Oder die Unbekümmertheit. Vor sich selbst hatte sie sich damit gerechtfertigt, dass der Preis des Rocks höher war als ihr Kontostand, und war stattdessen ins *Schwarzenbach* gegangen, wo sie sich zum Trost eine Dose chinesischen Rauchtee gekauft hatte.

Anschließend war Johanna zu dem Kino geeilt, in welchem der Zyklus zum italienischen Neorealismus lief, und hatte in den Standbildern ihres Lieblingsfilms zum abermaligsten Mal die Keckheit der Reisarbeiterinnen bewundert. Sie war sich allerdings nicht sicher, ob es wirklich eine gute Idee war, diesen Film nach einer Woche bereits wieder anzusehen. Außerdem würde Grazia sich vermutlich weigern, einen Schwarz-Weiß-Streifen aus den Vierzigerjahren anzuschauen. Denn eigentlich war Johanna mit Grazia verabredet, um zu feiern. Sie hatten als Treffpunkt die Bar gegenüber dem Kino ausgemacht.

Johanna drehte sich um und ging hinüber zu der Bar. Die Straßenlampe blendete und Johanna blinzelte. Als sie die Tür aufstieß, dröhnte ihr elektronische Musik entgegen. Sie hoffte, dass Grazia eine bessere Idee als Kino haben würde, um den Abend zu verbringen. Notfalls könnten sie zusammen das Kleidergeschäft in der Altstadt aufsuchen.

Drei Monate später

I gotta fill up that space
an' I'll pack my suitcase
I'll fill it up with clothes
Or fill it up with no-clothes
And I'll pack it up with tears
Nick Cave, *Cry*

50.

Die Ärztin zitterte vor Empörung. Mit einem scharfen Ostschweizer Dialekt arbeitete sie sich zu Johannas Gewissen vor. *Dr. Susanne Hohlenweger* stand auf dem Namensschild über ihrer Brust. Einer flachen Brust, die zu ihrer drahtigen Figur passte. Ihre braunen Haare waren zu einem Pferdeschwanz zusammengebunden, die Füße steckten in weißen Birkenstocks. Das Gesicht wirkte karg. Johanna tippte auf Triathlon oder Bergsteigen.

Seit nunmehr zehn Minuten las ihr Dr. Hohlenweger die Leviten. Johanna zog es vor zu schweigen. Sie war am Bett von Alejandra Knupp erwischt worden. Mit ihrem Ausweis und einem erfundenen Arzttermin hatte sie sich an der Rezeption vorbeigeschummelt. Alejandra Knupp lag nicht mehr auf der Intensivstation. Sie zu finden, war alles andere als einfach gewesen. Mit der Hilfe zweier freundlicher Schwestern und eines außerordentlich charmanten Pflegers hatte sie es geschafft. Zimmer Nr. 104.

Alejandra war zwar wach gewesen, aber völlig apathisch. Obschon sie jederzeit hätte überrascht werden können, war Johanna langsam und vorsichtig vorgegangen. Gleich nachdem sie die Zimmertür hinter sich geschlossen hatte, hatte sie Alejandra angesprochen, um sie nicht zu erschrecken. Die Dominikanerin hatte keine Regung gezeigt. Sie war bis zum Hals unter einer blendend weißen Decke verborgen.

Aus ihrer Nase führte ein Schlauch zu einem blubbernden Sauerstoffgerät. Neben ihrem Kopf schaute nur der linke Arm hervor. Unterhalb des Ellenbogens verschwanden zwei dünne Schläuche unter einem Pflaster.

Johanna war langsam auf das Bett zugegangen und hatte sich so hingekniet, dass Alejandra Knupp sie hätte sehen können, ohne den Kopf zu verrenken. Ihre Augen waren ungefähr auf gleicher Höhe gewesen. Während sie die Dominikanerin betrachtet hatte, war Johanna ein Bild aus einer Fotoreportage über den Balkankrieg in den Sinn gekommen. Eine Frau in einem Bett in einem Spital in Sarajevo. Die gleiche Verlorenheit. Als Johanna das Bild zum ersten Mal gesehen hatte, war ihr schwindlig geworden.

Mit sanfter Stimme hatte sie sich vorgestellt und für die Störung entschuldigt. Keine Regung. Sie hatte Spanisch gesprochen. Langsam und so ruhig wie möglich. »Es tut mir leid, dass ich Sie an das erinnern muss, was vorgefallen ist. Ich weiß nicht, wie es ist, wenn einem so etwas angetan wird. Aber ich stelle es mir schrecklich vor. Ich würde es gerne ungeschehen machen. Doch das liegt nicht in meiner Macht. Aber ich kann versuchen, denjenigen zur Verantwortung zu ziehen, der Ihnen das angetan hat.«

Nichts hatte sich geregt. Absolut nichts.

»Ich verstehe, wenn Sie der Polizei nicht vertrauen. Aber kein Mensch darf einem Menschen das antun, was Ihnen angetan wurde. Das ist meine Überzeugung. Glauben Sie mir das?«

Alejandra Knupp war weiterhin vollkommen starr in ihrem Bett gelegen.

»Sie werden Schritt für Schritt gesund werden. Ich werde suchen, bis ich denjenigen gefunden habe, der Sie verletzt hat. Ich wäre sehr froh, wenn Sie mir dabei helfen könnten. Würden Sie das tun?«

Da keine Veränderung sichtbar gewesen war, hatte Johanna ihre Rede wiederholt. Vom langen Knien hatten ihre Beine begonnen zu schmerzen.

Ein Wort von Alejandra Knupp, und der Fall wäre gelöst. Ein Name, eine Personenbeschreibung, eine Hausnummer und Johanna würde spätestens in einer Woche den beiden Scheißkerlen den Haftbefehl unter die Nase strecken können. Ein kleiner Hinweis nur.

Keine Regung. Es war zum Verzweifeln.

Als Johanna sich einen Ruck gegeben hatte und aufgestanden war, hatte Dr. Hohlenweger beinahe die Zimmertür aus den Angeln gerissen und war wie eine Furie auf Johanna losgestürzt. Die Ärztin hatte sie aus dem Krankenzimmer hinausgezerrt und gegenüber in einen engen Raum hineingeschubst. Dort hatte sie Johanna den Schlagbohrer an die Brust gesetzt. Der Raum war spärlich eingerichtet und hell beleuchtet. Mit einer schnellen Körperdrehung aus dem polizeilichen Selbstverteidigungsrepertoire schaffte es Johanna, sich zu befreien. Sie setzte sich auf die Untersuchungsliege im Raum. Damit brachte sie dreißig Zentimeter Distanz zwischen sich und Dr. Hohlenwegers zischendes und zuckendes Gesicht. Der Raum hatte ein Fenster, das auf einen Schacht hinausführte. Dessen Boden war von unzähligen Zigarettenstummeln bedeckt.

»An der Langstraße schaffen diese dominikanischen Mädchen an. Fast noch Kinder. Und diese beiden Typen laufen immer noch frei herum. Das halte ich nicht aus.«

Susanne Hohlenweger schwieg. Plötzlich war es beklemmend ruhig. Zehn Sekunden oder eine Minute. Schwer zu sagen. Die Zeit stand still.

Dr. Hohlenweger blieb steif und starr. Unter ihrem Arztkittel trug sie ein blaues Seidentop mit V-Ausschnitt. Eine Goldkette mit dunkelrotem Anhänger umschloss ihren Hals. Das Schlüsselbein trat deutlich hervor. »Sehr professionell, wirklich sehr professionell«, zischte es nach einiger Zeit aus ihr hervor.

Die Luft war raus. »Ich wäre Ihnen dankbar, wenn ich trotzdem mit Frau Knupp sprechen könnte. Wenn es ihr besser geht, natürlich.«

Die Tür öffnete sich und der charmante Pfleger trat ein. Eine Zigarette lässig im Mundwinkel, die er gerade im Begriff war anzuzünden.

»Hier wird nicht geraucht, verdammt noch mal!«, schrie Dr. Hohlenweger.

Der Mann starrte sie fassungslos an und drehte sich auf dem Absatz um.

»Außerdem ist das hier ein Haus, keine Lehmhütte!« Dr. Hohlenweger ging zur Tür und schloss sie. Dann drehte sie sich wieder zu Johanna um, ohne die Türfalle loszulassen. »Ich rufe Sie an, wenn Frau Knupp vernehmungsfähig ist. Das kann aber noch lange dauern. Falls sie überhaupt jemals wieder genesen sollte.«

»Danke.«

Dr. Hohlenweger öffnete die Tür und Johanna erhob sich. Einen tiefen Gesäßabdruck im Kunststoffbezug der Liege hinterlassend. Als sie auf den Korridor hinaustrat, schaute Susanne Hohlenweger in Alejandra Knupps Zimmer, wandte sich aber nochmals um. »Wieso knieten Sie vorhin eigentlich am Boden?«

»Ich wollte auf Augenhöhe mit Frau Knupp sprechen, nicht von oben herab.«

Dr. Hohlenweger nickte und verschwand dann in Zimmer Nr. 104. Johanna machte sich auf die Suche nach dem Ausgang, den sie nach einigen Irrungen auch wiederfand. Den Pfleger bekam sie nicht mehr zu Gesicht.

Draußen tobte ein Schneesturm. Es war Februar und endlich Wintereinbruch. Drei Monate lang November waren genug. Die Stadt stand nahezu still. Johanna stapfte zu ihrem Wagen und dachte wehmütig an ihre Vespa, die sie beim ersten längeren Sonnenstrahl wieder aus dem Keller holen wollte. Die Heimfahrt brauchte viel Zeit und einiges Geschick. Unterwegs zählte sie nicht weniger als fünf gestrandete Fahrzeuge. Auf der falschen Straßenseite, auf dem Gehsteig, dem Tramgeleise, im Straßengraben und im Pfosten eines Blechpolizisten.

Als sie in die Straße zu ihrem Haus einbog, sah sie davor einen Jaguar stehen. Auf dem Fahrersitz saß eine Frau, die ihr bekannt vorkam. Johanna parkte schräg gegenüber und stieg aus.

Der Boden war weich und es knirschte beim Gehen. Während Johanna die Straße überquerte, stieg die Frau aus und erwartete sie vor dem Hauseingang. Sie war groß und attraktiv. Die Kleidung war teuer und geschmackvoll. Das eigenwilligste Kleidungsstück war eine Pelzmütze in russischem Stil. Das eigentlich Spektakuläre am Aussehen der Frau jedoch waren stechend blaugraue Augen. Die aber registrierte Johanna di Napoli erst, als es zu spät war.

51.

Er saß in einem pompösen Ledersessel und sah aus, wie man sich gemeinhin einen Milieukönig vorstellt. Satt und schlüpfrig. Die Hosen waren zu eng, die Frisur war zu jugendlich geschnitten und das Ledergilet vermochte seinen Bauch nie und nimmer zu umspannen. Zwar hatte Johanna niemanden aus dem Haus kommen sehen, trotzdem wirkte es so, als hätte soeben ein Boulevardfotograf seine Arbeit getan. Das zweideutige Lächeln war noch genauso, wie sie es in Erinnerung hatte. Auch den kalten Blick erkannte sie wieder. Die einzige Ähnlichkeit mit seiner Tochter war die Größe. Alles andere passte nicht zusammen.

Er erhob sich schnaubend, als Johanna und Salome Hügli sein Büro betraten. »Ich habe gewusst, dass meine Tochter Sie überzeugen würde zu kommen. Was ich nie im Leben schaffen könnte, meistert sie bravourös. Herzlich willkommen, Frau di Napoli. Lange nicht gesehen.«

Wohl war ihr nicht. Da sie nun aber so weit gegangen war, ließ sie sich in den Sessel fallen, den ihr Hügli anbot. Seine Tochter setzte sich daneben und schlug die Beine übereinander. Unter der Pelzmütze war eine rotblonde Mähne zum Vorschein gekommen, die ein teurer Friseur gezähmt hatte.

Hügli ging zu seinem Schreibtisch und kam mit einem Kuvert und einem Buch in der Hand zurück. Er nahm in einem Sessel gegenüber Johanna Platz und blickte seine Tochter auffordernd an.

»Wie ich Ihnen bereits mitgeteilt habe, Frau di Napoli, möchten wir Ihnen zwei Dinge schenken. Mindestens eines davon ist von großer Bedeutung für Ihre Arbeit. Das andere hat womöglich sentimentalen Wert.«

Hügli strahlte seine Tochter an. »So gepflegt könnte ich mich niemals ausdrücken.« Er legte den Briefumschlag auf den Glastisch zwischen ihnen und reichte Johanna das Buch.

Sie nahm es entgegen und schaute den Umschlag an. Irgendwie überraschte es sie nicht, obschon sie es weder erwartet hatte noch erraten hätte: *Lauf, Hügli, lauf. Die Geschichte eines Milieukönigs. Von Werner Hügli und Martin Metzger.* Das Titelbild zeigte die Langstraße. Im Einband fand sie Fotos und Kurzbiografien von Hügli und Metzger. Soweit sie es beurteilen konnte, war das Ganze ziemlich stilisiert. Das gehörte zum Geschäft. Sie blätterte das Buch durch. Es war schön gemacht. Viele Fotos.

»Ich muss davon ausgehen, dass das kein Witz ist?«

Hügli grölte, seine Tochter lächelte zart. »Es ist durchaus mit einer gewissen Ironie zu verstehen, aber ein Witz ist es keinesfalls. Es ist eher so etwas wie der Schlussstrich unter einer Ära. Mein Vater beendet diesen Teil seiner Biografie und die Firma wird neu positioniert. In Zukunft werden wir mit der Halbwelt nichts mehr zu tun haben.«

Salome Hügli wechselte die Stellung. Sie hatte unglaublich lange Beine. Ein Effekt, der durch wildlederne Stiefel verstärkt wurde.

Hügli beugte sich über den Tisch und drückte dabei seine Knie auseinander. Er war noch der Alte. »Das Buch kommt nächste Woche in den Verkauf. Wir sind zuversichtlich, dass es einen guten Schnitt machen wird. Martin und ich.«

Johanna hatte Metzger schon seit einiger Zeit nicht mehr gesehen. Genau genommen hatte sie nach diesem verrückten Wochenende in seiner Wohnung die Bekanntschaft bewusst nicht gepflegt. Sie hatten sich noch ein, zwei Mal getroffen und die aktive Kontaktaufnahme daraufhin stillschweigend eingestellt.

»Ich bin aus den Puffs und dem ganzen Bubenzeugs ausgestiegen. Von nun an werden wir uns kaum mehr in die Quere kommen, Frau di Napoli. Es sei denn, Sie satteln um und werden Bademeisterin.«

Das Grölen würde er sich abgewöhnen müssen, sollte sein gesellschaftlicher Aufstieg wirklich funktionieren.

»Ich muss Ihnen die Anspielung meines Vaters erklären. Wir übernehmen diese Saison sämtliche Freibäder der Stadt und werden sie zu Freizeit- und Wellnessparks umbauen. Wir haben uns gegen mehrere Konkurrenten durchgesetzt und einen Zehnjahresvertrag abgeschlossen.«

»Manchmal ist es hilfreich, dass Politikerfrauen sensibel auf das Freizeitverhalten ihrer Ehemänner reagieren«, fiel Werner Hügli seiner Tochter ins Wort und sah Johanna triumphierend an.

Salome Hügli wies ihn mit einem missbilligenden Blick zurecht und fuhr hastig fort. »Mit den Bädern werden wir neben dem Reinigungsinstitut einen neuen Erfolg versprechenden Geschäftszweig aufbauen. Hygiene und Wohlbefinden gehören zusammen.«

Hüglis Tochter hob ihre Handtasche vom Boden auf und holte eine silberne Schachtel heraus. Johanna spürte das Verlangen nach einer Zigarette in sich aufsteigen. Die Schachtel, die ihr entgegengestreckt wurde, enthielt allerdings Pastillen.

Sie nahm eine heraus und steckte sie sich in den Mund. Sie hatte einen intensiven, leicht scharfen Zimtgeschmack. »Und was hat das Ganze mit mir zu tun?«

»Ach, das Buch schenke ich Ihnen. Es ist ein signiertes Exemplar. Wenn Sie es nicht behalten wollen, können Sie es verkaufen. Es gibt einige bei der Stadtpolizei, die einen guten Preis dafür bezahlen würden.« Diesmal verzog Hügli keine Miene. »Aber es geht uns eigentlich um etwas anderes.« Er nahm den Briefumschlag und gab ihn seiner Tochter.

Diese blickte Johanna durchdringend an. »Ich möchte nochmals betonen, dass wir von Ihnen gar nichts erwarten, Frau di Napoli. Mit diesem heutigen Treffen gehen Sie uns gegenüber keinerlei Verpflichtungen ein. Wir geben Ihnen diese Unterlagen, weil wir einen Schlussstrich ziehen wollen. Wir erwarten dafür keine Gegenleistung. Sie können mit diesen Informationen machen, was Sie wollen.«

Auf einmal war die Stimmung ernst. Johanna nahm den Umschlag entgegen. Hügli reichte ihr einen vergoldeten Brieföffner, mit dem sie das Papier aufriss. Sie nickte, als sie die beiden Fotos sah und die dazugehörigen Texte überflog. Ihr Verdacht war richtig gewesen. Fassungslos blickte Johanna Hügli an.

»Wenn Sie bei diesen Herren Hausdurchsuchungen durchführen, werden sie eindeutige Beweise dafür finden, dass diese beiden die Dominikanerin vergewaltigt und zusammengeschlagen haben. Damit können Sie den Fall endlich abschließen.«

»Sie meinen, Sie schließen den Fall ab. Und sind fein raus.« Es schnürte ihr die Kehle zu. Sie musste den Satz richtiggehend aus sich herauspressen.

»Warum so verbittert? Sie verlangen doch wohl nicht von mir, dass ich für ein Verbrechen geradestehe, das ich nicht begangen habe! Das sind die beiden, die Sie suchen. Buchten Sie die Kerle ein und lassen Sie sie büßen für das, was sie getan haben. Ich war es nicht. Dass die beiden die Kleine in meinem Schuppen kennengelernt haben, ist noch kein Verbrechen. So ist das Geschäft.«

Salome Hügli legte ihr die Hand auf den Unterarm. Johanna ließ sie gewähren. »Ein Geschäft, aus dem wir ausgestiegen sind. Glauben Sie mir, Frau di Napoli. Was diese beiden getan haben, verabscheue ich genauso sehr wie Sie.«

Johanna hatte sich immer noch nicht gefasst. Sie blickte zum Fenster hinaus. Die Aussicht war atemberaubend. Zürich lag unter einer dicken Schneeschicht. Die Bäume sahen aus wie gezeichnet. Es stimmte versöhnlich.

»Na gut. Ich werde mir die beiden holen. Falls sich herausstellen sollte, dass Sie mich auf eine falsche Fährte gelockt haben, werde ich Ihnen das Leben zur Hölle machen, ganz egal wie legal Ihre Geschäfte mittlerweile sind.«

Hügli grinste wieder. »Siehst du, Salome. Das ist eine Polizistin mit Eiern!«

Johanna stand auf. Hügli die Hand zu drücken, brachte sie nicht über sich.

»Ach übrigens, Frau di Napoli.« Hügli lehnte sich in seinem Stuhl zurück und grinste verschlagen. Auch seine Tochter hatte sich erhoben. »Es tut mir leid wegen dem Drögeler.«

Johanna schaute ihn fragend an. Sie spürte eine noch unbestimmte Wut in sich hochsteigen. Den Grund, wütend zu werden, würde er ihr sogleich liefern. Darin war sie sich sicher.

Hügli setzte an, doch die Tochter schnitt ihrem Vater das Wort ab. »Vladimir Dilic wurde von unserem Reinigungspersonal letzte Nacht auf einer Toilette eines Bürohauses gefunden, das wir putzen. Es war nichts mehr zu machen. Er starb an einer Überdosis Heroin. Am goldenen Schuss wahrscheinlich.«

Johanna schaute die beiden einen Augenblick an. Dann stürmte sie wortlos zur Tür. Ihr war schlecht. Als sie aus dem Zimmer stürzte, erschreckte sie die Sekretärin im Foyer, die Johanna hastig ihre Daunenjacke reichte. Diese nahm sie entgegen und zog sie im Gehen an. Auf den Lift zu warten, dauerte ihr zu lange, weshalb sie die Treppe hinuntereilte. Zwei Stufen pro Schritt. Wie eine Erstickende schnappte sie nach Luft, als sie endlich draußen war.

Johanna di Napoli wusste, dass Hügli sie auf keine falsche Spur locken wollte. Der Fall war gelöst.

52.

Unendlich lange saß sie vor dem Computer und starrte den Bildschirm an. Irgendein Schwein hatte abermals die Programmverknüpfungen umbenannt. Wieder löschte sie den Text und ersetzte ihn durch die richtigen Namen. Danach schaltete sie den PC aus.

Glossar

Agglos – die; *schweiz., abschätziger Ausdruck für* Bewohner der Vororte

Ausschaffung – die; *schweiz. für* Auslieferung, ins Ausland abschieben

Bijou – das; <franz.>, *schweiz. für* Kleinod, Schmuckstück

Brandtour – Dienst auf Abruf in Notfällen. Der Brandtour-Offizier ist der diensthabende Offizier bzw. Einsatzleiter.

Brockenhaus – das; gemeinnützige Sammel- und Verkaufsstelle gebrauchter Waren, deren Ertrag zur Finanzierung sozialer Projekte dient

Büezer – der; *schweiz. für* Arbeiter

Bünzli – der; *schweiz. für* Kleinbürger, Spießer

Büürli – das; *schweiz. für* Brötchen, kleines Bauernbrot

Drögeler, Giftler – der; *schweiz. für* Drogenabhängiger

FCZ, FC Züri – Fußballclub Zürich

Fünfliber – der; *schweiz. mdal. für* Fünffrankenstück

gägi einfach – *schweiz. für* kinderleicht

GC – Grasshopper-Club Zürich

Gilet – das; <franz.>, *österr., schweiz. für* Weste

Goalie – der; *schweiz. Sportspr. für* Torhüter

hässig – *schweiz. für* verdrießlich, genervt, übel gelaunt

Hoi zäme! – *schweiz. für* ›Hallo zusammen!‹

Huere Siech! – schweiz. Fluch

IKRK – *Abk. für* Internationales Komitee des Roten Kreuzes

Jass – der; *schweiz., südd. und westösterr.*, ein Kartenspiel

Jupe – der; *schweiz. für* Rock

Kägifret – das; Thurgauer Waffel mit Schokoladenüberzug

Kontakt- und Anlaufstelle – Kontaktladen für Drogenabhängige mit Konsumraum (Gassenzimmer, Fixerstube)

kurlig – *schweiz. für* verschroben

Lämpe – Streit, Zoff

Lavabo – das; *schweiz. für* Waschbecken

Nachdemo – die; nicht bewilligte Demonstration am Ersten Mai, die nach der offiziellen Kundgebung stattfindet und bei der es in Zürich seit den 1980er Jahren regelmäßig zu Krawallen und Straßenschlachten zwischen Jugendlichen und der Polizei kommt.

Ordonnanzwaffe – die; eine beim Militär offiziell eingeführte und an Soldaten als persönlicher Ausrüstungsgegenstand ausgegebene Waffe

Schmier – die; *schweiz. für* Polizei

Schnäggli – das; *schweiz. für* Vulva

Secondo – der; <ital.>, *schweiz. für* Zuwanderer der zweiten Generation

seichen – pinkeln, regnen; im übertragenen Sinn: nicht dichthalten, Informationen weitergeben

sistieren – <lat.>, [Verfahren] einstellen

SoKo – das; *Abk. für* Sonderkommissariat. Das SoKo ist Teil der Uniformpolizei und im 24-Stunden-Patrouillendienst insbesondere im Prostitutions- und Drogenmilieu präsent.

Spitex – die; schweiz. Organisation für spital- und heimexterne Gesundheits- und Krankenpflege

Tschau Sepp – Kartenspiel; *schweiz. mdal. für* ›Uno‹

Uniformpolizei – die; *schweiz. für* Sicherheitspolizei

UVEK – *Abk. für* Eidgenössisches Departement für Umwelt, Verkehr, Energie und Kommunikation

valabel – <franz.>, *schweiz. für* geeignet

VICLAS – <engl.>, *Abk. für* Violent Crimes Linkage Analysis System

Vorführbefehl – der; *schweiz. für* gerichtliche Vorladung

Zupfstube – die; *schweiz. ugs. für* Bordell

Dank

Mein erster Dank gehört der Wäscherei Heinrich in Zürich für wunderbar saubere Wäsche und die Inspiration zu diesem Roman. Außerdem danke ich Caroline Arni und Daniel Nufer für Ermutigung und sorgfältige Lektüre, Beat Rhyner für seine hilfreichen Ratschläge zur Arbeit von Polizei und Staatsanwaltschaft, Patrizia Zindel für sachdienliche Hinweise zur Publikation, Doris Signer für ihr gutes Auge und art.I.schock für die Kreativunterstützung.

Hochspannung von Michael Herzig

Saubere Wäsche

ISBN 978-89425-338-7

Der erste Krimi mit Johanna di Napoli

Ein Doppelmord in einer Wäscherei und eine brutale Vergewaltigung – Johanna di Napoli, ›Quotenfrau‹ bei der Zürcher Stadtpolizei, gerät zunehmend unter Druck: Ihr Chef erwartet höchste Diskretion, die Öffentlichkeit Erfolge und der Großteil ihrer Kollegen ihr Scheitern.

»Der Autor Michael Herzig kennt die Zürcher Kulisse, beschreibt sie und ihr Personal anschaulich, schildert Macken und Ecken mit großzügigem Verständnis und Witz.«
Neue Zürcher Zeitung

Die Stunde der Töchter

ISBN 978-3-89425-362-2

Der zweite Krimi mit Johanna di Napoli

Johanna di Napoli soll gegen Bernhard Stämpfli ermitteln, einen Kunsthändler von äußerst zweifelhaftem Ruf. Er wird verdächtigt, in großem Stil mit Raubgut aus dem Irak zu handeln, aber bisher fehlen jegliche Beweise. Als Stämpfli entführt wird, ist klar, dass in der Geschichte jemand mitmischt, den niemand auf der Rechnung hatte.

»Ein actionreicher Krimi mit träfen Milieuschilderungen.« Blick

»Ein Highlight des Schweizer Kriminalromans.«
20 Minuten

Töte deinen Nächsten

ISBN 978-3-89425-419-3

Der dritte Krimi mit Johanna di Napoli

In Zürich häufen sich die Fälle, in denen Deutsche massiv bedroht werden. Johanna di Napoli bekommt den undankbaren Auftrag, der Sache nachzugehen. Unvermittelt wird es hochbrisant: Während der Einweihung eines Nuklearforschungsinstituts wird ein deutscher Spitzenpolitiker erschossen.

»Einer der besten deutschsprachigen Thriller der Saison.«
culturmag

»Von Herzigs Hauptfigur will man mehr lesen.«
3sat ›Kulturzeit‹

grafit

Tatort Zürich: Ernst Solèr

»Mit leichter Feder, der das Lachen nie fern liegt, bringt Solèr sein Personal – seien es Opfer, Tatverdächtige, Dorfbewohner oder Mitarbeitende – individuell zu Papier.« Neue Zürcher Zeitung

»Die Szenarien, die Solèr in seinen Büchern beschreibt, sind immer bestens recherchiert. Die Schauplätze sind real, und oft bedient er sich bei der Charakterisierung seiner Figuren bei Menschen, die er kennt. Seine Schreibe ist frech und spitzzüngig. Ernst Solèr ist ein genauer Beobachter der Zürcher Szene. Gerne nimmt er Alltägliches auf die Schippe. Seine Geschichten sind süffig und flott zu lesen.« Appenzeller Zeitung

»Auch wenn man während der Lektüre mehr als einmal leer schlucken muss, so bleibt einem das Lachen aber trotzdem nicht im Hals stecken. Vor allem Staubs Mitarbeiter – vom hemdsärmeligen Kettenraucher über die männliche Büroniete bis zur sturen Moralistin – hat Solèr lustvoll karikiert.« Tages-Anzeiger

»Die beschauliche Schweiz als Kulisse für attraktive spannende Krimis. Geht das? Mit Fred Staub geht das sehr gut.« www.kulturinfo.eu

»Solèr karikiert mit Nonchalance und Ironie das Schweizer Milieu.« Kloster Einsiedeln – Zeitschrift der Benediktinergemeinschaft Einsiedeln

Staub im Feuer
Der erste Roman mit Fred Staub
ISBN 978-3-89425-316-5

Staub im Wasser
Der zweite Roman mit Fred Staub
ISBN 978-3-89425-332-5

Staub im Schnee
Der dritte Roman mit Fred Staub
ISBN 978-3-89425-346-2

Staub im Paradies
Der letzte Roman mit Fred Staub
ISBN 978-3-89425-357-8

grafit

Detektivkrimis von Sunil Mann

Fangschuss

ISBN 978-3-89425-369-1
Der erste Fall für Vijay Kumar

Der frischgebackene Privatdetektiv Vijay Kumar macht sich auf die Suche nach einem kleinen Drogendealer. Erst als er über eine Leiche stolpert, merkt Vijay, dass dieser Auftrag es in sich hat. Eine Jagd beginnt – durch das noble Zürcher Bankenviertel bis in die Einsamkeit einer Berghütte.

Lichterfest

ISBN 978-3-89425-384-4
Der zweite Fall für Vijay Kumar

Vijay Kumar ist irritiert: Was ist so besonders an Putzfrau Rosie, die er im Auftrag des Medientycoons Blanchard finden soll? Als der rechte Politiker Graf tot aufgefunden wird, bekommt der Fall eine neue Dimension, denn auch bei Graf hat Rosie geputzt.

»Sunil Mann ... erzählt mit coolem Witz und in flottem Tempo.«
NZZ am Sonntag

Uferwechsel

ISBN 978-3-89425-407-0
Der dritte Fall für Vijay Kumar

In einem Waldstück nahe des Flughafens wird die Leiche eines jungen Mannes gefunden. Hatte er sich im Radkasten eines Flugzeugs versteckt, um illegal in die Schweiz einzureisen? Vijay Kumar geht der Sache nach. Eine Spur führt ins Strichermilieu – der Detektiv trifft unerwartet bekannte Gesichter ...

»Spitzen-Spannung aus der Schweiz: Sunil Manns Vijay Kumar ist eine Bereicherung der Schnüfflerszene.« WDR

Familienpoker

ISBN 978-3-89425-425-4
Der vierte Fall für Vijay Kumar

Eigentlich beabsichtigt Vijay Kumar, sich eine Festanstellung zu suchen. Doch Noemi durchkreuzt die Pläne des Privatdetektivs. Das Mädchen will unbedingt wissen, wer ihre leiblichen Eltern sind. Was als einfacher Rechercheauftrag beginnt, entwickelt sich zu einer gefährlichen Jagd von Madrid bis ins Berner Oberland – immer auf der Suche nach einem mysteriösen Doktor Grüninger …

Der Bestsellerautor aus Norwegen

Jørn Lier Horst

Winterfest

Aus dem Norwegischen von Dagmar Lendt

ISBN 978-3-89425-570-1

Ausgezeichnet mit dem ›Bokhandlerprisen 2011‹

Kommissar William Wisting hat von Anfang an den Eindruck, dass seinem neuen Fall etwas Unheilvolles anhaftet: Nicht nur, dass eine idyllische Feriensiedlung nach Saisonende Ziel einer Einbrecherbande wird und sich in einer der Hütten eine grausam verstümmelte Leiche findet. Auf dem Rückweg vom Tatort wird Wisting in seinem eigenen Auto überfallen und dann regnet es auch noch massenhaft tote Vögel vom Himmel, ohne dass es dafür eine logische Erklärung gibt.

Als sich herausstellt, dass Wistings Tochter Line in die Geschichte involviert ist, bekommt der Fall eine unerwartete Wendung …

»Wunderbar nordisch-kühl und doch nahe.« Main Echo

Jagdhunde

Aus dem Norwegischen von Andreas Brunstermann

ISBN 978-3-89425-670-8

**Ausgezeichnet mit dem ›Glasnyckeln 2013‹
als bester skandinavischer Krimi!**

Wegen des Vorwurfs, Beweise manipuliert zu haben, wird William Wisting vom Dienst suspendiert: Vor siebzehn Jahren war die junge Cecilia Linde verschwunden und später ermordet aufgefunden worden. Der Hauptkommissar hatte den Täter überführen können, doch nun stellt sich heraus, dass die Beweise gefälscht waren – eine Topstory für die Medien.

Wisting bleibt nur ein einziger Weg: selbst herauszufinden, was damals wirklich geschah. Ein nervenzerreißender Wettlauf gegen die Zeit beginnt. Denn wieder verschwindet eine junge Frau und die Parallelen zu Cecilia Linde sind offensichtlich …

grafit